【臺灣現當代作家
研究資料彙編】113

岩 上

國立台灣文學館
出版

部長序

　　十二月，是豐收的季節。在此時刻，國立臺灣文學館執行已十年的「臺灣現當代作家研究資料彙編」計畫，再次推出十位重量級作家研究彙編：吳漫沙、隱地、岩上、林泠、席慕蓉、吳晟、張系國、李渝、季季、施叔青，為叢書再添基石。

　　文化是國家的靈魂，文學如同承載這靈魂的容器，舉凡生活日常、思想智慧，或是歲月淬鍊的情感、慣習，點滴匯為龐大的「文化共同體」，莫不需要作家之眼、文學之筆，將之一一描摹留存，讓後世得以記憶，並了解自身之所來。

　　文化部近年來致力保存全民歷史記憶，透過「重建臺灣藝術史」計畫，找回屬於我們的記憶、我們的靈魂，承繼各個時代、各個領域的藝術家們為我們銘刻留下的時代精神。「臺灣現當代作家研究資料彙編」的出版，恰與此呼應：藉由重要作家與作品研究的系統化整理，從檔案史料提煉出臺灣文化多元、豐富的史觀，並透過回顧作家生平、查找文

學夥伴的往來互動及社團軌跡，再加上諸多研究者的評述，讓讀者不僅能與作家的生命路徑同行，更能由此進入臺灣特有、深邃的文學世界。我相信，當我們對於臺灣文學的認識越深入，對於這塊土地的情感也將更踏實，文化的創發也會更活潑光燦。

　　是故，欣見臺灣文學館將計畫第九階段的編選成果呈現出來。名單不乏讀者耳熟能詳的文學大家，但更有意義的，是讓許多逐漸為讀者甚至研究者遺忘的作家，再度重登文學舞臺，有重新被更多人閱讀、討論的機會，這正是我們重建文學史價值之所在。在此向讀者推介這一套兼具深度與廣度的文學工具書，提供國內外研究或關心臺灣文學發展者，期待我們能持續點亮臺灣文學的光芒。

文化部部長　鄭麗君

館長序

　　臺灣文學的範圍，遠比想像的長遠寬廣。以文字方式留存的文學、年代至少已三百有餘，原住民口語形式的傳統，歷史更是深厚而靈動。可以說，文學聚攏了我們一整個社會的集體記憶。然而文學不只有創作的努力，作者完成的工作，其實也經由文學的「研究」而散發更多意義。

　　國立臺灣文學館的使命，既是保存臺灣的文學創作史，也就必須借助文學的研究力。雖然臺灣曾有一段時期因為政治情境的壓制，致使臺灣文學科系在 1990 年代後才陸續成立，從而更加辛勤在重建我們應該集體記得的「文學史」。

　　針對作家和作品的評介和賞析，固是文學研究的明確入口，然而閱讀者的回應甚至反擊，其實也是隱含文思交鋒的珍奇素材，很值得系統性的保存、便於未來世代可以補足先人的思想圖譜。臺灣文學館因而開啟「臺灣現當代作家研究資料彙編」的編纂計畫，自 2010 年委託臺灣文學發展基金會執行，以「現當代」文學作家為界，蒐羅散布各處、詮釋多元的研究評論資料，以勾勒臺灣文學的整體面貌。

　　「彙編」由最早預定出版三個階段、50 冊的計畫,在各界期許中幾度擴編,至今已是第九階段,累積出版已達 120 冊。這一段現當代的範圍,始自 1920 年代臺灣的新文學世代,並融接戰後由中國大陸跨海而來的創作社群。第九階段彙編計畫包含吳漫沙、隱地、岩上、林泠、席慕蓉、吳晟、張系國、李渝、季季、施叔青十位作家的研究資料,探討了含括不同族群、性別、階層而匯聚在臺灣文學的歷程。

　　「彙編」計畫選定 1945 年以前出生的世代,為的是在勾勒他們共同經歷的特殊史跡——那個寫作相對艱辛、資料相對散佚、意識型態也格外沉重的時期。當然,部落社會的無名遊吟者、清末古典文學的漢詩人、以及在各個時代留下痕跡的文學家們,都同樣是高度值得尊崇的文學瑰寶。臺灣文學館的「彙編」期待能夠是一個窗口,引我們看見臺灣短短歷史撞擊出的這麼多種各異的文學互動,也寄望未來的資料科技協助我們將更多文學史料呈現給臺灣。

國立臺灣文學館館長　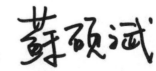

編序

◎封德屏

緣起

1995 年 10 月 25 日，在臺灣師範大學教育大樓的 201 室，一場以「面對臺灣文學」為題的座談會，在座諸位學者分別就臺灣文學的定義、發展、研究，以及文學史的寫法等，提出宏文高論，而時任國家圖書館編纂張錦郎的「臺灣文學需要什麼樣的工具書」，輕鬆幽默的言詞，鞭辟入裡的思維，更贏得在座者的共鳴。

張先生以一個圖書館工作人員自謙，認真專業地為臺灣這幾十年來究竟出版了多少有關臺灣文學的工具書，做地毯式的調查和多方面的訪問。同時條理分明地針對研究者、學生，列出了十項工具書的類型，哪些是現在亟需的，哪些是現在就可以做的，哪些是未來一步一步累積可以達成的，分別做了專業的建議及討論。

當時的文建會二處科長游淑靜，參與了整個座談會，會後她劍及履及的開始了文學工具書的委託工作，從 1996 年的《臺灣文學年鑑》起始，一年一本的編下去，一直到現在，保存延續了臺灣文學發展的基本樣貌。接著是《中華民國作家作品目錄》的新編，《臺灣文壇大事紀要》的續編，補助國家圖書館「當代文學史料影像全文系統」的建置，這些工具書、資料庫的接續完成，至少在當時對臺灣文學的研究，做到一些輔助的功能。

2003 年 10 月，籌備多年的「臺灣文學館」正式開幕運轉。同年五月《文訊》改隸「財團法人台灣文學發展基金會」，為了發揮更大的動能，開

始更積極、更有效率地將過去累積至今持續在做的文學史料整理出來,讓豐厚的文藝資源與更多人共享。

於是再次的請教張錦郎先生,張先生認為文學書目、作家作品目錄、文學年鑑、文學辭典皆已完成或正在進行,現在重點應該放在有關「臺灣現當代作家評論資料目錄」的編輯工作上。

很幸運的,這個計畫的發想得到當時臺灣文學館林瑞明館長的支持,於是緊鑼密鼓的展開一切準備工作:籌組編輯團隊、召開顧問會議、擬定工作手冊、撰寫計畫書等等。

張錦郎先生花了許多時間編訂工作手冊,每一位作家的評論資料目錄分為:

（一）生平資料:可分作者自述,旁人論述及訪談,文學獎的紀錄。

（二）作品評論資料:可分作品綜論,單行本作品評論,其他作品（包括單篇作品）評論,與其他作家比較等。

此外,對重要評論加以摘要解說,譬如專書、專輯、學術會議論文集或學位論文等,凡臺灣以外地區之報刊及出版社,於書名或報刊後加註,如中國大陸、香港、新加坡等。此外,資料蒐集範圍除臺灣外,也兼及中國大陸、香港、新加坡、日本、韓國及歐美等地資料,除利用國內蒐集管道外,同時委託當地學者或研究者,擔任資料蒐集工作。

清楚記得,時任顧問的學者專家們,都十分高興這個專案的啟動,但確定收錄哪些作家名單時,也有不同的思考及看法。經過充分的討論後,終於取得基本的共識:除以一般的「文學成就」為觀察及考量作家的標準外,並以研究的迫切性與資料獲得之難易度為綜合考量。譬如說,在第一階段時,作家的選擇除文學成就外,先考量迫切性及研究性,迫切性是指已故又是日治時期臺籍作家為優先,研究性是指作品已出土或已譯成中文為優先。若是作品不少而評論少,或作品評論皆少,可暫時不考慮。此外,還要稍微顧及文類的均衡等等。基本的共識達成後,顧問群共同挑選出 310 位作家,從鄭坤五、賴和、陳虛谷以降,一直到吳錦發、陳黎、蘇

偉貞，共分三個階段進行。

　　「臺灣現當代作家評論資料目錄」專案計畫，自 2004 年 4 月開始，至 2009 年 10 月結束，分三個階段歷時五年六個月，共發現、搜尋、記錄了十餘萬筆作家評論資料。共經歷了三位專職研究助理，近三十位兼任研究助理。這些研究助理從開始熟悉體例，到學習如何尋找資料，是一條漫長卻實用的學習過程。

接續

　　「臺灣現當代作家評論資料目錄」的專案完成，當代重要作家的研究，更可以在這個基礎上，開出亮麗的花朵。於是就有了「臺灣現當代作家研究資料彙編暨資料庫建置計畫」的誕生。為了便於查詢與應用，資料庫的完成勢在必行，而除了資料庫的建置外，這個計畫再從 310 位作家中精選 50 位，每人彙編一本研究資料，內容有作家圖片集，包括生平重要影像、文學活動照片、手稿及文物，小傳、作品目錄及提要、文學年表。另外每本書分別聘請一位最適當的學者或研究者負責編選，除了負責撰寫八千至一萬字的作家研究綜述外，再從龐雜的評論資料中挑選具有代表性的評論文章，平均 12～14 萬字，最後再附該作家的評論資料目錄，以期完整呈現該作家的生平、創作、研究概況，其歷史地位與影響。

　　第一部分除資料庫的建置外，50 位作家 50 本資料彙編（平均頁數 400 ～500 頁），分三個階段完成，自 2010 年 3 月開始至 2013 年 12 月，共費時 3 年 9 個月。因為內容充實，體例完整，各界反應俱佳，第二部分的 50 位作家，分四階段進行，自 2014 年 1 月開始至 2017 年 12 月，共費時 4 年，並於 2017 年 12 月出版《百冊提要》，摘要百冊精華，也讓研究者有清晰的索引可循。2018 年 1 月，舉行百冊成果發表會，長年的灌溉結果獲文化部支持，得以延續百冊碩果，於 2018 年 1 月啟動第三部分 20 位作家的資料彙編，為期兩年。2019 年 12 月結束費時十年，120 本的文學工具書之旅。

成果

　　雖然過程是如此艱辛，如此一言難盡，可是終究看到豐美的成果。每位編選者雖然忙碌，但面對自己負責的作家資料彙編，卻是一貫地認真堅持。他們每人必須面對上千或數百筆作家評論資料，挑選重要或關鍵性的評論文章，全面閱讀，然後依照編選原則，挑選評論文章。助理們此時不僅提供老師們所需要的支援，統計字數，最重要的是得找到各篇選文作者，取得同意轉載的授權。在起初進度流程初估時，我們錯估了此項工作的難度，因為許多評論文章，發表至今已有數十年的光景，部分作者行蹤難查，還得輾轉透過出版社、學校、服務單位，尋得蛛絲馬跡，再鍥而不捨地追蹤。有了前面的血淚教訓，日後關於授權方面，我們更是如臨深淵、如履薄冰，希望不要重蹈覆轍，在面對授權作業時更是戰戰兢兢，不敢懈怠。

　　除了挑選評論文章煞費苦心外，每個作家生平重要照片，我們也是採高標準的方式去蒐集，過世作家家屬、友人、研究者或是當初出版著作的出版社，都是我們徵詢的對象。認真誠懇而禮貌的態度，讓我們獲得許多從未出土的資料及照片，也贏得了許多珍貴的友誼。許多作家都協助提供照片手稿等相關資料，已不在世的作家，其家屬及友人在編輯過程中，也給予我們許多協助及鼓勵，藉由這個機會，與他們一起回憶、欣賞他們親人或父祖、前輩，可敬可愛的文學人生。此外，還有許多作家及研究者，熱心地幫忙我們尋找難以聯繫的授權者，辨識因年代久遠而難以記錄年代、地點、事件的作家照片，釐清文學年表資料及作家作品的版本問題，我們從他們身上學習到更多史料研究可貴的精神及經驗。

　　但如何在規定的時間內，完成每個階段資料彙編的編輯出版工作，對工作小組來說，確實是一大考驗。每一冊的主編老師，都是目前國內現當代臺灣文學教學及研究的重要人物，因此都十分忙碌。每一本的責任編輯，必須在這一年的時間內，與他們所負責資料彙編的主角——傳主及主編老師，共生共榮。從作家作品的收集及整理開始，必須要掌握該作家所

有出版的作品,以及盡量收集不同出版社的版本;整理作家年表,除了作家、研究者已撰述好的年表外,也必須再從訪談、自傳、評論目錄,從作品出版等線索,再作比對及增刪。再來就是緊盯每位把「研究綜述」放在所有進度最後一關的主編們,每隔一段時間提醒他們,或順便把新增的評論目錄寄給他們(每隔一段時間就有新的相關論文或學位論文出現),讓他們隨時與他們所主編的這本書,產生聯想,希望有助於「研究綜述」撰寫的進度。

在每個艱辛漫長的歲月中,因等待、因其他人力無法抗拒的因素,衍伸出來的問題,層出不窮,更有許多是始料未及的。譬如,每本書的選文,主編老師本來已經選好了,也經過授權了,為了抓緊時間,負責編輯的助理們甚至連順序、頁碼都排好了,就等主編老師的大作了,這時主編突然發現有新的文章、新的資料產生:再增加兩三篇選文吧!為了達到更好更完備的目標,工作小組當然全力以赴,聯絡,授權,打字,校對,重編順序等等工作,再度展開。

此次第三部分第二階段共需完成的 10 位作家研究資料彙編,年齡層與活動地區分布較廣,步履遍布海內外各地,創作類型也更為豐富多元。出生年代較早的作者,在年表事件的求證以及早年著作的取得上,饒有難度。以出生年代較近的作者而言,許多疑難雜症不刃而解,有些連主編或研究者都不太清楚的部分,作家本人及家屬絕對是一個最好的諮詢對象,對解決某些問題來說,這是一個好的線索,但既然看了,關心了,參與了,就可能有不同的看法,對於選文、年表、照片,甚至是我們整本書的體例,也會有更多想法,於是又是一場翻天覆地的大更動,對整本書的品質來說,應該是好的,但對經過多次琢磨、修改已進入完稿階段的編輯團隊來說,這不啻是一大挑戰。

1990 年開始,各地縣市文化中心(文化局),對在地作家作品集的整理出版,以及臺灣文學館成立後對日治時期作家以迄當代重要作家全集的編纂,對臺灣文學之作家研究,也有了很好的促進作用。如《楊達全

集》、《林亨泰全集》、《鍾肇政全集》、《張文環全集》、《呂赫若日記》、《張秀亞全集》、《葉石濤全集》、《龍瑛宗全集》、《葉笛全集》、《鍾理和全集》、《錦連全集》、《楊雲萍全集》、《鍾鐵民全集》等，如雨後春筍般持續展開。

　　經過近二十年的努力，臺灣文學的研究與出版，也到了可以驗收或檢討成果的階段。這個說法，當然不是要停下腳步，而是可以從「臺灣現當代作家評論資料目錄」所呈現的 310 位作家、11 萬筆資料中去檢視。檢視的標的，除了從作家作品的質量、時代意義及代表性去衡量外、也可以從作家的世代、性別、文類中，去挖掘有待開墾及努力之處。因此這套「臺灣現當代作家研究資料彙編」，大部分的編選者除了概述作家的研究面向外，均有些觀察與建議。希望就已然的研究成果中，去發現不足與缺憾，研究者可以在這些不足與缺憾之處下功夫，而盡量避免在相同議題上重複。當然這都需要經過一段時間去發現、去彌補、去重建，因此，有關臺灣文學的調查、研究與論述，就格外顯得重要了。

期待

　　感謝臺灣文學館持續推動這兩個專案的進行。「臺灣現當代作家評論資料目錄」的完成，呈現的是臺灣文學研究的總體成果；「臺灣現當代作家研究資料彙編」的出版，則是呈現成果中最精華最優質的一面，同時對未來臺灣文學的研究面向與路徑，作最好的建議。我們可以很清楚的體會，這是一條綿長優美的臺灣文學接力賽，經過長時間的耕耘灌溉、風搖雨濡，百年臺灣文學大樹卓然而立，跨越時代並馳而行，120 冊作家研究資料彙編得千位作家及學者之力，我們十分榮幸能參與其中，更珍惜在傳承接力的過程，與我們相遇的每一個人，每一件讓我們真心感動的事。我們更期待這個接力賽，能有更多人加入。誠如張恆豪所說「從高音獨唱到多元交響」，這是每一個人所期待的。

編輯體例

一、本書編選之目的，為呈現岩上生平、著作及研究成果，以作為臺灣文學相關研究、教學之參考資料。

二、全書共五輯，各輯內容及體例說明如下：

　　輯一：圖片集。選刊作家各個時期的生活或參與文學活動的照片、著作書影、手稿（包括創作、日記、書信）、文物。

　　輯二：生平及作品，包括三部分：

　　　　1.小傳：主要內容包括作家本名、重要筆名，生卒年月日，籍貫，及創作風格、文學成就等。

　　　　2.作品目錄及提要：依照作品文類（論述、詩、散文、小說、劇本、報導文學、傳記、日記、書信、兒童文學、合集）及出版順序，並撰寫提要。不收錄作家翻譯或編選之作品。

　　　　3.文學年表：考訂作家生平所進行的文學創作、文學活動相關之記要，依年月順序繫之。

　　輯三：研究綜述。綜論作家作品研究的概況，並展現研究成果與價值的論文。

　　輯四：重要文章選刊。選收作家自述、訪談紀錄以及國內外具代表性的相關研究論文及報導。

　　輯五：研究評論資料目錄。收錄至 2019 年 11 月底止，有關研究、論述臺灣現當代作家生平和作品評論文獻。語文以中文為主，兼及日文和英文資料。所收文獻資料，以臺灣出版為主，酌收中國大陸、香港、日本和歐美國家的出版品。內容包含三部分：

　　　　1.「作家生平、作品評論專書與學位論文」下分為專書與學位論文。

　　　　2.「作家生平資料篇目」下分為「自述」、「他述」、「訪談」、「年表」、「其他」。

　　　　3.「作品評論篇目」下分為「綜論」、「分論」、「作品評論目錄、索引」、「其他」。

目次

輯一◎圖片集

影像◎手稿◎文物

1940年，兩歲的岩上留影於屏東里港。
（岩上提供）

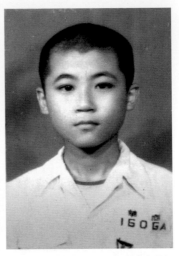

1952年，就讀華南初級商業職業學校
（今華南高級商業職業學校）初中一
年級的岩上。（岩上提供）

1957年6月，就讀臺中師範學校（今
臺中教育大學）二年級的岩上。（岩
上提供）

1965年2月18日，岩上與胡瑞珍（左）結婚照，攝於南投草屯。（岩上提供）

1966年8月，岩上出席笠詩社第三屆年會，留影於彰化慈濟寺。前排右起：吳建堂、鄭炯明、趙天儀、喬林、葉笛；後排右起：林亨泰、岩上、詹冰、羅浪、方平、錦連、謝秀宗。（岩上提供）

1973年4月22日，岩上以詩作〈松鼠與風鼓〉獲頒第一屆吳濁流新詩獎正獎。前排右起：岩上、鍾肇政；後排右起：吳濁流（立者）、郭水潭、佚名。（岩上提供）

1975年5月4日，岩上出席詩人節中部地區詩歌座談會，留影於中國廣播公司臺中分臺。右起：岩上、金劍、崔百城、王映湘、李升如、電臺臺長、寧可夫婦。（岩上提供）

1979年5月4日,岩上獲中興文藝獎章,留影於臺中市文化中心。左起:王牧之、岩上、張漢良、張夢機。(岩上提供)

1984年7月,岩上出席《臺灣日報・副刊》主編陳篤弘策畫的「文學饗宴──新詩座談會」。左起:沈政瑩、王灝、岩上、林亨泰、白萩、陳千武、陳篤弘。(文訊・文藝資料研究及服務中心提供)

1987年6月7日,岩上出席笠詩社第23屆年會,留影於臺中上智社教研究院。一排左起:陳秀喜、林宗源、錦連、巫永福、莊金國、趙天儀;二排左起:利玉芳、佚名、杜潘芳格、黃樹根、白萩(後)、張信吉、洪中周;三排左起:鄭炯明、李昌憲、陳明台、詹冰、李魁賢、佚名;四排左起:陳千武、李敏勇(前)、岩上、郭成義(前)、蔡榮勇、林亨泰、沙白、龔顯榮(前)。(陳明台提供)

1989年1月1日，岩上全家合影於自宅。右起：長男嚴俊麟、岩上、胡瑞珍、長女嚴月秀、么女嚴敏菁、次女嚴玫鑠。（岩上提供）

1990年2月，岩上至中國旅遊，留影於杭州西湖畔。（岩上提供）

1990年8月，岩上出席於漢城舉辦的第12屆世界詩人大會。右起：李敏勇、岩上、趙天儀、
黃勁連、轟華苓、林宗源、李魁賢、杜國清、許世旭。（岩上提供）

1995年8月27日，岩上參與第五屆亞洲詩人會議，與詩友合影於日月潭教師會館。前排左
起：岩上、杜潘芳格、賴洝、北原正吉、鄭烱明、葉笛、巫永福、蕭翔文、趙天儀、蔡秀
菊、莊世和、錦連、謝碧修、陳豐惠；後排左起：佚名、李魁賢、李敏勇、羊子喬、陳明
台、詹冰、陳千武、陳明仁。（岩上提供）

1997年10月5日，岩上出席笠詩社於臺中上智社教院舉辦的「《岩上八行詩》作品研討會」。左起：岩上、陳千武、趙天儀。（岩上提供）

1999年12月17日，日韓詩人聚於草屯岩上家。右起：胡瑞珍、岩上、今辻和典、丸地守、金光林。（岩上提供）

2000年1月17日，岩上陪同日韓詩人探查九二一地震後情況，留影於涵碧樓。左起：岩上、文德守夫人、賴洝、山口惣司、文德守、相澤史郎。（岩上提供）

2001年5月，岩上出席於首爾舉辦的第四屆東亞詩書展。右起：金光林、岩上、權宅明、陳千武、龔顯榮、山口惣司、原子修。（岩上提供）

2002年2月1日，岩上獲莊柏林（右）頒發第11屆榮後臺灣詩人獎，留影於南鯤鯓代天府。（岩上提供）

2003年12月，岩上出席於印度邦加羅爾舉辦的第八屆國際詩歌節。前排右起：岩上、Syed Ameeruddin、Krishna Srinivas、李魁賢、蔡秀菊；後排右起：S. Krishnan、莫渝、吳俊賢、杜文靖、葉笛、陳明克、莊金國（前）。（葉蓁蓁提供）

2005年7月13日，岩上出席於烏蘭
巴托舉辦的臺蒙詩歌節，在會場朗
誦詩作。（岩上提供）

2008年7月12日，岩上與文友至歐洲旅遊，留影於
巴黎凱旋門前。右起：楊翠、胡瑞珍、岩上、姚金
足、康原、林惠敏（前）、魏揚、陳憲仁、林浩
芬、廖玉蕙。（岩上提供）

2014年1月18日，岩上出席「陳澄波專題研究工作
坊」，留影於國立臺灣文學館。右起：岩上、陳重
光（陳澄波長子）、林瑞明。（岩上提供）

2014年3月29日，日本詩人保坂登志子偕夫婿訪臺，與臺灣兒童文學學會交流，留影於南投縣文化局。右起：岩上、游守中、許玉蘭（陳千武夫人）、保坂登志子、保坂陽一郎。（岩上提供）

2014年4月24日，岩上於家中接受訪問，為《文訊》「笠下影：《笠》詩刊50週年」專題暢談當年主編《笠》之情況。左起：紀小樣、岩上、李長青、王宗仁、許文玲。（岩上提供）

2014年5月14日，岩上出席笠詩社50週年紀念活動，留影於明道大學鳳凰詩園。左起：陳坤崙、岩上、陳世雄、蔡榮勇、林廣、賴欣、李昌憲、蕭蕭。（岩上提供）

2016年6月，岩上於臺灣工藝研究發展中心園區演練太極拳。（岩上提供）

2016年10月7日，岩上出席文訊雜誌社於臺大醫院國際會議中心舉辦的「2016
九九重陽文藝雅集」，與詩友相聚。右起：辛牧、岩上、吳德亮。（岩上提
供）

2018年9月1日，岩上出席「在現實的裂縫萌芽：岩上學術研討會」，和與會
者合影於南投縣文化局圖書館。前排左起：白靈、蕭蕭、胡瑞珍、岩上、李
瑞騰、康原、林榮森、廖振富；後排左起：葉衽傑、嚴敏菁、陽荷、陳瀅
州、蔡榮勇、徐培晃、謝三進、李桂媚。（岩上提供）

2019年7月19日，岩上與前來家中探望的在地友人合影。右起：洪國浩、
翁徐得、陳國大、程錫牙、岩上、梁志忠、李為國、陳清詰、陳接枝、
孫秀甘。（岩上提供）

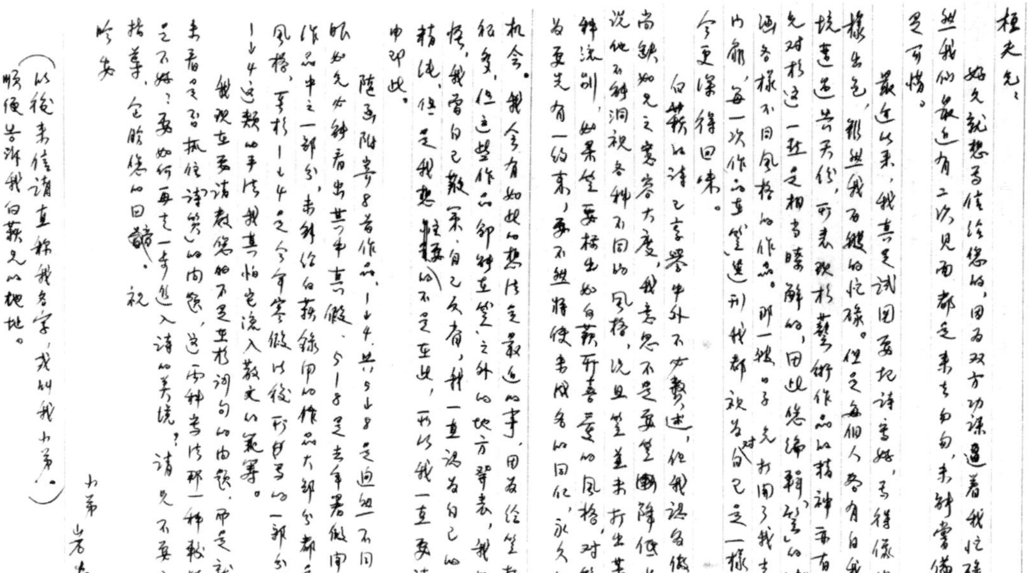

桓夫先生：

好久就想寫信給您的，因為雙方功課這著我忙碌著忘卻，雖我的最少有二次見面都是來去匆匆，未料常備領教真受可惜。

最近幾天，我喜愛試閱各地詩刊，覺得像您的詩那樣豐富，那些跟我互相的沉練，但是每個人多有自我的不同風格，速達著天後，而未敢於其暗解的，因此您稱讚著作品的山精神示示有所不同，所以稱讚著作品，因此總給稱您的翻衡肉種色海各樣的同氣格的作品。那一期"笠"我刊了我的一首因以內衛，每一次作品"笠"選刊我都散為自己這一樣報勤顧如今更深得回來。

白萩兄以詩之壹譽中外不乡齊述，但我認為做名稱者，高歌如之之寫容方度我志忠不是委靡團降便水平，而是說他之不創視各種不同以風格，以及並未有生素種以技巧之錄雖非生如為其所喜愛如風格，對笠同仁以退很，如果笠起的素所喜愛如風格，永久無約頭以向，為要支有一約束，爭不能將使寫成名以同化，於此以我一直支清教您呀呢

機會，我今有如此以志作之最近之事，因友徐笠方如作二紹介，位這些作品卻對立笠之外以地方發表，我覺得紅夸眼兒久以種看出其中真假，5.1.8是志年君做得始嘗試以作品中之一部分，寄外給各務即以作品大部分都是這一類以風格，另外1.2.4之今年寫做以後形形影多以一部分，說喜的1.2.4這四手作我喜怕電流入散文以氣筆，雙視在夫諸教錯如不足正楷詞句以內裡，

陸辛陽喜8者作六．1．4．共5至8之過如7不同以気楷眼如久女神看出其中真假，5.1.8是志年君做得始嘗試明作品中之一部分，寄外給各務即以作品大部分都是這一類以風格，另外1.2.4之今年寫做以後形形影多以一部分，說喜的1.2.4這四手作我喜怕電流入散文以氣筆，

奉春之多抓以詩勞以內裡，送需神寺作那一種秘好？武先生之不好？爭如何再去一字想入詩"美境，請公不要害室給我指導，全腑您以回饋。祝

修安

以後來信請直接我名字，我州我以第。（順便告訴我白萩久以地址。）

小弟 岩上敬筆
59.5.10晚

（手寫書信，直書）

1970年5月10日，岩上致陳千武（桓夫）函，函中表達對其《笠》編輯風格的認同，並希望陳千武閱讀自己正嘗試書寫的新風格詩作。
（國立臺灣文學館）

我讀康原「最後的拜訪」

岩上

1985年2月，岩上發表於《文訊》第16期〈關愛與鄉情：我讀康原《最後的拜訪》〉手稿。（文訊‧文藝資料研究及服務中心提供）

NO.

同仁：

恭喜新春愉快，萬事如意。

笠詩刊發行將屆滿三十年，半甲子以來在台灣新文學詩史佔有重要地位，已取得中外的認可，這些成績都是靠初創劃發起的同仁以及先後加盟的同仁共同努力的成果，歷任編輯付出的心血使這份詩刊物繼續壯大成長。

從本年度起弟接編頗覺惶恐，一方面先輩的成果給予壓力；另方面現代人進求物慾的享受，詩已成為現實生活邊緣的泡沫，致使詩人寫詩寫詩論的熱情也相對減低，又兼能力有限怕有愧同仁的厚望。但詩在文學歷史上的崇高專責地位，使笠能維持以往的水準，所以希望在笠編輯期間各位多加支持，使笠能維持不死心，祈……甚至有更好的表

象。這就要靠同仁多提供作品，包括：詩創作、評論、翻譯等。

●為使今後每期按時雙月十五日出版，請每雙月底以前將稿件寄達編輯部。

●為加強同仁間的了解，本刊擬增設同仁近況動態簡訊報導，請同仁提供生活與詩文學活動的消息。

●179期已付印中，180期二月底截稿，有關稿件請於二月底以前寄達以便彙編，敬請支持。

　　　　再祝

詩安

　　　　　　弟　岩上敬白

　　　　　　　　一九九四·二·廿二

編輯部　新地　南投縣草屯鎮碧峰路176巷13弄4號　電話（○四九）三三八八四六一

It is never too late to learn,

NMTL 20100030204 1/1

1994年2月22日，岩上致笠詩社同仁函，函中說明自己甫接編《笠》的戒慎心情，同時希望同仁踴躍供稿。（國立臺灣文學館）

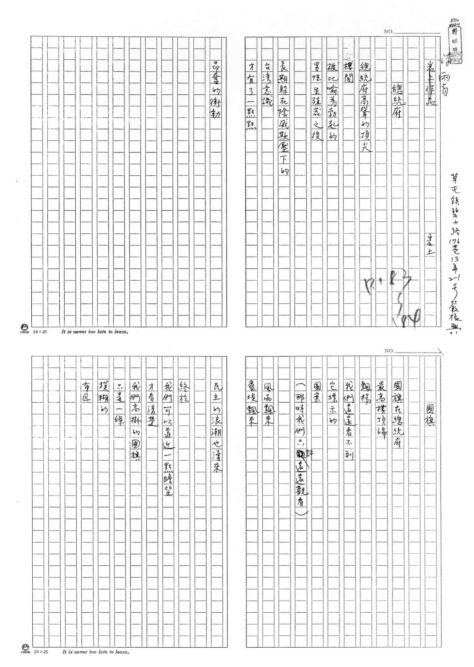

岩上作品

總統府

樓閣
被比喻為勤勞的
男性生殖器之後
總統府高聳的頂尖
長期躲在陰戚默壓下的
台灣意識
才有了一點點
印象的衝動

國旗

國旗在總統府
最高樓頂端
飄揚
我們遠遠看不到
它標示的
圖案
（那時我們，許遠遠觀看）
風高飄來
塵埃飄來
民主的浪潮也湧來
終於
我們可以靠近一點瞻望
才看清楚
我們高掛的國旗
三是一條
模糊的
布匹

1998年7月，岩上發表於《文學臺灣》第27期詩作〈總統府〉、〈國旗〉手稿。（國立臺灣文學館）

大地的愛與恨

大地震之後
人們紛紛逃離高樓
搭帳篷睡在野地
才知道大地的溫暖和安全

大地震之後
人們紛紛流離失守
倉皇不知所往
才知道大地也不是永遠好脾氣的

大地生我育我養我
大地也背棄我埋葬我毀滅我

地震，從大地來
我們趕快逃離
地震，從大地來
我們又趕快投入她的懷抱

是否我們無法拋開大地的愛
是否我們無法割捨大地的恨
矛盾的心胸
像餘震不斷地擴大
龜裂

岩上

·此詩發表於《笠詩刊》214期一九九九年十二月

1999年12月，岩上發表於《笠》第214期詩作〈大地的愛與恨〉手稿。（國立臺灣文學館）

2004年7月，岩上發表於《文訊》第225期〈詩的塗鴉〉手稿。（文訊‧文藝資料研究及服務中心提供）

2013年4月，岩上詩作〈阿里山日出〉手稿。（岩上提供）

輯二◎生平及作品

小傳◎作品◎年表

小傳

岩上（1938～）

岩上，男，本名嚴振興，筆名嚴文聰、嚴堂絃、嚴文禧、嚴振、嚴手辰，籍貫嘉義朴子，1938 年（昭和 13 年）9 月 2 日生。

臺中師範學校（今臺中教育大學）、逢甲學院（今逢甲大學）財稅系畢業。曾任教於南投草屯中原國校（今中原國小），後轉至草屯初中（今草屯國中），至 1989 年退休。並曾擔任中國青年寫作協會南投縣分會理事長、《南投青年》主編、臺灣省兒童文學協會理事及理事長、《笠》主編及顧問、賴和文教基金會董事、南投縣文化基金會常務董事、臺灣現代詩人協會理事、臺灣兒童文學學會理事長、《滿天星》發行人及總編輯等，現為《臺灣現代詩》顧問。1966 年加入笠詩社，1976 年籌組「詩脈社」，同時主編《詩脈》，編輯風格具有 1970 年代回歸現實的時代精神。1994～2001 年任《笠》主編，其間籌辦 1995 年第五屆亞洲詩人會議、1997 年「繁花與盛果──《笠》詩刊兩百期大展」等，橫向的國際連結與縱向的脈絡傳承並重，對新詩推展不遺餘力。1973 年以〈松鼠與風鼓〉獲第一屆吳濁流新詩獎正獎，又前後獲得 1979 年中興文藝獎章新詩獎、1987 年中國語文獎章、1991 年文藝獎章新詩獎、2001 年南投縣文學獎文學貢獻獎、2002 年榮後臺灣詩人獎等，並於 1997 年以《笠》主編身分獲詩歌藝術獎編輯獎。

岩上的創作文類以詩為主，兼及論述、散文與兒童文學。早期詩作關注內在自我的傾向較為強烈，探索生命的根源、命運的去路，染有現代主

義色彩，如〈星的位置〉、〈切肉〉等。陳千武認為此類作品：「以超現實加現實的成果構成詩，遂建立了他自己的詩的風格，表現超現實詩的現實性。」更直面的現實關懷，則表現於鄉土主題詩作，如〈松鼠與風鼓〉、〈溫暖的蕃薯〉等，描寫農村的凋敝與困境，在節制情緒中有人性微溫。

解嚴前後，岩上將個人情懷、鄉土關懷擴大為臺灣意識，於詩作中展現社會批判的力度，如〈國旗〉、〈我的詩，黏死在街道的牆壁上〉等。其針砭議題廣泛，包括政治、教育、治安、媒體、環境等，以急切而憂懷的心緒，詩寫世紀之交的亂象紛呈。同時，他開展「八行詩」作品，透過律整形式、簡約語言面對擾攘世界，傳達易理與老莊哲思。評價此階段的兩種詩類型，李魁賢認為前者「令人感受到岩上詩創作生命源泉的豐沛和灌注的八方阡陌」，後者則「語言精緻簡練，意境在隔與不隔之間，在在表現岩上詩藝的高峰。」進入 21 世紀後，岩上持續經營哲理詩，另多有地景記懷、旅遊感思之作，亦將研練數十載的太極拳入詩，展現不慍不火、凝定澄澈之詩貌。

岩上的論述篇章中，以對詩本質概念的闡發最受矚目。他認為詩必須根植於現實的土壤、用生活經驗加以澆灌，並具備非現實的想像與美感。故其寫詩、著論，不落入機械式的意識先行或閉門造車的美學實驗，而能調和寫實性與藝術性。詩與詩論之外，以散文記敘童年舊事、生活感發，風格淡素真摯。兒童文學創作則獨鍾童詩，多摹寫鳥獸蟲魚、自然景物，冀以本然的純真觀照世界，隱含復歸本真之思想。

岩上早年創辦《詩脈》至其後主編《笠》，皆以南投草屯為基地，所輻射出的時代性、地域性意義不容忽視。他更在鄉鎮生活中持續關注繁雜的社會現象與臺灣現狀，同時涵泳太極剛柔、易理命數、老莊哲思，能大食人間煙火而將之化為穩健的詩性語言。綜觀岩上文學成就，誠如趙天儀所言「不是那種天才型早熟的作品，寧可說他的詩是功力型的逐漸地成熟的作品」，厚積而薄發，終達致生命積澱後的均衡與圓熟。

作品目錄及提要

【論述】

詩的存在：現代詩評論集

高雄：派色文化出版社
1996 年 8 月，25 開，350 頁
白鴒鷥文庫 2016

本書闡述詩的本質，與其他詩評家進行對話，並針對詩作進行評論、賞析。全書分「詩論」、「批評和述介」、「詩作和詩集評析」、「兒童詩賞析」四輯，收錄〈詩與實驗〉、〈詩人與劍客〉、〈詩與孩童的語言〉、〈詩與語言〉等 37 篇。正文後有岩上〈《詩的存在》後記〉。

詩的創發：現代詩評論

南投：南投縣文化局
2007 年 12 月，25 開，375 頁
南投縣文學家作品集 64・南投縣文化資產叢書 121

本書著重詩的現實性和語言表現，論述個人詩觀之外，亦分析當代詩人作品、針砭臺灣詩壇現象。全書分「詩論」、「論述」、「詩集序文與評析」、「『臺灣日日詩』評論」、「詩人事論」五輯，收錄〈詩的河流〉、〈詩的語言與形式〉、〈詩的本質〉、〈詩的意象〉等 44 篇。正文前有〈作者簡歷〉、〈本書摘要〉、圖片集、李朝卿〈縣長序〉、岩上〈自序〉，正文後附錄〈岩上年表〉、〈南投縣文學家作品集目錄〉。

詩的特性──岩上現代詩評論集

南投：南投縣文化局
2015 年 11 月，25 開，389 頁
南投縣文化資產叢書 185・向大師致敬系列叢書 12

本書集結作者 2008 至 2015 年的詩論及詩述，包括詩之綜論、
作家作品論等。全書分「詩論」、「詩人作品論」、「詩的相關詩
述」三輯，收錄〈論詩的特性〉、〈詩的矛盾存在論〉、〈詩意與
詩藝──兼對臺灣現代詩一些省思〉等 27 篇。正文前有林明溱
〈縣長序〉、林榮森〈局長序〉、岩上〈自序〉，正文後有嚴敏菁
〈後記〉。

【詩】

激流

臺北：笠詩刊社
1972 年 12 月，32 開，95 頁
笠叢書

本書為作者第一本詩集，透過詩來挖掘自我、探索生命，流露
個人情懷。全書收錄〈正午〉、〈黃昏〉、〈一九六四年四月六
日〉、〈風鼓〉等 41 首。正文前有桓夫〈序〉，正文後有岩上
〈後記〉。

冬盡

臺中：明光出版社
1980 年 5 月，32 開，240 頁
梅華圖書 1

本書展現作者擁抱鄉土的企圖心，關懷現實環境之外，亦多有
自我的掙扎與省思。全書分「陋屋詩抄」、「伐木」、「冬盡」、
「海岸極限」、「蚯蚓」、「山與海」、「竹竿叉」七輯，收錄〈浣
衣〉、〈切肉〉、〈風濕〉、〈水牛〉、〈戀情〉等 60 首。正文前有岩
上〈代序・詩的來龍去脈〉，正文後有〈作品年表〉、〈後記──
從生活裂縫中綻開的花朵〉、附錄蕭蕭〈岩上的位置〉、李瑞騰
〈爬行在灰白牆壁上的影子──為岩上詩集《冬盡》的出版而
寫〉。

臺灣瓦

臺北：笠詩刊社
1990 年 7 月，新 25 開，150 頁
臺灣詩庫 21

本書為作者 1980 年代詩作結集，將個人情懷、鄉土關懷，擴大
為臺灣意識，具有強烈的時代意義與精神。全書分「冬日無
雪」、「午時海洋」、「臺灣瓦」、「貓聲」、「接大哥的信」、「根之
蛀──國中放牛班導師傷痛詩」六卷，收錄〈燈〉、〈流浪者〉、
〈靜夜〉、〈掌握〉、〈苦澀〉等 59 首。正文後有〈《臺灣瓦》詩
集作品年表〉、岩上〈《臺灣瓦》詩集後記〉。

愛染篇

臺北：臺笠出版社
1991 年 5 月，新 25 開，152 頁
臺灣詩人集刊 3

本書匯集作者 1950 至 1980 年代的愛情詩作，以情愛觀照命
運，呈現知性而含蓄的哀感。全書分「任性的春天」、「海岸極
限」、「凝視」、「愛染篇」四卷，收錄〈蝴蝶蘭〉、〈往日的戀
情〉、〈任性的春天〉、〈夢境〉等 45 首。正文後有王灝〈點亮慰
藉的星芒──小論岩上情詩中的詩情〉、康原〈《愛染篇》主題
初探〉。

岩上詩選

南投：南投縣立文化中心
1993 年 10 月，25 開，202 頁
南投縣文學家作品集五

本書精選《激流》、《冬盡》、《臺灣瓦》、《愛染篇》之詩作。全
書分「《激流》詩集」、「《冬盡》詩集」、「《臺灣瓦》詩集」、
「《愛染篇》詩集」四卷，收錄〈蟬〉、〈憶〉、〈荷花〉、〈談判之
後〉、〈創傷〉等 60 首。正文前有林源朗〈序──憧憬過後，走
向未來〉、簡俊棠〈序──尊敬感佩，那敢遺忘〉、寧可〈序──
跨出第一步的喜悅〉、岩上〈詩的來龍去脈（代序）〉，正文後附
錄菩提〈談岩上的〈切肉〉〉、向明〈也是一面鏡子──淺談岩
上的〈割稻機的下午〉〉、尹曙晨〈〈讀妳的眼睛〉鑑賞〉、韓升
祥〈〈流浪者〉鑑賞〉、康原〈詩的時代精神──小論岩上詩集
《臺灣瓦》〉、王灝〈點亮慰藉的星芒──小論岩上情詩中的詩
情〉。

岩上八行詩
高雄：派色文化出版社
1997 年 8 月，25 開，125 頁
白鴒鷥文庫 2018
賴威嚴插畫

臺北：釀出版
2012 年 10 月，25 開，209 頁
閱讀大詩 14
Litze Hu 譯

派色文化出版社
1997

釀出版 2012

本書詩作皆為詠物之八行詩，以律整的形式、節制的語言，傳達與萬物共在的哲思。全書收錄〈樹〉、〈河〉、〈椅〉、〈杯〉、〈屋〉等 61 首。正文前有岩上〈序文——詩的語言與形式〉，正文後有岩上〈後記〉。

2012 年釀出版版：本書為中、英雙語對照本，正文刪去〈影之二〉，新增〈瓜〉、〈唇〉、〈舌〉、〈腳〉。正文後新增岩上〈再版後記〉，附錄丁旭輝〈論《岩上八行詩》的內在結構〉、古繼堂〈充滿生活哲理的詩篇——評《岩上八行詩》〉、古遠清〈對人生哲思的感悟——評《岩上八行詩》〉、謝輝煌〈疑問號裡醒眼——岩上《岩上八行詩》讀後〉、王灝〈試說《岩上八行詩》中的形式意義〉、黃明峰〈觀物取象的智慧——論《岩上八行詩》〉、Raymond Gibbs〈雷蒙・吉布斯的簡評〉。

更換的年代
高雄：春暉出版社
2000 年 12 月，25 開，277 頁
文學叢刊 29

本書為作者 1990 年代詩作結集，著眼外在現實，諷刺社會時事，反思世紀末的臺灣亂象。全書分「更換的年代」、「國旗」、「玩命終結者」、「地震與土石流」、「獅子與麻雀」、「建築與重疊」、「隔海的信箋」、「無人島」、「無盡的路」、「菩提樹」十卷，收錄〈黑白〉、〈鷺鷥的飛行〉、〈冬天的面譜〉、〈更換的年代〉、〈是與不是〉等 157 首。正文前有李魁賢〈詩的衝突〉，正文後有岩上〈後記〉。

岩上短詩選

香港：銀河出版社
2002 年 6 月，12.5×18 公分，63 頁
中外現代詩名家集萃‧臺灣詩叢系列 22
張默主編；許志培譯

本書為中、英雙語對照本，全書收錄〈憶〉、〈蟬〉、〈梨花〉、〈香爐〉、〈葬列〉等 27 首。正文前有〈出版前言〉、〈作者簡介〉。

針孔世界

南投：南投縣文化局
2003 年 12 月，25 開，242 頁
南投縣文學家作品集 44‧南投縣文化資產叢書 101

本書集結作者 1979 至 2003 年的作品，涵蓋作者不同時期的創作主軸，展現其詩之多元性。全書分「風景」、「陶與鄉野」、「小詩集錦」、「針孔世界」、「旅日詩抄」、「性愛光碟風暴」、「黑白數位交點」七卷，收錄〈秋意〉、〈蘆葦〉、〈山徑〉、〈黃昏之惑〉、〈風景〉等 76 首。正文前有圖片集、林宗男〈縣長序〉、陳秀義〈局長序〉、岩上〈詩是語言的創發——關於詩語言的思考〉，正文後有〈岩上寫作年表〉。

岩上詩集

高雄：春暉出版社
2007 年 9 月，新 25 開，130 頁
臺灣詩人群像 6‧文學臺灣叢刊 64

本書為作者 1990 年代至 21 世紀初之詩作選集。全書分「《八行詩》詩集」、「《更換的年代》詩集」、「《針孔世界》詩集」、「樹葉的手掌」、「鋼管女郎的夜色」五輯，收錄〈屋〉、〈楓〉、〈椅〉、〈窗〉等 49 首。正文前有相照、岩上詩語、筆跡、〈岩上簡介〉、〈岩上詩觀〉，正文後有向陽〈冷凝沉鬱論岩上〉、〈岩上年表〉。

岩上集

臺南：國立臺灣文學館
2008 年 12 月，25 開，144 頁
臺灣詩人選集 26
向陽編

本書精選作者各階段代表性詩作，為讀者提供岩上詩之入門。
全書收錄〈蟬〉、〈拉鏈〉、〈星的位置〉、〈激流〉等 48 首。正文
前有黃碧端〈主委序〉、鄭邦鎮〈騷動，轉成運動〉、彭瑞金
〈「臺灣詩人選集」編序〉、〈臺灣詩人選集編輯體例說明〉、岩
上影像、〈岩上小傳〉，正文後有〈解說〉、〈岩上寫作生平簡
表〉、〈閱讀進階指引〉、〈岩上已出版詩集要目〉。

漂流木

臺北：秀威資訊科技公司
2009 年 3 月，25 開，263 頁
語言文學 PG0223

本書主要集結作者 2003 至 2005 年發表的詩作，多有旅遊詩、
地景詩。全書分「樹葉的手掌」、「鋼管女郎的夜色」、「太極拳
四要」、「漂流木」、「南投即詩」、「旅遊詩抄」六輯，收錄〈流
星〉、〈行道樹〉、〈橋〉、〈混濁〉、〈瓜〉等 90 首。正文前有郭楓
〈風格韻味流布於散淡恍惚間——序論岩上兼賞析《漂流木》
詩集〉，正文後附錄曾進豐〈追尋自己永恆的神——讀岩上詩集
《漂流木》〉、岩上〈後記〉。

詩繪草鞋墩（與林廣、洪錦章、李瑞騰、李默默、陽荷、曾淑美合著）

南投：南投縣草屯鎮公所圖書館
2012 年 12 月，25 開，126 頁
岩上主編

本書為南投在地作家書寫草屯之詩合集。全書分「岩上」、「林
廣」、「洪錦章」、「李瑞騰」、「李默默」、「陽荷」、「曾淑美」七
部分，收錄〈火炎山依然面對〉、〈我並沒有和草屯做生死之
約〉、〈來嚐，草屯蕃薯〉、〈茄荖山示範公墓〉、〈草屯菸樓〉等
65 首。正文前有圖片集、游守中〈草屯的土地上與詩狹路相
逢〉、洪國浩〈詩繪草鞋墩——多音交響的鄉野呼喚〉、岩上
〈主編序〉，各部分前有詩人〈個人簡歷〉。

另一面詩集

南投：南投縣文化局
2014 年 12 月，25 開，213 頁
南投縣文化資產叢書 167・向大師致敬系列叢書 2

本書匯集作者 2006 至 2009 年的詩作，主題涵蓋靈思感悟、社
會關懷、地景觀照等。全書分「另一面」、「望聞問切」、「北回
歸線」、「四物湯」、「眼睛與地球的凝視」、「鐵窗歲月」、「宜蘭
農場」、「越南紀行／歐遊剪影　詩抄」八輯，收錄〈另一面〉、
〈無肉生活〉、〈父親的畫像〉、〈井中的青蛙〉、〈痛膽結石劇〉
等 144 首。正文前有陳志清〈代理縣長序〉、游守中〈局長
序〉、岩上〈自序〉，正文後有嚴敏菁〈關於父親的「另一
面」〉。

變體螢火蟲

新北：遠景出版公司
2015 年 7 月，25 開，267 頁
臺灣文學叢書 100

本書集結作者 2010 至 2013 年的詩作，為四年間觀物、觀景、
觀事、觀心所得之結晶。全書分「變體螢火蟲」、「阿里山日
出」、「母親的臉，懸掛著」、「中元祭」、「憂國錯亂」、「草鞋墩
詩抄」、「美國之旅詩抄」七輯，收錄〈變體螢火蟲〉、〈慾望的
煙囪〉、〈月亮的臉〉、〈仙人掌〉、〈蝴蝶弄春〉等 93 首。正文前
有丁威仁〈洗滌自我的生命行旅〉、岩上〈《變體螢火蟲》詩
集〉。

【散文】

綠意——岩上散文集

南投：南投縣文化局
2015 年 11 月，25 開，215 頁
南投縣文化資產叢書 184・向大師致敬系列叢書 11

本書文章主題包括憶往感思、社會現象、旅遊見聞等，風格澄
淡真摯。全書分「拾金」、「吊橋經驗」、「情是何物」、「黑皮膚
的亮光」四輯，收錄〈拾金〉、〈天窗下的汗痕〉、〈鉛筆盒的故
事〉、〈出生地〉等 44 篇。正文前有林明溱〈縣長序〉、林榮森
〈局長序〉、岩上〈自序〉，正文後有嚴敏菁〈後記〉。

【兒童文學】

忙碌的布袋嘴──岩上兒童詩集
臺北：富春文化公司
2006 年 1 月，25 開，153 頁
兒童文學館 30

本書集結作者自 1983 年以降的童詩作品。全書分「忙碌的布袋嘴」、「春天裡的麻雀」、「踢罐子」、「臺語囝仔歌」四輯，收錄〈太陽回家〉、〈出海〉、〈到布袋吃海鮮〉、〈防波堤〉、〈防風林〉等 60 首。正文前有岩上〈兒童詩的原點與想像〉，正文後有岩上〈後記〉。

【合集】

走入童詩的世界
南投：南投縣文化局
2015 年 11 月，25 開，163 頁
南投縣文化資產叢書 188・向大師致敬系列叢書 15

本書為童詩、童詩論述合集。全書分三輯，「童詩」收錄〈青蛙〉、〈蜻蜓〉、〈猴子〉、〈魚〉等 47 首；「兒童詩賞析」、「兒童詩文學論述」收錄〈生活是詩真實存在的層面〉、〈詩是真相的誤讀〉、〈詩是與時間對決的產物──並藉此文悼念陳千武先生〉等 22 篇。正文前有林明溱〈縣長序〉、林榮森〈局長序〉、岩上〈自序〉，正文後有嚴敏菁〈後記〉。

文學年表

1938 年 （昭和 13 年）	9 月	2 日，生於臺南州新豐郡永康庄（今臺南市永康區），籍貫嘉義朴子。本名嚴振興，父親嚴萬順，母親嚴朱等。家中排行第八，上有二兄五姐，下有一弟。
1939 年	本年	服務於嘉南大圳的父親意外受傷而離職，舉家遷至高雄州屏東郡里港庄（今屏東縣里港鄉），父親於當地經商。後再因父親病情加重，遷至嘉義市。
1942 年	本年	父親嚴萬順過世。
1944 年	本年	隨母親躲避太平洋戰爭的盟軍空襲，疏散至嘉義市郊抬斗坑，復遷朴子避難。
1946 年	本年	全家自朴子遷至嘉義市吳鳳路。 就讀崇文國民學校（今崇文國民小學）。
1952 年	8 月	就讀華南初級商業職業學校（今華南高級商業職業學校）。在學期間偶爾閱讀課外讀物，包括《七俠五義》、《羅通掃北》等章回小說，以及無名氏《塔裡的女人》、《北極風情畫》等新文學小說。
1955 年	6 月	以全校第二名成績畢業於華南商職。
	8 月	就讀臺中師範學校（今臺中教育大學）。在學期間對文學與繪畫產生濃厚興趣，於學校圖書館大量閱讀文藝作品，包括《中央日報・副刊》、《自由青年》、《野風》、《文學雜誌》刊載的詩作；並手抄冰心詩集《繁星》；師從林之助、呂佛庭、徐人眾、王爾昌學習繪畫。

	12 月	以二塊錢於書攤購得《現代詩》第 11 期，始正式接觸現代詩，此後時常購買詩刊、詩集。
1956 年	本年	於臺中中央書店購買覃子豪《向日葵》詩集時結識詩人柴棲鶯，但柴氏當時已不再創作，故自行摸索寫詩。
		詩作〈孤影〉發表於《奔流》第 1 卷第 3 期。
1957 年	8 月	12 日，畫作《夏日山居》獲第七屆全省學生美術展覽會高中大專組國畫部第三名。
		20～26 日，參與臺灣省教育廳、臺灣省教育會於臺北市西門國校舉辦的全省學生美展，展出得獎畫作《夏日山居》。
	秋	閱讀《藍星詩選》「獅子星座號」、「天鵝星座號」刊載的現代詩論戰文章，影響往後之詩觀。
	本年	詩作〈黃昏〉發表於《新新文藝》。
1958 年	6 月	畢業於臺中師範學校，分發至南投草屯中原國校（今中原國小）任教，其間發表詩作〈吊橋〉於《中央日報》。
1961 年	12 月	入伍服役，於士林衛勤學校受訓。
1962 年	6 月	調派鳳山陸軍基地任下士文書、《精忠報》特約通訊員。
	本年	開始使用「岩上」筆名，發表詩作於《精忠報》。
1963 年	12 月	自鳳山退伍，回中原國校任教。
1964 年	本年	就讀逢甲學院（今逢甲大學）財稅系夜間部。
1965 年	2 月	18 日，與胡瑞珍結婚。
	12 月	長女嚴月秀出生。
	本年	因母親重病住院半年，暫自逢甲學院休學。
1966 年	1 月	28 日，參加中學教師檢定考試。
	春	通過中學國文科教師檢定考試。
	6 月	詩作〈臺北〉、〈蘇花公路〉發表於《笠》第 13 期，後經陳千武介紹而加入笠詩社。

	8 月	出席笠詩社於彰化慈濟寺舉辦的第三屆年會，與會者有吳建堂、鄭烱明、趙天儀、喬林、葉笛等。
	9 月	詩作〈二十九歲的獨白〉發表於《文壇》第 75 期。
	10 月	詩作〈風鼓〉發表於《笠》第 15 期。
	12 月	詩作〈放學後〉發表於《笠》第 16 期。
		應聘至草屯初中（今草屯國中）任教國文科，至 1989 年 8 月退休。
1967 年	1 月	詩作〈陰雨連綿〉發表於《文壇》第 79 期。
	2 月	以「正午與黃昏」為題，詩作〈正午〉、〈黃昏〉發表於《笠》第 17 期。
	4 月	詩作〈逃學〉發表於《笠》第 18 期。
	6 月	詩作〈不是垂釣〉發表於《笠》第 19 期。
	8 月	詩作〈一九六四年四月六日〉發表於《笠》第 20 期。
	9 月	於逢甲學院復學。
		長男嚴俊麟出生。
	10 月	詩作〈午息〉,〈筆名的數理〉、〈詩的難懂是詩人的悲哀〉、〈岩上致桓夫書〉發表於《笠》第 21 期。
	11 月	詩作〈秋〉發表於《文壇》第 89 期。
1968 年	2 月	詩作〈重逢〉發表於《文壇》第 92 期。
		詩作〈最甜的一季〉發表於《創作》第 67 期。
		詩作〈儘管〉發表於《笠》第 23 期。
	8 月	詩作〈錯覺〉發表於《笠》第 26 期。
	10 月	詩作〈髮〉發表於《幼獅文藝》第 178 期。
	12 月	詩作〈浪子與狗肉〉發表於《笠》第 28 期。
1969 年	1 月	詩作〈醒來的喊聲〉發表於《創世紀》第 29 期。
	10 月	詩作〈綠葉與毛蟲〉發表於《笠》第 33 期。
1970 年	1 月	詩作〈翅膀與樹根〉發表於《大學雜誌》第 25 期。

以「明知三響」為題，詩作〈髮〉、〈憶〉、〈秋蟬〉發表於《青溪》第 31 期。

2 月　詩作〈當你步入〉發表於《笠》第 35 期。

5 月　詩作〈三月〉發表於《幼獅文藝》第 197 期。

6 月　詩作〈手，這個傢伙〉、〈教室的斷想〉發表於《笠》第 37 期。

7 月　詩作〈強力膠〉發表於《葡萄園》第 33 期。

8 月　詩作〈夏日的蟬聲〉發表於《這一代》第 4 期。

詩作〈語言的傷害〉、〈創傷〉發表於《笠》第 38 期。

9 月　詩作〈夜河〉發表於《作品》第 21 期。

10 月　詩作〈樹枝〉發表於《文藝新銳》第 197 期。

詩作〈一枝蘆草〉發表於《臺灣文藝》第 29 期。

詩作〈星的位置〉、〈激流〉、〈紫藤〉、〈葬列〉、〈香爐〉、〈夜〉、〈劈柴〉、〈拉鏈〉、〈河就是一條繩子〉發表於《笠》第 39 期。

12 月　詩作〈談判之後〉發表於《幼獅文藝》第 204 期。

詩作〈事件〉、〈青蛙〉發表於《笠》第 40 期。

1971 年　2 月　詩作〈夕陽〉、〈風箏〉，〈從語言問題談明台的〈緘默〉〉發表於《笠》第 41 期。

4 月　詩作〈松根喊出〉發表於《臺灣文藝》第 31 期。

詩作〈錦繡山河〉發表於《幼獅文藝》第 208 期。

詩作〈柔馴的河〉、〈葬〉，〈從詩想的動向看鄭炯明的〈歸途〉〉發表於《笠》第 42 期。

5 月　詩作〈林中之樹〉發表於《水星詩刊》第 3 期。

6 月　畢業於逢甲學院財稅系，後再至成功大學中文系修學分。

詩作〈無邊的曳程〉、〈蝴蝶蘭〉、〈蔓草〉、〈強力膠〉、

〈老鷹〉、〈碧山岩〉發表於《笠》第 43 期。

| | 7 月 | 詩作〈回憶〉、〈夾竹桃〉發表於《水星詩刊》第 4 期。 |

7 月　詩作〈回憶〉、〈夾竹桃〉發表於《水星詩刊》第 4 期。

8 月　詩作〈窗外〉發表於《文藝月刊》第 26 期。

9 月　詩作〈遠去的背影〉發表於《文藝月刊》第 27 期。

10 月　詩作〈除草〉、〈熟悉之後〉、〈結婚之後〉發表於《臺灣文藝》第 33 期。

以「我的朋友」為題，詩作〈破裂的巨響〉、〈一池的鏡子〉、〈璀璨花朵〉、〈藩籬〉、〈被震掉了〉、〈開門〉、〈消失的影子〉,〈詩人與劍客〉發表於《笠》第 45 期。

12 月　詩作〈談判之後〉、以「陋屋詩抄」為題，詩作〈浣衣〉、〈母雞〉發表於《笠》第 46 期。

1972 年　2 月　〈詩的貝殼〉、〈從詩的彈性談拾虹的傑作〉發表於《笠》第 47 期。

3 月　詩作〈七月之舌〉、〈埋葬〉發表於《詩宗》第 5 期。

4 月　〈溪底的亂石——〈辭尚體要論碧果〉讀後〉發表於《笠》第 48 期。

5 月　23 日,〈詩與小孩的語言〉發表於《文化一周》第 286 期。

詩作〈雲〉發表於《文藝月刊》第 35 期。

6 月　以「陋屋詩抄」為題，詩作〈切肉〉、〈風濕〉、〈死亡的故事〉、〈水牛〉發表於《笠》第 49 期。

8 月　以「陋屋詩抄（續）」為題，詩作〈戀情〉、〈啊！海〉、〈同樣的路〉、〈荷花〉、〈跌倒〉、〈愛〉、〈命運〉發表於《笠》第 50 期。

9 月　詩作〈往日的戀歌〉發表於《幼獅文藝》第 225 期。

詩作〈拋物體〉發表於《中外文學》第 1 卷第 4 期。

10 月　次女嚴玟鑠出生。

詩作〈松鼠與風鼓〉發表於《臺灣文藝》第 37 期。

12 月　詩作〈海岸極限〉、〈夜與玫瑰〉發表於《創世紀》第 31 期。

以「陋屋詩抄」為題，詩作〈如果〉、〈走路〉、〈夢〉、〈昨夜〉、〈跛行〉、〈陋屋〉、〈林內〉、〈我的位置〉發表於《笠》第 52 期。

詩集《激流》由臺北笠詩刊社出版。

1973 年　1 月　〈得獎感言——一枚貝殼〉發表於《臺灣文藝》第 38 期。

2 月　詩作〈那些手臂〉發表於《笠》第 53 期。

3 月　詩作〈伐木〉發表於《中外文學》第 1 卷第 10 期。

4 月　22 日，出席臺灣文藝雜誌社於臺北內湖金龍禪寺舉辦的「《臺灣文藝》創刊九週年紀念會暨第四屆吳濁流文學獎、第一屆吳濁流新詩獎頒獎典禮」，以詩作〈松鼠與風鼓〉獲第一屆吳濁流新詩獎正獎。

詩作〈溫暖的蕃薯〉發表於《笠》第 54 期。

6 月　〈詩的來龍去脈〉發表於《主流》第 9 期。

詩作〈凌晨三時〉、〈春遊〉發表於《創世紀》第 33 期。

7 月　〈論詩想動向的秩序〉發表於《龍族詩刊》第 9 期。

8 月　詩作〈無屬性的人〉、〈陌生的人〉，〈詩與實驗〉發表於《笠》第 56 期。

9 月　詩作〈暮色的平原〉發表於《中外文學》第 2 卷第 4 期。

詩作〈失題〉發表於《中華文藝》第 31 期。

詩作〈蟋蟀〉發表於《創世紀》第 34 期。

11 月　詩作〈我是我在〉發表於《創世紀》第 35 期。

1974 年　3 月　詩作〈蟹〉，〈詩・感覺與經驗〉發表於《主流》第 10

期。

4月　詩作〈日出日落〉發表於《中外文學》第 2 卷第 11 期。

6月　詩作〈清明〉發表於《中外文學》第 3 卷第 1 期。

7月　〈論詩的繪畫性〉發表於《創世紀》第 37 期。

8月　詩作〈屋瓦〉、〈竹竿叉〉發表於《笠》第 62 期。

么女嚴敏菁出生。

10月　詩作〈冬盡〉發表於《笠》第 63 期。

11月　開始學習太極拳，影響往後之詩觀。

1975年　5月　4 日，出席於中國廣播公司臺中分臺舉辦的詩人節中部地區詩歌座談會，與會者有金劍、崔百城、王映湘、李升如、寧可等。

11月　〈詩與語言〉發表於《南投青年》第 98 期。

1976年　2月　詩作〈任性的春天〉發表於《幼獅文藝》第 266 期。

以「掌紋集」為題，詩作〈煙雨〉、〈凝視〉、〈細線〉、〈吊橋〉、〈掌紋〉發表於《笠》第 71 期。

7月　發起籌組「詩脈社」，創社同仁有王灝、鍾義明、洪錦章、胡國忠；後再加入向陽、老六、李默默、李瑞鄘、李瑞騰、張萍珍、張子伯、葉香、劉克襄。同時主編《詩脈》，至 1979 年 3 月停刊止。

詩作〈海螺〉、〈浪花〉、〈海鷗〉，〈論詩的存在〉發表於《詩脈》第 1 期。

任中國青年寫作協會南投縣分會理事長，至 1981 年 9 月止。

8月　22 日，出席《民聲日報・副刊》、中部文藝寫作協會於臺中民聲日報社舉辦的「秋季文友聯誼座談會」，與會者有王灝、張子伯、洪錦章、李瑞鄘、李默默等。

9月　詩作〈割稻機的下午〉發表於《明道文藝》第 6 期。

　　　　　　　　　　任《南投青年》主編，至 1981 年 9 月止。

　　　　　10 月　　詩作〈山頂上的木屋〉、〈寺〉、〈山谷〉發表於《詩脈》
　　　　　　　　　　第 2 期。

　　　　　　　　　　詩作〈鼎〉發表於《詩人季刊》第 6 期。

　　　　　11 月　　〈詩的存在觀〉發表於《幼獅文藝》第 275 期。

1977 年　　1 月　　〈詩的河流〉發表於《南投青年》第 107 期。

　　　　　　　　　　詩作〈蚯蚓〉發表於《詩脈》第 3 期。

　　　　　2 月　　以「冶金者與紅豆」為題，詩作〈冶金者〉、〈紅豆〉發
　　　　　　　　　　表於《笠》第 77 期。

　　　　　3 月　　詩作〈木屐〉發表於《臺灣文藝》第 54 期。

　　　　　　　　　　詩作〈蜻蜓〉發表於《中華文藝》第 73 期。

　　　　　4 月　　詩作〈斷掌〉、〈標本〉發表於《詩脈》第 4 期。

　　　　　5 月　　詩作〈菊貌〉發表於《詩潮》第 1 期。

　　　　　6 月　　以「攜手三章」為題，詩作〈穿越防風林〉、〈爬上山
　　　　　　　　　　頂〉、〈邁入原野〉發表於《中華文藝》第 76 期。

　　　　　7 月　　詩作〈反掌〉、〈髮白〉，〈編輯手記——《詩脈》一年雜
　　　　　　　　　　感〉發表於《詩脈》第 5 期。

　　　　　10 月　　3～6 日，參與詩脈社於中國醫藥學院舉辦的詩、畫、攝
　　　　　　　　　　影展，參展者有亞荻、王灝、張子伯、李瑞鄘、李默默
　　　　　　　　　　等。

　　　　　　　　　　以「愛染篇（一）」為題，詩作〈手絹〉、〈手印〉，〈編輯
　　　　　　　　　　手記〉、〈釋析楊喚的〈雨中吟〉〉（筆名嚴堂紘）發表於
　　　　　　　　　　《詩脈》第 6 期。

　　　　　本年　　母親嚴朱等過世。

1978 年　　3 月　　以「愛染篇（二）」為題，詩作〈燃燒〉、〈草原〉，〈釋析
　　　　　　　　　　覃子豪的〈夢的海港〉〉（筆名嚴堂紘）發表於《詩脈》
　　　　　　　　　　第 7 期。

	4 月	以「天問‧夜歌」為題，詩作〈問〉、〈歌〉發表於《笠》第 84 期。
	9 月	以「愛染篇續稿三」為題，詩作〈海誓〉、〈讀妳的眼睛〉、〈傷口〉、〈星〉，〈堂紘書簡一──嚴堂紘給王灝的信：1978 年 8 月 23 日‧談詩人的生活表徵及其他〉（筆名嚴堂紘）發表於《詩脈》第 8 期。
1979 年	3 月	以「愛染篇（四）」為題，詩作〈漂鳥〉、〈夕暮之海〉、〈生命的箭頭〉、〈羽化〉，〈堂紘書簡二──嚴堂紘給王灝的信：民國 68 年 2 月 28 日‧再談詩脈三個願望〉、〈堂紘書簡三──嚴堂紘給張子伯的信：民國 68 年 3 月 2 日‧略談詩的語言〉（筆名嚴堂紘）發表於《詩脈》第 9 期。
	4 月	5 日，詩作〈武嶺世家──毓秀鍾靈一少年〉發表於《聯合報》14 版。
	5 月	4 日，〈詩脈的流數──詩脈社簡介〉發表於《民聲日報‧副刊》11 版。 獲臺灣省文藝作家協會第二屆中興文藝獎章新詩獎。
	9 月	詩作〈蘆葦〉發表於《南投青年》第 128 期。
	10 月	詩作〈山徑〉發表於《南投青年》第 129 期。
	11 月	詩作〈秋意〉發表於《南投青年》第 130 期。
1980 年	5 月	詩集《冬盡》由臺中明光出版社出版。
	7 月	24 日，〈兒童詩賞析（1）〉發表於《臺灣日報‧副刊》12 版。
	8 月	1 日，〈兒童的想像世界是詩的豐富資源：詩必須是創新的──兒童詩賞析（2）〉發表於《臺灣日報‧副刊》12 版。 10～12 日，〈評勁連的《蓮花落》〉連載於《自立晚報‧

副刊》10 版。

14 日，〈感覺是打開詩門的鑰匙——兒童詩賞析（3）〉發表於《臺灣日報・副刊》12 版。

19 日，〈詩是童話王國的貢品——兒童詩賞析（4）〉發表於《臺灣日報・副刊》12 版。

9 月　4 日，〈詩是感動場面的演出——兒童詩賞析（5）〉發表於《臺灣日報・副刊》12 版。

7 日，〈詩是心影物象關係的處理——兒童詩賞析（6）發表於《臺灣日報・副刊》12 版。

30 日，〈詩是象徵的手語——兒童詩賞析（7）〉發表於《臺灣日報・副刊》8 版。

11 月　詩作〈聖火〉發表於《中央月刊》第 13 卷第 1 期。

1981 年　12 月　31 日，詩作〈奔跑的雨〉發表於《臺灣時報・詩學月誌》12 版。

詩作〈黃昏之惑〉、〈風景〉發表於《笠》第 106 期。

1982 年　2 月　8 日，詩作〈燈〉、〈靜夜〉、〈流浪者〉發表於《聯合報・副刊》8 版。

7 月　31 日，〈鹽分的鄉愛——黃勁連散文集《潭仔墘札記》序〉發表於《自立晚報・副刊》10 版。

10 月　詩作〈午時海洋〉發表於《詩人坊》第 1 期。

1983 年　4 月　4 日，兒童文學〈山與海〉發表於《自立晚報・副刊》10 版。

6 月　16 日，詩作〈登集集大山〉發表於《臺灣日報・副刊》8 版。

詩作〈笠〉發表於《笠》第 115 期。

7 月　詩作〈掌握〉發表於《掌握》第 5 期。

兒童文學〈山與海〉發表於《布穀鳥兒童詩學》第 14

期。

〈釋析白萩的〈廣場〉〉發表於《詩人坊》第 5 期。

9 月　6 日，詩作〈廬山採藥記〉發表於《臺灣日報‧副刊》8 版。

21 日，詩作〈苦澀〉發表於《臺灣時報》12 版。

11 月　詩作〈洗臉〉、〈暗房〉發表於《文學界》第 8 期。

10 月　20 日，詩作〈重遊法雲寺〉發表於《臺灣日報‧副刊》8 版。

詩作〈蹉跎〉發表於《詩人坊》第 6 期。

詩作〈算命〉、〈貓聲〉、〈夜讀〉、〈思婦〉發表於《創世紀》第 62 期。

12 月　詩作〈時光〉發表於《現代詩》復刊第 5 期。

1984 年　5 月　28 日，詩作〈魚紋〉發表於《成功時報‧南風》11 版。

6 月　2 日，詩作〈夜乘貨車〉發表於《商工日報‧春秋》12 版。

7 月　13 日，詩作〈破窯〉發表於《自立晚報‧副刊》10 版。

15 日，〈天窗下的汗痕〉發表於《自立晚報‧副刊》10 版。

出席《臺灣日報‧副刊》舉辦的「文學饗宴──新詩座談會」，與會者有陳篤弘、王灝、林亨泰、白萩、陳千武等。

8 月　20 日，詩作〈重登碧山岩〉發表於《自立晚報‧副刊》10 版。

〈詩與酒──記張子伯二三事〉發表於《笠》第 122 期。

9 月　6 日，詩作〈叫門聲〉發表於《臺灣時報‧副刊》8 版。

26 日，詩作〈土牆〉發表於《自立晚報‧副刊》10 版。

詩作〈臺灣瓦〉發表於《臺灣詩季刊》第 6 期。

	10 月	6～14 日，參與於國立中央圖書館（今國家圖書館）舉辦的「中國現代詩三十年詩刊、詩集、詩人資料特展」。
		詩作〈海洋夕色〉發表於《鍾山詩刊》第 3 期。
		詩作〈觀畫〉、〈盛夏〉發表於《創世紀》第 65 期。
	11 月	詩作〈籬笆〉發表於《文學界》第 12 期。
1985 年	2 月	〈關愛與鄉情：我讀康原《最後的拜訪》〉發表於《文訊》第 16 期。
1986 年	11 月	應臺灣省新聞處之邀訪問金門，同行者有白萩。
1987 年	3 月	獲中國語文學會第 21 屆中國語文獎章。
	4 月	8 日，詩作〈冬日無雪〉、〈林中守護神〉發表於《自立晚報・副刊》10 版。
	6 月	詩作〈瓦浪上一朵小花〉發表於《文星雜誌》第 108 期。
	12 月	詩作〈山谷〉發表於《笠》第 142 期。
1988 年	1 月	15～17 日，出席笠詩社於臺中文英館舉辦的第三屆亞洲詩人會議，與會者有詹冰、林亨泰、白萩、鄭漢模、秋谷豐等。
	4 月	〈生活裂縫中綻開一些花朵〉發表於《文訊》第 35 期。
	12 月	5 日，詩作〈龍洞岩場看海〉發表於《臺灣時報・西子灣副刊》13 版。
		以「巷底乾坤集」為題，詩作〈死巷〉、〈路沖〉發表於《笠》第 148 期。
1989 年	4 月	14 日，〈鉛筆盒的故事〉發表於《臺灣日報・副刊》8 版。
	7 月	6 日，〈鹽的和聲——讀黃勁連詩集《蟑螂的哲學》〉發表於《臺灣時報・副刊》14 版。
	10 月	5 日，詩作〈油漆工人〉發表於《首都早報・文化》7 版。

11 月	13 日，以「根之蛙——國中放牛班導師傷痛詩」為題，詩作〈舉手〉、〈嘔吐〉、〈孔子氣死〉發表於《臺灣時報‧副刊》23 版。
	14 日，以「根之蛙——國中放牛班導師傷痛詩」為題，詩作〈三字經〉、〈痰〉、〈書包〉發表於《臺灣時報‧副刊》23 版。
	15 日，以「根之蛙——國中放牛班導師傷痛詩」為題，詩作〈布鞋‧皮鞋〉、〈吸菸〉、〈慶祝會〉發表於《臺灣時報‧副刊》23 版。
	16 日，以「根之蛙——國中放牛班導師傷痛詩」為題，詩作〈賭博〉、〈親家〉發表於《臺灣時報‧副刊》23 版。
	17 日，以「根之蛙——國中放牛班導師傷痛詩」為題，詩作〈考試〉、〈缺席〉、〈口渴〉發表於《臺灣時報‧副刊》23 版。
	29 日，詩作〈思鄉病〉發表於《自立早報‧副刊》14 版。
12 月	2 日，詩作〈壁虎〉發表於《自立早報‧副刊》14 版。
	16 日，詩作〈接大哥的信〉發表於《自立早報‧副刊》14 版。
	22 日，詩作〈老兵的刺青〉於《首都早報‧文化版》9 版。
	詩作〈遷墳〉發表於《臺灣春秋》第 15 期。
	詩作〈自己說〉發表於《笠》第 154 期。
1990 年　1 月	詩作〈股票市場〉發表於《新文化雜誌》第 12 期。
	〈出生地〉發表於《臺灣春秋》第 16 期。
2 月	13 日，詩作〈兩岸〉發表於《自立早報‧副刊》19 版。

4 月　詩作〈移民加拿大〉發表於《笠》第 156 期。

5 月　20 日,詩作〈老芋仔手中的鞋子〉發表於《臺灣時報・副刊》27 版。

6 月　詩作〈隔海的信箋〉發表於《笠》第 157 期。

7 月　詩集《臺灣瓦》由臺北笠詩刊社出版。

8 月　22～26 日,出席於漢城舉辦的第 12 屆世界詩人會議,與會者有鄭愁予、張香華、黃勁連、杜國清、杜潘芳格等。

　　　27 日,再與詩友自漢城抵東京,遊覽日本七日,與團者有李魁賢、黃勁連、利玉芳、趙天儀、杜潘芳格等。

　　　27 日,〈青澀的柿子──第一次交女朋友〉發表於《臺灣時報・副刊》27 版。

10 月　17 日,詩作〈茶道〉發表於《自立早報・副刊》19 版。

　　　詩作〈豪雨過後〉發表於《笠》第 159 期。

本年　為王輝煌畫作配詩,參與於臺中市立文化中心舉辦的「詩情畫意水彩畫展」。

1991 年　1 月　〈半價新娘〉發表於《文訊》第 63 期。

2 月　21 日,〈捉蟲與割草〉發表於《臺灣時報・副刊》27 版。

　　　27 日,詩作〈二二八事件紀念碑觀感〉發表於《自立早報・副刊》19 版。

　　　詩作〈組黨〉、〈我是幼稚園的〉發表於《笠》第 161 期。

3 月　2 日,出席文訊雜誌社於南投縣文化中心舉辦的「從個人出發,締造地方文化美景──『南投藝文環境的發展』座談」,與會者有李瑞騰、黃宗輝、柴扉、寧可、王灝等。

4 月　12 日,詩作〈候鳥〉發表於《自立早報・副刊》19 版。

　　　29 日,詩作〈那是一口白煙〉發表於《自立晚報・本土副刊》19 版。

　　　〈詩的覆葉〉發表於《笠》第 162 期。

〈山林與溪水的對答——南投縣藝文團體及刊物簡介〉發表於《文訊》第 66 期。

5 月　獲中國文藝協會第 32 屆文藝獎章新詩獎。

詩集《愛染篇》由臺北臺笠出版社出版。

7 月　24 日，詩作〈墓園隨想〉發表於《自立早報・副刊》19 版。

8 月　詩作〈獅子〉、〈蚊子〉發表於《笠》第 164 期。

10 月　〈有娘的孩子最幸福〉發表於《文訊》第 72 期。

詩作〈樹〉、〈河〉發表於《笠》第 165 期。

11 月　4 日，〈批判的火焰——詩人陳千武先生文學歷程與成就〉發表於《自立晚報・本土副刊》19 版。

12 月　以「八行詩二首」為題，詩作〈椅〉、〈杯〉發表於《笠》第 166 期。

1992 年　1 月　任臺灣省兒童文學協會理事，至 1997 年 12 月止。

2 月　以「八行詩」為題，詩作〈屋〉、〈墓〉、〈路〉、〈床〉發表於《笠》第 167 期。

3 月　詩作〈臺灣瓦〉發表於《文學臺灣》第 2 期。

4 月　以「八行詩二首」為題，詩作〈鏡〉、〈橋〉發表於《笠》第 168 期。

6 月　〈藝文的平衡發展〉發表於《文訊》第 80 期。

以「八行詩三首」為題，詩作〈窗〉、〈花〉、〈燈〉發表於《笠》第 169 期。

8 月　詩作〈東名高速道路上〉發表於《笠》第 170 期。

10 月　7 日，〈芒草〉發表於《聯合報・副刊》25 版。

詩作〈淚〉、〈血〉、〈水〉發表於《聯合文學》第 96 期。

11 月　15 日，詩作〈漩渦〉發表於《臺灣日報・副刊》9 版。

12 月　1 日，詩作〈芒草〉發表於《聯合報・副刊》24 版。

19 日，詩作〈曬穀場〉發表於《臺灣時報‧副刊》22 版。

詩作〈夢〉、〈煙〉、〈岸〉發表於《聯合文學》第 98 期。

1993 年	1 月	詩作〈平安戲〉發表於《文學臺灣》第 5 期。

4 月　以「八行詩二首」為題，詩作〈齒〉、〈夜〉發表於《笠》第 174 期。

5 月　10 日，〈濁水車站認養〉發表於《臺灣時報‧副刊》22 版。

兒童文學〈寄居蟹〉、〈鸚鵡和我〉發表於《滿天星》第 28 期。

6 月　15 日，詩作〈六月〉發表於《中國時報‧人間副刊》27 版。

詩作〈鞋〉發表於《中外文學》第 22 卷第 1 期。

以「八行詩二首」為題，詩作〈酒〉、〈手〉發表於《笠》第 175 期。

7 月　詩作〈臉〉、〈髮〉發表於《文學臺灣》第 7 期。

8 月　6 日，詩作〈舞〉發表於《聯合報‧副刊》37 版。

31 日，詩作〈秋風〉發表於《中國時報‧人間副刊》27 版。

以「八行詩二首」為題，詩作〈風〉、〈火〉發表於《笠》第 176 期。

9 月　15 日，〈草屯〉發表於《中國時報‧寶島》22 版。

27 日，詩作〈站〉、〈耳〉發表於《臺灣新聞報‧西子灣副刊》13 版。

30 日，詩作〈楓〉、〈雲〉、〈霧〉發表於《自立晚報‧本土副刊》19 版、詩作〈霧〉發表於《臺灣新聞報‧西子灣副刊》14 版。

〈談童詩的創作〉，兒童文學〈夏天的聲音〉發表於《滿天星》第 29 期。

10 月　20 日，詩作〈茶〉、〈網〉、〈疤〉發表於《臺灣新聞報・西子灣副刊》14 版。

詩作〈時鐘〉、〈無人島〉發表於《文學臺灣》第 8 期。

詩集《岩上詩選》由南投縣立文化中心出版。

11 月　2 日，詩作〈磚〉發表於《中國時報・人間副刊》39 版。

12 月　兒童文學〈荷花的抱怨〉發表於《滿天星》第 30 期。

1994 年　1 月　任《笠》主編，至 2001 年 6 月止。

2 月　以「八行詩四首」為題，詩作〈鹽〉、〈門〉、〈歌〉、〈線〉發表於《笠》第 179 期。

3 月　14 日，出席臺灣省兒童文學協會於臺中上智社教研究院舉辦的「新詩童詩創作欣賞研討會」，與錦連、陳千武共同主講；此後定期舉辦，至 6 月止。

〈對詩選編輯的一些看法〉發表於《臺灣詩學季刊》第 6 期。

兒童文學〈春天裡的麻雀〉發表於《滿天星》第 31 期。

4 月　詩作〈古早厝巡禮〉發表於《文學臺灣》第 10 期。

以「八行詩二首」為題，詩作〈刀〉、〈燭〉；〈吳夏暉〈中文系統〉一詩賞析〉發表於《笠》第 180 期。

6 月　以「八行詩二首」為題，詩作〈碗〉、〈瓶〉；〈回憶漩渦：岩上〉、〈《笠》詩刊的出版與編輯回顧〉發表於《笠》第 181 期。

兒童文學〈腳踏車〉發表於《滿天星》第 32 期。

8 月　27～31 日，出席於臺北環亞大飯店舉辦的第 15 屆世界詩人會議，與會者有林亨泰、陳千武、李魁賢、鍾鼎文、喬林等。

詩作〈跟著路跑的房子〉、以「八行詩二首」為題，詩作〈影之一〉、〈影之二〉發表於《笠》第 182 期。

9 月 　任《文訊》南投特派員，以筆名「嚴振」每月撰寫「各地藝文採風」南投部分，至 2010 年 6 月止。

10 月 　以「八行詩二首」為題，詩作〈傘〉、〈藤〉，〈日本、韓國、臺灣三國詩人聯誼座談會事記〉發表於《笠》第 183 期。

12 月 　10 日，〈雁的飛行——詩人白萩訪問記〉發表於《民眾日報‧文學版》24 版。

27 日，出席笠詩社、靜宜大學中文系於靜宜大學舉辦的「三十而笠」，與會者有詹冰、趙天儀、陳千武、白萩、林亨泰等。

詩作〈祝福的小紅花〉、以「八行詩二首」為題，詩作〈眼〉、〈弦〉發表於《笠》第 184 期。

兒童文學〈秋天的影子〉發表於《滿天星》第 34 期。

1995 年 　1 月 　詩作〈鐘〉發表於《聯合文學》第 123 期。

2 月 　以「八行詩二首」為題，詩作〈推〉、〈飛〉發表於《笠》第 185 期。

3 月 　〈從鄉土教材、認識臺灣談起〉，兒童文學〈冬天的臉譜〉發表於《滿天星》第 35 期。

4 月 　8 日，出席文訊雜誌社、佛光大學籌備處、臺灣詩學季刊雜誌社於佛光山臺北道場舉辦的「臺灣現代詩史研討會——第三場：六十年代」，演講「現代詩史成長的軌跡」，與會者有鍾玲、翁文嫻、奚密、洛夫、鄭烱明等。

以「八行詩二首」為題，詩作〈鼓〉、〈秤〉發表於《笠》第 186 期。

5 月 　15 日，詩作〈風鈴〉發表於《自立晚報‧本土副刊》23

版。

6月　3 日，詩作〈石像記〉發表於《民眾日報‧文學版》24
版。

詩作〈黑白〉、〈鷺鷥的飛行〉、〈冬天的面譜〉發表於
《笠》第 187 期。

〈詩（童詩）的創作技巧與欣賞〉，兒童文學〈照相機〉、
〈含羞草〉發表於《滿天星》第 36 期。

7月　1 日，詩作〈黑夜裡一朵曇花濺血〉發表於《民眾日報‧
文學版》28 版。

4 日，詩作〈不盲的世界〉發表於《自立晚報‧本土副
刊》23 版。

詩作〈候鳥和麻雀〉發表於《文學臺灣》第 15 期。

8月　13 日，詩作〈雨中的蟬聲〉發表於《自由時報‧副刊》
29 版。

24～28 日，參與笠詩社、臺灣筆會於日月潭教師會館舉
辦的第五屆亞洲詩人會議，負責籌備工作，與會者有葉
笛、巫永福、杜潘芳格、張默、狄瑪蘭妲等。

詩作〈更換的年代〉、〈是與不是〉發表於《笠》第 188
期。

9月　16 日，詩作〈孔廟裡的供桌〉發表於《民眾日報‧文學
版》19 版。

10月　4 日，詩作〈變景的日月潭〉發表於《臺灣日報‧副刊》
16 版。

詩作〈變景的日月潭〉、〈飛彈試射〉，〈1995 年亞洲詩人
會議臺灣日月潭大會紀要〉發表於《笠》第 189 期。

11月　25 日，〈釋析林亨泰〈宮廷政治〉一詩〉發表於《民眾日
報‧文學版》19 版。

與林哲雄、李秋菊、燕裘麗、劉翠娥合編《南投縣鄉土大系——南投經建篇》，由南投縣政府出版。

12 月　9 日，詩作〈說與不說〉發表於《民眾日報・文學版》19 版。

25 日，詩作〈暮〉、〈雪〉、〈葉〉發表於《臺灣新聞報・西子灣副刊》15 版。

〈「詩脈社」風雲〉以本名「嚴振興」發表於《美哉南投》第 4 期。

詩作〈舉手〉、〈放煙火〉發表於《笠》第 190 期。

1996 年　1 月　詩作〈看板〉發表於《文學臺灣》第 17 期。

兒童文學〈平安符〉發表於《滿天星》第 38 期。

2 月　詩作〈鬥鳥〉、〈被遺忘的傘〉發表於《笠》第 191 期。

4 月　1 日，詩作〈回聲壁〉發表於《臺灣新聞報・西子灣副刊》15 版。

詩作〈摩天大樓〉、〈春訊〉發表於《笠》第 192 期。

5 月　1 日，詩作〈窗口〉發表於《臺灣新聞報・西子灣副刊》19 版。

6 月　詩作〈菩薩的臉〉、〈拾舊報紙的老婆〉發表於《笠》第 193 期。

主編《風花雪月》，由南投縣風景區管理所出版。

7 月　17 日，詩作〈意象畫〉發表於《自由時報・副刊》34 版。

27 日，詩作〈垃圾的目屎〉發表於《民眾日報・鄉土》27 版。

31 日，詩作〈屋的異形〉發表於《臺灣新聞報・西子灣副刊》19 版。

8 月　詩作〈流星〉、〈行道樹〉發表於《詩世界》第 2 期。

詩作〈大雅路〉、〈空谷迴響〉,〈木訥與純情——我讀蕭翔文詩集《相思樹與鳳凰木》〉發表於《笠》第 194 期。

《詩的存在：現代詩評論集》由高雄派色文化出版社出版。

10 月　7 日,詩作〈剃度之後——中臺禪寺剃度出家風波有感〉發表於《自由時報‧副刊》34 版。

8 日,詩作〈黃昏市場〉發表於《臺灣日報‧副刊》23 版。

13 日,詩作〈花東海岸〉發表於《臺灣新聞報‧西子灣副刊》13 版。

22 日,詩作〈黃昏市場〉發表於《中國時報‧人間副刊》16 版。

以「動物生態集」為題,詩作〈蜜蜂〉、〈松鼠〉、〈麻雀〉、〈蚊子〉、〈九官鳥〉、〈水鹿〉、〈鷺鷥〉、〈伯勞鳥〉、〈斑馬〉、〈駱駝〉發表於《笠》第 195 期。

兒童文學〈兩隻鴿子〉、〈為了做乖孩子〉發表於《滿天星》第 41 期。

12 月　以「動物生態十首」為題,詩作〈蝴蝶〉、〈鴿子〉、〈蜻蜓〉、〈老鼠〉、〈狗〉、〈畫眉鳥〉、〈貓〉、〈壁虎〉、〈麻雀〉、〈蟬〉發表於《笠》第 196 期。

任賴和文教基金會董事,至 1999 年 12 月止。

1997 年　1 月　13 日,詩作〈岩〉發表於《臺灣日報‧副刊》23 版。

2 月　25 日,詩作〈築路〉發表於《聯合報‧副刊》37 版。

詩作〈九頭公案〉發表於《笠》第 197 期。

3 月　12～19 日,出席於漢城舉辦的第一屆東亞詩書展,與會者有陳千武、詹冰、利玉芳、金光林、高橋喜久晴等。

25～27 日,應南投縣風景區管理所之邀,參加「縱情山

水」作家之旅，與團者有劉克襄、雷驤、施叔青、郭箏、
林雲閣等。

4月　9日，〈赤腳與皮鞋〉發表於《聯合報・副刊》41版。

〈鬱卒年代〉發表於《聯合文學》第150期。

詩作〈失去海岸的島嶼〉發表於《笠》第198期。

5月　16日，〈山林與溪水對嘴〉發表於《中國時報・人間副
刊》27版。

〈走入童詩世界──童詩創作欣賞〉發表於《滿天星》第
44期。

〈「笠」的風雲──笠詩刊社的位置與進程簡述〉發表於
《臺灣史料研究》第9期。

6月　詩作〈汽車世界〉、〈無人道路〉、〈爭奪地盤〉、〈廢氣戰
爭〉發表於《笠》第199期。

7月　11日，詩作〈寂滅的山坡〉發表於《自由時報・副刊》
33版。

13日，〈穿牆的蝴蝶──莊柏林詩學歷程〉發表於《自立
晚報・本土副刊》14版。

8月　27日，〈期待森林中的悅音──讀陳晨詩集《黑色森
林》〉發表於《民眾日報・鄉土》27版。

31日，參與笠詩社於臺北市立圖書館總館舉辦的「繁花
與盛果──《笠》詩刊兩百期大展」，負責籌備工作，與
會者有黃昭堂、林濁水、王昶雄、江文瑜、碧果等。

詩作〈建築〉、〈語言〉，〈詩的語言與形式〉發表於《笠》
第200期。

詩集《岩上八行詩》由高雄派色文化出版社出版。

10月　5日，出席笠詩社於臺中上智社教院舉辦的「《岩上八行
詩》作品研討會」，與會者有陳千武、趙天儀、江自得、

賴洤、金尚浩等。

27 日,〈鳥巢驚魂〉發表於《聯合報‧副刊》41 版。

詩作〈中國地圖〉、〈鎮咳〉發表於《文學臺灣》第 24 期。

詩作〈詩寫陳千武〉、〈詩寫趙天儀〉發表於《笠》第 201 期。

以《笠》主編身分獲中國藝術學會第二屆詩歌藝術獎編輯獎。

11 月　兒童文學〈頭髮的樣子〉發表於《滿天星》第 45 期。

12 月　6 日,詩作〈玩命終結者〉發表於《民眾日報‧鄉土》17 版。

詩作〈一列小火車〉、〈旅次〉發表於《笠》第 202 期。

1998 年　1 月　2 日,〈一點露的形影——序李默默詩集《被埋默的種籽》〉發表於《民眾日報‧鄉土》17 版。

9 日,詩作〈飛碟升天〉發表於《民眾日報‧鄉土》17 版。

任臺灣省兒童文學協會理事長,至 1999 年 12 月止。

2 月　22 日,〈不再踟躕的文學旗手——詩人林央敏訪談記〉發表於《自立晚報‧本土藝文版》17 版。

詩作〈桂花香〉、〈西北雨〉,〈詩表達語言的存在〉發表於《笠》第 203 期。

4 月　詩作〈天空的眼〉、〈大地的臉〉發表於《笠》第 204 期。

5 月　〈回顧與前瞻〉以本名「嚴振興」發表於《滿天星》第 47 期。

6 月　以「鳥詩兩首」為題,詩作〈鳥味地帶〉、〈玩鳥遊戲〉發表於《笠》第 205 期。

主編《作家下鄉──南投文學之旅》，由南投縣風景區管理所出版。

任南投縣文化基金會常務董事，至 2002 年 6 月止。

7 月　1～19 日，出席於日本北上市舉辦的第二屆東亞詩書展，與會者有陳千武、利玉芳、賴洝、錦連、蕭秀芳等。

詩作〈總統府〉、〈國旗〉發表於《文學臺灣》第 27 期。

8 月　7 日，詩作〈剖腹生產〉發表於《自由時報・副刊》41 版。

詩作〈我和鴿子的飛行〉、〈影子城市〉發表於《笠》第 206 期。

9 月　〈兒童詩賞析（一）──生活是詩真實存在的層面〉發表於《滿天星》第 48 期。

10 月　詩作〈在一個連續被強姦的都市〉、〈黃昏麥當勞〉,〈燃燒而木訥的鳳凰花──蕭翔文詩文學與生活〉發表於《笠》第 207 期。

11 月　詩作〈天空的心〉發表於《葡萄園》第 140 期。

12 月　詩作〈十七歲悲恨的死〉、〈模糊一片〉、〈風動石〉,〈解讀林豐明的〈囚〉〉發表於《笠》第 208 期。

1999 年　1 月　23 日,〈沿路建築的房子真正好？〉以筆名「嚴文禧」發表於《自由時報・命與運》42 版。

2 月　詩作〈蟬聲〉、〈落盡〉、〈涼意〉發表於《普門》第 233 期。

詩作〈賣麻糬的阿伯〉發表於《明道文藝》第 275 期。

兒童文學〈大鏢客〉、〈騎二輪車仔〉、〈食碗公〉、〈搶鏡頭〉、〈嘸驚熱天〉、〈我等汝〉、〈彩色的希望〉,〈律動的關愛──序陳秀枝《飛吧！想像的翅膀》〉發表於《滿天星》第 50 期。

　　詩作〈胖與瘦〉、〈內褲〉、〈樹有腳〉,〈貓樣的詩——讀陳明克〈貓樣歲月〉一詩〉發表於《笠》第 209 期。

3 月　6～8 日,〈無岸之愛——讀李勤岸的詩〉連載於《民眾日報‧鄉土文學》19 版。

4 月　詩作〈一隻貓等待夜的來臨〉發表於《笠》第 210 期。

6 月　詩作〈睡蓮〉、〈菩提樹〉、〈柳條天書〉、〈呈現〉發表於《臺灣詩學季刊》第 27 期。

　　詩作〈白色的噩夢〉、〈詩的垃圾〉,〈「臺灣文學經典」請勿發行〉、〈詩境與謎語的區別〉發表於《笠》第 211 期。

7 月　詩作〈齒輪〉、〈窗口〉發表於《文學臺灣》第 31 期。

8 月　24 日,詩作〈無盡的路〉發表於《自由時報‧副刊》41 版。

　　詩作〈世紀末流星雨〉、〈孤煙火葬場〉,〈秋收的反諷——羊子喬《三十年詩選》〉發表於《笠》第 212 期。

9 月　3 日,詩作〈回不去的故鄉〉發表於《自由時報‧副刊》41 版。

10 月　8～9 日,〈大地震,臺灣閃了腰〉連載於《聯合報‧副刊》37 版。

　　9 日,詩作〈驚示——九二一集集大震有感〉發表於《臺灣新聞報‧西子灣副刊》13 版

　　11 日,詩作〈大地翻臉——九二一大地震記感〉發表於《自由時報‧副刊》39 版。

　　21 日,詩作〈如果你心中有愛——為九二一集集大地震而寫〉發表於《自由時報‧副刊》39 版。

　　詩作〈我的詩,黏死在街道的牆壁上〉、〈日月潭斷想〉發表於《笠》第 213 期。

11 月　7 日,詩作〈餘震疲困——為九二一臺灣大地震而寫〉發

表於《臺灣日報‧副刊》31 版。

8 日，以「大地震，世紀末生死悲情」為題，詩作〈路斷〉、〈橋毀〉、〈山崩〉、〈地裂〉、〈屋倒〉、〈人埋〉發表於《臺灣新聞報‧西子灣副刊》13 版。

12 月　30 日，〈虎頭蜂巢殃變〉發表於《臺灣新聞報‧西子灣副刊》13 版、出席南投縣政府於南投縣體育館舉辦的「告別世紀災難：九二一震災百日祭音樂詩歌之夜」，朗誦詩作〈如果你心中有愛〉，與會者有彭百顯、金門王、李炳輝、簡上仁、李敏勇等。

詩作〈大樓倒塌〉、〈怪手〉、〈大地的愛與恨〉，〈「九二一臺灣大地震」特輯前言〉、〈九二一臺灣大地震，哀哀詩篇〉發表於《笠》第 214 期。

2000 年　1 月　5 日，詩作〈丟不去的風景〉發表於《自由時報‧副刊》39 版。

15～27 日，出席於臺中市文化中心舉辦的第三屆東亞詩書展，與會者有陳千武、白萩、江自得、文德守、相澤史郎等。

31 日，詩作〈聽你的歌〉發表於《自由時報‧副刊》39 版。

詩作〈碧山岩眺望〉，〈岩上的碧山岩禪想〉發表於《普門》第 244 期。

2 月　詩作〈龍頭山莊一夜〉發表於《笠》第 215 期。

3 月　9 日，詩作〈秋天裡的風箏〉發表於《勁報‧副刊》24 版。

4 月　詩作〈日本松島灣的海鷗〉發表於《笠》第 216 期。

6 月　兒童文學〈青蛙〉、〈蜻蜓〉、〈猴子〉、〈魚〉，〈詩是真相的誤讀〉發表於《滿天星》第 52 期。

詩作〈災變〉、〈或大或小〉，以「詩的世界」為題，詩作〈詩的語言〉、〈才是〉、〈真懂〉、〈有了詩〉、〈詩的世界〉發表於《笠》第 217 期。

7 月　14 日，詩作〈土石流〉發表於《自由時報・副刊》39 版。

22 日，詩作〈兩極半世紀〉發表於《臺灣日報・副刊》31 版。

26 日，詩作〈臺北的節奏〉發表於《臺灣新聞報・西子灣副刊》13 版。

任臺灣現代詩人協會理事，至 2004 年 7 月止。

8 月　15 日，〈人宅相扶——敬鬼神求平安兼談建築風水〉發表於《自由時報・副刊》39 版。

詩作〈過年〉，〈飽滿的果實——詩人李魁賢介紹與訪問〉發表於《笠》第 218 期。

9 月　23 日，出席巫永福文化基金會於臺灣師範大學舉辦的「笠詩社學術研討會」，與會者有施懿琳、阮美慧、陳千武、巫永福、李敏勇等。

29 日，〈文昌帝君辛苦啦！〉發表於《臺灣新聞報・西子灣副刊》13 版。

10 月　詩作〈一夜不眠〉、〈石頭的脆弱〉，〈誠誼與詩的探險——談與日本詩人今辻和典交往並欣賞他兩首詩〉發表於《笠》第 219 期。

12 月　詩作〈重疊〉、〈點線面體〉，〈《笠》的存在——兼為《笠》詩刊 120 期重印而寫〉發表於《笠》第 220 期。

詩集《更換的年代》由高雄春暉出版社出版。

2001 年　1 月　詩作〈海洋的屋頂〉發表於《文學臺灣》第 37 期。

2 月　詩作〈換我們風流〉，〈淺談詩與散文〉發表於《笠》第

221 期。

至嘉義布袋海濱小住，寫下 30 首童詩，後收錄於兒童文學《忙碌的布袋嘴——岩上兒童詩集》一書。

4 月 詩作〈如廁〉,〈詩的現實性〉,兒童文學〈西北雨〉、〈排路隊〉發表於《笠》第 222 期。

5 月 9～12 日,出席於首爾舉辦的第四屆東亞詩書展,與會者有陳千武、龔顯榮、金光林、許英子、山口惣司等。

6 月 詩作〈臥虎藏龍〉、〈抗議的抗議〉,〈再談詩的語言〉發表於《笠》223 期。

7 月 任《笠》顧問,至 2008 年 8 月止。

8 月 29 日,詩作〈冷氣機流出虛汗〉發表於《臺灣日報・副刊》31 版。

〈不再跼躅的文學旗手林央敏〉發表於《海翁臺語文學》第 4 期。

9 月 3 日,詩作〈流失的村落〉發表於《自由時報・副刊》33 版。

任南投社區大學講師,開設「《易經》與生活」課程。

10 月 獲第三屆南投縣文學獎文學貢獻獎。

〈詩的邊緣〉發表於《笠》第 225 期。

2002 年 1 月 2 日,詩作〈都會月臺〉發表於《自由時報・副刊》33 版。

2 月 1 日,出席榮後文化基金會於南鯤鯓代天府舉辦的頒獎典禮,獲頒第 11 屆榮後臺灣詩人獎。

詩作〈隔岸洪水〉發表於《笠》第 227 期。

4 月 6 日,詩作〈恐怖主義〉發表於《臺灣日報・副刊》25 版。

詩作〈性愛光碟風暴〉發表於《笠》第 228 期。

6 月　7 日，詩作〈空中解體〉發表於《臺灣日報‧副刊》25
版。

8～9 日，出席於札幌舉辦的第五屆東亞詩書展，與會者
有陳千武、金宗吉、小海永二、原子修、相澤史郎等。

詩集《岩上短詩選》由香港銀河出版社出版。

8 月　30 日，詩作〈明月院的五月〉發表於《自由時報‧副
刊》39 版。

9 月　14 日，詩作〈鶴岡八幡宮的祝福——旅日詩抄之一〉發
表於《臺灣日報‧副刊》25 版。

10 月　21 日，詩作〈檳榔西施的對味〉發表於《自由時報‧副
刊》35 版。

詩作〈鎌倉大佛〉、〈東京都渋谷驛前〉、〈電車上的表
情〉、〈瞬間的交會〉發表於《文學臺灣》第 44 期。

詩作〈黑白數位交點〉發表於《笠》第 231 期。

11 月　6 日，詩作〈鋼管女郎的夜色〉發表於《聯合報‧副刊》
39 版。

7 日，詩作〈瓜〉發表於《中央日報‧副刊》16 版。

28 日，詩作〈選舉旗幟〉發表於《臺灣日報‧副刊》25
版。

12 月　16 日，詩作〈因緣〉發表於《臺灣日報‧副刊》23 版。

詩作〈遠不如一隻死象〉發表於《笠》第 232 期。

2003 年　1 月　14 日，詩作〈路與鞋〉、〈天空有一個海洋〉發表於《臺
灣時報‧副刊》23 版。

20 日，詩作〈針孔世界〉發表於《臺灣日報‧副刊》23
版。

22 日，〈詩的實存共鳴——讀 12 月分的「臺灣日日詩」〉
發表於《臺灣日報‧副刊》25 版。

28 日，詩作〈黃鶴樓〉發表於《中央日報‧副刊》16版。

詩作〈橫濱港冰川丸〉、〈定山溪溫泉〉、〈支笏湖畔〉發表於《文學臺灣》第 45 期。

2 月　11 日，詩作〈乘坐新營糖廠小火車〉發表於《自由時報‧副刊》39 版。

23 日，詩作〈黃山的松石雲海〉發表於《更生日報‧四方文學週刊》23 版。

3 月　28 日，詩作〈海洋世界──觀海洋生物博物館〉發表於《臺灣新聞報‧西子灣副刊》16 版。

29 日，詩作〈橋〉發表於《中華日報‧副刊》19 版。

4 月　1 日，詩作〈我站在臺灣最南端龍坑海岸〉發表於《自由時報‧副刊》43 版。

7 日，詩作〈混濁〉發表於《臺灣日報‧副刊》23 版。

13 日，詩作〈巫山路過〉發表於《中央日報‧副刊》17版。

詩作〈一切禍害都無罪〉發表於《笠》第 234 期。

5 月　6 日，詩作〈九九峰靜觀──「南投即詩」之一〉發表於《臺灣日報‧副刊》25 版。

7 日，詩作〈阿富汗少女〉發表於《臺灣新聞報‧西子灣副刊》16 版。

9 日，詩作〈戰後的戰爭〉發表於《自由時報‧副刊》43版。

22 日，詩作〈胸罩與口罩〉發表於《臺灣新聞報‧西子灣副刊》16 版。

〈淺論詩與畫的語言交集與分歧〉發表於《臺灣詩學學刊》第 1 期。

6 月　19 日，詩作〈埔里盆地——「南投即詩」之二〉發表於《臺灣日報・副刊》25 版。

〈詩人的角色〉發表於《笠》第 235 期。

7 月　1～6 日，出席於臺中市文化中心舉辦的第六屆東亞詩書展，與會者有陳千武、林鍾隆、秦嶽、高橋喜久晴、金光林等。

27～29 日，應南投縣風景區管理處、牛耳文教基金會、《臺灣日報》之邀，參加「逐鹿文學日月行」作家之旅，與團者有凌拂、吳鈞堯、林文義、白靈、小野等。

28 日，〈成長中的側影〉發表於《自由時報・副刊》39 版。

詩作〈傷口流液〉發表於《文學臺灣》第 47 期。

8 月　10 日，詩作〈唇〉發表於《中央日報・副刊》17 版。

25 日，詩作〈柯郭別墅〉發表於《臺灣日報・副刊》23 版。

詩作〈政治遊戲〉，〈詩是語言的創發——關於語言的思考〉發表於《笠》第 236 期。

9 月　2 日，詩作〈路過霧社〉發表於《臺灣日報・副刊》25 版。

25 日，詩作〈花豔鳳凰木〉發表於《自由時報・副刊》43 版。

10 月　6 日，〈日月潭的光與美〉發表於《臺灣日報・副刊》23 版。

19 日，〈白鴒鷥咧寫 14 行詩——論黃勁連的囝仔詩〉發表於《自由時報・副刊》43 版。

20 日，詩作〈集集車站〉發表於《中央日報・副刊》17 版。

　　　　　　　　　詩作〈樹葉的手掌〉發表於《聯合文學》第 228 期。

　　　　　　　　　詩作〈消波塊的海岸〉,〈淺論詩的思考與精神生活〉發表
　　　　　　　　　於《笠》第 237 期。

　　11 月　　9 日,詩作〈夜遊白帝城〉發表於《更生日報・四方文學
　　　　　　　　　週刊》23 版。

　　12 月　　1～9 日,參加臺灣筆會舉辦的印度文學之旅,第六日出
　　　　　　　　　席於邦加羅爾舉辦的第八屆國際詩歌節,與團者有李魁
　　　　　　　　　賢、葉笛、蔡秀菊、莫渝、莊金國等。

　　　　　　　　　25 日,詩作〈母與女〉發表於《自由時報・副刊》47
　　　　　　　　　版。

　　　　　　　　　詩作〈警察與貓〉發表於《笠》第 238 期。

　　　　　　　　　主編《日月潭詩歌集》,由日月潭觀光發展協會出版。

　　　　　　　　　詩集《針孔世界》由南投縣文化局出版。

　2004 年　　1 月　　7 日,詩作〈從割裂中再生〉發表於《自由時報・副刊》
　　　　　　　　　47 版。

　　　　　　　　　10 日,詩作〈觀錢塘潮〉發表於《中央日報・副刊》17
　　　　　　　　　版。

　　　　　　　　　30 日,詩作〈寂冷的神像〉發表於《臺灣日報・副刊》
　　　　　　　　　25 版。

　　2 月　　20 日,詩作〈泰姬瑪哈陵〉發表於《自由時報・副刊》
　　　　　　　　　47 版。

　　　　　　　　　詩作〈空白〉、〈夢與影〉發表於《笠》第 239 期。

　　　　　　　　　〈黑皮膚的亮光──印度文學之旅散記〉發表於《文化視
　　　　　　　　　窗》第 60 期。

　　　　　　　　　應中正大學之邀於該校擔任駐校作家,開設「身體、環境
　　　　　　　　　與創作」課程。

　　3 月　　19 日,詩作〈德里街頭〉發表於《臺灣日報・副刊》21

版。

以「太極拳四要」為題，詩作〈鬆〉、〈沈〉、〈圓〉、〈整〉發表於《創世紀》第 138 期。

4 月　1 日，詩作〈決戰一顆子彈〉發表於《臺灣日報・副刊》17 版。

21 日，〈花飛滅卻春──我讀三月分「臺灣日日詩」〉發表於《臺灣日報・副刊》17 版。

詩作〈選舉之後〉、〈選舉之後的抗爭〉發表於《笠》第 240 期。

詩作〈甘地銅像〉、〈飄逸的婦女小工〉、〈乞者的陰影〉、〈苦熬的民屋〉、〈印度之光〉發表於《文學臺灣》第 50 期。

6 月　25 日，詩作〈水里蛇窯〉發表於《中華日報・副刊》23 版。

詩作〈四十美得一枝花──為笠詩社創設四十年而作〉發表於《笠》第 241 期。

7 月　16 日，詩作〈艾羅拉石窟〉、〈巴哈夷教蓮花寺〉發表於《自由時報・副刊》47 版。

參與文訊雜誌社於臺中市文化局大廳舉辦的「少年十五二十時──作家年輕照片展」，展出就讀臺中師範學校時的照片，參展者有楊念慈、林亨泰、洛夫、陳若曦、廖玉蕙等。

〈詩的塗鴉〉發表於《文訊》第 225 期。

8 月　25 日，詩作〈戰爭的童年〉發表於《自由時報・副刊》47 版。

詩作〈詩的插秧──悼念詹冰詩人〉發表於《笠》第 242 期。

10 月　2～3 日，出席於國立臺灣文學館舉辦的「笠詩社 40 週年國際學術研討會」，與會者有林瑞明、陳千武、高橋喜久晴、小海永二、葉笛等。

詩作〈往下流的水〉發表於《笠》第 237 期。

11 月　3 日，詩作〈青奈海濱沙灘上獨行的老者〉發表於《臺灣日報‧副刊》17 版。

7 日，出席於真理大學舉辦的第八屆臺灣文學家牛津獎頒獎典禮暨「福爾摩莎文學‧錦連詩作學術研討會」，發表「錦連詩中的生命脈象訊息與意義──以創作前期為探討範圍」，與會者有葉笛、郭楓、李魁賢、江明樹、林盛彬等。

12 月　20～21 日，〈詩與時間的對決──我讀 11 月分「臺灣日日詩」〉連載於《臺灣日報‧副刊》19、17 版。

2005 年　2 月　15 日，以「南投即詩三首」為題，詩作〈濁水溪傳奇〉、〈日月潭雙眸〉、〈火炎山容顏〉發表於《臺灣日報‧副刊》17 版。

24 日，詩作〈巴黎‧香榭里榭大道〉發表於《中央日報‧副刊》17 版。

3 月　15 日，詩作〈八歲時 e 槍聲〉發表於《臺灣公論報‧蕃薯園》7 版。

任《臺灣現代詩》顧問迄今。

4 月　16 日，詩作〈漂流木〉發表於《臺灣日報‧副刊》17 版。

22 日，〈春三月，詩的關聯──我讀三月分「臺灣日日詩」〉發表於《臺灣日報‧副刊》17 版。

詩作〈布魯塞爾的尿小童〉、〈荷蘭風車〉、〈滑鐵盧陰雨〉，〈錦連和他的詩〉發表於《文學臺灣》第 54 期。

5 月　〈珍惜擁有〉發表於《文訊》第 235 期。

6 月　〈詩的跨領域表現〉、〈詩的可解與不可解——讀《臺灣現代詩》第二期一些作品〉發表於《臺灣現代詩》第 2 期。

　　　詩作〈鏡子〉、〈雨的技倆〉發表於《笠》第 247 期。

7 月　13～19 日，參與於烏蘭巴托舉辦的「第一屆臺蒙詩歌節」，與會者有李魁賢、鄭烱明、彭瑞金、李昌憲、林鷺等。

　　　〈淺談臺灣現代詩教養〉發表於《大墩文化》第 31 期。

8 月　詩作〈印章〉發表於《笠》第 248 期。

9 月　詩作〈羅蕾萊之岩〉發表於《臺灣現代詩》第 3 期。

10 月　15 日，以「蒙古之旅詩抄」為題，詩作〈戈壁沙漠中的一口井〉、〈草原上的羊群〉、〈駱駝背上的距離〉、〈戈壁大沙漠〉、〈額爾德召尼寺的梵唱〉、〈騎馬在大草原上〉、〈蒙古野馬〉發表於《臺灣日報・副刊》21 版。

　　　詩作〈七月來蒙古〉、〈火車劃過大草原〉、〈大沙漠往那裡走〉、〈蒙古包內的沉思〉、〈飲蒙古馬奶〉發表於《笠》第 249 期。

11 月　15 日，詩作〈埔里酒情〉發表於《臺灣日報・副刊》21 版。

　　　24～25 日，〈詩的現實切入與疏離——我讀十月分「臺灣日日詩」〉連載於《臺灣日報・副刊》21 版。

　　　26 日，出席於南投縣政府舉辦的「2005 南投文學——巫永福與張文環創作學術研討會」，與會者有陳千武、郭楓、蔡秀菊、金尚浩、曾進豐等。

2006 年　1 月　以「西歐之旅詩抄」為題，詩作〈躺著看鐵塔〉、〈凱旋門〉、〈阿姆斯特丹紅燈區〉發表於《文學臺灣》第 57 期。

兒童文學《忙碌的布袋嘴——岩上兒童詩集》由臺北富春文化公司出版。

2 月　25 日，出席於國立臺灣文學館舉辦的「週末文學對談——孤吟岩上與獨行郭楓的另類交響」，與郭楓對談。

詩作〈一〇一大樓的光與影〉發表於《鹽分地帶文學》第 2 期。

詩作〈民生燃燒〉，〈江自得的詩藝表現技巧〉發表於《笠》第 251 期。

3 月　22～23 日，〈浪漫與寫實之外——品讀 2006 年二月分「臺灣日日詩」〉連載於《臺灣日報‧副刊》21 版。

〈詩與現實生活〉發表於《臺灣現代詩》第 5 期。

應臺中監獄之邀開設寫作班，為受刑人講授文學寫作課程。

4 月　27 日，詩作〈鞋〉發表於《中央日報‧副刊》17 版。

5 月　1～30 日，參與於臺中市文化中心舉辦的第九屆東亞詩書展，與會者有陳千武、趙天儀、金光林、申奎浩、坂口優子等。

9 日，詩作〈手〉發表於《臺灣公論報》8 版。

17 日，詩作〈北回歸線——嘉義即詩之一〉發表於《自由時報‧副刊》E7 版。

6 月　兒童文學〈鳥聲的心電圖〉、〈紅樹林〉、〈爸爸在海上捕魚〉、〈爸爸的船隻〉以筆名「嚴手辰」發表於《滿天星》第 58 期。

詩作〈臺北一〇一大樓〉發表於《臺灣現代詩》第 6 期。

詩作〈大樓與陰影〉發表於《笠》第 253 期。

8 月　〈詩與視覺傳達設計交感藝術——關於嚴月秀視覺設計創作展〉發表於《南投報導》第 40 期。

詩作〈鐵道列車〉發表於《鹽分地帶文學》第 5 期。

詩作〈樹的呻吟〉、〈詩與酒──悼念詩人葉笛〉發表於《笠》第 254 期。

9 月　詩作〈另一面〉發表於《臺灣現代詩》第 7 期。

10 月　18 日，詩作〈刺青，身體神祕的語言〉發表於《自由時報‧副刊》E7 版。

〈詩與視覺傳達設計交感藝術──關於嚴月秀視覺設計創作展〉以筆名「嚴堂紘」發表於《笠》第 255 期。

詩作〈鐵道十四行〉發表於《文學臺灣》第 60 期。

詩作〈足球踢出〉發表於《鹽分地帶文學》第 6 期。

12 月　詩作〈眼睛與地球的凝視〉發表於《創世紀》第 149 期。

詩作〈2006 臺北夏季的冷與熱〉發表於《笠》第 256 期。

2007 年　2 月　詩作〈痛膽結石劇〉發表於《鹽分地帶文學》第 8 期。

3 月　詩作〈日月潭之美〉發表於《日月潭國家風景區簡訊》第 28 期。

詩作〈井中的青蛙〉，〈詩與戈壁沙漠的回聲──蒙古詩人森‧哈達詩五首賞析〉發表於《臺灣現代詩》第 9 期。

4 月　〈鐵窗格子的春天──寫於臺中監獄寫作班詩文集出版之前〉發表於《文學臺灣》第 62 期。

詩作〈鐵窗歲月〉發表於《笠》第 258 期。

5 月　13 日，出席於國立臺灣文學館舉辦的「葉笛文學學術研討會」，發表「論葉笛詩中的主題與詩藝技巧」，與會者有孟樊、金尚浩、阮美慧、三木直大、尉天驄等。

6 月　〈兒童詩生活化的內容〉、〈兒童詩的原點與想像〉，兒童文學〈阿公生病了〉、〈搬家〉、〈現代稻草人〉、〈貓捕鼠〉、〈鏡子〉、〈爸爸的公事包〉、〈放天燈〉、〈瀑布的聲

音〉、〈魚〉、〈狗〉、〈廣告單〉發表於《滿天星》第 60
期。

詩作〈時間光影〉發表於《鹽分地帶文學》第 10 期。

7 月　詩作〈端午節肉粽〉發表於《海翁臺語文學》第 7 期。

8 月　詩作〈鐵窗歲月（續稿）〉發表於《笠》第 260 期。

應草鞋墩鄉土文教協會之邀，任「草鞋墩文學創作班」教
師，至 11 月止。

9 月　13 日，詩作〈地平線〉發表於《自由時報・副刊》E5
版。

〈或許只是夢想——草屯形象隨想曲〉發表於《草鞋墩鄉
土文教季刊》第 21 期。

詩作〈海灘即景〉，〈直覺、體悟與詩〉發表於《臺灣現代
詩》第 11 期。

詩作〈望〉、〈聞〉、〈問〉、〈切〉發表於《新地文學》第 1
期。

詩集《岩上詩集》由高雄春暉出版社出版。

10 月　詩作〈無肉生活〉發表於《笠》第 261 期。

詩作〈灰燼〉發表於《文學臺灣》第 64 期。

詩作〈樹屋之戰〉發表於《鹽分地帶文學》第 12 期。

11 月　10 日，詩作〈集集綠色隧道〉發表於《自由時報・副
刊》D13 版。

12 月　詩作〈看雲〉發表於《創世紀》第 153 期。

〈四項建議〉發表於《滿天星》第 61 期。

〈詩意與詩藝——兼對臺灣現代詩一些省思〉發表於
《笠》第 262 期。

《詩的創發：現代詩評論》由南投縣文化局出版。

2008 年　1 月　23 日，詩作〈四物湯〉發表於《自由時報・副刊》D15

版。

2 月　詩作〈偏心錶〉發表於《笠》第 263 期。

3 月　29 日，出席南投縣文化局、靜宜大學臺灣研究中心於南
　　　投縣文化局演講廳舉辦的「2008 南投文學學術研討會」，
　　　發表「新詩在南投——以詩脈社與笠詩社為論述重點」，
　　　與會者有陳千武、陳明柔、邱若山、乜寇・索克魯曼、廖
　　　振富等。
　　　詩作〈越南新娘〉、〈越南安置〉、〈越南交點〉、〈越南少女
　　　的臉〉發表於《新地文學》第 3 期。
　　　詩作〈悲哀與幸福〉發表於《臺灣現代詩》第 13 期。

5 月　2 日，出席於明道大學主辦的「錦連的時代——錦連詩作
　　　學術研討會」，發表「錦連詩創作前後期比較」，與會者有
　　　蕭蕭、陳昌明、林水福、趙天儀、江自得等。
　　　詩作〈鐘聲〉、〈大寒〉發表於《文學人》第 14 期。

6 月　12 日，詩作〈王功漁港看海〉發表於《臺灣時報・副
　　　刊》23 版。
　　　20 日，詩作〈日月潭之美〉發表於《臺灣公論報》8 版。
　　　〈詩與太極拳〉發表於《笠》第 265 期。
　　　詩作〈落葉〉發表於《臺灣現代詩》第 14 期。

7 日　18～19 日，〈莫渝的詩品論〉連載於《臺灣時報・副刊》
　　　10 版。
　　　詩作〈向錢看，財神爺〉發表於《文學臺灣》第 67 期。

8 月　詩作〈父親的畫像〉、〈鐘聲〉發表於《笠》第 266 期。
　　　詩作〈啊！新生命〉、〈紙情〉發表於《文學人》第 15
　　　期。

9 月　詩作〈樹的生死學——參觀庄腳所在農場有感〉發表於
　　　《新地文學》第 5 期。

10 月	23 日，詩作〈詩國的夢——謹悼念巫永福先生〉發表於《臺灣時報·副刊》10 版。
	24 日，〈成長中的側影〉發表於《臺灣公論報》8 版。
11 月	10 日，詩作〈集集綠色隧道〉發表於《自由時報·副刊》D13 版。
	12 日，詩作〈西班牙的陽光〉、〈街頭上的老人與狗〉發表於《臺灣時報·副刊》10 版。
12 月	詩作〈詩的土地——悼念巫永福先生〉發表於《笠》第 268 期。
	詩作〈觀畢卡索美術館〉發表於《鹽分地帶文學》第 19 期。
	主編《錦連集》，由國立臺灣文學館出版。
	詩集《岩上集》由國立臺灣文學館出版。

2009 年	2 月	詩作〈松羅溪國家步道〉發表於《文訊》第 280 期。
	3 月	詩作〈戒嚴迎接——2008 年 11 月 3 日的臺北〉發表於《臺灣現代詩》第 17 期。
		詩集《漂流木》由臺北秀威資訊科技公司出版。
	4 月	〈生活·女體·奇思——論利玉芳其人其詩〉發表於《笠》第 270 期。
		詩作〈洛克岬〉、〈仙達皇宮〉、〈人骨教堂〉、〈黛安那神殿遺蹟〉發表於《文學臺灣》第 70 期。
		詩作〈蓮花火鍋〉發表於《鹽分地帶文學》第 21 期。
	5 月	以「四季八行」為題，詩作〈春〉、〈夏〉、〈秋〉、〈冬〉發表於《文學人》第 18 期。
	6 月	〈烽火與鄉情——童年在嘉義的記憶影像〉發表於《最佳之邑》第 25 期。
		詩作〈唐吉訶德小酒館〉發表於《新地文學》第 8 期。

詩作〈玉蘭茶鄉〉、〈飲蓮花酒——北成庄有機體驗農場〉
發表於《笠》第 271 期。

詩作〈供養的畜生〉，〈意象的極限——如何提升詩意象創
作〉發表於《臺灣現代詩》第 18 期。

7 月　6 日，詩作〈母親有病〉發表於《自由時報‧副刊》D11
版。

17～19 日，〈臺語詩現代化的花蕊〉連載於《臺灣時報‧
副刊》14、15 版。

主編《喬林集》，由國立臺灣文學館出版。

8 月　〈綠意〉發表於《笠》第 272 期。

9 月　7 日，詩作〈菅芒花望著——八八南臺灣水災有感〉發表
於《自由時報‧副刊》D11 版。

10 月　詩作〈水流屍幽魂——寫八八水災現象之一〉發表於
《笠》第 273 期。

12 月　12 日，出席於南投縣文化局舉辦的「2009 南投文學學術
研討會」，發表「亂中的秩序——論向陽詩集《亂》」，與
會者有陳器文、林培雅、瓦歷斯‧諾幹、許建崑、李瑞騰
等。

詩作〈楓仔葉飄落〉發表於《鹽分地帶文學》第 25 期。

2010 年　1 月　24 日，詩作〈廣告的肌膚〉發表於《自由時報‧副刊》
D9 版。

詩作〈禍水性格——2009 年八八水災有感〉發表於《文
學臺灣》第 73 期。

2 月　詩作〈坐椅〉發表於《笠》第 275 期。

3 月　詩作〈好山好水滅頂記〉發表於《新地文學》第 11 期。

4 月　詩作〈留言〉發表於《文訊》第 294 期。

6 月　詩作〈倒影〉發表於《笠》第 277 期。

詩作〈中元祭〉發表於《新地文學》第 12 期。

〈一首災難詩的完成〉發表於《臺灣現代詩》第 22 期。

8 月　2 日，詩作〈街頭藝人〉發表於《自由時報・副刊》D11 版。

詩作〈訣別〉、〈情是何物〉發表於《笠》第 278 期。

10 月　詩作〈路過莫拉維沙漠〉、〈在旅途某飯店浴室裡〉發表於《鹽分地帶文學》第 30 期。

詩作〈櫻桃紅唇〉發表於《文訊》第 300 期。

11 月　24 日，詩作〈驚見蜂鳥〉發表於《自由時報・副刊》D9 版。

12 月　31 日，詩作〈憂國錯亂〉發表於《臺灣時報・臺灣文學》22 版。

以「旅美詩抄二首」為題，詩作〈參觀史丹巴克文學館〉、〈越戰陣亡官兵紀念碑〉發表於《笠》第 280 期。

詩作〈母親的臉，懸掛著〉發表於《臺灣現代詩》第 24 期。

詩作〈大峽谷素描〉發表於《鹽分地帶文學》第 31 期。

2011 年　1 月　18 日，詩作〈冬樹〉發表於《人間福報・副刊》15 版。

詩作〈優勝美地瀑布〉、〈登履天空步道〉發表於《文學臺灣》第 77 期。

詩作〈紫色藍莓〉發表於《文訊》第 303 期。

2 月　以「旅美詩抄續二首」為題，詩作〈環球影城製片廠〉、〈路橋上的乞丐〉發表於《笠》第 281 期。

詩作〈路橋上的乞丐〉發表於《鹽分地帶文學》第 32 期。

3 月　31 日，詩作〈林中靜坐〉發表於《人間福報・副刊》15 版。

詩作〈另一顆子彈——為 2010 年五都選舉的槍擊而寫〉、〈文學的光燦——讀吳櫻的《信鴿——文學‧人生‧陳千武》〉發表於《臺灣現代詩》第 25 期。

4 月　〈從主體意識看賴欣詩中的意旨〉發表於《笠》第 282 期。

詩作〈好萊塢星光大道〉、〈拉斯維加斯夜色〉、〈絕美金門大橋〉發表於《文學臺灣》第 78 期。

6 月　5 日，詩作〈灰〉、〈舌〉發表於《自由時報‧副刊》D9 版。

詩作〈鐵窗歲月二首〉發表於《笠》第 283 期。

詩作〈慾望的煙囪〉發表於《新地文學》第 16 期。

詩作〈錯過〉，〈論陳千武宗教詩中批判意識的意義〉發表於《臺灣現代詩》第 26 期。

7 月　1 日，詩作〈月亮的臉〉發表於《人間福報‧副刊》15 版。

8 月　詩作〈眺望太平洋〉發表於《鹽分地帶文學》第 35 期。

〈見證與認同——簡論巫永福文學意向〉發表於《笠》第 284 期。

9 月　4 日，〈咖啡茶酒，自然香——讀黃騰輝詩集《冬日歲月》〉發表於《臺灣時報‧臺灣文學》21 版。

詩作〈距離——無意象詩〉、〈有無——無意象詩〉發表於《臺灣詩學吹鼓吹詩論壇》第 13 期。

詩作〈詩與思的道路〉發表於《臺灣現代詩》第 27 期。

10 月　19 日，詩作〈仙人掌〉發表於《人間福報‧副刊》15 版。

詩作〈夢見母親〉、〈蟬鳴的歲月〉發表於《笠》第 285 期。

詩作〈縱火者〉發表於《文學臺灣》第 80 期。

〈詩域的激流〉發表於《文訊》第 312 期。

11 月　4 日,〈尊重走路〉發表於《人間福報・副刊》15 版。

12 月　詩作〈藍色的海〉發表於《鹽分地帶文學》第 37 期。

〈析論詩的特性〉、〈環境・再現與尋思──讀趙迺定
《森林、節能減碳與土地倫理》詩集〉發表於《笠》第
286 期。

詩作〈大姐的語言〉發表於《臺灣現代詩》第 28 期。

2012 年　2 月　1 日,〈鹹年糕〉發表於《人間福報・副刊》15 版。

詩作〈龍〉發表於《文訊》第 316 期。

任臺灣兒童文學學會理事長,至 2018 年 2 月止。

3 月　詩作〈監視器幽靈〉發表於《臺灣現代詩》第 29 期。

4 月　29 日,詩作〈脈搏〉發表於《自由時報・副刊》D7 版

5 月　25 日,詩作〈合歡山雲海〉發表於《人間福報・副刊》
15 版。

26 日,出席南投縣文學資料館於埔里文藝中心舉辦的
「巫永福先生百歲冥誕文學座談會」,發表「見證與認
同──簡論巫永福詩文學意向」,與會者有李瑞騰、趙天
儀、王灝、許俊雅、彭瑞金等。

詩作〈海崖沙灘掇拾〉發表於《明道文藝》第 434 期。

〈文星夕殞──悼念前輩詩人陳千武先生〉發表於《教育
人》5 月號。

詩作〈春蝶舞彩〉發表於《蝴蝶風》第 7 期。

6 月　23～24 日,出席國立臺灣文學館於臺南舉辦的「榴紅詩
會在府城──2012 臺灣詩歌節」,與會者有莫渝、管管、
鍾順文、落蒂、林央敏等。

詩作〈西子灣望海〉發表於《鹽分地帶文學》第 40 期。

以「舊稿二首」為題，詩作〈椅子的哲學〉、〈北上市清晨〉,〈獨特知性與明澈哲思——述論林亨泰的詩與詩論的一致性〉發表於《笠》第 289 期。

7 月　25 日，詩作〈理髮店〉發表於《聯合報·副刊》D3 版、詩作〈撒落一把詩的鹽——悼念詩人陳千武先生〉發表於《自由時報·副刊》D9 版。

〈兒童文學發展的重要性〉（本名嚴振興）、〈偷渡〉、〈詩是與時間對決的產物——並藉此文悼念陳千武先生〉，兒童文學〈吊橋〉、〈苦楝花〉發表於《滿天星》第 71 期。

詩作〈霧裡賞櫻〉發表於《幼獅文藝》第 703 期。

任《滿天星》發行人、總編輯，至 2016 年 12 月止。

8 月　詩作〈蝴蝶弄春〉發表於《文訊》第 322 期。

詩作〈火與慾〉發表於《鹽分地帶文學》第 41 期。

9 月　〈詩的矛盾存在論〉發表於《明道文藝》第 438 期。

詩作〈被綁的小狗〉、〈貓的眼睛〉、〈詩的電流——悼念詩人陳千武先生〉發表於《臺灣現代詩》第 31 期。

10 月　〈詩與畫的交輝——兼介「童詩與繪畫設計展」〉（本名嚴振興），兒童文學〈檳榔樹〉、〈鳳凰木〉、〈蜜蜂與苦楝花〉發表於《滿天星》第 72 期。

以「近作二首」為題，詩作〈收藏〉、〈鋸樹〉發表於《笠》第 291 期。

詩作〈島嶼，一粒砂〉發表於《文學臺灣》第 84 期。

詩集《岩上八行詩》由臺北釀出版出版。

11 月　24 日，出席於真理大學舉辦的「第 16 屆臺灣文學家牛津獎暨趙天儀文學學術研討會」，發表「論趙天儀地景詩的意象與心境描寫」，與會者有邱各容、阮美慧、戴華萱、傅林統、陳萬益等。

主編《紅豆愛染：2012 臺灣工藝節新詩作品集》，由南投臺灣工藝研究發展中心出版。

與胡坤仲合編《側影與軌跡：南投文學記事簿》，由南投縣文化局出版。

12月 1 日，出席於南投縣文化局舉辦的「2012 南投學研討會」，與會者有寧可、向陽、簡榮聰、翁群儀、吳昭瑰等。

〈詩的矛盾存在〉發表於《臺灣現代詩》第 32 期。

以「草鞋墩詩抄十首」為題，詩作〈我徘徊在熙攘的碧山路〉、〈平林荔枝園〉、〈火炎山依然面對〉、〈我並沒有和草屯做生死之約〉、〈來嚐，草屯蕨薯〉、〈烏溪菅芒花〉、〈草屯菸樓〉、〈茄荖山示範公墓〉、〈雙冬吊橋記懷〉、〈廟與廟〉發表於《笠》第 292 期。

與林廣、洪錦章、李瑞騰、李默默、陽荷、曾淑美合著《詩繪草鞋墩》，由南投縣草屯鎮公所圖書館出版。

2013 年 1月 23 日，詩作〈支點，在北風之下——悼念詩人錦連先生〉發表於《臺灣時報・臺灣文學》21 版。

〈詩是童心意象化的呈現〉發表於《滿天星》第 73 期。

2月 25 日，詩作〈變體螢火蟲〉發表於《自由時報・副刊》D9 版。

詩作〈鐵軌砭——金門紀遊意象之一〉發表於《鹽分地帶文學》第 44 期。

4月 詩作〈阿里山日出〉、〈蛇——為迎接癸巳蛇年而寫〉發表於《笠》第 294 期。

〈詩不是單靠激情的產物〉，兒童文學〈我的志願〉、〈老與幼〉發表於《滿天星》第 74 期。

詩作〈桂花〉發表於《文訊》第 330 期。

6 月　詩作〈詩的鹽分──悼念詩人錦連〉、〈崇文國校〉發表於《笠》第 295 期。

〈由形入內，情韻縣密──讀江自得詩集《給 Masae 的十四行》〉發表於《臺灣現代詩》第 34 期。

詩作〈老人・老樹〉發表於《鹽分地帶文學》第 46 期。

詩作〈紅豆愛染〉發表於《明道文藝》第 447 期。

7 月　詩作〈螢火蟲〉發表於《幼獅文藝》第 715 期。

8 月　〈童詩是童心意象化的呈現──第五屆全國休閒農業童詩童畫競賽　童詩類總評〉，兒童文學〈龍眼〉、〈楊桃〉發表於《滿天星》第 75 期。

詩作〈詩人的足跡──草屯有詩人來訪〉、〈詩人的鈕扣──詩人訪草屯剪影〉發表於《笠》第 296 期。

9 月　〈淡素中和詩思真──序賴欣《第一首詩》詩集〉發表於《臺灣現代詩》第 35 期。

詩作〈老樹春秋〉發表於《草鞋墩風華》第 1 期。

11 月　2 日，出席於南投縣文化局舉辦的「2013 南投學研討會」，與會者有陳哲三、鄧相揚、王輝煌、朱正宜、李世珍等。

〈詩可在對比的形象中產生張力〉，兒童文學〈魚〉、〈小花〉發表於《滿天星》第 76 期。

12 月　詩作〈品茶〉發表於《文訊》第 338 期。

2014 年　1 月　18 日，出席於國立臺灣文學館舉辦的「陳澄波專題研究工作坊」，與會者有陳重光、林瑞明、蕭瓊瑞、吳孟晉、林育淳等。

2 月　11 日，詩作〈嘉義火雞〉發表於《自由時報・副刊》D11 版。

23 日～4 月 20 日，參與臺灣兒童文學學會於南投縣文

局文學資料館舉辦的「詩的另面看板——童詩與現代詩展」，參展者有陳秀枝、蔡榮勇、林武憲、洪中周等。

詩作〈阿里山雲海〉發表於《鹽分地帶文學》第 50 期。

詩作〈油，从水由聲〉、〈紅綠與白色的水舞——詩寫陳澄波（嘉義街中心）畫作〉，〈《笠》的臍帶與賡續——1930 年代出生進出《笠》的同仁〉發表於《笠》第 299 期。

4 月　〈詩的另面看板——童詩與現代詩展〉（本名嚴振興），兒童文學〈桂花很香〉、〈苦楝又開花〉，發表於《滿天星》第 77 期。

詩作〈拒起猶的馬〉、〈玉山光體〉、〈神木存在〉發表於《笠》第 300 期。

5 月　14 日，出席於明道大學鳳凰詩園舉辦的「笠詩社創立 50 週年慶祝活動——『笠點』揭幕式」，與會者有蕭蕭、陳坤崙、蔡榮勇、賴欣、李昌憲等。

詩作〈紫藤花〉發表於《明道文藝》第 453 期。

詩作〈臺灣燈會飛耀南投〉發表於《文訊》第 343 期。

6 月　8 日，出席明道大學於紀州庵文學森林舉辦的「笠詩社創立 50 週年慶祝活動——學術論文發表會暨座談會」，與會者有向陽、李魁賢、黃騰輝、李敏勇、林煥彰等。

〈試論笠詩社女性詩人詩中的物觀〉發表於《笠》第 301 期。

7 月　5 日，出席文訊雜誌社於臺中文化創意產業園區舉辦的「詩書共舞——臺灣現代小詩書法文創展」開幕式，與會者有謝里法、蘇紹連、寧可、渡也、林沈默等。

29 日，詩作〈玄奘寺十行〉發表於《中國時報・人間副刊》D4 版。

〈罪與罰〉（本名嚴振興），兒童文學〈小鸚哥死了〉發表

於《滿天星》第 78 期。

8 月　　1 日～10 月 26 日，參與南投縣文化局於南投縣文學資料館舉辦的「在地變中昇華——九二一大地震文學展」，參展者有王灝、孫少英、王輝煌、路寒袖、羊子喬等。

22 日，詩作〈蟬聲禪〉發表於《聯合報・副刊》D3 版。

以「晨間即詩二首」為題，詩作〈晨間玫瑰〉、〈晨間兩隻小鳥〉發表於《笠》第 302 期。

9 月　　〈閱讀兒童文學〉（本名嚴振興），兒童文學〈含羞草〉、〈牡丹花〉、〈風箏〉發表於《滿天星》第 79 期。

詩作〈大王椰子〉、〈含羞草〉、〈鳳凰花〉發表於《臺灣詩學吹鼓吹詩論壇》第 19 期。

詩作〈蟬無知〉發表於《文訊》第 347 期。

10 月　　詩作〈「氣」爆豈止剎那〉發表於《笠》第 303 期。

詩作〈蟬不知〉發表於《鹽分地帶文學》第 54 期。

詩作〈花燈之海——夜觀賞 2014 臺灣燈會於南投〉發表於《草鞋墩風華》第 2 輯。

詩作〈埋在氣中〉發表於《文學臺灣》第 92 期。

11 月　　〈《滿天星》80 期〉（本名嚴振興），兒童文學〈藍色阿比之墓〉發表於《滿天星》第 80 期。

12 月　　詩作〈語神的漁港——東石漁人碼頭意象素描〉、〈新吉庄仔——朴子德興社區速記〉發表於《笠》第 304 期。

〈一冊文訊，一盞文心——我當南投特派員的日子〉發表於《文訊》第 350 期。

詩集《另一面詩集》由南投縣文化局出版。

2015 年　　1 月　　詩作〈花海——2014 年臺中新社花海展觀賞〉發表於《文訊》第 351 期。

詩作〈寂靜的燃燒〉發表於《乾坤詩刊》第 73 期。

2 月　1～28 日，參與臺灣兒童文學學會於南投縣文化局舉辦的「詩與花卉的交感——新詩、童詩與花藝設計展」，參展者有陳秀枝、蔡榮勇、林武憲等。

詩作〈植牙〉發表於《鹽分地帶文學》第 56 期。

4 月　〈詩與花的交感——新詩、童詩與花藝設計展導言〉（本名嚴振興），兒童文學〈聖誕紅〉、〈蟬聲〉發表於《滿天星》第 81 期。

以「雁蕩三絕」為題，詩作〈靈岩飛渡〉、〈靈峰夜景〉、〈龍湫飛瀑〉發表於《文訊》第 354 期。

詩作〈故鄉，線的牽扯〉、〈嘉義吳鳳路〉，〈《另一面》詩集　自序〉發表於《笠》第 306 期。

詩作〈高空鋼索表演者〉發表於《文學臺灣》第 94 期。

5 月　30～31 日，出席靜宜大學臺灣研究中心、行政院客委會、國立臺灣文學館於靜宜大學蓋夏圖書館舉辦的「鍾肇政文學國際學術研討會」，與會者有林瑞明、鍾逸人、李喬、鄭清文、中島利郎等。

6 月　兒童文學〈兩難〉、〈春叫〉發表於《滿天星》第 88 期。

7 月　8 日，詩作〈春華十行——為雕塑名家謝棟樑〈春華〉作品而寫〉發表於《中國時報·人間副刊》D4 版。

8 日～8 月 23 日，參與笠詩社、國立臺灣文學館、文學臺灣基金會於國立臺灣文學館舉辦的「笠之風華——創社 50 週年《笠》特展」，會場展出巫永福、杜潘芳格、錦連、林亨泰、詹冰等 50 位詩人之手稿、詩集。

詩集《變體螢火蟲》由新北遠景出版公司出版。

8 月　5 日，詩作〈不平之眼〉發表於《自由時報·副刊》D7 版。

詩作〈釣詩——悼念詩人羅浪〉、〈倒立〉發表於《笠》第

308 期。

〈抒情賦象的詩思——序陽荷《風未曾預告》詩集〉發表於《葡萄園》第 207 期。

10 月　6 日，詩作〈月蝕〉發表於《聯合報‧副刊》D3 版。

詩作〈面與麵〉發表於《笠》第 309 期。

11 月　《綠意——岩上散文集》、《詩的特性——岩上現代詩評論集》、合集《走入童詩的世界》由南投縣文化局出版。

12 月　詩作〈秋剋日記 13 則〉、〈苦楝花的祝福——悼念律師詩人莊柏林〉發表於《笠》第 310 期。

兒童文學〈布袋蓮〉、〈睡蓮〉、〈臺北 101 大樓〉發表於《滿天星》第 84 期。

2016 年　1 月　25 日，詩作〈霧櫻〉發表於《人間福報‧副刊》15 版。

27 日，詩作〈月臺〉發表於《自由時報‧副刊》D9 版。

28 日，詩作〈山與谷〉發表於《中國時報‧人間副刊》D4 版。

詩作〈秋煞氣喘〉發表於《文訊》第 363 期。

2 月　詩作〈蓮花〉、〈蝴蝶蘭〉發表於《笠》第 311 期。

4 月　〈一盞，顏的凝視——悼念與懷思藝文奇才王灝至友〉發表於《文訊》第 366 期。

詩作〈神思之顏——悼念詩人杜潘芳格女士〉發表於《笠》第 312 期。

5 月　詩作〈櫻紅〉發表於《文訊》第 367 期。

〈詩是避開庸俗的看法〉發表於《滿天星》第 86 期。

6 月　〈述論詩與太極拳美學〉發表於《文訊》第 368 期。

詩作〈島之棲息與活路〉、〈詩與歌的離合興會——序王宗仁《詩歌》詩集〉發表於《笠》第 313 期。

7 月　23 日，出席於南投縣文化局圖書館舉辦的「詩的交感存

在——2016 岩上論壇」，與會者有陳昭銘、張期達、嚴敏菁、丁威仁、錢奕華等。

26 日，詩作〈一壺茶〉發表於《人間福報・副刊》15 版。

8 月　〈記憶的放逐——讀林鷺《遺忘》詩集〉發表於《笠》第 314 期。

詩作〈黃浦江水悠悠〉、〈島之棲息與路〉、〈芒果季的冷熱〉、〈死亡的，招手〉、〈詩與詩人〉發表於《鹽分地帶文學》第 65 期。

9 月　〈詩是心靈的翻譯〉，兒童文學〈水聲與山影〉、〈日月潭情景〉發表於《滿天星》第 87 期。

10 月　12 日，詩作〈蟬問〉發表於《自由時報・副刊》D8 版。

詩作〈書顏的旗幟——為名書法家林榮森局長書展而寫〉發表於《文訊》第 372 期。

12 月　〈人間溫情——我讀洪淑苓的《魚缸裡的貓》童詩集〉，兒童文學〈誰最好〉、〈隨話尾〉發表於《滿天星》第 88 期。

2017 年　2 月　詩作〈夢痕〉、〈泡菜羊肉火鍋〉發表於《笠》第 317 期。

4 月　詩作〈武陵賞櫻〉、〈與詩友入梨山〉、〈入山無詩〉發表於《笠》第 318 期。

6 月　〈詩的交流電——序方耀乾教授《我腳踏的所在就是臺灣》詩集〉發表於《文訊》第 380 期。

8 月　詩作〈語言死亡（為原住民語言漸消亡而寫）〉、〈樹的站立〉、〈現代收割〉發表於《笠》第 320 期。

〈一張「共匪傳單」的飄落〉發表於《臺灣文學史料集刊》第 7 輯。

9 月　6 日，〈無有山野情疏注〉發表於《聯合報・副刊》D3

版。

28 日，詩作〈秋色〉發表於《聯合報‧副刊》D3 版。

兒童文學〈稻苗〉、〈插秧〉發表於《滿天星》第 91 期。

10 月　詩作〈昇起一場革命〉發表於《文學臺灣》第 104 期。

11 月　9 日，詩作〈渡河〉發表於《人間福報‧副刊》15 版。

12 月　4 日，詩作〈取火〉發表於《自由時報‧副刊》D7 版。

6 日，出席於國立臺灣文學館舉辦的「臺籍老兵史料與文學座談會」，與會者有宋澤萊、巴代、鄭烱明等。

詩作〈稻穀成熟時〉發表於《文訊》第 386 期。

詩作〈絲瓜〉發表於《笠》第 322 期。

2018 年　1 月　詩作〈後現代主義〉、〈大肚山的星空〉發表於《掌門詩刊》第 72 期。

2 月　詩作〈大哥在上海〉、〈木瓜〉發表於《笠》第 323 期。

3 月　25 日，詩作〈田園早餐〉發表於《自由時報‧副刊》D5 版。

4 月　詩作〈當我在夢裡〉發表於《笠》第 324 期。

5 月　22 日，詩作〈水池之臉〉發表於《中國時報‧人間副刊》C4 版。

詩作〈秋收〉、〈鷺鷥覓食〉發表於《文訊》第 391 期。

南投縣文化局於圖書館之陳千武文庫舉辦「陳千武同時代詩人——大地詩脈　詩人岩上主題展」，至 10 月止。

6 月　21 日，詩作〈南瓜燈〉發表於《人間福報‧副刊》15 版。

〈詩的存有榮耀——《白萩詩選》推薦序〉發表於《笠》第 325 期。

7 月　16 日，詩作〈高山茶癮〉發表於《聯合報‧副刊》D3 版。

26 日，詩作〈愛情花〉發表於《中國時報‧人間副刊》C4 版。

8 月　8 日，詩作〈手的枯萎〉發表於《自由時報‧副刊》D8 版。

18 日，出席臺灣兒童文學學會於臺中市精武圖書館舉辦的「走入童詩世界──岩上老師童詩學術研討會」，與會者有黃騰輝、林文寶、莫渝、邱各容、吳櫻等。

9 月　1 日，出席於南投縣文化局圖書館舉辦的「在現實的裂縫萌芽：岩上學術研討會」，與會者有蕭蕭、廖振富、向陽、陳瀅州、李長青等。

詩作〈追雪〉發表於《鹽分地帶文學》第 76 期。

10 月　7 日，詩作〈贈 麻豆文旦〉發表於《聯合報‧副刊》D3 版。

詩作〈稻田中的旗幟〉、〈喊痛〉發表於《笠》第 327 期。

11 月　28 日，詩作〈秋之氣〉發表於《自由時報‧副刊》D9 版。

2019 年　1 月　24 日，詩作〈清晨閒坐〉發表於《人間福報‧副刊》15 版。

詩作〈梨山遇外〉發表於《文訊》第 399 期。

詩作〈窗裡窗外〉、〈睡蓮之晨〉發表於《文學臺灣》第 109 期。

2 月　25 日，詩作〈黃昏閒坐〉發表於《人間福報‧副刊》15 版。

3 月　17 日，詩作〈白鷺鷥〉發表於《聯合報‧副刊》D3 版。

詩作〈殘秋之美〉發表於《鹽分地帶文學》第 79 期。

4 月　3 日，詩作〈咖啡拋香〉發表於《中國時報‧人間副刊》C4 版。

詩作〈蘆葦花〉、〈鳶尾花〉,〈激越的流聲——岩上第一本詩集《激流》〉發表於《笠》第 330 期。

詩作〈麻雀與耕耘機〉發表於《文訊》第 402 期。

5 月　28 日,詩作〈花束與掌聲〉、〈泥土喧譁之巔——詩寫陶藝名家蔡榮祐先生〉發表於《自由時報‧副刊》D7 版。

詩作〈樹〉發表於《鹽分地帶文學》第 80 期。

6 月　詩作〈暮春酸味〉、〈喲‧痠痛〉,〈詩的移位,愛與幸福——序謝振宗《讓愛隱藏無限可能》詩集〉發表於《笠》第 331 期。

7 月　詩作〈我的詩,在盒子裡〉發表於《掌門詩學》第 75 期。

8 月　16 日,詩作〈午後山雨〉發表於《中華日報‧副刊》A6 版。

詩作〈在醫院裡,沒有詩〉、〈病房鼾聲〉發表於《笠》第 332 期。

9 月　26 日,詩作〈楓的告別〉發表於《中國時報‧人間副刊》C4 版。

以「妻支氣管炎」為題,詩作〈肺葉與天空〉、〈濃痰與烏雲〉發表於《鹽分地帶文學》第 82 期。

蕭蕭、李桂媚主編《在現實的裂縫萌芽:岩上學術研討會論文集》,由臺北萬卷樓圖書公司出版。

參考資料:

‧幼獅社,〈全省學生美展　佳作評選完竣　入選作品定期展出〉,《中央日報》,1957 年 8 月 13 日,第 3 版。

‧吳望如,《全國學生美術比賽探源》,臺北:臺灣藝術教育館,2017 年 11 月。

‧岩上,〈半價新娘〉,《文訊》第 63 期,1991 年 1 月,頁 9～10。

．岩上，〈生活裂縫中綻開一些花朵〉，《文訊》第 35 期，1988 年 4 月，頁 222～226。

．岩上，〈有娘的孩子最幸福〉，《文訊》第 72 期，1991 年 10 月，頁〔1〕。

．岩上，〈我的詩觀我的詩〉，《詩的特性——岩上現代詩評論集》，南投：南投縣政府，2015 年 11 月，頁 372～387。

．岩上，〈詩的塗鴉〉，《文訊》第 225 期，2004 年 7 月，頁 109。

．岩上，《綠意——岩上散文集》，南投：南投縣文化局，2015 年 11 月。

．嚴敏菁，〈岩上及其作品主題之研究〉，南華大學文學研究所碩士論文，2008 年 6 月。

輯三◎
研究綜述

岩上研究資料彙編綜述

◎林淇瀁

一、岩上文學概述

　　岩上，本名嚴振興，1938 年 9 月 2 日生於臺南永康，籍貫嘉義朴子，1958 年移居南投草屯迄今。臺中師範學校（今臺中教育大學）、逢甲學院（今逢甲大學）畢業，曾任中、小學教師多年，目前已退休，專事寫作。

　　根據岩上自編的〈岩上寫作年表〉以及在《文訊》第 35 期發表的〈生活裂縫中綻開一些花朵〉所述，他開始對文學產生興趣，是在 1955 年進入臺中師範學校就讀後，他曾選修美術，迷戀繪畫，同時也對現代詩產生興趣，最後棄畫從詩，只因一個「窮」字。他接觸現代詩的開始，緣於在書攤上買到紀弦主編的《現代詩》，以後逐期閱讀，奠定了他對現代詩的閱讀能力，也開始嘗試創作；1956 年他在《奔流》發表詩作，從此踏入詩壇。

　　1958 年，他從臺中師範畢業，被派任南投草屯中原國校（今中原國小）任教；1961 年入伍服役，兩年後退伍，重返中原國校。1964 年，求知慾甚高的他考進逢甲學院財稅系夜間部，繼續進修。1966 年，他開始在本土詩刊《笠》發表作品，因而結識詩人桓夫（陳千武），並由桓夫介紹加入笠詩社；同年 12 月，他應聘草屯初中（今草屯國中）任教國文科（迄 1989 年 8 月退休），由於生活較安定，詩作又有發表園地，詩作日多。

　　1972 年，他的詩作已廣為《創世紀》、《中外文學》、《臺灣文藝》、《幼獅文藝》等各重要文學雜誌和詩刊刊登，他的詩風也因此開闊不少，作品累積日多，而由笠詩社出版了他的第一本詩集《激流》，確立了他在詩壇的位置；1973 年，他以在《臺灣文藝》發表的詩〈松鼠與風鼓〉榮獲第一屆吳濁流新詩獎，更使他成為臺灣中壯詩人中備受矚目的一位，從此以詩為志業，至今從未間斷創作。

　　在他熱中於詩創作的同時，詩壇爆發現代詩論戰，先後有關傑明、唐文標撰文批判當時的現代詩晦澀之病，脫離現實與生活，這些論述讓遠在鄉下教書的岩上冷靜思考現代詩的本質問題，他先後發表了〈詩的來龍去脈〉（《主流》第 9 期）、〈論詩想動向的秩序〉（《龍族詩刊》第 9 期）、〈詩・感覺與經驗〉（《主流》第 10 期）、〈論詩的繪畫性〉（《創世紀》第 37 期）等詩論，這些論述擲地有聲，展現了他的現代詩學涵養與見地，使他的詩論備受詩壇推重。

　　1976 年 7 月，他召集南投縣籍詩人王灝、鍾義明、洪錦章、胡國忠等成立詩脈社，發行《詩脈》季刊，後再邀集李瑞騰、向陽、劉克襄等青年詩人加入，《詩脈》發行 9 期（1979 年 3 月）之後停刊，在岩上的編輯下，無論詩作、詩評或詩論，都在水準以上，是 1970 年代詩壇頗具分量的全國性詩刊。同時，他被選為中國青年寫作協會南投縣分會理事長，並接任縣內重要刊物《南投青年》月刊主編。這是他教學、創作之餘，從事文學刊物編輯生涯的開始，這也使他後來在 1994～2001 年接編《笠》詩刊八年期間，游刃有餘，除了深耕《笠》的本土寫實路線，強化本土詩學，更多方挖掘新秀，使元老詩刊《笠》繼續保持強勁活力。作為一位文學刊物編輯人，岩上漫長的編輯生涯與他的詩創作，足以等量齊觀。

　　1979 年，他的詩作〈星的位置〉等四首入選《臺灣現代詩選》日文版，緊接著又榮獲第二屆中興文藝獎章新詩獎，在中部鄉間孤獨的書寫，於吳濁流新詩獎之後，又一次獲得肯定。

　　1980 年，岩上出版了第二本詩集《冬盡》，距離他出版第一本詩集

《激流》已間隔八年之久，這或與他主編《南投青年》、創辦並主編《詩
脈》的忙碌有關。《冬盡》出版後，受到當時年輕的詩評家蕭蕭、李瑞騰
給予高度評價，蕭蕭以〈岩上的位置〉為題，肯定他的詩是以「人」的眼
睛，「詩人」的眼睛，「正視現實，正視人生」；李瑞騰則以〈爬行在灰白
牆壁上的影子〉為題，指出他的詩作具有「長廊的寂寞」、「自我的省
思」、「血緣的系流」、「血的震撼」與「鄉土的擁抱」等五個特徵——這也
顯現了岩上第一個階段的創作題材大抵來自他的生活感發和他對悲苦生命
的探索。

　　出版《冬盡》之後，他應《臺灣日報·副刊》之邀，開始撰寫一系
列「兒童詩賞析」的專文，他以現代詩創作美學為基礎，對臺灣兒童詩
進行鑑賞，提出看法，深受兒童詩寫作者的重視，也開啟了他 1983 年提
筆創作兒童詩，以及日後推動兒童文學的一扇門。

　　長年蟄居南投草屯，與以臺北為中心的詩壇遠隔，多少影響到岩上
在詩壇的活躍度；但淳樸的鄉間生活和單純的教學生涯，使他擁有更多
的時間和更純粹的精神，在詩的藝術上琢磨精進。《冬盡》出版之後，他
持續寫作、發表，到了 1990 年，他出版了第三本詩集《臺灣瓦》，收入
1980 年代十年間所寫詩作，在這本詩集中，他的詩已從前一階段的個人
生命探索和鄉土關懷，擴大到社會批判和臺灣認同，彰顯強烈的社會意
識與時代精神，這是他創作生涯第二個階段的主要特色。

　　用岩上的話來說，這是「不斷地在簡樸的生活和繁雜的社會現象中
追逐那份詩心」的創作心路。他一向主張，詩是「生活經驗的紀錄和精
神的象徵」，他的詩以「填補自己人生裂縫」為基調，並進而「呈現生命
的意義和存在的位置」，他「用詩指向自己，也用詩指向社會」，他的詩
風與詩觀到此已然成熟、確立。

　　《臺灣瓦》出版後次年（1991 年），岩上榮獲中國文藝協會頒給文
藝獎章新詩獎，同時推出第四本詩集《愛染篇》，收入他從 1950 至 1980
年代所寫愛情詩作，可視為以情詩為主題的詩選，展現了詩人以愛情觀

照命運,以情詩指向自己內心世界的一輯詩作。

1997 年,岩上以《笠》詩刊主編身分,榮獲中國藝術學會第二屆詩歌藝術獎編輯獎;同年出版第五本全新之詩集《岩上八行詩》,收入他歷來所寫的詠物八行詩作,他以每首八行的格律形式,通過象徵技法和節制的語言,在詠物的同時試圖傳遞易理與有無相生的哲思,詩集出版後,極獲肯定,除有不少詩評家撰論推薦,2012 年又以中英雙語對照版本由臺北釀出版再版。

進入 2000 年之後,岩上的創作力更加旺盛,且表現出了他處理政治、社會與文化題材入詩的敏銳與批判力道。2000 年,他推出第六本全新之詩集《更換的年代》,收錄他寫於 1990 年代的詩作,對於世紀末的臺灣社會亂象深刻批判,力道扎實,可視為他第二個創作階段(1980~1999)的代表作。詩評家王灝認為,岩上的詩路發展在此一階段已由「出世的生命思考」走到「入世的社會批判」。的確,岩上這個階段的詩作,表達了一個詩人對 1980 以降到 1990 年代,糾結在戒嚴、解嚴兩階段政局的臺灣社會的憂懷,以及他對已經自由卻缺乏秩序的變形社會的抗議。

2001 年 10 月,岩上榮獲第三屆南投縣文學獎文學貢獻獎,評委會的〈評定書〉如是肯定他:「岩上先生之文學志業,奠基於南投縣,文學活動亦以南投縣為主要場域,其作品關懷點遍及生活、環境、土地、社會、政治、歷史、教育等層面,詩寫臺灣經驗,關注人文發展、人生感悟、生命哲思及社會批判,是臺灣當代極優秀之詩人。」接著,2002 年 2 月,他又榮獲榮後文化基金會舉辦的榮後臺灣詩人獎,他的詩藝成就已普獲各界肯定。

進入 21 世紀之後至今,近二十年間,岩上寫作更勤,《更換的年代》出版後,他又陸續出版了《針孔世界》(2003)、《漂流木》(2009)、《另一面詩集》(2014)、《變體螢火蟲》(2015)等四本全新之個人詩集,可視為他寫作生涯第三階段的成果。

《針孔世界》收入岩上寫於 1979 至 2003 年的作品,算是從第二階段

進入第三階段的過渡詩集，可以看出岩上不同時期的創作主軸與詩作多樣性；《漂流木》收入 2003 至 2005 年詩作，社會批判之作漸淡，旅行詩、地誌詩增多，與太極拳有關的詩作也已入內；《另一面詩集》收入 2006 至 2009 年作品，旅行詩、地誌詩以及哲理詩是其主題；《變體螢火蟲》集結 2010 至 2013 年詩作，以作者觀物、觀景、觀事、觀心所得為主，寫出岩上近年間的人生行旅感悟，同樣有不少旅行詩、地誌詩和哲理詩——在這個階段，岩上詩風的轉變主要是與空間的對話增強、增多，他凝視土地，從「草鞋墩」到地球，凝視生命，從內在的心境到外在的視景，都能化陳出新。

　　詩的創作之外，岩上的詩評論也有可觀，他出版有三本現代詩評論集：《詩的存在：現代詩評論集》（1996）、《詩的創發：現代詩評論》（2007）、《詩的特性——岩上現代詩評論集》（2015），無論是詩論、詩人作品論或評析，都自有見地，並且足以和他的創作觀相互印證。岩上的其他著作，另有散文集《綠意——岩上散文集》（2015）、童詩集《忙碌的布袋嘴——岩上兒童詩集》（2006）與《走入童詩的世界》（2015）等。

二、岩上文學研究概述

　　有關岩上文學的研究資料，可分為三大類：

　　第一類是研究岩上的專書與學位論文。專書部分計有六部，最早的是 2002 年岩上獲榮後臺灣詩人獎時，由主辦單位財團法人榮後文化基金會編的《岩上的文學旅途（第 11 屆榮後臺灣詩人獎：得獎人岩上專輯）》，內收獎詞、詩人莫渝〈人間的詩人——岩上小論〉、王灝〈從激流到更換的年代——岩上的詩路小探〉，莫渝專訪稿〈十問岩上——專訪岩上〉及岩上作品選。

　　有系統而又具有學術分量的專書，則是學者曾進豐所著的《經驗與超驗的詩性言說——岩上論》（臺北：秀威資訊科技公司，2008 年），這本論著從本體論、創作論、批評論切入，有系統地釐清岩上的詩論及創

作體系，透過岩上寫詩的進程與轉折、詩學體系、題材展現、表現策略與模式，逐章分析，最後歸納其詩風特色。附錄〈岩上文學簡歷〉、〈岩上未集結作品篇目編纂〉、〈岩上答客十三問〉、〈岩上研究資料彙編〉等。這是有關岩上研究最深入、周延，且具參考價值的專論。

以詩人的角度，評析岩上重要詩作的專書，是詩人、詩評家林廣的《探測詩與心的距離——品賞岩上的 100 首詩》（南投：南投縣文化局，2013 年）。本書以札記式的賞析，針對岩上已出版詩集中的代表作進行評析，由於著者林廣也是詩人，深知現代詩寫作訣竅，其解析乃能入情見理，並提供讀者進入岩上詩世界的門徑。

另兩部是由南投縣文化局於 2015 年 11 月出版的《岩上作品論述第一集》（趙天儀等著）、《岩上作品論述第二集》（陳明台等著）兩部，這兩部評論集幾乎已將歷來有關岩上文學的論述收錄其中，第一集收岩上詩集論述與訪談紀錄，第二集收岩上詩作的單篇論述與整體論述論文。兩部合讀，即可全面了解岩上詩文學的創作心路與作品特色。

最後則是萬卷樓於 2019 年 9 月出版的《在現實的裂縫萌芽：岩上學術研討會論文集》。共收錄九篇論文，涵蓋主題多元，包括岩上作品中的物我關係、武學內蘊、詩性語言等，並及於詩論、生態詩、兒童詩與詩作外譯情況，多樣性的呈現了岩上研究之趨勢。

學位論文部分，共有五部，均為碩士論文。最早的一部是葉婉君所撰〈岩上詩研究〉（中興大學中國文學系碩士論文，陳器文指導，2008年 1 月），本文討論岩上詩作詩藝、題材及其詩作特質。作者分就岩上詩的「抒情手法」、「鄉土書寫」、「社會寫實」、「生命體悟」等特色逐章討論，正文後附錄〈岩上作品繫年表〉，嚴謹認真。

第二部是嚴敏菁撰〈岩上及其作品主題之研究〉（南華大學文學研究所碩士論文，陳明柔指導，2008 年 6 月），本文以七個章節分別探討岩上生平、創作歷程，並歸納岩上的作品主題（人生探討、對時代的關懷以及批判的視野），正文後附有〈岩上文學生涯及年表〉。這部論文因作

者係岩上之女，對於岩上的創作之路、文學生涯知之甚深，掌握一手資料，其論述有根有據，具有參考價值。

第三部是蔡孟真所撰〈岩上現實主義詩風研究——以《臺灣瓦》、《更換的年代》、《針孔世界》、《漂流木》為例〉（高雄師範大學回流中文碩士班碩士論文，曾進豐指導，2010 年），本文以岩上四本詩集（《臺灣瓦》、《更換的年代》、《針孔世界》和《漂流木》）為範疇，探討岩上詩作的現實主義詩風，分別從主題、題材及表現手法探究其特色，指出岩上作品體現了對時代變遷的關懷、社會現象的批判和人生深刻的感悟，流露濃厚的人間情味等，頗能切中岩上詩作的寫實主義詩風。

第四部是簡沛進的〈岩上詩分期研究〉（彰化師範大學國文學系碩士論文，黃文吉指導，2014 年），本文以年代為分期方式，分從 1960、70、80、90 到 2000 年代逐章討論岩上詩作在不同年代的主題與風格，作者寫作認真，以十年為分期，以詩集為里程，也能清楚顯現詩人創作主題與風格的轉變。

第五部是蔡佩娟的〈現代小詩研究——以瓦歷斯・諾幹、白靈、岩上為例〉（高雄師範大學國文學系碩士論文，曾進豐指導，2016 年），本文以瓦歷斯・諾幹二行詩、白靈五行詩、岩上八行詩為樣本，探究現代小詩的藝術特色與價值，其中第五章「『易』以貫之：岩上八行詩」，分別從題材、形式、語言與修辭、身體意象等四個角度討論岩上八行詩，指出其「取象八卦」的特色與本質。

第二類是有關岩上的生平資料篇目。其下可細分為「自述」、「他述」、「訪談、對談」、「年表」四類。自述部分，計 68 筆，部分重複，大抵是岩上為其詩集所寫序跋、得獎感言或回憶性質的散文。這些自述之文，連貫起來，即可整體了解岩上文學書寫的歷程與心境。他述部分，共 38 筆，唯其中不乏新聞報導、選集之作者簡介、岩上著作之他人序跋，真正屬於他述之文約 10 筆左右。訪談、對談部分，計 27 筆，部分是大型座談會的座談發言，亦非以岩上詩作或創作生涯之與談，約有 8

筆，真正與岩上相關之訪談、對談為 19 筆。相對於岩上漫長的創作生涯，這也顯現久居鄉間的詩人之孤獨與寂寞。

年表部分，岩上自編年表多附於其著作書末（如《臺灣瓦》、《針孔世界》、《岩上詩集》、《詩的創發：現代詩評論》等）；他編年表，最早出現的是學者曾進豐於其《經驗與超驗的詩性言說──岩上論》中所附〈岩上文學簡歷〉（2008）；接著是葉婉君碩論〈岩上詩研究〉所附〈岩上作品繫年表〉（2008）、嚴敏菁碩論〈岩上及其作品主題之研究〉所附〈岩上文學生涯及年表〉（2008），以及向陽編《岩上集》所附〈岩上寫作生平簡表〉（2008）。這四份年表不約而同，都集中於 2008 年，或詳或簡，可以相互參照，最詳盡的年表則是本彙編所附〈文學年表〉。

第三類是岩上作品的評論篇目，又細分「綜論」、「分論」兩類。評論性質再細分為介紹、評析和論述三種，涵括一般性的生平介紹、作品評析，以至論評與學術期刊論文。

綜論部分計 88 筆，扣除重複見於不同版本者，實際是 55 筆，綜論岩上文學成就的篇數並不多，但多為重要詩評家與學者所撰，其中多篇已輯錄於本彙編之中，值得參閱。分論部分計 290 筆，同樣有重見不同版本的現象，這部分可觀者為岩上歷來出版各詩集之評論以及單篇（或多篇）詩作之評析，就不一一細表了。

總的來說，從 1956 年在《奔流》發表詩作至今，岩上的文學生涯已超過一甲子，迄今仍繼續創作中，可說是詩壇長青樹之一。相較於其他同年代詩人，有關他的研究相對不足，因而也就存有更多值得未來的學者據以研究的空間，願這本彙編能提供給研究者更多的啟發與門徑。

三、關於岩上研究資料彙編

本彙編所收岩上研究資料編目總計 539 筆，根據已蒐羅的研究資料，從中選取相關文章、論述、研究計 13 篇。選取的原則，文學生涯部分以作家自述為主，收入岩上自述詩觀 1 篇，訪談 1 篇，用以呈現岩上

的創作生涯與文學觀。綜論部分 7 篇，均為學者研究文論，各篇切入觀點、視角求其多樣，可以互相對話、參照，並凸顯岩上詩作的多元表現及其特殊性。選文篇目如下：

1. 岩上〈我的詩觀我的詩〉（作家自述）
2. 莫渝〈十問岩上──專訪岩上〉（訪談）
3. 蕭蕭〈岩上的位置〉（綜論）
4. 林淇瀁〈不離人生，不離人間──冷凝沉鬱論岩上詩作風格〉（綜論）
5. 丁旭輝〈簡潔而內斂、理性而深情──岩上詩作探勘〉（綜論）
6. 曾進豐〈論岩上詩的理思與機趣〉（綜論）
7. 丁威仁〈論岩上詩裡「血」意象的象徵意涵〉（綜論）
8. 嚴敏菁〈在「有」「無」之間流動──試論岩上詩作從本體論到美學的實踐〉（綜論）
9. 王灝〈流變的聲音──讀《激流》集談岩上的詩〉（分論）
10. 李瑞騰〈爬行在灰白牆壁上的影子──論岩上詩集《冬盡》〉（分論）
11. 黃敬欽〈岩上《更換的年代》所呈顯的時代焦慮〉（分論）
12. 陳康芬〈臺灣現代鄉土的詩眼與詩心──試論《岩上八行詩》與《更換的年代》的書寫意義〉（分論）
13. 李桂媚〈岩上現代詩的色彩意象〉（綜論）

首篇岩上的〈我的詩觀我的詩〉，係詩人岩上 2007 年 10 月在國立臺中教育大學的演講稿。本文前半段詳細回顧了詩人走上詩創作的心路歷程，透過詩人的自述，可以清楚了解岩上不同階段創作風格的轉變；他以已出詩集及其代表作印證不同年代變遷下的呈現，讓我們看到一個關注臺灣土地、人民與社會的詩人的深情，從而印證他半生的書寫的基

調：「在於人生觀照、生命感悟與不離現實本土的詩學。」後半段則是闡述他從年輕時期累積至今的詩觀，岩上是一個理性與感性兼備的詩人，他右手寫詩，左手寫詩論，他的詩和詩論是一體兩面的詩觀的再現，他走過現代主義盛行的年代，而成為寫實主義的守門人之一，都源自於他對詩學的深沉思考。基本上，他了解詩作為藝術，語言表現是詩的基本準則；但他同時也發現作為文學，詩無法脫離現實而存在。一如他在本文中所說：

> 詩是一種藝術，它的成功在於語言表現的成功；但詩的文學性讓我不得不正視生活時空的現實，所以詩的可恨在於無法完全掙脫現實的枷鎖。
>
> 我用詩指向自己；也用詩指向社會。因詩而發現；因發現而寫詩。而詩的特質是創作，所以必須永遠是第一次。

這樣的詩觀，表現在他的每一本詩集、每一首詩作之中，毫無違和感，也讓他的詩作，即使是最直接介入政治的、批判社會的，都還擁有耐人咀嚼、富含多重指涉的想像空間。

第二篇係詩人莫渝專訪岩上的〈十問岩上──專訪岩上〉，雖然名為訪談，實際上是以通訊方式進行的筆談，由莫渝預擬問題十則，再由岩上逐題回答。這篇訪談收入 2002 年岩上榮獲榮後臺灣詩人獎之得獎專輯，可視為岩上對其詩生涯的回顧與展望。十個提問，從得獎、創作淵源、詩觀、詩作風格變化與特色，到對於年輕世代詩人的期許等，詳問細答，深刻且精采，也足以對照首篇岩上的自述。

蕭蕭的〈岩上的位置〉寫於 1980 年，當年收入岩上第二本詩集《冬盡》，可說是最早的一篇從詩史的角度定位岩上的論述。本文因為寫作時間甚早，當時文壇尚無明確的「臺灣文學」主體思維，多以「中國新文學」、「中國現代文學」稱呼臺灣作家作品；即使如此，蕭蕭作為敏銳的

詩評家，已經開始思考「近百年來的中國人、臺灣人都正在尋求自己的位置。這是臺灣的位置嗎？這是中國的位置嗎？臺灣迷茫，中國也迷茫。」的問題，而他也從這個國族認同尚待釐清的時代脈絡中，去討論當時詩人岩上的位置，可以讓我們回到 1980 年代，看到介於前行代詩人和新起的戰後代詩人之間，岩上（以及與他同時期的林煥彰）作為「過渡時期」詩人的尷尬角色。蕭蕭此文分析 1980 年代的岩上詩作具有「由日常事物中發現特殊事義」的特徵，並進而指出他的作品特色有四：（一）浪漫的心懷、（二）超現實的奇想、（三）悲苦的人生、（四）單簡的句式。這四個特色，基本上係以《激流》和《冬盡》兩本詩集為基礎，可讓我們回返歷史脈絡掌握岩上第一階段詩創作的特質。

作為對照，我寫的〈不離人生，不離人間——冷凝沉鬱論岩上詩作風格〉發表於 2007 年 12 月《當代詩學》第 3 期，已是蕭蕭之文發表 27 年之後，岩上已出全新之詩集七冊、詩論評集《詩的存在：現代詩評論集》一冊，已可更清晰看到岩上其後的階段性發展與詩風變化，本文聚焦岩上詩作的兩大主題：「生命哲理的探索」與「社會現實的關照」，逐一以詩集詩作為例，通過文本分析論述岩上當時的整體詩風，並指出岩上詩作的特色，「首先鮮明地表現在他的語言美學之上」，「冷靜凝定的語言，縱使不是岩上的專利，也是他特出於其他詩人的特色」；其次，「是經由冷靜凝定的語言美學所結構的沉鬱頓挫語境」；而這兩者的「冷凝沉鬱」，則來自岩上「不離人生，不離人間」的美學認識和實踐。

學者丁旭輝也是岩上研究的專家，他的論文〈簡潔而內斂、理性而深情——岩上詩作探勘〉又提供了另一個值得參照的視角。此文收入他的論文集《現代詩的風景與路徑》（高雄：春暉出版社，2009 年）一書，以岩上的詩創作歷程逐一探視，通過已出七本詩集，以宏觀而細察的視角，考察岩上的詩語言，勾勒其風格及變化軌跡，可說是尋波探源，析論岩上詩語言變化和不同階段特色的力作。

曾進豐的〈論岩上詩的理思與機趣〉從岩上詩作的思想與哲理層

面，探究岩上因為浸淫易學、演練太極、涵詠佛老的長期修為，而在作品中自然流露的人生義理和語言機趣。他引證易學、太極與佛禪，析論岩上代表詩作，指出其詩作內在可見「（一）生命本質及人生抉擇」、「（二）易變太極與老莊水柔」、「（三）佛理禪意的滋味」等三種思想源頭和詩作特質，也是擲地有聲之見。

　　學者丁威仁的論文〈論岩上詩裡「血」意象的象徵意涵〉則以極其細膩的文本分析，就岩上已出詩集中各冊出現的「血」的意象，統計其數量、剖析其意涵，指出岩上常用於詩作之中的「血」意象，在總體性上具有「『愛』的多向告解與宣洩」、「生存（命）的多角習題」、「鄉土的回歸與關懷」與「現實與政治的嚴屬批判」等四大象徵意涵，並從而衍生 16 種象徵語境。如此細膩綿密的文本分析，足以讓我們更加清楚岩上在「血」意象的語言運作下，如何架構不同階段的不同主題，而又能總綰其詩觀與詩風。丁威仁另有〈初論岩上詩裡「燃燒」類意象傳達的生命思維——以「太陽」與「火」為例〉（《臺灣詩學季刊》第 38 期，2002年 3 月），也是用力之作，值得參考。

　　青年學者嚴敏菁的〈在「有」「無」之間流動——試論岩上詩作從本體論到美學的實踐〉，發表於「在現實的裂縫萌芽：岩上學術研討會」（2018 年 9 月 1 日），原文近三萬字，本書收錄為她自行刪節版本。此文以岩上發表於 1973 年的詩論〈詩的來龍去脈〉為基礎，指出岩上當時提出的詩在「有」、「無」之間的創作本體論是岩上詩學的重要觀點，她探討此一詩學在本體論、創作論與美學觀的呈現，指出岩上的詩觀與詩風，是從最初的「有」「無」之間，到「有」「無」對立，而後朝向「有」「無」和解，並落實於岩上迄今十本詩集的不同形式和風格之中。

　　同樣是青年學者，李桂媚的〈岩上現代詩的色彩意象〉則別開蹊徑，從色彩學的向度討論岩上詩作中的色彩運用與意涵。本文詳細統計岩上已出詩集中出現的「色彩詞」，發現岩上詩作最多使用的是「白」與「黑」，被討論最多的是「紅」，因而展開對此三種色彩意象的探討，指

出岩上詩的色彩意象經營，來自他年輕時習畫，其後讀《易經》、練太極拳的基礎，並透過色彩的掌握來觀照世界、探索生命。本文從色彩學的向度，提出岩上詩作呈現的「交相辯證的黑白美學」與「觀照生命的紅色美學」兩個特色，與歷來岩上研究者的觀點互為呼應，頗有創見。

　　本彙編選錄從蕭蕭到李桂媚的七篇論述，希望能展現七種不同的研究向度、視角和定位，提供讀者據以觀看、了解岩上詩文學的多樣性和豐饒性。

　　在分論的部分，格於本彙編篇幅（12 萬字）限制，選入四篇，都為岩上單一詩集的評論。

　　詩人、詩評家王灝的〈流變的聲音——讀《激流》集談岩上的詩〉以岩上第一本詩集《激流》為評論對象，發表於 1975 年 4 月出版的《笠》第 66 期，是早年有關岩上詩作評論少見的力作。此文指出當時的岩上詩作具有兩種特質，一是「以詩印證生命」，二是「以生命印證詩」。前者內省，「企圖透過詩來挖掘自我，探究生命，或是紓發自己對世界的看法」；後者外觀，表現出「生活的無奈與悲憫，也是詩的無奈與悲憫」。此外，他也注意到《激流》詩集中的作品呈現了岩上創作的根，一是生活，二是鄉土。作為與岩上同在南投縣教書的詩人、摯友，王灝提供給我們了解岩上早期詩風的最真實的門徑。

　　同樣是南投縣出身的詩人、詩評家、學者李瑞騰，也甚早就撰文肯定岩上的詩藝，並具體指陳了岩上早期詩作的特徵，〈爬行在灰白牆壁上的影子——論岩上詩集《冬盡》〉原題〈爬行在灰白牆壁上的影子——為岩上詩集《冬盡》的出版而寫〉，收錄於《冬盡》詩集之後。在這篇擲地有聲的評文中，李瑞騰看到岩上「無疑是一個習於自我思考的詩人」的內省本質，透過詩「解剖自己以呈顯生活的法則以及生命的意義」；其次，他看到岩上詩中存在著「血緣的系流」以及文化傳承議題。更重要的是，他敏銳地觀察到岩上詩作中存在著「血的震撼」，也就是「血的意象」。他指出《冬盡》詩集收 60 首詩作，出現血意象的作品有 15 首，在

這 60 首中，差不多每四首就有一首詩有「血」，「血液成了生命的象徵」、也成了「愛之雙方心性交流的一種個人式的特殊象徵」。這個「血的意象」的發現，在岩上其後的詩集中仍不斷出現，因而也啟發了前述學者丁威仁〈論岩上詩裡「血」意象的象徵意涵〉的進一步探討。足見其論點之深刻與創發。

學者黃敬欽的〈岩上《更換的年代》所呈顯的時代焦慮〉也是一篇見解獨到的論述，本文聚焦於岩上詩集《更換的年代》諸作隱含的「時代焦慮」感，從詩作中分析出這些焦慮計有「生存空間的焦慮」、「人性扭曲的焦慮」、「失去自我的焦慮」等三大焦慮，而三大焦慮之下且又可細分各種大小不等的焦慮，這是細讀文本，能概其主調（焦慮），論述周至，見地深刻之作。

同樣是學者，陳康芬的〈臺灣現代鄉土的詩眼與詩心──試論《岩上八行詩》與《更換的年代》的書寫意義〉以《岩上八行詩》與《更換的年代》兩本詩集為範疇，探究岩上詩作中的兩種存在（「詩的存在」與「我的存在」），指出《岩上八行詩》「透過物我的對位，以形式典律之有限辯證詩之無限」，《更換的年代》則「以詩人我為主體，置身於現實客觀中，以詩的語言深層反省矛盾衝突現象背後的真理與本質」，「另闢現代鄉土寫實的內外詩想路徑」，都有參考價值。

四、結語

從 18 歲開始發表詩作算起，岩上的詩文生涯已超過一甲子，他走過也見證過 1950、60 年代的臺灣詩壇，加入「笠」詩社之後，開始形成自己的詩觀、建構自己的風格，卻遲至 1972 年才出版第一本詩集《激流》，時已 34 歲，可見他雖早發，卻後到。

這固然是因為岩上一直在南投草屯教書，僻處鄉間，又得為生活奮鬥有關，更深層看，實則與他對於現代詩的藝術性抱有高度自許有關，他把詩當成至高的藝術，一如他在 2000 年出版第六本全新之詩集《更換

的年代》時，談到他以詩處理現實社會的善與惡、黑與白、有與無、實與虛的對峙、抗衡和衝突之際，總是「希望詩還是詩，而不是非詩的嗟嘆贅語或膚淺強辯的口水」。這樣的嚴謹自持，相對地也讓他的詩名未能如實彰顯，從本彙編〈研究評論資料目錄〉所呈現的來看，研究他的專書要到 2008 年才有曾進豐的《經驗與超驗的詩性言說──岩上論》出版；研究他的碩論同樣也是從 2008 年才陸續出現，這時他已 70 歲──這都顯示了他一路走來如何孤獨與寂寞。

　　1970 年 10 月，他在《笠》詩刊第 39 期發表的〈星的位置〉（收入詩集《激流》），可以印證這樣的孤獨與寂寞：

　　　　我總想知道
　　　　自己的宿命星在甚麼位置
　　　　有否閃爍燦然的光輝

　　　　因此每晚仰望天空
　　　　希冀找尋熟悉的臉龐
　　　　但是回答我的
　　　　都是陌生的眼光

　　　　直到有一天
　　　　我從流浪的路途回來
　　　　把一切的願望都丟棄
　　　　只剩一顆乾癟的頭顱
　　　　沒入深邃的古井
　　　　突然發現在那靜謐且清冷的水底
　　　　一顆孤獨的明星
　　　　輕輕地呼喚我的名字

但岩上終究未嘗氣餒過、失志過，他堅持嚴謹書寫，在漫長的詩路上「把一切的願望都丟棄，只剩一顆乾癟的頭顱，沒入深邃的古井」，最終確立了他的詩的存在，並以「詩的存在」和「我的存在」相互證成，展現特屬於他的不離人生，不離人間的寫實主義美學，而又能以詩語言的高度琢磨與多樣變化，喻示有無相生的生命哲理，正如本彙編各家論述所言。

輯四◎
重要評論文章選刊

我的詩觀我的詩

◎岩上

一、我的詩與歷程

我對詩的喜愛與接觸，沒有經過任何啟示或引導，完全是自發性的因緣。

1955 年夏，我考進臺中師範就讀，靠公費讀書包括食宿。因家境清寒，零用錢極少，卻全部拿去買詩集。我喜歡瞬間感動的事物，包括電影、繪畫、詩等閃亮的感覺和驚喜。師範三年期間，我選修美術，較多的課餘時間浸淫於詩的閱讀、抄錄、剪貼和塗鴉習作。

師校二年級我發表第一首詩於《奔流》文藝（第 1 卷第 3 期），詩題目：〈孤影〉。這首詩表露了那個年代，在特殊的時代環境下，無奈的苦悶和年少時的孤獨與憂鬱。「臺中師範」是我詩文學自我學習築基的所在地。

畢業後，派任小學教師，薪水極少，生活清苦，又因自修準備升學，寫詩數量很少，但沒放棄。其間記得有一首詩〈吊橋〉發表在《中央日報》，表達初入社會戰戰兢兢的態度有如渡吊橋搖晃的感覺。因三年任職無任何存蓄，升學只能選擇夜間部半工半讀。當時大學入學考試規定夜間部男生必須服完兵役才能報考。1962 至 63 年底有一年半時間我在高雄服兵役，有較多的空間，寫了不少詩作，也開始使用「岩上」筆名至今。

可以說我還不知道「詩是什麼」，就開始摸索嘗試去寫詩，不斷地思索詩是什麼？詩存在的位置和詩與我，與物與大千世界的關係，以及詩要表現什麼？如何表現？寫作我是直接從詩的創作切入，歷經嘗試錯誤到熟練

技藝是一段漫長如渡的經驗，也是寂寞孤獨的行程。

詩離不開個人的抒情和感懷，年輕時我的詩也是從自我意識出發，詩思漸循延伸範圍擴大，之後走出自我；然後小我和現實的觀照與關懷大我同步而行，而後又回到自我，當回到自我時已非原先之我，這是人生歷練的成熟，大體上我的詩呈現了這樣迴轉的軌跡。

而我的自我是什麼？詩呈現了什麼的我？當我走出自我，指向現實社會生存空間的種種，我要寫些什麼？用什麼態度、觀點和立場？是認同還是批判？

當我又回到自我，這時的自我是什麼？我常審視自己，不隨流行走，也不故弄玄虛。道家水柔與回歸自然的精神、易理陰陽變化的美學、佛的靜思、西洋哲學知性思辨，以及三十多年太極拳演練虛實的身體力行，透過沉靜的思維，影響了我中年之後的詩學認知。

而回顧來時路，卻是一腳印一步詩，踏過生活艱辛歲月。如果把我詩的歷程劃分幾階段進程，依我出版的詩集可作為以十年為一個階段，各呈現十年一個年代的風貌。

《激流》詩集，1972 年出版，是 1960 年代的作品。1963 年底我自軍中退伍，至 1971 年之間將近十年，我照顧多病的老母，白天當小學老師晚間當大學生，鄉間與城市披星戴月奔波、結婚生子，通過考試進入中學執教等，是淬火自勵，激越自我極限，生活最艱苦的年代。當兵之前的作品，只當作練習曲，也全部遺失。

1950、60 年代是超現實主義流行和存在主義思潮激盪的年代，我的詩不無受到影響，但我操作自己的技巧，持意建立自己的風格。在艱苦的生活裡，《激流》的作品呈現了自我激勵與存在意義思考的血汗痕跡。

〈激流〉作為詩集名稱，這首詩也表達不屈於命運與年少激昂的心志。詩中有如此的詩句，藉用激流象徵自我。

讓那些圍剿而來的

巖石與山壁
濺出嚎啕的顫慄

又如〈劈柴〉一詩有「劈自己為一塊塊柴薪／並以那斧頭迸滅的火星／點燃」。無非是自我淬勵的寫照。

在《激流》時期，被詩評家析釋、提到最多的，是〈星的位置〉這首詩，可說是此期的代表作。全詩如下：

我總想知道
自己的宿命星在甚麼位置
有否閃爍燦然的光輝

因此每晚仰望天空
希冀找尋熟悉的臉龐
但是回答我的
都是陌生的眼光

直到有一天
我從流浪的路途回來
把一切的願望都丟棄
只剩一顆乾癟的頭顱
沒入深邃的古井
突然發現在那靜謐且清冷的水底
一顆孤獨的明星
輕輕地呼喚我的名字

——〈星的位置〉

　　這首詩以「宿命星」的民俗題材，給予詩創發的新意，表現宿命與孤獨，以及尋求自我存在位置的企盼；另一層含義更呈露我的人生觀和詩的美學觀，並不想建立在天上美麗的星座，而是落實的人間。這個觀點，延伸數十年至今，都沒什麼改變。

　　1970 年代中華民國在國際舞臺節節敗退，退出聯合國、中日中美斷交，許多國家跟中國建交，從此臺灣幾漸成為國際上的孤兒。島內民心振奮，經濟轉型，加工業興起，農村人力大量外流湧進都市，形成農村老化而凋零的現象。

　　由於政治、經濟急速變遷，臺灣文學也由 1950 年代的反共，1960 年代西化的現代主義，回歸民族主義走向現實主義的路線。但可惜現實主義文學並沒有完全落實於臺灣現實經驗。

　　面對社會、歷史的改變，1970 年代我的詩除了繼續自我的存在省思，也走出自我，開始觀照臺灣這塊土地。此期鄉土關懷作品，則偏重於農村的題材為多。

　　《冬盡》詩集收錄的作品，呈現了 1970 年代我詩作的風貌。〈松鼠與風鼓〉寫農村遭受經濟轉型農產業蕭條的景象，這首詩 1973 年獲得第一屆吳濁流文學新詩獎。〈冬盡〉這首詩寫農村凋零的景象，並希望冬盡春來，也象徵臺灣企盼新景氣的來臨。〈溫暖的蕃薯〉寫對臺灣這塊「蕃薯」的悲情與熱愛溫暖的隱喻。

　　〈那些手臂〉是這時期最具代表性的作品。

那些手臂
那些太陽曬成銅色的
流汗的
緊抓住泥土的手臂

從黑暗中伸出來

從矮小的土屋裡伸出來
從腸胃的呼叫間伸出來

伸向水圳，潺潺有聲
伸向田野，黃熟豐饒
伸向山坡，疊砌成梯
伸向高峰，矗立成林

那些手臂
那些太陽烤焦的
擰乾了汗水的
鬆散了泥土的手臂

縮回，圳水乾涸
縮回，田野荒蕪
縮回，山坡滑流
縮回，高峰光禿

手臂沒有縮回
手臂繼續伸出

手臂擠著手臂
手臂纏著手臂
手臂生出手臂

手臂永不縮回
手臂繼續伸出

伸向田野

伸向山坡

伸向海洋

伸向天空

手臂

手臂

伸展成為樹

枯槁在

空中

────〈那些手臂〉

這首詩以排比的形式句法，超現實的技巧，寫現實農村的題材。在現實與超現實之間有了更寬廣的延伸張力，不凝滯於現實形象，也不虛脫於超現實的雲霧。主題仍在於大地生機的關懷。這首詩也具有音樂節奏性的朗誦效果，曾被選為詩歌朗誦比賽的作品。

在《冬盡》年代，對鄉土的擁抱情懷具體呈現於農鄉生活的寫照外，對於農村的用物如「割稻機」、「風鼓」、「竹竿叉」、「木屐」、「鼎」等以及鄉間動物如蟋蟀、蟹、蜻蜓、海螺、牛等的關注與歌詠也有相當的數量。

在詩精神回歸本土的意念上，〈失題〉一詩，第一節這樣寫著：

眺望西方遙遠的視線

在朦朧的水霧中迷失

回折的視覺

我看到自身的體內氾濫著一股恆古的血河

1976 年由我發起與詩友合組詩脈社，發行《詩脈》詩刊，創刊辭我寫

出三個願望，其第一願望即「繼承中國詩的傳統，一脈相承，使詩的命脈永遠律動縣延奔流」。當時還是戒嚴時期，禁止使用「臺灣」兩字，我說的「中國」是文化上的，實際回歸鄉土是臺灣的。

《詩脈》共發行 9 期，我除了寫鄉土的題材，也寫以情愛為主題的「愛染篇」，用意在於撇開政治敏感議題，避免因辦刊物惹上麻煩。

1977 年終於爆發了「鄉土文學」論戰。當時臺灣詩界幾乎沒有介入論戰，而我的詩作在此之前數年已寫了數量不少的現實性鄉土關懷的作品。

1980 年代是臺灣經濟富裕、政治改革、社會形態變動、物慾橫流、不知節制……等現象，臺灣整體性變質牽動激烈的年代。《臺灣瓦》詩集內的作品寫於這個年代，是對當時的社會、政治、文化、教育、道德……強烈批判的產物；同時也讓我在詩思裡深入思考作為臺灣人的文化特質何在？〈臺灣瓦〉這首詩取材民屋的瓦片，以象徵的手法表現臺灣人民族性格的脆弱與淺薄，是一首自覺性反思的作品。

　　彎彎薄薄的

　　一片片重疊的瓦

　　都只是一陣子的波浪而已

　　微微

　　細細

　　的漣漪

　　一池春縐了的愁水

　　頂多

　　一陣西北雨嘩啦嘩啦的驚喜

　　過後

　　也就被洗刷得乾乾淨淨

　　吸水而虛胖的軀體

　　一時壓重了支架

　　不久在強烈太陽的搜刮下

　　又漸漸乾瘦下去

　　　　　　　　　　　　　　　——〈臺灣瓦〉

　　這首詩的意象在於瓦片吸水而虛胖，遇強烈太陽光則乾瘦下去，表現臺灣人性格的不穩定、不堅定；以有形的實物喻含無形的文化特質，能不令人省思？

　　其他詩的內容與題材則深入社會多層面，如寫〈股票市場〉的醜態；〈自己說〉批判政治的亂象；〈死巷〉寫社會物慾橫流；〈老兵的刺青〉關心老兵的遭遇；〈油漆工人〉關懷勞工階級的辛勞與諷刺社會的虛偽。集中卷六「國中放牛班導師傷痛詩」14 首，全部以激切的語調，批評教育的失敗。從早期〈教室內的斷想〉對身為教師的自負與自許到對中小學教育徹底的失望，曾接受過「師範」專業教養的我深感傷痛。所以我於 1980 年代末申請提早退休離開教職，甘願度過更清澹的歲月。

　　《臺灣瓦》詩集代表我在 1980 年代的作品，在詩語言的表現上更平易簡潔而貼近寫實，去除形容修飾的枝蔓，目的企求以更清晰的內涵呈現詩的肌理，對惡露的社會現實百態才能達到犀利的批判作用。

　　《愛染篇》詩集出版於 1991 年，收錄的作品包括 1950 年代末至 1980 年代初的愛情詩作。詩評論家丁旭輝教授說：「岩上的抒情語言由《激流》、《冬盡》到《臺灣瓦》與《愛染篇》發展到最高峰，其後逐漸增強現實批判與關懷取代了抒情詩……所以《愛染篇》可稱為岩上抒情語言的高潮與總結」。

　　詩人王灝評論〈岩上情詩中的詩情〉說：「對於情詩，岩上是寄託著比較大的一種企圖……來觀照人的命運。……因為唯有賦予情詩另一種比較高層次的生命消息，也才能把情感這個主題深化」。

　　我這一生有很多的失意，都由於貧寒所致，包括年輕時對愛情的失落與傷痛，雖經過一段長時間的自我療傷，化作詩也無法抹去傷痕。所以

《愛染篇》表露的愛之深染，痛之更切，不單指情愛的感受而已。

今天來演講，不宜太傷感，僅選《愛染篇》一首較輕淡柔美的來互賞。

　　讀妳的眼睛

　　如讀一封封沒有寄出的信箋

　　只有海的波浪

　　焚燬一字一字的碎片灑於日光下

　　那是海的鱗光

　　妳的心語？

　　微動的唇

　　原是我擁有的沙灘

　　疆土的熱愛

　　細細踩履如我脈搏的頻律

　　縷縷抽絲的語言

　　柔軟如沙

　　堅定粒粒

　　讀妳的眼睛

　　如讀一片沒有話語的海洋

　　　　　　　　　　　　　　　——〈讀妳的眼睛〉

　　這首詩語言簡明，卻有深一層象徵與隱喻。眼睛象徵海洋；海洋的沉默隱喻多少澎湃的情意於心中。首尾二行則為詩意伸延的拉力，架起結構的基點。

　　我平日喜愛老莊的直覺與自然偏好的哲學，和易學的易與不易的思辨邏輯。將自然物本體的直覺和易理的陰陽虛實變易美學，融入我的詩想。

　　1990 年代開始，以單一字的事物意象符號，物與我參悟人性的哲思，採取陰陽生四象，四象生八卦的簡單結構，而有了《岩上八行詩》的詩集。八行詩可說是我面對詩壇紛亂的詩形式表現，所給出節制、約束自我的要求，以新即物的手法壓縮詩，看它能承載到何等耐力。八行詩出版於1997 年，出版後頗引起回響，被評論的詩篇很多。〈水〉這首卻少被提到，而我覺得水是道家最喜愛的自然物也頗能代表柔的精神，特別在此提出，全詩如下：

　　　　無所謂生，無所謂死
　　　　不斷易變是千古不變的命數

　　　　不必問什麼流派
　　　　溫柔的體態，兇狠的性格

　　　　潛伏才是真功夫，滲透每個部位
　　　　讓你虛胖浮腫

　　　　使你無法消瘦，我是體貼的
　　　　永不溜走

　　水只是會變化形態，不會增減，隨方亦圓，表面柔弱——而內在剛強，並有非常強的滲透張力，可說水的物質具有哲學的特性。水給我們人生有很多的體悟和啟示。這首詩也是以八行的形式在有限的範圍內，試圖呈現水的特質與我的參悟。
　　1990 年代是多元而又複雜的年代，《岩上八行詩》面對複雜的現象以節制而簡單的詩型，以既定有限形式駕馭不定的無限大千詩境；同步年代的作品《更換的年代》則以截然不同的風貌、題材、表現手法、隨境轉

象，投射多面的觀照。仍然以容易被接受平實簡明的語言，以求達到詩衝突的張力效果，尤對時代社會的批判諷喻有著深列的貼切感觸。詩的題材也早已從鄉村轉移都市甚至國外。

〈更換的年代〉一詩或可作為我對那個年代的總體批評與感懷。

水龍頭壞了　換一個
電燈壞了　換一個
電視機壞了　換一個

衣服舊了　換
汽車舊了　換
房子舊了　換

肝臟壞了　換一個
腎臟壞了　換一個
心臟壞了　換一個

妻子舊了　換
丈夫舊了　換

孩子壞了
不能更換
任
　其
　　作
　　　惡

　　　　　　　　　　　　　　——〈更換的年代〉

資本主義社會生活的物化，一切都視同物質零件的組合，所謂道德、正義已蕩然無存。一切都在改變，包括改變的零件也不斷「更新」，沒有永恆的事物。而不能改變的卻成為惡源，真是荒謬。這首詩的特殊處，除了取材內容與主旨針對社會批判性外，在表現的技法上於末段逆轉的詩想與前述的主客衝突，為的是營造詩絲抽斷又銜接的錯愕驚奇感。

詩是純粹藝術的表現嗎？文學當然不必背負道德的十字架，但身為從事教育與志願投入教育工作者，「孩子壞了／不能更換／任其作惡」嗎？在品味詩藝之外，也是令人省思的課題吧！

我雖然喜愛易學變動的哲理，在 50 年來各年代有不同風格的作品，但詩的基調在於人生觀照、生命感悟與不離現實本土的詩學，卻始終不變。21 世紀新時代以來仍不懈怠地繼續耕耘，近期作品如〈眼睛與地球的凝視〉30 首短章的詩組與〈鐵窗歲月〉38 首的詩組，或可呈現另一種不同風貌，為的是再強化詩藝的提升與深化詩的內容。

二、我的詩觀

基本上，我認為人生如果美滿，詩可以不寫。詩的創作是從填補自己人生的裂縫開始；詩也是語言的創作，因詩語言的創作而呈現生命的意義和存在的位置。

詩的所指是一種語言的魅力，詩在我與非我之間，寓託我的情真也批示我的閱世經驗，詩成為存在的象徵。

詩成為生活經驗的紀錄和精神的象徵之後，它就離不開拿不掉。詩成為語言創發時，它就與生命躍越和突進連成一體；那就是詩的語言也是思考，更是生命前進的動力。

我不斷地在簡樸的生活和繁雜的社會現象中追逐那份詩心。

詩是一種藝術，它的成功在於語言表現的成功；但詩的文學性讓我不得不正視生活時空的現實，所以詩的可恨在於無法完全掙脫現實的枷鎖。

我用詩指向自己；也用詩指向社會。因詩而發現；因發現而寫詩。而

詩的特質是創作，所以必須永遠是第一次。

　　詩的語言，其準確性必須如劍法在處處設想的敵對中進行，雖然表面上看來只不過是單一的指向，實則在語言意指的過程中，已散發了無數的禦敵的力量與期待瞬間變幻中立即反擊的潛能；亦即詩語言在不斷地使用中是同時四面八方埋伏著破壞的力量，而既已使出的語言乃同時又殺掉可能圍殺而來的敵對的破壞分子。

　　在語言不確定的意旨之中，詩希望在語言中凝定；詩也希望在語言中飛躍；其難度端在如何擬諸其形容，徵象其物宜與心意，而語言是詩掌握的關鍵。

　　詩存在於人類心靈與對萬象觀照融合的感悟中。詩的詩想行動是從現實進入非現實；與現實和非現實交錯的存在，這是詩存在的真正領域。所以：詩可以從「有」到「有」；詩可以從「無」到「有」；詩可以從「有」到「無」；但不可以從「無」到「無」。

　　詩的構成意圖從自我出發到外在社會世界存在的現象；或從外在現實的現象刺激詩人內心的感受經驗，兩者之間，存在著對抗的矛盾。

　　詩通過語言的使用在矛盾的空間裡掙扎而後妥協，在相剋裡而後相生完成。

　　善與惡；真與假；白與黑；有與無；實與虛……的對峙抗衡，存在著矛盾；現象世界與內心世界的憧憬，內來外往的衝突，心繫詩的創作美意，希望詩還是詩，而不是非詩的嗟嘆、聱語或膚淺強辯謾言的口水。

　　我希望好詩具備有下列的特質：（一）有人間味。（二）有生活體驗的真。（三）有想像空間的美感。（四）有探索生命的思維。（五）語言的掌握要準確。

三、結語

　　　你必需以心的律動

來觸撫我

每一片貝葉

才能瞭解

風雨中

我發出的語言

　　　　　　　　　　——〈樹〉,《針孔世界》詩集

　　　　——2007 年 10 月 16 日國立臺中教育大學演講稿

　　　　　　　——選自岩上《詩的特性——岩上現代詩評論集》
　　　　　　　南投：南投縣政府，2015 年 11 月

十問岩上
專訪岩上

◎莫渝*

莫渝擬題

岩上通訊回覆，2001 年 10 月 25 日

莫：首先恭喜您獲得第 11 屆榮後臺灣詩人獎，您的文學志業又增添一朵美麗的花。底下提出十個問題，請教於您，希望對讀者與年輕的寫詩朋友們，有所助益。

莫：在寫詩的歷程中，您得過哪些獎項，各有哪些不同感想與感觸？

岩：我第一次得獎是在 1973 年 4 月，以〈松鼠與風鼓〉一詩獲得吳濁流文學獎第一屆新詩獎，之後又得中興文藝獎章（第二屆）新詩獎、中國文藝協會文藝獎章新詩獎，在主編《笠》詩刊期間得中國藝術學會頒的編輯獎，今年南投縣政府頒給我南投縣第三屆文學貢獻獎。

第一次獲獎時，當時臺灣詩壇獎項極少，我又年輕，所以很興奮，對我的鼓勵也很大。

榮後臺灣詩人獎從第一屆及之後幾屆我有參與評審，對於該獎設置的宗旨與肯定臺灣詩人的成就頗為讚佩。

從年少一路下來幾十年，文學創作的歷程是寂寞的，但是詩文學也是有績效的，只要努力不斷地創作，終究會有成果的。榮後臺灣詩人獎每年只頒給一位詩人，得之不易，很幸運今年我獲獎，是非常興奮的！

---

*本名林良雅。發表文章時為桂冠圖書公司文學主編，現為聯合大學臺灣語文與傳播學系兼任助理教授、笠詩刊社社務委員、《小鹿兒童文學雜誌》主編。

有些獎項只是給獎，多增些花環而已，榮後臺灣詩人獎的意義性明確地繪出臺灣詩學的特色與軌跡是最大價值所在，這是我的感想同時也表達我的感謝。

莫：通常的認知，詩是青春文學，請您略述在什麼機緣下，觸發了您寫詩的動機？最初的詩作與您往後的詩業有沒有牽連？

岩：從小我就喜歡瞬間感動的事物，包括電影、繪畫、詩……等，喜歡瞬間捕到的那份感覺與驚喜，似乎沒什麼緣由。在臺中師範就讀時選修美術，迷戀繪畫，也同時對現代詩發生興趣，那是 1955 年至 58 年之間。學校的單調生活和鬱卒苦悶的年代，美術和文學擴張了我思緒的領域。詩和畫一樣能觸發我心靈中那一份美感；詩的短時間能獲得感動比小說需要長時間的閱讀令我喜愛。因為年輕時候實在太窮，所以放棄繪畫，選擇詩的創作，因為總希望有一種創作能呈現我生命歷經的軌跡，在思想精神領域中代表我存在的意義。

我常希望能保持最初的感動和真心，從年輕一直到老態，沒有改變，雖然在現實生活中已歷盡了滄桑。

基本上，我的詩從原先到現在，都保持著某種相同的基素，但不斷地累積經驗和閱讀、思索，對詩文學的認知，當然比年輕時候宏觀遼闊而更加深遠。

莫：在您初期的詩路上，曾閱讀哪些前人的詩篇（不限新詩）？曾受過哪些前輩詩人的指導或影響？彼此互動情形如何？

岩：讀初中時，我讀過一些章回小說和新文學作品，而真正喜歡文學、接觸現代詩是 1955 年到臺中讀書開始的。現在還保存著幾本塗鴉筆記和手抄剪報簿，可以說 1955 年至 58 年間在臺中市面書攤和書店可買得到的詩集和詩誌我大都看過，印象最深刻的就是紀弦《現代詩》和覃子豪《藍星》等人雙方的論戰，那是因為紀弦成立現代派引起的。

所以那個時期的重要詩人作品我都有印象，同時期也手抄過中國詩人冰心的《繁星》整本，現在還留著。可見年少時對新詩的熱愛，筆記

本和日記也留下一些不成熟的練習曲。

1957 年在雜誌上發表第一首詩。[1]

作品有留下來是從 1962 年在軍中服役開始，退伍後又回到小學教書，因準備升大學和準備中學教師檢定考試，詩作很少，但沒中斷。1966 年左右加入「笠」詩社同仁之後，到 1976 年創辦「詩脈社」發行《詩脈》詩刊後幾年，都一直保持旺盛的創作力。

年輕時讀過的書和詩，說不上特別受什麼人影響，多少都會吸收一些營養吧！成為「笠」詩社同仁之後，年長詩人作品都是我閱讀的對象：陳千武的批判性、林亨泰的冷澈知性、白萩的語言實驗、趙天儀的平實溫婉、李魁賢的穩健感性，和詹冰、錦連早期的新銳等以及同輩年輕詩友作品都會瀏覽品讀，而間接產生互動影響。但是我還是比較喜歡自己孤單的形影，「我量我自己的尺寸，製作自己適身的衣裳，且舞我自己的姿式」；我讀別人的作品，但並沒有別人的影子，從開始寫詩就如此。

莫：詩，不是功利的，請問：支持您長期寫作（寫詩）的原動力是什麼？

岩：基本上，我認為人生如果美滿，詩可以不寫。詩的創作從填補自己人生的裂縫開始；詩也是語言的創作，因詩語言的創作而呈現生命的意義和存在的位置。我用詩指向自己，也用詩指向社會。

詩的所指是一種語言的魅力，詩在我與非我之間，詩寓託我的情真也披示我的閱世經驗，詩成為存在的象徵。

詩成為生活經驗的紀錄和精神的象徵之後，它就離不開，拿不掉。詩成為語言的創發時，它就與生命的躍越和突進連成一體；那就是詩是

---

[1] 編按：岩上發表的第一首詩實為 1956 年刊於《奔流》文藝第 1 卷第 3 期的〈孤影〉。岩上先前一直以為 1957 年發表於《新新文藝》的〈黃昏〉為第一首，直至 2007 年整理舊資料發現〈孤影〉原稿。特此說明，後不再一一詳述。參見岩上，〈新詩在南投——以詩脈社與笠詩社為重點論述〉，《詩的特性——岩上現代詩評論集》（南投：南投縣文化局，2015 年），頁 351、岩上，〈我的詩觀我的詩〉，《詩的特性——岩上現代詩評論集》，頁 372、曾進豐，《經驗與超驗的詩性言說——岩上論》（臺北：秀威資訊科技公司，2008 年），頁 348。

語言也是思考，更是生命前進的動力。

我不斷地在簡樸的生活和審視繁雜的社會現象中追逐那份詩心。

莫：在寫作歷程中，您碰過什麼困境或瓶頸？如何克服？

岩：在我還不知道詩是什麼，我就開始寫詩，然後遍讀直接和間接有關詩
　　的書籍，並不斷地思索詩是什麼？詩存在的位置和詩與我的關係，以
　　及詩要表現什麼？從模糊到凝定；也就是從實驗的嘗試錯誤到熟練技
　　巧，是如一段渡河的經驗，從此岸到彼岸，戰戰兢兢，有驚險也有喜
　　悅，更少不了一份專注。

　　我已逾四十年的寫詩經驗，開始我的詩從自我意識出發，之後漸漸走
　　出自我；然後自我和現實的觀照與關懷並轡而行，而後又回到自我，
　　當回到自我，已非原先之我，這是人生歷練的成熟，大體上我的詩呈
　　現了這樣的軌跡。

　　而自我是什麼樣的我？詩呈現了什麼樣的我？

　　當走出自我，指向現實社會生存空間的種種，我要寫些什麼？用什麼
　　態度、觀點和立場？是認同還是批判？

　　當我又回到自我，這時的自我是什麼？

　　這些問題才是真正我要解決的課題，因為我不隨著流行走，也不故弄
　　玄虛。而因為詩是語言創發的藝術，我必須時時提醒語言高度的敏
　　感，隨時變換前進的腳步，才能渡河。

　　具體地說：老莊水柔的精神、易理變動的美學、佛的靜思、西洋哲學
　　的知性思考和二十多年清晨風雨無阻的演練太極拳，透過沉靜的思維
　　與身體力行，影響了我中年之後的詩學認知。

　　諸多生活的困境和文學創作的瓶頸，都從中得到了解脫。

莫：詩文學、鄉土、國族，在您的寫作意識裡，呈現如何的比例？

岩：前面說過，1970 年代開始，我的詩走出了自我，開始觀照臺灣這塊土
　　地種種的生活狀況，我愛我們的國家，愛這塊與我生活同在的土地，
　　尤其 1980、1990 年代，我的詩集《臺灣瓦》和《更換的年代》大部分

的作品題材和內容都跟臺灣現實有關，包括自然環境、土地、社會、政治、歷史、教育等層面，而臺灣這些負面的現象卻和我內在心靈的世界有著強烈的衝突，這種詩的衝突，也構成我作品的另一種特色。

相對於 1990 年代另一本詩集《岩上八行詩》，就量的比例來說，1980、1990 年代我的作品有三分之二是以鄉土、國族與臺灣現實社會為題材入詩的。這段時期的作品我採取冷僻嘲諷和逆向思考的手法表現，是一種愛之深，責之切的心情，有評論家說我這時期的詩是臺灣現代鄉土的作品。

1960、1970 年代的鄉土關懷作品，則偏重於農村的題材為多。因為 1970 年代之後臺灣農耕已機械化，經濟起飛加速農村的現代化，臺灣的農村已失去了原有的特色，我的題材也跟著有了改變。

莫：您曾在學校執教，請您談談學校體制中的臺灣新詩教育，有沒有改善的空間？您的詩作有多少跟教育關聯的痕跡？

岩：中小學的國語文課程很早以前就有新詩教材，但作品詩味淡薄，早期小學課本中，詩與兒歌分不清；中學也只選 1930 年代中國大陸作品。近些年來已有選用當代詩人作品，詩作也較優秀是好現象。教材統一開放後，民間編寫的教材，版本較多，內容較有變化。

今天詩的教育，我想大問題不在教材，因為五十年來臺灣詩人的努力，已經累積相當多的作品，作為中小學的教材或大學研究的專論都沒問題。

問題是師資。一些中小學教師對現代詩的認知相當有限，也缺少興趣。師資培養的院校或過去教育廳舉辦的語文培訓，都無法切入文學教育的本質問題，一般教師對詩文學的認識無法從文學的觀點傳授給學生。

政府單位或民間文學團體舉辦的文學研習營，多數參與的教師，志不在文學知識的吸收，而只想獲取教學的方法和教材以利教學應用的方便。因此，整個臺灣詩文學教育形成浮面的虛象。

要國民有詩文學素養，傳授的教師要先懂文學。改善的空間要從基層各縣市做起，教育局和文化局聯合長期培訓中小學教師，給予詩文學的再教育，這些經費花用很少，作用卻很大。

我的作品直接寫教育問題的要算 1989 年 11 月 13 日起每天登出二～三首、連續刊出五天在《臺灣時報‧副刊》的「根之蛀──國中放牛班導師傷痛詩」，反應了國中教育的種種怪異現象最為強烈，可是寫這些詩有用嗎？還不是無奈和失望！

陳進興這一批惡徒在國中階段的年歲中，我們就已預言這批國中學生在這樣的教育環境中長大，將來一定是社會國家的禍害，果然不出所料！

莫：到目前為止（2001 年 12 月），您創作的詩集與數量有多少？請列出五首代表詩作，並簡說詩作背景與主旨及階段性代表意義。

岩：到目前為止，我詩作品的總數量約六百首左右，收錄在已出版的詩集約五百首。共出版六本詩集、一本選集和一本詩評論集。從詩集的出版很清楚地可以把我創作的歷程依年代劃分四個階段和不同的風格內容。

《激流》詩集，1960 年代作品，1972 年出版。

《冬盡》詩集，1970 年代作品，1980 年出版。

《臺灣瓦》詩集，1980 年代作品，1990 年出版。

《岩上八行詩》詩集，1990 年代作品，1997 年出版。

《更換的年代》詩集，1990 年代作品，2000 年出版。

《愛染篇》詩集，收錄 1950 年代末至 1980 年代初的愛情詩作，跨越三個年代，1991 年出版，以早年的作品為多，而非 1980 年代的作品。

在我生命的成長中，常面對現實生活的風霜和心靈的踰越飛揚，從兩者的激戰裡，激勵自我，尋找自我，《激流》詩集中有不少這樣作品，〈激流〉一詩堪稱代表，〈星的位置〉同樣代表年輕時的生命思維，尋求自我徵象的作品。

「詩也是一面鏡子，它不單反射詩人的情懷，同時也照映出詩人周遭

的芸芸眾生與所處的社會形態……」1970 年代臺灣本土意識逐漸抬頭，我的作品也呈現觀照生存環境的種種現象，因為我居住在鄉下，所以《冬盡》詩集很多以農村的事物入詩，而且 1970 年代臺灣工商經濟已開始起飛，舊農村的生活遭到嚴重的衝擊。〈松鼠與風鼓〉就是寫農村遭破壞轉型的作品，這首詩並於 1973 年獲得第一屆吳濁流文學新詩獎。

1980 年代是臺灣經濟富裕、政治改革、社會變動、物慾橫流……等，臺灣整體性變動激烈的年代。《臺灣瓦》詩集內的作品是對當時的社會、政治、文化、教育、道德……強烈批判的產物；同時也讓我深入去思考作為臺灣人的文化特質何在？〈臺灣瓦〉一詩以象徵的手法，表現臺灣民族性格的脆弱與淺薄，是一種自覺性的反思。

1990 年代開始，因為我深受易學與老莊哲學的影響，尤其易理的陰陽虛實變易美學，融入我的詩想，因此以太極生陰陽，陰陽生四象，四象生八卦契合我的八行詩的結構，以單一字的事物參悟人生的哲思，而有了《岩上八行詩》的詩集。這本詩集出版後頗引起詩壇的注目，也得到不少詩評論的好評。自認佳構不少，其中〈舞〉一詩特別受到前輩詩人林亨泰撰文評介讚賞。或許這首詩特別能表現出變易美學的特質和人生多變幻的真諦吧！

「《更換的年代》裡，與《岩上八行詩》同步的 20 世紀 1990 年代作品，卻呈現了與八行詩嚴謹的律動截然不同的風貌、題材、表現手法、觀照的多面化，令人感受到岩上詩創作生命源泉的豐沛和灌注的八方阡陌。」這是李魁賢為我寫的〈詩的衝突〉序文的一段話，這本詩集內容的輻射面多廣，共分十卷，各卷各有所指特色。就以 1990 年代時代性來說，〈更換的年代〉一詩可作為以偏概全的總體觀照。表現的語言簡單卻很特殊，頗能達到詩衝突的張力效果，對時代社會的批判有著深列的貼切觸感。

以上所談的已經有六首，其實在我詩的履歷中，《愛染篇》詩集裡的

作品也是很重要的景點，尤其卷四「愛染篇」14 首，篇篇是至情至性之作。

莫：請談談您對詩壇年輕一輩作者的希望。

岩：沒有人會否認詩是屬於年輕人的，因為年輕人的熱情是詩的發動人，但如果把詩視為文學的閱讀與寫作，則詩乃成為千秋事業，不能僅僅靠一股熱情，年輕的熱情容易隨著流行走，流行實也不是壞事，但它往往只是一瞬間的耀眼，一陣子的刺激而已。

人生的整體才是詩創作的實體；有人主張天馬行空的幻想和躲在神祕的帳篷裡悠然蹈舞，這是詩人的特權，我們無權干涉別人夢遊式的寫作方式，但年輕詩人如有志於走上詩的孤獨寂寞旅程，還是要多體驗人生。多一點風霜雨露；少一些虛無縹緲的幻境。詩的遙遠雖然美麗，畢竟是幻覺；有血有肉，有人間味的詩，才能感人肺腑。

莫：對 20 世紀（舊世紀）和 21 世紀（新世紀）的臺灣詩界，您分別有怎樣的看待與期望？

岩：臺灣處於亞洲陸地和太平洋之間，這個島嶼深受陸地文化與海洋文化雙面的影響，所以他很敏感，又有不安定感，容易受世界風潮的感染。而整體文化發展和文學環境也和自然環境一樣，在颱風侵襲區與板塊斷裂的地震帶上，有著無屬性與不確定的悲哀。

如果我們放眼天下，20 世紀的世界文學，我們不能說繳白卷，但文學地圖上我們連一個點都沒有，不用說到線面體。

文學深受經濟和政治的影響，但最重要的，詩文學的根在於文化。我們必須從經濟與政治的衝擊中漸漸建立自己安身立命的文化，詩文學的發展方有自己的面目。經濟的國際化和政治性的侵略，只有文化的力量才能抵擋消化；在我們自己臺灣還沒有自己文學的面目呈現之前，不能隨著世界性流風起舞，我期待和盼望具有臺灣味的詩文學在新世紀早日出現！

　　——選自《岩上的文學旅途（第 11 屆榮後臺灣詩人獎：得獎人岩上專輯）》
　　臺北：榮後文化基金會，2002 年 2 月

岩上的位置

◎蕭蕭[*]

　　岩上，本名嚴振興，又名堂紘。臺灣嘉義人，民國 27 年生。省立臺中師範及私立逢甲學院畢業，現任教於草屯國中，並擔任中國青年寫作協會南投縣分會理事長，《南投青年》月刊主編，《詩脈》詩刊發起創辦人及主編。曾獲第一屆吳濁流文學獎新詩獎，第二屆中興文藝獎章新詩獎。結集出版詩集：《激流》、《冬盡》。

　　近百年來的中國人，在文化、思想、藝術、文學各方面，甚至於政治、經濟上的努力，無疑地，是在找尋屬於中國人自己的「位置」。中國人的位置在哪裡？臺灣的位置在哪裡？「我」的位置又在哪裡？大而至於國家，小而至於個人，個人的榮辱與愛恨，國家的興衰與禍福，近百年來的中國人、臺灣人都正在尋求自己的位置。這是臺灣的位置嗎？這是中國的位置嗎？臺灣迷茫，中國也迷茫。

　　60 年的新詩，就在這種迷茫之中試圖尋求自己的位置：胡適衝破文言的藩籬，嘗試白話詩；劉大白跳脫格律的枷鎖，猶不免吟唱小調；徐志摩呼來歐風美雨，頗得年輕心靈的讚嘆；戴望舒的隱喻象徵，倒也令人愛恨交加。而後，戰亂流離，何處是詩神的殿堂？

　　紀弦曾經提倡主知與現代主義，自己卻寫起自傳體的序志詩；余光中從古典到現在，跨過島嶼與大陸，隨時攻占隨時撤退，獵獵有風；瘂弦掌握了人性的戲劇面，鋪展人生旅途中歌詠的辛酸與喜樂；洛夫更以霹靂之姿，激迸電、光、石、火；好在，也有楊牧的情柔如水，心細如髮，化解

*本名蕭水順。詩人、評論家。發表文章時為景美女中國文教師，現為明道大學特聘講座教授。

人間多少幽怨！更重要的，日據下具有民族意識的臺灣詩人，逐漸通過語言的障礙，以春泥之姿護生更多堅韌的小草，出版不輟的《笠》詩刊正扮演著這樣的角色。

以這樣的一條細流涓涓而下，岩上的位置在哪裡呢？這是一個有趣的問題，我們不妨以他的詩尋求界定的可能。

岩上寫詩極早，成詩亦多，我一直以為他與林煥彰有著極多的類同點，譬如說，兩人的個性相似，誠懇、樸實，言語不多，作風穩健，均曾出入「笠」詩社為重要成員，有大量作品發表於《創世紀》詩刊，後來又分別另組「龍族詩社」與「詩脈季刊社」，尋求真正的詩的位置，我的位置。同時兩人都有不少實驗性的作品，力求題材的多樣性，林煥彰在形式上與詩想上有尖銳的嘗試，岩上則在語言上有重大的突破，兩人所表現的共同特色是一種過渡時期的綜合色彩，他們是所謂「前行代」與「新生代」青黃不接時的關鍵人物，共同具有轉變期的多種特徵。

其中最主要的特徵是他們都喜歡「由日常事物中發現特殊事義」，日常事物的摹寫是笠詩社同仁所專擅的，特殊事義的挖掘則為創世紀諸君子所津津樂道，因而，岩上與林煥彰等人「由日常事物中發現特殊事義」的詩作，不免時時游移於晦澀的詩意與淺白的語言之間，力求新路向的開拓。基本上，因為它是日常事物，所以不至於晦澀而無路可尋，也因為它具有特殊事義，更不會淺白而俗不可耐，況且，這種寫法可以感物吟志，可以即物窮理，可以轉生無數情趣，可以提升心靈，因此，在岩上等人的開拓下，發展出極為可觀的一條新路向，這是承先啟後的一個重要特徵。

除了這個特徵，我們還可以找到岩上詩中的幾個值得一談的特色：

一、浪漫的心懷

如果說詩以抒情為主流，岩上確是主流裡的一渦巨浪，至少，詩是廣義的抒情文學，所有的詩人必定從自我情感的抒發中走出他的第一步。換言之，感性是詩之所以被發掘的最大動力，泯除感性，詩將成為枯澀的概

念而已，一個不泯除感性，勇於抒情的詩人，才可能有恆並有力地走上這條千里詩路。岩上並不隱諱自己的情意，在他的詩中很容易發現到這樣的句子：

> 雨後的寧靜裡
> 一支清脆的歌聲唱遍原野
> 那是我孤獨的心聲

──錄自〈荷花〉

在這裡，詩人以荷花自喻，說自己是「一枝喉嚨受傷的荷花」，在眾聲喧擾的時候，他不歌唱，直到雨後寧靜，才唱出自己孤獨的心聲。詩人轉化為荷花，藏身於荷花之內，這原是現代詩人對宇宙萬物人格化、情感化，最常應用的方法之一，但岩上卻說這種心聲是「一支清脆的歌聲」，而且還「唱遍原野」，在這句詩中顯靈了他浪漫的想像力。類似的句子留存在他「陋屋詩抄」中的〈跌倒〉這首詩，跌倒流血是每個小孩都可能有的遭遇，岩上卻要以「你看血裡有什麼？／爸爸的影子／還有／爺爺的影子／還有……」來表示每個成長的人都會流血，而孩子竟然也能因為血裡的影子而「笑了」，表示他領悟了。這當然是一種寓言式的象徵作法，血裡如何會有影子呢？自是想像的結果，這種超乎邏輯的想像，仍然有其可以依循的脈絡，不同於超現實的絕然跳脫或截斷，這兩者的區別從句中各字詞的關係可以察覺出來，關係愈近，愈非超現實之作。從此我們可以理解到，岩上的詩想往往也是漫天飛舞，不拘西東。〈戀情〉、〈啊！海〉就是這樣一廂情願的篇章。

當然，詩句與詩意的創作上，岩上偶而也有「超現實」的出軌的火花，超現實原非壞事，也不單是某些詩人所擅長，古來詩人早有這種突發的奇想，只是今人尤烈而已。因而，超現實的奇想應可列為岩上的一個特色。

二、超現實的奇想

　　超現實所影響於岩上的不是語言的自動化、機動性，也不是表現上的懸崖縱落，或眾流截斷，或孤鶩突起，岩上以超現實的奇想開拓他的詩路：

　　　　突然我發現
　　　　自己的手掌也在肉堆裡
　　　　早已切成了肉醬

　　在「陋屋詩抄」中，〈切肉〉原是一件興奮的事，居於陋屋而有肉可切食，如何能不喜悅呢？因此，「刀子急切急切而下」時，「爆出悅耳的聲音」，「敏捷的動作成為自悅的法則」，也因為這種自悅而無覺於自己的手掌被切成肉醬，「手掌被切成肉醬」表達了切肉時興奮而急切的心情，「手掌被切成肉醬」也反諷出「陋屋」的淒苦，這樣的句子是超現實的奇想，較諸「血裡有爸爸的影子」自然不同。

　　意象處理上，岩上就是以超現實的奇想去轉化人與物，物與物的原有繫聯，譬如〈伐木〉這首詩，以下面這四句詩指陳太陽的炙烤：

　　　　太陽在乾涸的澗底
　　　　翻找自己的面孔
　　　　裂開的嘴盆
　　　　吞吐著乾紅的火舌

　　不僅讓人感受到由上而下的烈陽的曝曬，同時也因為「太陽在乾涸的澗底」，猛覺一股熱氣由下而上急撲。再加上第二句所說：太陽是在「翻找自己的臉孔」，「翻找」兩字使人覺得無所逃於太陽，是由外而內，由內而外的

悶熱與乾澀，其後兩句的「嘴盆」與「火舌」，更是四方八面的火熱包圍著，炙烤著。這樣的意象是由動詞的轉化（如「翻找自己的臉孔」），名詞的轉化（如「嘴盆」、「火舌」），獲得強悍的懾人力量，就整首詩而言，卻是一種超現實的多樣組合，以達到「鋸齒」俯身而臨之時那種死亡的感覺。

其實，以上兩種特性是詩的基本屬性，也可以說是岩上不自覺的承襲。真正有意識的創造，則有待以下兩種特性的呈現，那就是內容上的悲苦人生，語言上的單簡句式──岩上真正踏出引領者的腳步。

三、悲苦的人生

文學之為苦悶的象徵，在生理、心理、物理、事理、人理各方面都可以找到共通的基礎，舉例而言，物必屈折、不平，才會發聲，一個人的身心、人際關係，也在遭受到挫折屈辱，才有不平之鳴，描述人生悲苦的一面，宣洩個人心中的幽怨，人群裡的憤懣，引導人性走向潔淨、光明，這是文學基本的使命，詩，亦然。

1950 年代的文學，因為創傷未癒，基於事實需要與文學思潮的正反起伏，形成以反共為主流的文學情勢，即如民國 45 年 2 月紀弦領導的現代派，其信條的第六條即標示「愛國，反共，擁護自由與民主」。直至 1960 年代，偏重藝術表現手法，接納西洋理論，緊隨於世界潮流的現代藝術興起，文學藝術工作者競相在形式上實習各種不同流派，尋求各種可能，除政治禁忌外，力圖排除各類禁忌，現代藝術的追求曾達及顛峰狀態，藝術工作者的狂熱近乎極點。就在這種 1960 年代末期的狂飆烈焰下，一種沉思的工作態度，一種注視現實、人生的藝術眼光，逐漸從自我內在的追索轉向群體生命與環境安危的關懷。1960 年代末期正是岩上習染文學，飽嘗藝術，但不免懷疑人生的意義為何，文學的使命為何的時候，因此，在眾多習尚之中，岩上踏出怯怯的一步，他說：

「詩的可恨在於無法完全掙脫現實的枷鎖。」

「詩存在現實中，但現實中的諸現象並非就是詩，詩與現實的差距，

必須依賴詩人的心靈透視力藉語言去聯接與調配。」

因此，岩上以「人」的眼睛，「詩人」的眼睛，正視現實，正視人生。特別是《冬盡》這冊詩集的第一輯「陋屋詩抄」與最後一輯「竹竿叉」，共有 29 首詩，已經是《冬盡》詩集 60 首的一半，正是悲苦人生的寫照。而「冬盡」這一輯詩，更為赤裸地以現實事件為剖視的對象，「陋屋詩抄」與「竹竿叉」講的是「物理」，「冬盡」指控的卻是「事理」。

最可貴的一點是岩上知道人生雖然悲苦，但是人卻必須繼續生存下去，要生存、要刻苦，但絕不出賣靈魂，岩上對「命運」就抱持這種軟弱而強硬的態度：

　　命運吐給我唾沫
　　我讓風吹乾
　　命運淋給我雨水
　　我讓它隨意滑落

　　命運擲給我一塊石頭
　　我流出一滴血
　　命運擲給我兩塊石頭
　　我流出兩滴血

　　命運要我的眼睛
　　我給它眼睛
　　命運要我的肝腸
　　我給它肝腸
　　命運要我的心臟
　　我給它心臟

命運要我的靈魂

我給它刺刀

——〈命運〉，1972・5・31

　　這首詩呈露了臺灣人「認命」、「順天」的民族性格，最後兩句則具現臺灣人不屈的堅忍與正義感，就因為這點詩心，家園不亡。

　　不過，最後兩句如果加上一個破折號，也許會多一點驚疑效果，使「刺刀」多一點力量，試看：

命運要我的靈魂

我給它——刺刀！

　　「是可忍，孰不可忍？」到了忍無可忍時，我們的匕首必定出現，但大部分的時間，我們卻更像岩上詩中的「那些手臂」：

手臂永不縮回

手臂繼續伸出

伸向田野

伸向山坡

伸向海洋

伸向天空

手臂

手臂

伸展成為樹

枯槁在

空中

——錄自〈那些手臂〉後半

因此，讓我們與岩上共同期待「冬盡」，期待生命的復甦，家園的復甦！

四、單簡的句式

從上節引錄的詩句，我們可以發現單簡句式的使用，是「岩上的位置」之所以穩固的第四隻腳。

意象的繁瑣曾經在現代詩史上形成浪費、淤積的現象，因此，岩上、林煥彰、喬林、辛牧等人，都曾試圖將自己的詩意約略為最簡易的句式，一以御萬，簡以御繁，這種嘗試符合「詩」在文學藝術整個範疇中應有的「位置」。

句式單簡，因而語意自然淺顯；

句式單簡，因而重複成為必須；

句式單簡，因而詩思容易集中；

句式單簡，因而結構必能呼應。

因而成為這一時期最重要的特徵，其影響延及後來新生的一代。舉岩上的〈陋屋〉為例：

雨落在山巔

雨落在田野

雨落在溪底

雨落在道路

雨落在樹上

雨落在屋頂

雨落在棉被

雨落在

　孩子

　（爸！這裡有水）

　的嘴巴

　　雨落在黑夜

　　整首詩的句式單簡為一式：「雨落在××」，首段，雨落在室外，從無限
遙遠的地方來到屋頂，以引起第二段：雨，落在室內，如此始切合題為
「陋屋」，結尾時則以「雨落在黑夜」的時間感，暗示黑夜漫漫，此句雖然
單獨成段，卻使整首詩更蒙上一層陰鬱，屋漏偏逢連夜雨，單簡的句式卻
有令人酸鼻的詩情，清茶淡飯卻有更引人的滋味，令人低迴。

　　單簡句式是 1960 年代末期的產物，岩上的悲情是以習見的物、事，透
過單簡的句式而醞釀，「岩上的位置」也經由這樣的醞釀而界定。

　　當然，這是詩史上的位置，是外來的價值評定。岩上自己則在詩中尋
求另一種生命的位置，很值得我們加以探討，因為岩上十分重視詩中的生
命，以及生命的位置，這種生命的位置是內在價值的判斷，而非外在世俗
的褒貶，認識岩上，這是最重要的一點。

　　岩上稱妓女為「無屬性的人」，因為任人蹧蹋、挖掘是她的生活，她的
命運，她沒有被人肯定的位置，她沒有屬性，真的沒有屬性嗎？在悲慘的
日子背後，岩上卻給她們一個特殊的位置，說她們每天洗滌傷口，每天打
扮笑容，「為了使這個汙穢的世界，看來仍然如此的美麗」，這是悲慘的位
置。對於「陌生的人」，岩上也曾試圖為他們定位，當然，這樣的位置也是
迷茫的，因為我們或者偶然碰頭，或者互望一眼，或者視而不見，或者不
屑一顧，或者從未謀面，如何能有定位呢？

　　沒有名字

在你茫然的眼中
我是一個影子
從身旁擦肩而過
沒有半點聲響
不會發光
孤單地沒入街道的盡頭

　　人與人之間，必定有其適當的位置，「我」的位置何在呢？早期，岩上
的《激流》詩集中有一首詩〈星的位置〉，就已在找尋自己熟悉的臉龐了：

我總想知道
自己的宿命星在甚麼位置
有否閃爍燦然的光輝

因此每晚仰望天空
希冀找尋熟悉的臉龐
但是回答我的
都是陌生的眼光

直到有一天
我從流浪的路途回來
把一切的願望都丟棄
只剩一顆乾癟的頭顱
沒入深邃的古井
突然發現在那靜謐且清冷的水底
一顆孤獨的明星
輕輕地呼喚我的名字

──〈星的位置〉

　　古老的傳說裡，每個人都有他自己的宿命星，偉大的人物一定是有名的星宿下凡，年輕的時候總想知道自己所處的位置，在眾星之中是一個什麼樣的地位？仰望天空，卻找不到「熟悉的臉龐」，見到的都是一樣陌生的眼光（星光）。

　　如何才能找到自己呢？第三段的發現令人心顫，其過程好似武陵人無意間發現桃花源一樣，他是捕魚為業的，卻必須「忘路之遠近」，林盡水源時，便得一山，山有小口，必須通過這個小口，滌盡俗塵，才能豁然開朗。岩上以為要「把一切的願望都丟棄，只剩一顆乾癟的頭顱」，才能沒入深邃的古井中而發現自己。這樣的宿命與孤獨是年輕的岩上夢幻中的「我的位置」。

　　此後，〈同樣的路〉、〈走路〉、〈昨夜〉……等詩，都是岩上尋求生命位置的詩，其中最明確刻畫的自是〈我的位置〉這首詩，隱然可以看到現實的折磨已使岩上失去「星」的自信。

爬起來
鎗聲又響

下午三時十五分
我的位置
腳朝東
頭向西
左手指南
右手指北

沒有影子

　　我就是影子

　　緊仆於大地的胸脯

　　靜聽

　　太陽火烈而來的聲響

　　這是七月

　　我冰冷

　　　　　　　　　　　　──〈我的位置〉

　　此詩第二段標明「我的位置」，其實就是一個人仆倒的姿式，為什麼仆
倒呢？第一段說是「鎗聲又響」，暗示我已仆倒多次，「鎗聲」是迅急有力
的迫害者的象徵，打擊單一而快。仆倒以後，「沒有影子」，是因為與大地
緊密貼合；太陽的火烈，岩上以聲響來模擬，可以呼應前面的鎗聲。最後
以七月的火熱與我的冰冷對比，這才是真正生活煎熬下的我的位置。岩上
詩中的太陽一直以暴烈之姿肆虐大地，太陽的赫赫聲響，無法逃避，焦渴
的命運就是生活中的我的位置，現代人悲苦形象的縮影。

　　在文化上，「我的位置」又如何？岩上曾以〈清明〉一詩試著去追索，
「在青苔深鎖的／斑剝處／一個發響的名字／向我凝視的眸撞擊而來／我
觸到血緣的系流」，就在即將撥拾而得時，那張「熟悉的自己」的臉，卻又
寂滅地「沒入萋萋的荒草中」，岩上終不能在「清明」的蔓草叢中，揆撥得
血緣的系流。然而，他卻在〈失題〉這首詩中找到自己思想上的依歸。

　　眺望西方遙遠的視線

　　在朦朧的水霧中迷失

　　回折的視覺

　　我看到自身的體內氾濫著一股恆古的血河

剪斷了臍帶令人飢渴

童稚的我

在哭嗥裡

我的手就觸到烽火的溶岩

且灼傷了我的軀體

啊母親

您的面目也是四分五裂的模糊

落日使我感悟變色的楚痛

晚風捲起了我

像一場惡夢

在空中飄浮

我切盼歷歷的跫聲

從古道走來

就是寒山的芒鞋也是令我矜惜

　　定向於中國的文化位置，如磐石一樣穩固。每次西眺，故國的河山，古中國的文明，總讓體內的血河不停地湧動。盼望中，即使是寒山的芒鞋也足於令人珍惜。如此穩實的文化認識，或許正是岩上在詩中極力尋求生命位置的原因，唯有真正認識自我，肯定自我，進而認識民族，肯定民族的我們，才真能為當代臺灣人、中國人在歷史長流裡界定位置，如磐石一樣穩固的位置。

　　而岩上應該不會停佇在目前的位置，他更要去探討人與物間各種可能的新關係，去界定生命的位置，他不能止於承啟別人，更該開創自己，大刀闊斧劈下去，去肯定更多的生命，而後，讓我們來肯定他，肯定詩人的生命，詩人的位置。

——1980 年 5 月於國泰醫院

——選自蕭蕭《現代詩縱橫觀》
臺北：文史哲出版社，1991 年 6 月

不離人生，不離人間

冷凝沉鬱論岩上詩作風格

◎林淇瀁

一、緒言：從小我到大我

在臺灣中壯代詩人群中，生於 1938 年的岩上，早從 1957 年就發表了他的第一首詩作，但直到 1972 年他的第一本詩集《激流》由笠詩社出版，1973 年他以〈松鼠與風鼓〉獲得第一屆吳濁流新詩獎後，才在詩的星空中初綻光芒。這時他已經 34 歲，詩齡 15 年，與他同年代出生的詩人，如李魁賢（1937～）、葉維廉（1937～）、梅新（1933～1997）、林冷（1938～）……等，都已在詩壇建立了各自的灘頭堡，享有一定的盛名。岩上的早熟而晚綻，與他對詩作為藝術的高度期許，以及他的自我要求有關。他在 2000 年出版第六本詩集《更換的年代》時說：

> 小的時候備嘗艱苦的生活，養成我珍惜僅有；常反躬自省以求清醒
> 而識別是非。善與惡；黑與白；有與無；實與虛……的對峙抗衡，
> 存在著矛盾；現象世界與內心的世界之間的憧憬內外來往的衝突。
> 心繫的美意，希望詩還是詩，而不是非詩的嗟嘆贅語或膚淺強辯的
> 口水。[1]

從另一個面向看，以 15 年時光琢磨詩藝，也顯示岩上起步階段的步

---

[1] 岩上，〈後記〉，《更換的年代》（高雄：春暉出版社，2000 年），頁 276。

步為營，斟酌再三，詩人趙天儀認為岩上的詩，「不是那種天才型早熟的作品，寧可說他的詩是功力型的逐漸地成熟的作品」；從語言表現看，「岩上不是屬於咄咄逼人的那種類型，他是頗為穩健的，在誠摯的語氣中，有一股確切親和的力量」。[2] 趙天儀了解岩上頗深，他以「功力型」而非「天才型」，「穩健」、「誠摯」形容岩上，自非虛言，而這也勾繪了岩上崛起詩壇階段的詩人形象。

從 1972 年出版詩集《激流》迄今，岩上陸續推出的詩集有《冬盡》（臺中：明光出版社，1980 年）、《臺灣瓦》（臺北：笠詩刊社，1990 年）、《愛染篇》（臺北：臺笠出版社，1991 年）、《岩上八行詩》（高雄：派色文化出版社，1997 年）、《更換的年代》（高雄：春暉出版社，2000 年），以及《針孔世界》（南投：南投縣文化局，2003 年）等，合共七冊[3]；詩論評集則有《詩的存在：現代詩評論集》（高雄：派色文化出版社，1996 年）一冊。就創作量來說，相對於他的詩齡，並不為多。這也可看出岩上下筆謹慎、重視創作，自持甚嚴的書寫態度。

岩上的詩作探討的主題甚多，詩評家王灝認為，岩上最主要的表現主題有生命探討、生活感發、鄉土關懷、哲理感悟和社會的觀察與批判等五類[4]，這是精確而了解岩上詩路的分析。但若統合以觀，「生命探討」、「生活感發」與「哲理感悟」可合而為「生命哲理的探索」；「鄉土關懷」與「社會的觀察與批判」，也可合為「社會現實的關照」兩類。前者多半正視人生命題，從生活和命運的思考中，表達岩上對於人生哲理的感悟；後者則切入臺灣社會現實，具有強烈的憂懷，表現嚴厲的針砭與批判。

---

[2] 趙天儀，〈現實與超現實的結合：論岩上的詩與詩論〉，《笠》第 190 期（1995 年 12 月），頁 91～104。

[3] 除此之外，另有詩選集《岩上短詩選》（中英對照本）列入「中外現代詩名家集萃」，由香港銀河出版社出版，2002 年；以及《岩上詩選》（南投：南投縣立文化中心，1993 年）、《岩上詩集》（高雄：春暉出版社，2007 年）。

[4] 王灝，〈從激流到更換的年代——岩上的詩路小探〉，《臺灣詩學季刊》第 38 期（2002 年 3 月），頁 140～144。

　　至於岩上的詩藝，學者丁旭輝曾針對岩上的前六本詩集，從詩作語言風格切入，詳盡剖析後，指陳岩上的詩風特色所在：

> 在小我的體悟感觸中，往往能剝除物象，直探物象背後的心象，表現語言的最大承載力；在大我的關懷與批判中，則是將深情的關懷，藏在冷靜嚴峻的批判內，表現語言外冷內熱的假面；在都市的觀察與反思中，岩上仍舊維持他一貫的平易簡潔、冷靜理性的詩語言，……隱藏其中的人文思考所帶來的悲觀想像，則讓詩裡充滿了後現代的疏離、焦慮、荒涼、滅絕的感覺。[5]

　　從「小我的體悟感觸」到「大我的關懷批判」，說的也正是岩上的詩路，在「生命哲理的探索」的主題上，岩上的詩表現出小我的體悟感觸；在「社會現實的關照」的主題上，則展現出大我的關懷批判。至於岩上的語言風格，則是在冷靜理性之下，隱藏著「疏離、焦慮、荒涼、滅絕」的悲觀想像。

　　詩評家對於岩上的詩風定位如此；岩上又如何看待自己的詩路和詩風轉變呢？2002 年，岩上以他的詩藝成就，獲得「榮後臺灣詩人獎」肯定，當年他接受詩人莫渝筆談訪問時，如此自白：

> 開始我的詩從自我意識出發，之後漸漸走出自我；然後自我和現實的關照與關懷並轡而行，而後又回到自我，當回到自我，已非原先之我，這是人生歷練的成熟，大體上我的詩呈現了這樣的軌跡。[6]

　　從「自我意識」出發，接著納入「現實的關照與關懷」，再回到已非

---

[5] 丁旭輝，〈試論岩上詩作的語言風格及其變化（下）〉，《國立中央圖書館臺灣分館館刊》第 8 卷第 3 期（2002 年 9 月），頁 122。

[6] 莫渝，〈十問岩上——專訪岩上〉，《岩上的文學旅途（第 11 屆榮後臺灣詩人獎：得獎人岩上專輯）》（臺北：榮後文化基金會，2002 年），頁 22～23。

原先之我的「自我」。岩上的詩路和他的人生之路疊合在一起，因此他的詩作也可被視為他的人生表白，這應該也就是王灝認為「詩人岩上一路行來的詩路發展，就是他的人生之路的寫真」的理由所在。[7]

本文將岩上詩作為分析對象，聚焦在岩上詩作的兩大主題：即「生命哲理的探索」與「社會現實的關照」，通過文本分析，論述岩上的整體詩風，並進而突出岩上詩風特色。

二、進出：在激流裡探索生命

岩上，本名嚴振興，1938 年 9 月 2 日生於臺灣臺南，1958 年移居南投草屯迄今。臺中師範學校、逢甲學院畢業，曾任中、小學教師多年，目前已退休，專事寫作。

根據岩上自編的〈岩上寫作年表〉[8]，岩上在臺中師範就讀時，曾選修美術，迷戀繪畫，同時也對現代詩產生興趣，時為 1955 到 1958 年間，1957 年岩上在《新新文藝》月刊發表第一首詩，從此開始詩創作；次年他從中師畢業，派任南投草屯教書，設籍南投；1966 年，岩上因為在本土詩社《笠》發表作品，而與詩人桓夫認識，並加入笠詩社；1972 年，由笠詩社出版他的第一本詩集《激流》，確立了他在詩壇的位置，次年再獲第一屆吳濁流新詩獎，更使他成為臺灣中壯詩人中備受矚目的一位，從此以詩為志業，從未間斷詩的創作。

岩上長年蟄居南投草屯，與以臺北為中心的詩壇遠隔，這多少影響到他在詩壇的活躍度；但也正因為如此，淳樸的鄉間生活和單純的教學生涯，使他擁有更多的時間和更純粹的精神，在詩的藝術上琢磨精進，用岩上的話說，這是「不斷在儉樸的生活和審視繁複的社會現象中追逐那份詩心」的創作心路。在這樣的創作心路上，詩也因此「成為生活經驗的紀錄和精神的象徵」，這使得岩上的整體詩風表現出「填補自己人生裂縫」的

---

[7] 王灝，〈從激流到更換的年代──岩上的詩路小探〉，《臺灣詩學季刊》第 38 期，頁 144。
[8] 〔岩上〕，〈岩上寫作年表〉，《針孔世界》（南投：南投縣文化局，2003 年），頁 213～242。

基調[9]，並進而通過詩來「呈現生命的意義和存在的位置」，「用詩指向自己，也用詩指向社會」，正是岩上詩觀的核心所在。

　　除了詩的書寫之外，岩上先後擔任《南投青年》主編（1976）、《詩脈》詩刊主編（1976）、《笠》詩刊主編（1994）。除了《南投青年》是南投縣內青少年綜合雜誌之外，《詩脈》和《笠》都是臺灣現代詩史發展過程中重要的本土詩刊，《詩脈》曾對臺灣 1970 年代現代詩的回歸本土產生重大影響，《笠》則是臺灣本土元老詩社，岩上主編八年（1994～2001）期間，除繼續深耕《笠》原有的本土寫實路線之外，也極力強化本土詩學、挖掘新秀，使《笠》繼續保持強勁的活力。作為一個詩刊編輯人，岩上在這部分的成就，也不可忽視，有待另文探討。

　　對岩上來說，「詩是語言的創發」，「詩是生命爆開的火花，也是生活體驗的精髓；更是生存的位置」。[10]這些引語出自他為詩集《針孔世界》所寫的序，可說是岩上詩美學的具現。詩的語言與生命、生活、生存的關係，乃是岩上整體詩風之所寄。這樣的美學，縣亙岩上 40 年創作生涯，也在不同階段的文本當中表現。因此我們首先要從這個部分進入。

　　岩上的詩，走的是現實主義的方法與路徑。以他第一本詩集書名《激流》同題詩作為例，這首詩第一段先強調激流那種「來自蒼鬱的森林　或者／崢嶸的峭崖／伸延而來的／難以承受的無奈」，接著說：

　　　遂以自己的
　　　軀體立在橫心的弦上衝射出去
　　　讓那些圍剿而來的
　　　巖石與山壁
　　　濺出嚎啕的顫慄

---

[9]莫渝，〈十問岩上——專訪岩上〉，《岩上的文學旅途（第 11 屆榮後臺灣詩人獎：得獎人岩上專輯）》，頁 22～23。引言均為岩上之言。
[10]岩上，〈詩是語言的創發——關於詩語言的思考〉，《針孔世界》，頁 6～16。

　　不管流失的
　　歌聲，是用血淚譜成
　　既已撕碎的願望
　　也要堅守一股
　　初貞的潔白[11]

　　表面上寫激流，骨子裡則有意藉外在自然景觀的激流，隱喻社會、現實的「圍剿」，並透過詠物明志，陳述詩人不為「難以承受的無奈」撕碎，堅守「初貞的潔白」的決志。生命的意義、生活的體驗、生存的位置，在如此映照下更加清晰。

　　與此類似的告白，在岩上的後期詩作中也頗為常見，寫於 1993 年的〈火〉（收入《岩上八行詩》）這樣傳達生命的意義：

　　生命的延續，就靠那一點
　　不熄的火種來傳遞

　　火在水中滅，火從水中生
　　火，不滅的慾望[12]

　　在這裡，火象徵了生命的傳承和延續，但火同時又指涉「不滅的慾望」，於是現實世界中的憤怒、烽火，都通過火種來傳遞。火的生與滅，隱喻著人的生與滅，但慾望不滅，因而使生命得以傳遞。詩人丁威仁指出，收在《岩上八行詩》中有三首關於「火」意象的詩作，「都指向一個訊息：希望的火種、生命的延續、存在的堅持」，「這就是一個由內在生命

---

[11]岩上，〈激流〉，《激流》（臺北：笠詩刊社，1972 年），頁 52～53。
[12]岩上，〈火〉，《岩上八行詩》（高雄：派色文化出版社，1997 年），頁 58。

層遞至存在命題的反省過程」。[13]但岩上在這首短作中要傳達的訊息可能猶不止於此，這首詩具有辯證性，「火在水中滅」，意謂著火是會滅的，一如人的生命總有亡滅；但「火從水中生」，則又意謂著火的不止息，一如人類的慾望永無停歇。通過「不熄的火種」，生命的得以延續，不在個體生命的生或死，而在慾望（希望）不滅的意義上。這正是岩上透過此詩所欲傳達的生命哲理思索。

事實上，《岩上八行詩》整本詩集處理的都是這種關係生命、生活和生存的課題。岩上自承，收入詩集中的 61 首詩，「採取較平易而穩定的形式來捕捉日常身邊極平常的事物，以新即物的手法表現了物象的特質」，目的正在「對人生哲思的感悟」，「希望詩不要脫離生活」的文本實踐。[14]古繼堂以「詠物詩」[15]看待此作，指岩上詩作以詠物為主要形式，但若我們以岩上自己指稱的「新即物」手法來看，《岩上八行詩》的表現手法可能還不只是單純的詠物而已，「新即物主義」作為岩上的方法論有其深沉的詩學理由。「新即物主義」本為 20 世紀初期德國生發的藝術運動，1960年代中期由《笠》詩刊自日本引進，其後成為《笠》詩人群的書寫方法之一，根據李魁賢的定義，「新即物主義……著重現實意義，排斥不著邊際和逃避時代的自滿和自戀，批判社會上一些偏差，但以知性的分析而不作濫情的申訴和詰難」，在方法上，則「採取明晰的語言，準確地傳達作者的意念，表現手法上力求純樸自然」。[16]檢視《岩上八行詩》的語言處理，一如前引〈火〉詩，即是出於新即物手法的範例，岩上通過客觀觀察物

---

[13]丁威仁，〈初論岩上詩裡「燃燒」類意象傳達的生命思維——以「太陽」與「火」為例〉，《臺灣詩學李刊》第 38 期，頁 145～160。

[14]岩上，〈後記〉，《岩上八行詩》，頁 124～125。

[15]關於詠物詩，古繼堂在評論岩上詩作時如此定義，「詠物詩的表現方法，一般都不以純抒情的方式處理。基本上都是從客體的特徵中，去挖掘出它內含的哲理，因而深邃的哲理既是詠物詩呈現的一種主要形式，也是詠物詩展現的主題內涵。」古繼堂，〈充滿生活哲理的詩篇——評岩上詩集《岩上八行詩》〉，《笠》第 204 期（1998 年 4 月），頁 93。

[16]李魁賢，〈新即物主義〉，《光復彩色百科大典》第 4 冊（臺北：光復書局，1982 年），頁 198。關於《笠》和新即物主義的關聯，可詳杜國清，〈《笠》詩社與新即物主義〉，《戰後初期臺灣文學與思潮論文集》（臺北：文津出版社，2005 年），頁 206～227。

象，採取明淨語言，從日常生活切入，企圖表現人生哲理、現實意義的企圖相當明顯。

更進一步言，「八行詩」的創制，也隱含著岩上由易學得到的哲學啟發。岩上說：

> 1990 年代開始，因為我深受易學與老莊哲學的影響，尤其易理的陰陽虛實變異美學，融入我的詩想，因此以太極生陰陽，陰陽生四象，四象生八卦契合我的八行詩的結構，以單一字的事物參悟人生的哲思，而有了《岩上八行詩》的詩集。[17]

岩上從《易經》八卦衍生出「八行詩」，顯然有意表現《易》理的三個蘊義：易簡、變易、不易。[18]他從日常生活隨處可見的物（如樹、河、椅、杯、屋、路、花……等）切入，通過「一字題」的符號運用，反覆推敲的，就是宇宙萬物變化、變幻表相下的共同道理：變是常態、是規律，變即不變。《易》以「一陰一陽」為基礎，不斷衍生，通過互相對立的「象」，展開相反相成的變易，終結於「不易」的哲理，一如李澤厚的分析，這是「在互相反對的雙方溝通、聯結、合作、平衡、統一的情況下，事物才可能得到順利的發展」的哲理。[19]再舉〈屋〉一詩為例：

你想進來

他想出去

進進出出

---

[17]莫渝，〈十問岩上──專訪岩上〉，《岩上的文學旅途（第 11 屆榮後臺灣詩人獎：得獎人岩上專輯）》，頁 28。

[18]鄭玄，《易論》：「易一名而含三義：易簡一也，變易二也，不易三也。」轉引自馮友蘭，《新原道》（臺北：臺灣商務印書館，1995 年），頁 84。

[19]李澤厚，〈《周易》的美學思想〉，《中國美學史》第一卷（上）（臺北：谷風出版社，1987年），頁 336。

世間百樣的人

屋內的人喊：囚犯
屋外的人叫：流浪者

臺北的天空
讓屋內屋外的都不是人[20]

這首詩以「進來」vs.「出去」、「屋內」vs.「屋外」、「囚犯」vs.「流浪者」三組對立符號，進行語言的辯證，形成正反相生的語言張力。「進進出出」，一方面描述「屋」的特性，屋內屋外兩樣情，因而衍生內為「囚犯」、外為「流浪者」的「臺北」（都會）特色，最後結於「屋內屋外的都不是人」，進進出出都不是／不適的結論。「屋」因此不只是房屋，同時轉喻了「臺北的天空」，指出都會導致人之不成為人。這個是詠物寓理之詩，「易」的哲理彰然可見；卻也是新即物之作，表現了一個強烈關注現實的詩人，對於當代都會社會現實情境的思索和批判。

通過現代詩語言，也通過人生歷練，表現對現代社會中人的處境和生命意義的反思，正是岩上詩作風格的一大特質。《岩上八行詩》被李魁賢譽為「岩上詩藝的高峰」，正在於他能夠將「內在心靈和外在世界的交感，意識和意象的交融」表現出來[21]，而「讓那些圍剿而來的／巖石與山壁／濺出嚎啕的顫慄」。[22]

三、黑白：在針孔中批判現實

岩上詩作風格的另一個特質，表現在他對臺灣社會現實的關照和批判

---

[20]岩上，〈屋〉，《岩上八行詩》，頁 10。
[21]李魁賢，〈詩的衝突〉，《更換的年代》，頁 1～3。
[22]岩上，〈激流〉，《激流》，頁 52。

之上。這個部分尤其表現在 1980、1990 年代創作的詩作之中，詩集《冬盡》、《臺灣瓦》、《更換的年代》和《針孔世界》中所收多篇作品，都強烈地表現了岩上對臺灣社會現實的憂心和嘲諷。[23]岩上在提到這個階段的書寫時，強調「1980、1990 年代我的作品有三分之二是以鄉土、國族與臺灣現實社會題材入詩的」[24]，可見數量之多，也可見詩人憂懷所在。這些作品，在技巧上大多採取反諷和逆向寫法，表現解嚴前後大轉捩過程中的臺灣圖像。

　　李魁賢認為岩上這個時期許多對政治、社會批判的詩，「大多歸屬於主體對客體的衝突，以意識對物象直接干預」；又說岩上的這類詩的「精神底流的主軸」是「以衝突架起了詩的張力和魅力網路」[25]，自屬知音之言。不過，在美學技巧之外，《冬盡》對臺灣農村凋疲的憂心、《臺灣瓦》對臺灣國族前途的憂慮、《更換的年代》對於臺灣社會、政治變遷的憂煩，以及《針孔世界》對於總體臺灣亂象的憂忿，則是岩上這個階段詩作最為鮮明的部分。一如王灝所指，岩上的詩路發展在此一階段，已經由「出世的生命思考」走到「入世的社會批判」[26]，岩上這個時期的詩作，毋寧可說是對 1980 年代以降到 1990 年代，糾結在戒嚴／解嚴兩階段政局的臺灣社會的憂懷，他似乎意圖透過詩，向一個已經自由卻缺乏秩序的變形社會進行抗議。

　　岩上如此自述他寫作這些詩作，特別是《更換的年代》諸多作品時的心境：

　　　超過二百首的詩作，於這十年間很可以表呈我內心的世界與這年代臺

---

[23]《岩上八行詩》和《愛染篇》也在此一時期出版。唯前者表現對人生哲理的探索，後者屬情詩，收入 1950 年代末至 1980 年代初之作。

[24]莫渝，〈十問岩上——專訪岩上〉，《岩上的文學旅途（第 11 屆榮後臺灣詩人獎：得獎人岩上專輯）》，頁 24。

[25]李魁賢，〈詩的衝突〉，《更換的年代》，頁 1～3。

[26]王灝，〈從激流到更換的年代——岩上的詩路小探〉，《臺灣詩學季刊》第 38 期，頁 144。

灣現實社會的互動；以及我詩思中的憂傷與哀愁。我只是一個小市
民，何足以言憂國憂民，但我關心國家前途和社會現實狀況。而政局
不穩、經濟浮泛無根，社會動盪不安，治安惡化，就是宗教界純淨的
也不多，天災人禍層出不窮，人心敗壞，無惡不作。1999 年九二一大
地震之後，更體現所謂世紀末的惡露。[27]

　　「批評這個時代臺灣的社會光怪陸離的現象」，是岩上此一階段詩作
的「不得不然」，因此他此一時期的詩作，已經出現類似唐代詩人杜甫的
心情，表現在他詩作字裡行間的「憂傷與哀愁」，因此也形成了一種與杜
甫詩風相近的沉鬱頓挫。[28]

　　沉鬱，作為詩的風格，一如清代詩評家陳廷焯所指，乃是「詩之高
境」，「沉則不浮，鬱則不薄」；這種詩風，以「意在筆先，神於言外」，
「若隱若見，欲露不露，反復纏綿，終不許一語道破」的婉曲技法，表現
詩人的「體格之高」，「性情之厚」[29]，岩上以現實社會為針砭對象的詩，
多有此一格局。進一步言，還是借用陳廷焯的看法，岩上的詩，也能在
「沉鬱之中，運以頓挫」[30]，頓挫，指的是語意的停頓、挫折或間歇、轉
折。岩上此一階段的詩，頗多通過頓挫筆法，寄託其沉鬱之心境，並透過
現代詩語法的迴旋迂折，表現出讓人慨歎、沉思的語境。這是他諸多社會
批判詩作異於其他現實主義詩人之處。

　　《更換的年代》這本詩集，正足以讓我們作為檢視岩上沉鬱詩風的樣
本。這本詩集題材多樣，語言風格綜合了在此之前岩上的詩藝，既有「藏
深情於理性冷靜之中、蘊張力於平易簡潔之內的穩定風格」[31]，更像一部

---

[27]岩上，〈後記〉，《更換的年代》，頁 275～277。

[28]杜甫在〈進鵰賦表〉一文中用此語自陳寫作風格。〈進鵰賦表〉見《全唐文》卷 359。

[29]引文出自清代古籍，陳廷焯的《白雨齋詞話》卷一，本文所參考的版本為上海古籍出版社
1984 年出版。

[30]引文出自清代古籍，陳廷焯《白雨齋詞話》卷七，本文所參考的版本為上海古籍出版社 1984
年出版。

[31]丁旭輝，〈試論岩上詩作的語言風格及其變化（下）〉，《國立中央圖書館臺灣分館館刊》第 8

「社會寫實錄、社會批判錄」[32]。但更深入地看，其中不僅透露岩上對於臺灣的用情極深，對於 1980 年代之後社會的憂傷至極；還能在方法上透過詩結構的承轉，迂迴跳接，留給我們寬廣的想像空間。岩上以他慣用的正反對仗所形成的語言張力，將現象和心象交相為用、將事理和心理相間相融，因而使他批判社會現實的詩作，能夠拔高於社會現象之上，不致流於膚淺平白。

以與書名同名的〈更換的年代〉為例：

水龍頭壞了　換一個
電燈壞了　換一個
電視機壞了　換一個

衣服舊了　換
汽車舊了　換
房子舊了　換

肝臟壞了　換一個
腎臟壞了　換一個
心臟壞了　換一個

妻子舊了　換
丈夫舊了　換

孩子壞了
不能更換

---

[32]王灝，〈從激流到更換的年代——岩上的詩路小探〉，《臺灣詩學季刊》第 38 期，頁 144。

任

　其

　　作

　　　惡[33]

　　這首詩寫一切都可更換的資本主義社會，沉痛苦鬱的，不在水龍頭、電燈、電視機或衣服、汽車、房子等器物的老舊，因為透過消費即可更換；也不在肝臟、腎臟和心臟等肉體器官的壞死，因為通過醫療尚有可救；更不在夫妻感情的消褪，即使離婚，也可補救。因此，器物的更替、器官的轉換，乃至婚姻的終結與再續，在現代資本主義社會中都是簡易之事。精妙處在於詩的最後一段，突如其來的轉折：「孩子壞了／不能更換／任／其／作／惡」，岩上刻意以頓挫的句法，將「任其作惡」拆解為四行，形成一字一聲的停頓，因此益見沉痛，而讓讀者訝然愕然，有刺痛在心的共鳴。這種通過語意的停頓、挫折或間歇、轉折，表達出的語境，令人擊節。

　　從表面意涵看，「孩子」不能更換，是血緣的無法改變，再壞也是自己的孩子，再如何作惡多端，也無法透過「換」的消費行為來加以去除。丁旭輝說岩上的詩「理性冷靜之中、蘊張力於平易簡潔之內」，由此可證。但從內在意涵看，此詩的「孩子」除了象徵血緣之外，同時轉喻「下一代」，這是對臺灣教育隳壞，導致下一代「作惡」的沉痛指控。經由此一轉喻過程，岩上對這一代透過金錢易物、解決問題，不重視人格養成的「消費意識」，因而進行了深刻的批判。前三段的任意「更換」，對照末段的「孩子」的「無可更換」，使全詩張力十足，力道萬鈞，而有「沉則不浮，鬱則不薄」的表現，岩上詩藝的沉穩厚重如斯。

　　又如〈總統府〉一詩，簡短八行，已將象徵殖民統治的權力嘲諷入

---

[33]岩上，〈更換的年代〉，《更換的年代》，頁6～7。

微：

　　總統府高聳的頂尖
　　樓閣
　　被比喻為勃起的
　　男性生殖器之後

　　長期躲在陰威欺壓下的
　　臺灣意識
　　才有了一點點
　　昂奮的衝動[34]

　　　　這首詩主要在批判從日治時期以來作為臺灣殖民統治者象徵的總督府
／總統府權力機構，及其背後隱藏的「高聳的頂尖」之「陰威欺壓」。岩
上以「勃起的男性生殖器」，形容父權／威權體制，清晰凸顯了殖民統治
者對臺灣的加暴與傷害。此詩的力量，在第一段最後兩字「之後」，隨即
翻轉到第二段被統治者與被殖民者意識的省覺，詩人以相對照的「昂奮的
衝動」，來描述臺灣意識的「崛起」，一方面隱喻反抗與對峙，另方面則又
具有調侃父權／威權體制終於也有遭到「調戲」的轉喻意涵。這首詩清楚
表現了岩上對臺灣威權統治的不滿，但在處理技巧上，則運用轉喻和反諷
句法，營造諧而不謔的閱讀效果，顯現出面對「陰威」欺壓之無奈和嘲諷
的趣味，「所謂沉鬱者，意在筆先，神於言外」，正是此意，岩上對政治的
批判「若隱若見，欲露不露」，得其精髓。
　　　　與此類似的詩作尚有〈國旗〉。岩上以總統府「最高樓頂端」飄揚的
國旗為對象，寫人民的「遠遠看不到」，直到民主浪潮湧來後，「我們可以

靠近一點瞻望」才看清楚高掛的國旗：

> 只是一條
> 意象模糊的
> 布匹[35]

　　應該被視為國家象徵符號的國旗，翻轉而為「意象模糊的布匹」，此一轉喻，指向的顯然是臺灣國家認同的模糊和分歧。「只是一條」，帶有鄙夷之意，「意象模糊」傳達國家認同的模糊。岩上的語言，向來簡易，以白話為之，不刻意造作，但透過即物手法，直接切入物象本質，則使語言冷凝，境界提升，語義空間從而得開展。

　　這樣的風格，來自岩上堅持「詩貴創新，而創新貴在於凝定於形式、凝定是詩表現的準確性」的方法論：「在不變中求變，在變中求不變，是凝定風格的方法」。[36]無論處理生命哲理的探索或社會現實的關照的詩，他表現出來的「凝定」與準確性，都清晰可見。〈黑白〉這首詩，同樣採批判社會的視角切入，但通過「黑白」與「彩色」的對比，就將進入「紛呈而目炫的年代」的消費社會的虛妄浮誇淋漓表現出來：

> 黑白分明的年代
> 我們
> 期待
> 彩色世界的來臨
>
> 彩色電影
> 彩色電視

---

[35]岩上，〈國旗〉，《更換的年代》，頁52。
[36]岩上，〈詩的語言與形式〉，《岩上八行詩》，頁4。

　　　　彩色電腦
　　　　紛呈而目炫的年代
　　　　人們懷念黑白的
　　　　寫真[37]

　　這首詩的用語明晰，「黑白分明」、「彩色世界」、「紛呈而目炫」和「寫真」，都具有多重指涉的意涵。臺灣從「黑白分明的年代」變遷到「紛呈而目炫的年代」，是個通過經濟發展促進社會進步的過程，在這過程中，隨著國民所得的大幅增加和經濟的富足繁榮，帶來生活水準的提升，從「黑白」到「彩色」的電影、電視、電腦的轉變，就是此一象徵。表象上，彩色帶來紛呈而目炫的年代，但生活品質卻未見提升，重點在最後一行簡單的「寫真」兩字，其表義（denotation）指的是「照片」，深義（connotation）說的則是「真實」與「品質」，從而對映了「紛呈而目炫」的「彩色世界」之虛妄失真。「寫真」兩字，因而力道無窮。

　　詩集《針孔世界》也處理社會現實題材，同題詩作的〈針孔世界〉[38]借「璩美鳳偷拍事件」入詩，「透過針孔錄影機／形形色色的／動物，不再衣冠」，「從那小小的針孔／讓世人看到了真實的戲碼」，固然都根據新聞事件鋪寫，卻能巧妙地通過「針孔」這個符號，與「真實的戲碼」加以構聯，因而有了「那麼一丁點兒／影射／可以窺見大千世界吧」的「微旨」，一沙一世界，一花一天堂，一針孔一大千的諷喻效果從而凸顯而出。這是岩上對大千世界男女情慾的妙諷。

　　〈一切的禍害都無罪〉[39]也有異曲同工之妙，這首詩以典型的諷喻法寫亂世是非的顛倒淪喪，詩一啟筆就說「一切的禍害都無罪／只有受害的有罪」，點出了全詩主旨所在。但重要的是，岩上顯然有意透過語言邏輯

---

[37]岩上，〈黑白〉，《更換的年代》，頁1。
[38]岩上，〈針孔世界〉，《針孔世界》，頁132～133。
[39]岩上，〈一切的禍害都無罪〉，《針孔世界》，頁188～189。

的弔詭處理，讓被害者成為禍害的淵藪：

> 被殺的人有罪
> 如果沒罪為何被殺
> 被騙的有罪
> 如果沒罪為何被騙
> 被強姦的有罪
> 如果沒罪為何被強姦

　　在這樣的語意邏輯處理過程中，是非和公道顯然被顛覆了：「一切的禍害都無罪／因為沒有證據／沒有證據如何定罪」，形成一套詭辯論述。岩上的辯證，並非玩弄語言遊戲，而是意欲透過詩的語言，對照現實世界。「有辦法的毀滅證據／沒辦法的找不到證據」，清楚指出：強者與有力者因為占有論述優勢，法律與道德遂成為他們的工具；弱者與無力者因欠缺舉證能力，在一切講求法律和人權的法庭之內，依然是弱者、無力者，是非黑白也因此顛倒錯置。這是一首冷靜無情的詩，展示了岩上冷靜凝定的語言美學，也更因此透露出作者的憤怒與無奈。

四、結語：冷凝沉鬱，不離人間

　　1980 年岩上出版第二本詩集《冬盡》時，附錄有詩評家蕭蕭所撰〈岩上的位置〉一文，當時蕭蕭就指岩上「在語言上有重大的突破」，而其主要特徵是喜歡「由日常事物中發現特殊意義」，蕭蕭認為「這種寫法可以感物吟志，可以即物窮理，可以轉生無數情趣，可以提升心靈」，並推許岩上已經「發展出極為可觀的一條新路向」。[40]當時的岩上，一如李瑞騰所言，還是「爬行在灰白牆壁上的影子」[41]，尚未獲得詩壇重視，二十

---

[40]蕭蕭，〈岩上的位置〉，《冬盡》（臺中：明光出版社，1980 年），頁 202～220。
[41]李瑞騰，〈爬行在灰白牆壁上的影子——為岩上詩集《冬盡》的出版而寫〉，《冬盡》，頁 221～

多年下來，岩上仍堅持其志，由挖掘小我，進而凝視大我，最後反歸於真我，建立了特屬於他的語言美學和風格。在臺灣現代詩壇中，如今他的定位清晰，不再隱晦模糊、黯淡不明。「沒有名字／在你茫然的眼中／我是一個影子／從身旁擦肩而過／沒有半點聲響／不會發光／孤單地沒入街道的盡頭」[42]，這樣找不到「我的位置」的孤獨書寫顯然已經過去。[43]

通過岩上詩作文本的檢視，我們看到了他對生命哲理的探索，他對作為一個人，特別是現代人的處境，抱持著濃厚的興趣，對於生活和命運也長保一種相對宿命的思考，加上深受《易》理影響，用之於詩、用之於生活，因此觸及到人生的變易哲理；我們也看到自 1980 年代以來他對社會現實的關照，他正視臺灣，從戒嚴到解嚴、從威權到民主的種種現象，以鄉土、國族與臺灣現實社會題材入詩，即物象徵，表現詩人對於社會的憂懷，也刻畫了解嚴前後大轉捩過程中的臺灣圖像。

整體來看，岩上的詩作特質，首先鮮明地表現在他的語言美學之上。岩上以新即物手法，將語言作為「呈現生命的意義和存在的位置」的語言，基於「詩是語言也是思考，更是生命前進的動力」[44]的認識，語言在他不純然只是結構詩的工具，同時還是追究生命和詩的本質的路徑——岩上的詩，無論題材如何多變，不變的是對準生命、生活和生存靶心，表現現代社會中人的處境和生命意義的反思。他採取平易簡潔的生活語言，不事雕琢，卻能在平易簡潔中透過語言邏輯，建構具備多重指涉和多義想像的符號世界。在具體的語言操作上，他喜愛使用不帶抒情意涵的乾燥語言，呈現冷靜凝定的氣質。此一語言策略，有助於他對生命哲理進行探

240。「爬行在灰白牆壁上的影子」為岩上收入本集中〈歌〉一詩的詩句。

[42] 岩上，〈陌生的人〉，《冬盡》，頁 169。

[43] 岩上從 1972 年之後，以其詩藝成就，先後獲得第一屆吳濁流新詩獎（1973）、中興文藝獎章新詩獎（1979）、中國語文獎章（1987）、南投文學貢獻獎（2001）、榮後臺灣詩人獎（2002）等獎項，2004 年更受國立中正大學聘為駐校作家，他的詩壇定位和詩藝已經獲得詩壇和社會肯定。

[44] 莫渝，〈十問岩上——專訪岩上〉，《岩上的文學旅途（第 11 屆榮後臺灣詩人獎：得獎人岩上專輯）》，頁 22。

索、對社會現實提供關照。冷靜凝定的語言，縱使不是岩上的專利，也是他特出於其他詩人的特色。

　　另一個鮮明的特質，是經由冷靜凝定的語言美學所結構的沉鬱頓挫語境。一如本文分析，岩上把詩當成生命的印記，在不同階段中，無論探究生命哲理或批判社會現實，都含帶一種悲憫、哀怨的凝視，流露出他對人生變易本質的思考、對社會變遷亂象的嘲諷。他不出以直接的控訴，而是通過語言的頓挫、轉折，寄託沉鬱、悲憫，在迴旋迂折、轉喻多義之間，表現沉鬱語境，留給讀者廣闊的想像空間。從這個角度看，岩上對臺灣社會舉凡政治、經濟、文化等亂象的書寫，因此有了記史的意義；他帶有嘲諷性的批判，語言的正反對仗及其形成的衝突張力，因此能夠融現象和心象、事理和心理於一詩之中。

　　對岩上來說，主題、語言和風格，都是相互辯證的，也是相互生成的；他的詩，指向人生，也指向社會——用岩上的話，「人生的整體才是詩創作的實體」，「有血有肉，有人間味的詩，才能感人肺腑」。[45]岩上詩風之冷凝沉鬱，正在於這種不離人生，不離人間的認識和實踐上。

引用書目

- 丁旭輝，〈試論岩上詩作的語言風格及其變化（上）〉，《國立中央圖書館臺灣分館館刊》第 8 卷第 2 期，2002 年 6 月。

- 丁旭輝，〈試論岩上詩作的語言風格及其變化（下）〉，《國立中央圖書館臺灣分館館刊》第 8 卷第 3 期，2002 年 9 月。

- 丁威仁，〈初論岩上詩裡「燃燒」類意象傳達的生命思維——以「太陽」與「火」為例〉，《臺灣詩學季刊》第 38 期，2002 年 3 月。

- 王灝，〈從激流到更換的年代——岩上的詩路小探〉，《臺灣詩學季刊》第 38 期，2002 年 3 月。

---

[45]莫渝，〈十問岩上——專訪岩上〉，《岩上的文學旅途（第 11 屆榮後臺灣詩人獎：得獎人岩上專輯）》，頁 29。

- 古繼堂，〈充滿生活哲理的詩篇——評岩上詩集《岩上八行詩》〉，《笠》第 204 期，1998 年 4 月。
- 李瑞騰，〈爬行在灰白牆壁上的影子——為岩上詩集《冬盡》的出版而寫〉，《冬盡》，臺中：明光出版社，1980 年。
- 李魁賢，〈新即物主義〉，《光復彩色百科大典》第 4 冊，臺北：光復書局，1987 年。
- 李魁賢，〈詩的衝突〉，《更換的年代》，高雄：春暉出版社，2000 年。
- 李澤厚，〈《周易》的美學思想〉，《中國美學史》第一卷（上），臺北：谷風出版社，1987 年。
- 杜甫，〈進雕賦表〉，《全唐文》卷 359。
- 杜國清，〈《笠》詩社與新即物主義〉，《戰後初期臺灣文學與思潮》，臺北：文津出版社，2005 年。
- 岩上，《冬盡》，臺中：明光出版社，1980 年。
- 岩上，《更換的年代》，高雄：春暉出版社，2000 年。
- 岩上，《岩上八行詩》，高雄：派色文化出版社，1997 年。
- 岩上，《岩上短詩選》，香港：銀河出版社，2002 年。
- 岩上，《針孔世界》，南投：南投縣文化局，2003 年。
- 岩上，《愛染篇》，臺北：臺笠出版社，1991 年。
- 岩上，《詩的存在：現代詩評論集》，高雄：派色文化出版社，1996 年。
- 岩上，《臺灣瓦》，臺北：笠詩刊社，1990 年。
- 岩上，《激流》，臺北：笠詩刊社，1972 年。
- 莫渝，〈十問岩上——專訪岩上〉，《岩上的文學旅途（第 11 屆榮後臺灣詩人獎：得獎人岩上專輯）》，臺北：榮後文化基金會，2002 年。
- 陳廷焯，《白雨齋詞話》，上海：上海古籍出版社，1984 年。
- 馮友蘭，《新原道》，臺北：臺灣商務印書館，1995 年。
- 趙天儀，〈現實與超現實的結合：論岩上的詩與詩論〉，《笠》第 190 期，1995 年 12 月。

・蕭蕭，〈岩上的位置〉，《冬盡》，臺中：明光出版社，1980 年。

──選自《當代詩學》第 3 期，2007 年 12 月

簡潔而內斂、理性而深情

岩上詩作探勘

◎丁旭輝[*]

　　岩上，本名嚴振興，1938 年生，長住南投草屯，1976 年曾與王灝等人創辦詩脈詩社，發行《詩脈》詩刊；1994 年起連續八年擔任《笠》詩刊主編，為《笠》集團的主要詩人之一；2004 年擔任中正大學駐校作家。曾獲吳濁流新詩獎、中興文藝獎章、榮後臺灣詩人獎，著有《激流》（笠詩刊社，1972）、《冬盡》（明光出版社，1980）、《臺灣瓦》（笠詩刊社，1990）、《愛染篇》（臺笠出版社，1991）、《岩上八行詩》（派色文化出版社，1997）、《更換的年代》（春暉出版社，2000）、《針孔世界》（南投縣文化局，2003）等七本詩集與詩選集《岩上詩選》（南投縣立文化中心，1993）、《岩上短詩選》（銀河出版社，2002）、《岩上詩集》（春暉出版社，2007），以及《詩的存在：現代詩評論集》（派色文化出版社，1996）、《詩的創發：現代詩評論》（南投縣文化局，2007）兩本現代詩評論集。他出生於 1938 年，正好趕上 1950 年代臺灣現代詩風起雲湧的年代，早年詩作筆下不無當時現代主義詩潮與技巧之影響，因此，在第一本詩集《激流》中，我們可以清楚的看到岩上詩藝成形過程的技巧操作痕跡。一直到八年後，岩上推出第二本詩集《冬盡》，岩上個人詩歌的語言風格才逐步建立；此後，岩上透過詩作，不斷展現自己在不同時期的語言風格及其變化。

　　綜觀岩上的詩歌創作歷程，我們彷彿看到一條河流由源頭的涓滴細流

---

[*]發表文章時為高雄應用科技大學文化創意產業系副教授，現為高雄科技大學文化創意產業系教授。

逐漸匯聚，形成自己的河道，有了自己的身段，並以持續的長流，蜿蜒出自己的豐美流域。以下我們將針對岩上的七本詩集，以宏觀而細察的方式，對其詩語言展開考察，勾勒岩上詩歌的語言風格及其變化的軌跡。

一、從起點到奠基

在第一本詩集《激流》的〈後記〉裡，岩上說他曾經「嘗試操持各種不同手法去捕捉詩」（1972，頁 93），所以一開始，我們就看到充滿新生銳氣與高度技巧錘鍊的詩語言；對岩上而言，《激流》是一個精彩的起點。

岩上早年的詩充滿超現實的想像，這與 1950 到 1960 年代超現實主義的流行有很大的關係，與充滿想像力的年輕詩心或許也不無關係。例如〈七月之舌〉的第二段：「梵谷在赤道的河底／煮熟了一個／滾燙的紅球／而後從焦灼的雙手／拋出」（1972，頁 30），詩語言意象灼人，渲染出夢境似的畫面，傳達了強烈的視覺性與開闊的想像空間。此外，作為岩上詩藝的精彩起點，《激流》中處處可見詩語言的高度技巧性操作與濃縮錘鍊的詩句。例如〈黃昏〉的第一段（1972，頁 10）：「水牛在古樹下反芻一天的疲憊／黑貓的瞳孔斜視火雞的展威」，第一行的農家暮色給人寧靜祥和的感受，第二行則全然不同。「黑貓」首先給人神祕的感覺，而黑貓深邃的瞳孔則加深了這種神祕性。黃昏時農家體型最大的家禽在主人餵食過後，舒服而權威的炫耀牠的尾羽，而黑貓則在一旁「斜視」著，因為馬上就夜幕低垂了，所有的動物，包括此刻正「展威」著的火雞，都即將恐懼、不安、疲憊的把牠們的世界交給無邊的黑夜，而這令萬物恐懼的黑夜卻正是貓的最佳舞臺，更何況是一隻「黑貓」！在看似寧靜、慵懶的詩行中，其實正有一股力量蓄勢待發，準備襲捲世界。靜中有動的語言設計，顯現岩上高明的技巧。

在超現實的想像與技巧的磨練中，岩上的詩藝不斷成長著，但一種平易簡潔而張力內蘊的岩上式詩語言，也在嘗試摸索中逐漸成形，例如

〈語言的傷害〉（1972，頁35～36）：

> 我的臉／已長滿了見不得／熟人的雜草／借那蔓蕪的陰影／躲藏自己
> 拿鐮刀的語言／偏偏在我低頭的時候／來刮我的鬍子
>
> 本來沒有勇氣／既迫不得已／只好硬著頭皮／面對陽光吧

詩中的「雜草」、「陰影」、「鐮刀」、「鬍子」、「陽光」等意象及敘述語氣，把抽象的語言傷害以及坦然面對的態度以成功的隱喻手法化為具象的語言，初步的將技巧性的操作融入平易的語言中；而所謂「語言的傷害」，指的其實是一個新手詩人初步發現自己可以完整的藉語言表現自己、思索人生，但又覺得自信不足、不敢貿然面世，可是創作慾望卻又強大到無法抑制的一種狂喜、猶豫、缺乏自信卻又無法自拔的狀態，這是所有詩人成熟前的必經歷程，苦而甘美。

由超現實的想像到高度的技巧操作到個人語言風格的嘗試建立，在《激流》中，我們看到岩上詩語言逐步成長的過程，而在這個階段，岩上詩語言所指涉的內涵主要是內向性的自我思索與抒情。

岩上的第二本詩集《冬盡》出版於1980年，在詩語言的表現上，雖然大抵延續前一集的風格，然時有進境，《激流》時期內向性自我思索的傾向，也逐步有了轉變，岩上個人詩語言的風格也於此初步奠基。

在《冬盡》中，我們仍可看到超現實的玄想，而技巧性的操作在此也仍明顯。而隨著岩上詩藝的成長，二者也慢慢融入平易簡潔寫實的詩語言中，初步建立了岩上個人的詩語言風格。例如〈荷花〉（1980，頁32～33）：

> 雨來／所有的花草都歌唱／連腳下的泥巴也歌唱／只有我／一枝喉嚨
> 受傷的荷花不會歌唱

　　不歌唱的荷花／靜靜地聽著／風聲／雨聲／擾人的噪聲
　　不久／雨停／風也靜

　　雨後的寧靜裡／一支清脆的歌聲唱遍原野／那是我孤獨的心聲

在清新簡約、節奏優美的語言中，荷花的意象準確地傳達出高潔、孤獨、美麗、特出的豐富形象；幾乎看不到錘鍊的痕跡。

　　在《激流》中有精彩表現的自我與存在的思考，在《冬盡》中，也有令人讚賞的表現，例如前舉〈荷花〉，又如〈命運〉（1980，頁 38～39），表現出不屈服的勇者精神，語言簡潔而力道遒勁。在這樣的思考中，岩上有時思考人、我在時空中的微妙關係，如〈陌生的人〉（1980，頁 169～171）：

　　沒有名字／在你茫然的眼中／我是一個影子／從身旁擦肩而過／沒有半點聲響／不會發光／孤單地沒入街道的盡頭／偶然／我們碰頭／或者互望一眼／或者視而不見／或者不屑一顧／或者

　　在同一電影院坐過同一張椅子／在郵局使用過同樣黏度的漿糊／在戶政事務所填寫過同一樣式的表格／在豬肉攤找過同樣腥味的零錢

　　或者／你就是我而我就是你

　　或者／我們從來未曾謀面

在現實人生，我們每天跟無數人同處在一個時空裡，我們總喜歡區分親疏、好壞，比較高下、長短，也許這些都是徒勞的，因為我們跟其他人

也許根本就是一樣的、無差別的！我們也許從未真正認識過一個人，甚至從未真正認識過我們自己！

對人間不幸的批判與悲憫，是岩上後來詩中常見的主題，這種現實性，我們可以在《冬盡》中找到成功的出發點。例如〈無屬性的人〉（1980，頁 166～168），以反諷的筆法，對妓女悲慘的命運表達了深刻的同情；〈陋屋〉（1980，頁 50～51）寫貧窮鄉村人家簡陋的房子在雨夜漏水的情形。鄉土題材的詩也是岩上常見的創作題材，在《冬盡》中有很好的成績，例如〈割稻機的下午〉（1980，頁 106～108）、〈水牛〉（1980，頁 24～25）、〈溫暖的蕃薯〉（1980，頁 84～87）等。

在《冬盡》中，我們看到延續《激流》內向性自我思索與抒情傾向而思考更為深刻、技巧更為精鍊，且更為平易簡潔的詩語言，而外在現實的關懷與融入，使《冬盡》的詩語言有了寫實的光彩，一種平易、簡潔、寫實而張力內蘊的岩上式詩語言有了初步成熟的展現。

二、成熟的展現

1990 年《臺灣瓦》出版，隔一年《愛染篇》出版，岩上的詩語言達到成熟的階段。在出版順序上，兩本詩集一前一後，但在實際的創作時間上兩本其實是同時期的產物，只是《臺灣瓦》兼容並蓄，《愛染篇》專收情詩。岩上情詩的寫作其實並不從《愛染篇》開始，早在《激流》中已經可以看到情詩作品了，到了《冬盡》，數量更多。

從二個指標上我們可以看到岩上詩語言的成熟展現：技巧的消融與現實的關懷、批判，而這乃是由前兩集詩中發展出來的。《愛染篇》雖然是情詩，不過其基本的語言質素與其他三個詩集是一樣的，語言也歷經精鍊雕琢的技巧操作到平易簡潔的技巧消融，而成為成熟內蘊的抒情語言；當然，《愛染篇》既然是情詩集，便不可能有現實的關懷、批判，所以只放在「技巧的消融」內談論。

首先是技巧的消融。在《激流》中，岩上從技巧的高度操作中，展

現他經營意象、鑄造詩語言的能力，不過這些技巧大都是孤立的；到了
《冬盡》，這些孤立的技巧慢慢融入整體的詩語言中，初步形成岩上的個
人化詩風；而在《臺灣瓦》中，這種技巧的融入更為成功，岩上的詩語
言風格也因而展現成熟的丰姿。例如開卷第一首詩〈燈〉（1990，頁
2）：

　　　　等在長巷底尾的那盞
　　　　燈，把午夜披散的黑髮
　　　　輕輕地掀開了

　　　　我窺視的
　　　　乃燈下批點史冊的那一雙銳利的
　　　　眼神

第一段巧用跨行技巧，將「燈」字切開，置於行首，一方面在視覺上使
人有孤燈高懸的感覺，一方面又與第二段跨行切開、同樣置於行首的
「眼神」產生比較對照的效果，使讀者產生眼神比燈還亮的聯想，強化
了「銳利」的意涵。

　　詩的精彩，往往表現在特殊的觀物角度上，在《臺灣瓦》中，我們
也可以看到這樣的佳作以成熟而平易的語言出之，例如〈奔跑的雨〉
（1990，頁20～21）：

　　　　雨真惱人／特別是深夜的雨聲／喧嘩得無法入眠／像把刀刻刺著我的
　　　　腦殼

　　　　今夜／我輾轉不能成眠／打開窗戶／面對急促倉皇的雨絲凝神趺坐／
　　　　才認清雨是在黑夜裡奔跑的／於是我恍然大悟／令我失眠的不是雨／

　　而是追殺雨的／那把時間的匕首所流下的／滴滴血濺

透過詩的特殊觀物角度，雨的物性有了新的觀察角度，而真正的詩旨──
對歲月流逝的殘酷體認，以及雨聲、雨景、雨的溫度所勾起的生命風景
的回憶，在這樣的角度中，便悄悄呈現了。

　　《愛染篇》的抒情語言也展現了技巧的消融，例如〈海誓〉（1991，
頁97～98）：

　　妳的淚把我化入潮聲／我乃欲嘯的螺殼／朝夕／潮汐／妳我纏綣難捨
　　的歲月

　　那海喲／表徵著層疊的誓言／一句一句／撞擊著劫數的黑岩／華髮在
　　簇簇的浪花裡繁殖／沙灘掀動妳青春的裙裾

　　走過海角／唯妳的纖手相攜／我說日出也是／妳說日落也是

朝夕與潮汐、華髮與青春、浪花與裙裾的對舉，以及末段簡單平實、簡
單潔淨的語言，都展現了岩上語言的感染力，詩的張力巨大而深刻，是
岩上最成功的語言策略；尤其末二行輕盈動人，雖然是以對仗的形式出
現，卻毫無機械呆板之病，反而在一唱一和之間，表現出深情的默契。

　　其次是現實的關懷與批判。岩上的現實關懷在《冬盡》中已有明顯
的表露，在《臺灣瓦》中，則有大量的展現，而這種展現透過平易簡潔
的語言，加上逐漸成形的寫實流暢而消融技巧、張力內蘊的風格，構成
了成熟的岩上式的獨特詩風。例如〈油漆工人〉（1990，頁96～98）：

　　自從把自己交給了刷子／我就成為無臉的人／達摩面壁九年／為要參
　　透禪機／我面壁／日日只為糊口

　　紅的藍的綠的牆壁／像阻街的女人／以各種顏面體貼我／使我出門／
都留有異樣的色彩／其實我常陷入一間間蒼白的海底洞／一不小心，
腳架滑倒／跌撞一樓樓空蕩的回響

　　最怕是步步／高昇，鐵塔電臺之類的鋼架／令我舉目茫茫／只有握住
眼前／不計較未來／天地悠悠／未來是離心力很遠的／妻兒的視盼

　　刷刷刷……／不管內部如何腐朽／刷亮表面／也可維持一時的美麗

　　在看似幽默的語言中，突顯小人物生存的悲辛，尤其油漆工人不只身分
卑微，工作上更有實際的危險，當他站在高塔、高樓上工作時，舉目茫
茫，妻兒的視盼也成為遙遠的影像；而在詩的結尾，岩上不忘藉著小人
物的心聲，給這殘酷而虛偽的世界一個深沉的諷刺與批判。

　　在《臺灣瓦》中，岩上的現實關懷有一個新的發展，即以接近口語的
平易寫實語言，對現實展開批判，並在批判中表現出他更深層的社會關
懷，而在所有的批判中，最沉痛的莫過於詩集中的第六卷「根之蛙——國
中放牛班導師傷痛詩」，卷中共 14 首詩，批判臺灣的初級中學教育。對
國家社會而言，教育是一切的根；對身為國中老師的岩上而言，則是他
最直接感同身受的，所以這 14 首詩空前的激切，由此我們也可以窺見岩
上內心之傷痛。其中比較深刻動人的詩應屬〈書包〉（1990，頁 126～
127）：

　　你的書包／為什麼把帶子切斷弄成這麼短／吊起來好看嗎？
　　（我考進初中時，沒錢買書包，弟弟的養父／用帆布縫製一個書包送
我）

　　你的書包裡／為什麼一本書也沒有？書呢？

（那個與全校同學不同顏色不同形式的書包／我整整背過三年，被書
擠破，不知縫補過／多少次）

你的書包／為什麼畫著亂七八糟的圖樣，寫一些無聊的字／畫兩把
刀，還有骷髏……／什麼意思？

（弟弟的養父，最近死了，臨終前我去看他，／還提起他送我書包，
他只是點點頭……）

我小學／書是用布包的

全詩在今昔的比較中交錯發展，既突顯今日之問題，也點出在經濟窘困的
年代，對知識與教育機會的珍惜，兩相對照之下，令人感慨歔欷！

　　作為岩上詩風完全成熟的表現，《臺灣瓦》的技巧更為洗練，語言的
枝蔓漸去，平易簡潔而寫實，充分展現明亮沉穩的氣度與張力內蘊的詩
質。

三、語言與形式的最佳結合

　　如果說《愛染篇》是特殊題材的統一集結，《岩上八行詩》則是特殊
形式的統一呈現，全集 61 首詩，都以一字為詩題，每段二行、每首四段
共八行，呈現嚴格的統一。在整體的語言表現上，以《臺灣瓦》時期的
平易簡潔為基礎，而更傾向於散文的敘述性，然而內在的張力則更為加
強，形成一種冷靜濃縮，充滿批判力、辨析力與哲理性的語言。這種語
言風格配合《岩上八行詩》的三種隱藏結構，形成一種極具特色的整體
風貌，不管就岩上個人或整個臺灣現代詩而言，都可以說是異軍突起。
這三種結構包括「單線深入，層層逼進」、「多線擴張，深刻收束」、「平
緩前進，高潮結尾」，我們可以實際的詩例來加以解析。

　　「單線深入，層層逼進」指沿著同一主題、鎖定同一對象（即詩
題）層層深入，最後逼出深刻的結論，例如〈路〉（1997，頁 14）：

走過一條又一條的路／走破一雙又一雙的鞋

路從天邊來／路向海角去

阡陌交錯的路／來來往往過路的人

有多少人能走出自己的路／路令人迷路

第一段提出「一條又一條」的路，指出路的複雜；第二段提出這些複雜的路乃是來自天邊、去向海角，以無比空闊的空間強化路的無法掌握感；第三段則以「阡陌交錯」將路的複雜性細密化，並且在上面擺滿了「來來往往過路的人」，如此縱橫交織，使得面對路時的徬徨、陌生感油然而生，最後終於導出第四段的「迷路」結果。全詩在平易自然的語言中，暗藏層層逼進的張力。其他像〈屋〉（1997，頁 10）、〈岸〉（1997，頁 38）、〈站〉（1997，頁 60）、〈碗〉（1997，頁 90）、〈弦〉（1997，頁 104）、〈岩〉（1997，頁 122）等，也都是極好的例子。

「多線擴張，深刻收束」指的是由詩題出發，因聯想、引申而帶出其他相關的意象，最後又深刻的收束於詩題或其相關詩意，例如〈杯〉（1997，頁 8）、〈舞〉（1997，頁 54）、〈風〉（1997，頁 56）、〈磚〉（1997，頁 76）、〈歌〉（1997，頁 82）、〈影〉（1997，頁 94）等詩都是採取「多線擴張」的結構方式。由於「多線擴張」的結構方式在詩的進行過程中會由詩題引發諸多相關的意象，所以往往在中間二段會出現精彩的高潮，然後在結尾引出深刻的結論，例如〈風〉：

東西南北風／你最喜歡吹什麼風？

西風清涼舒爽，北風冷冽犀利／南風溫暖薰得人茫茫醉醉

東風吹來／你想借什麼？

堅持一定風向／風裡來浪裡去

第三段可說是詩的精彩高潮，詩人在此提出阿拉丁燈神式的驚人一問：
如果人生可以借得你最希望得到的事物，那麼你要借什麼？錢財？愛
情？健康？幸福？快樂？夢想？第四段則提出深刻的結論：人生只要堅
持原則，不管遭遇什麼困境，都一定可以風平浪靜的。

　　「平緩前進，高潮結尾」指的是詩的前三段針對詩題、詩旨以平淡
舒緩的語言進行說明、敘述、發展或辨證，而在結尾時突然揚起，以一
個高潮作結，〈河〉（1997，頁 4）、〈燈〉（1997，頁 26）、〈夜〉（1997，
頁 42）、〈臉〉（1997，頁 50）、〈茶〉（1997，頁 74）、〈門〉（1997，頁
80）等詩都是其中的佳例，例如〈茶〉：

用滾燙的水泡出／溪澗的音籟和山野的滋味

你我啜一口，傳流／葉葉手拈的溫香

乾縮之後的膨脹／全在笑談中，轉瞬了浮沉

有的苦有的甘／都是提醒

前三段語言閒遠清淡，所談論的，都是茶本身的話題，最後一段突然拔
高，由茶本身或苦或甘的特色，轉出「提醒」的意涵：人生或苦或甘，也
都是一種提醒，提醒我們不要忘了細細品嚐生活的真味；如果是苦的，就
努力體會苦澀的味道，並深刻記取，作為深入人生的憑藉；如果是甘的，
就盡情啜飲歡愉的滋味，為人生的值得留戀，記下美麗的一筆。如果有這

樣的心胸，則人生的順境與逆境都將是值得回味的生命風景。

《岩上八行詩》以嚴密的結構、理性的節制，寫出平易簡潔而具高度張力的語言，其語言之濃縮冷凝頗能配合詩的簡短形式與結構上的特色，在岩上的詩歌道路上，是異軍突起，也是一個新的發展，既顯示出岩上的詩學雄心與創意，也為臺灣現代詩的發展，增添了一條新的道路、新的可能。

四、簡潔深刻的風格

進入新世紀之後，2000 年、2003 年，岩上分別出版了《更換的年代》與《針孔世界》，題材更為多樣化，語言風格則承繼、綜合了前面諸本詩集的語言發展路徑，形成一種藏深情於理性冷靜之中、蘊張力於平易簡潔之內的穩定風格。抽繹其內在理路，我們可以歸納出三個岩上詩作的主題。這三個主題配合深情而理性冷靜、張力而平易簡潔的詩語言，形成《更換的年代》與《針孔世界》綜合穩定而迭有創境的語言特色。

首先是小我的體悟與感觸。我們的世界恆是從「我」出發的，詩的世界也是的，從《激流》以來，我們看到岩上以各種不同的角度，對自我與存在進行探索，藉以思考存在的本質、肯定存在的真實性以及「我」在存在中的位置、價值、角色等，這樣的思考在《更換的年代》中仍舊持續著，不過隨著年齡的增長，境界已大有不同，早年的時而肯定時而懷疑、時而激奮時而悲觀的猶疑態度已為一種更宏觀的思索角度與清醒的自我認識所取代，而表現出對世界的圓融關照與體悟。最能表現此一關照與體悟的是一系列表現禪意的詩，這是岩上在《更換的年代》中的新嘗試，也是岩上在詩語言上的新創造。例如〈涼意〉（2000，頁 260）：

一朵蓮花／迎著／六月的熱風微笑

　　心中有涼意

詩中可見到清醒的、靜定的、自信的、圓融的甚至是出塵的自我省察，
這與這本詩集中大量的批判現實的詩看似矛盾、不協調，其實不然，從
這些詩中，我們可以體會岩上對小我的清醒而深刻的體悟，有了這樣的
體悟，在濁世中才能多一份清醒的觀照。

　　又如《針孔世界》的〈蘆葦〉（2003，頁21～22）：

　　歲月隨著岸邊的流水／從青澀中／翻白，我們的／顏面，迎風震盪悸
　　顫／飄搖啊／是裔裔的慾望

　　飄散著棉薄的芒芒絲線／絲線綁著不死的種子／大雨洪患之後／秋煞
　　襲來／冷冷的石礫，我們／在堅硬裡鑽覓一縫根存的依慰

　　聽水聲泠泠／悠悠的／是生命脈注的告白

全詩語言簡潔，將過往理性的自我思索與感性的抒情語言，結合為對生
命的深刻探究，傳達出一個簡單而有力量的宣告：每一個不起眼的我都
蘊藏著強大的生命！小我體悟能如此深入存在的本質，觸及每一個小我
的每一寸根鬚，也就觸及了大我的共同體悟。洛夫曾說好詩要「以小我
暗示大我」，其義在此。

　　其次是大我的關懷與批判。這是岩上自《冬盡》以來不斷強化的主
要詩學內涵，在這兩本詩集中，這種傾向得到更大的發展。除了傳統的
小人物關懷之作外，1999 年 9 月 21 日的大地震，以及震後逢雨必流的
「土石流」，對住在南投埔里、受害最烈的岩上而言，現場目擊的震撼，
發之於詩，使《更換的年代》中的「卷四、地震與土石流」讀來令人感
同身受。而 2001 年的性愛光碟事件，則催生了《針孔世界》的同名詩作

（2003，頁 132～133）與〈性愛光碟風暴〉（2003，頁 177～179）的批判之作。

　　岩上的批判，主要針對現實社會種種不合理、不應該的存在，批判層面寬廣而深入。而臺灣社會的諸種亂象，究其根本，一大因素則是來自於人心、人性的質變，所以岩上在《更換的年代》開篇第一首詩〈黑白〉（2000，頁 1）中，就針對這種現象提出深刻的批判：

黑白分明的年代／我們／期待／彩色世界的來臨

彩色電影／彩色電視／彩色電腦／紛呈而目炫的年代／人們懷念黑白的／寫真

是我們先混淆了是非黑白，這世界才如此紛擾。岩上的這種批判性，即使在刻意創新的動物詩中，也成了詩的實質內涵，在《更換的年代》「卷五、獅子與麻雀」中我們可以清楚的觀察到這種情形。至於對現實社會之不合理、不應該，以及人心、人性質變的最徹底、最深刻的批判，應該是《針孔世界》的〈一切的禍害都無罪〉（2003，頁 188～190）了：

一切的禍害都無罪／只有受害的有罪

被殺的人有罪／如果沒罪為何被殺／被騙的有罪／如果沒罪為何被騙／被強姦的有罪／如果沒罪為何被強姦

今生沒罪／一定上輩子有罪／有罪的人／更需要有仁慈心，不可報仇／否則罪上加罪，永不能超生

颱風來襲有罪嗎／土石流有罪嗎／火燒有罪嗎

被壓死的被滅頂的被燒死的、、、、／都有罪

一切的禍害都無罪／因為沒有證據／沒有證據如何定罪

有辦法的毀滅證據／沒辦法的找不到證據

全詩充滿悲憤的語調，語言字字平易，而批判的力道卻字字千鈞。詩以反面書寫的手法，闡述受害者的再度受害，甚至推到上輩子、推出因果報應，直到受害者不得超生，加害者逍遙一世為止！第四段模仿加害者的語氣，狡詐的反問颱風自己要來、土石自己要流、火自己要燒，那麼颱風、土石、火有罪嗎？言下之意，你自己要倒楣，我哪裡有罪？所以推到底，結論就如第五段：被壓死的被滅頂的被燒死的都有罪！到了第六段，詩人讓有罪無罪的司法判定者出場，他的論點是證據：沒有證據如何定罪！於是最後一段，詩人悲憤的指出：有辦法的加害者毀滅證據，沒辦法的受害者卻永遠找不到證據！臺灣社會雖然看似民主，但有多少拜金敗德的醫師、法官，有多少仗權、仗錢、藉勢、藉端的金主、政客，有多少暴力恐嚇的惡人、多少黑函傷人的小人，他們活躍在每一個角落，堵住我們的每一個出路！

　　第三是城鄉差距的觀察反思與都市題材的大量增加。這是《更換的年代》與《針孔世界》中的一個值得注意的傾向，也是岩上新的嘗試與成就。這些詩或批判城市文明或反思城鄉落差或回憶早年鄉景，呈現他對當代臺灣城鄉問題的觀察與反思，語言客觀而冷靜，在批判憂懼中，有深沉的關懷與情感。在這一類的詩作中，都市題材的詩中最為成功的應數〈春訊〉（2000，頁205）：

一隻蝴蝶飛來／陽臺上的螃蟹蘭開花了／一陣細雨之後／陽光清晰地灑落

　　牆壁隔著牆壁／大樓／一排排緊閉著窗戶／重疊著陰影／只剩一小片
天空／偶爾有白雲飄過／經常微藍帶灰

　　一隻蝴蝶飛來／讓我們想像遙遠的地方／春天仍然很美麗

一隻蝴蝶飛來，竟可以「讓我們想像遙遠的地方／春天仍然很美麗」，豈
不哀哉！在看似迷人的語言中，其實透露了最枯竭的心靈，那正是詩人
靈魂深處對現代都市文明最深的憂懼。至於早年鄉景的回憶則以〈土角
厝〉（2003，頁 41～42）最令人神往：

　　土塊疊砌／沒有支柱的土角厝／竟然支撐著／記憶裡／牛車載重而上
氣接不到下氣的／年代風雨

　　歲月的容顏／從來沒有光亮和燦紅／悽苦的日子／伴著剝落的土牆而
滑落

　　能找到的／只有祖先那一代祖胸赤足的粗活／以及童年厝腳嬉戲的／
影像／回顧如一場夢境

早年鄉景的書寫，除了再現個人的回憶，也記錄了逝去的年代、文明的
腳步，同時可以讓年輕的讀者經歷他們無緣參與的臺灣經驗，更是今日
都會風情、城市文明的對比。面對如此淳淨的文字與意象，活在 21 世紀
光怪陸離之事件與影像下的我們，理當靜靜思索，或許能卸下一些堆滿
心靈的灰塵與油汙，讓心靈多幾分純樸的想像力與原始的生命力。

——選自丁旭輝《現代詩的風景與路徑》
高雄：春暉出版社，2009 年 7 月

論岩上詩的理思與機趣

◎曾進豐*

前言

　　錢鍾書曾引乾隆 22 年冬選《國朝詩別裁》〈凡例〉云：「詩不能離理，然貴有理趣，不貴下理語。」說明「以理入詩」、「詩中言理」實不失為一種表現方法，惟不在道學理語之鋪陳堆砌，而重在蘊藉自然，獨標「趣」字。又引僧達觀撰惠洪〈石門文字禪序〉曰：「禪如春也，文字則花也。春在於花，全花是春。花在於春，全春是花。而曰禪與文字有二乎哉。」遂悟得「黑格爾所謂實理（Idee），即全春是花、千江一月、『翠竹黃花皆佛性』之旨，以說詩家理趣，尤為湊泊。……黑格爾以為事託理成，理因事著，虛實相生，共殊交發，道理融貫跡象，色相流露義理（Das Schöne bestimmt sich dadurch als das sinnliche Scheinen der Idee.）。」[1]主張春、花無二，詩、禪合一，理寓事中，言理而雋永成趣，殆即詩家孜矻以求之至境。

　　岩上的詩創作皆根源現實，是生活裂縫裡綻放的花朵，他也是一個習於「思想」的詩人，詩的原型基調則在於整體生命的探問與掘發。取材現實人生，悲憫眾生群相，同時融入人生感悟，寄寓哲理思考，使得他的詩在興觀群怨、淨化人心的社會功能及文學審美價值之外，兼具有哲學的厚度、深度與廣度。岩上長期浸淫易學、演練太極、涵詠佛老，又能深情介

*發表文章時為高雄師範大學國文學系助理教授，現為高雄師範大學國文學系教授。
[1]錢鍾書，《談藝錄》（北京：中華書局，1984 年），頁 223～231。

入人生場景、冷靜、冷眼觀照，冷凝、冷肅沉思，當其滲入潛流於詩思詩想，每每虛、實、事、理相生交發，融義理於跡象之中，藉色相表露意蘊，精到處理思泉湧、機趣橫生。以下分從三方面探究析論。

一、生命本質及人生抉擇

　　岩上自《激流》初航，即展開對生命本質、變易命運的無盡扣問與追尋；《冬盡》、《臺灣瓦》雖關注鄉土意識及社會議題，依然賦予哲理的深刻意涵；《岩上八行詩》以尋常物事為題，馳騁想像，表達特殊體驗，寄寓無限精神，表面詠物，實則飽含義理，不僅詩質濃密，且哲思汩汩。這些理思主要表現在「生命本質」觀照及「人生抉擇」智慧兩方面。

　　孔子臨流抒懷，發出「逝者如斯，不舍晝夜」的長嘆，之後，「流水」成為時間、生命的表徵，也成為文學的永恆主題。岩上「觀水」，同樣感慨時間的流逝，思索其發端、歷程，以至於邁向終點，有〈河〉、〈岸〉、〈網〉三詩，呈顯對於生命本質的沉思與理解。〈河〉詩云：

> 從那裡來的
> 就往那裡回去
>
> 而我從高山來
> 卻往海底去
>
> 日日夜夜
> 奔流不息
>
> 你們說我唱歌
> 還是哭泣？

　　　　　　　　　　　　　　　——《岩上八行詩》，頁 4

　　塵歸塵，土歸土，是萬物不變的規律；河流來自高山，卻奔向海
裡，漫漫途中緩急起伏、輾轉變易，或激昂波瀾，或低吟清淺，又歌哭
不定，一如人生無法主宰的命運，無常之中充滿巨大的無奈。滔滔歲
月，無數的悲歡離合，連接著各式各樣的大站小站，離開了眼前這一
站，永遠都會有新的下一站，何處才是長久安歇的終站？處於浩瀚無垠
的人生大海，人人都拚命地泅泳，然而現實是殘酷的，「有人迅速登陸，
有人四顧茫茫」（〈岸〉，《岩上八行詩》，頁 38），幸運的成功上岸，更多
的是舉目茫茫，甚至慘遭滅頂，所以說：「岸引燃希望之火／岸堆積著失
望的灰燼」（〈岸〉，《岩上八行詩》，頁 38）。「岸」是焚熱的渴求，也是
冰冷的幻滅，從希望之火到失望的灰燼，無解的人生，真正掌握的，除
了落塵還有什麼？

　　時間撒下巨大魔網，人魚掙扎、狂奔，終究無所遁逃，這是生命的
必然。〈網〉一詩慨嘆命運的擺布，進而產生「存在」意義的探索：

　　　　在時間的流程裡，人魚同游
　　　　隨時撒下，網如死神的魔掌

　　　　細細羅織的複眼，逐鹿中的
　　　　獵物，盡狂奔於集中的目標裡

　　　　撒出去，手掌的延長一條條
　　　　緊拉的是自己暴脹的筋脈

　　　　面對茫茫大海的命運
　　　　泡沫漂浮著逃亡的歷程

——《岩上八行詩》，頁 70

　　無法抗拒時間的獵殺，無法抵禦命運強大的力量，像漂浮的泡沫，消失在無邊無際的大海。散文詩〈時鐘〉，同樣有「日暮」的恐慌與哀感，當驚覺一切已難以挽回，只能「**把掛在牆上的鐘拔下，狠狠地摔在地上，大叫：時間沒有錯！**」（《更換的年代》，頁 238）無力抵抗光陰的催逼，流露出生存的悲劇感。

　　命運如此不可測、不可知，難道只能任憑束縛操弄，隨波逐流？人生也許苦多於樂，但並非全無選擇的機會，如同琴弦的鬆緊拿捏，是要奏出鏗鏘華麗樂章，創造璀璨人生，或者鬆弛不成曲調，頹喪庸碌一生，端看個人的抉擇。有人嚮往無拘無束的自由，也有人渴望平平安安的穩定，因而猶疑徬徨於屋裡屋外、「囚犯」與「流浪者」之間（〈屋〉，《岩上八行詩》，頁 10）；常在「開或關」、「隔絕或接納」之間擺盪徘徊，〈門〉一詩云：

　　為了要通過，才造門
　　用來推開和關閉

　　為了要關閉，才造門
　　用鎖把自己和別人鎖起來

　　如果沒有門就不用開關
　　如果不用開關，就不必鎖起來

　　為了要通過，才造門
　　偏偏門禁森嚴不能通過

——《岩上八行詩》，頁 80

　　門意味著隔絕與限制，開關之間，內外兩個世界。有時通行的門反成自閉自囚，形成庭院深深，「門禁森嚴」更阻斷溝通的管道。詩人反覆思索「人我」關係，諷刺冷漠疏離的現代社會「共相」。「**如果沒有門就不用開關／如果不用開關，就不必鎖起來**」，似是渴慕莊、佛的「無門」與「空門」。《莊子‧人間世》在陳述「心齋」、「坐忘」的原則之後，說：「若能入游其樊而無感其名，入則鳴，不入則止。無門無毒，一宅而寓于不得已，則幾矣。」意即不去鑽營求取仕途的門徑，只要心思凝聚全無雜念，把自己寄托於無可奈何的境域，那麼就幾乎達到「心齋」的要求，進入了一種「純粹經驗的世界」；佛家則把有形世界看作虛無色空，認為塵世不過是心靈的幻相，真正的門乃是擺脫一切枷鎖桎梏的「空門」。

　　現代人普遍追求掙脫困境，尋找「出路」，卻往往盲目、盲從，甚或作繭自縛，迷失在阡陌交錯的路上，「**有多少人能走出自己的路／路令人迷路**」（〈路〉，《岩上八行詩》，頁 14）。錯綜複雜的道路，帶給人希望，也令人無所適從，如何清醒抉擇，避免誤入歧途陷阱，成為人生一大課題！

　　其次，人性慾壑難填，有了還想再有，多還要更多，如同秤之兩端無法持平，世間遂紛爭不斷。〈秤〉之第二、四節云：

當兩邊增減平衡時
誰也沒話說，就成交

你只增不減，我也只增不減
人間那裡有持平的秤呢？

　　　　　　　　　　　　　　　　　──《岩上八行詩》，頁114

　　人人只想要「增」／「爭」則不能平，永不知足也就永無寧日。詩

末雖留下一個問號，實則答案已在其中，詩人明白拈出一個「減」字。凡事能「減」則趨於「簡」，簡至無可再簡，約至不能更約，極簡極約近於道之「太極」。這是詩人生活經驗的體悟，透顯人生抉擇的智慧。

詠物寓理，處處流露睿智與思辨，富有現實性、啟育性，允為岩上詩作的一貫特色。如〈茶道〉：「浮沉之間／何其短暫／香醇／又豈能久留」（《更換的年代》，頁 198），義理無跡無痕，「趣」倒是洋溢生香。尤其〈茶〉一詩，令人擊節：

> 用滾燙的水泡出
> 溪澗的音籟和山野的滋味
>
> 你我啜一口，傳流
> 葉葉手拈的溫香
>
> 乾縮之後的膨脹
> 全在笑談中，轉瞬了浮沉
>
> 有的苦有的甘
> 都是提醒

——《岩上八行詩》，頁 74

以茶譬喻沉浮、苦樂人生，可謂精於立意。茶的縮、脹，宛若人生高低順逆；茶的苦澀、甘美，恰似人生的挫折苦難、成功歡愉。由於「提醒」，淡化了生命的悲涼，談笑浮沉，所有的苦難與不幸，瞬間獲得了消解與超越，一切終歸雲淡風輕，都是值得回味的風景。

二、易變太極與老莊水柔

　　「易學」、「太極」對於岩上的詩創作影響至為深遠,《激流》時期即可見《易經》身影,如寫飄忽愛情的:「一爻鳥的高飛／載一顆心是什麼樣的變卦」(〈一九六四年四月六日〉)。不過,這是「詞彙」的插入且僅偶然出現,真正美學思想的吸收融入,有待浸淫日久、體會漸深的 1990 年代以後。《易》強調宇宙萬物變動不居,人生無常;將宇宙本體及世界萬象,化作簡便的陰陽符號代表象徵,則易於辨識;然而,宇宙人生的無窮變化,又奧祕難解,而且,變是常態,變即不變。此即《易》之變易、簡易、不易三大原則。世界是以乾坤二卦為代表的兩相對稱、並行不悖的天地,其基本動力來自陰陽兩股力量的互相交合、彼此消長;換言之,陰陽通過互相對立的「象」,不斷衍生、交融,產生變化,使得萬事萬物「得到順利的發展」。[2]岩上從中體悟到萬物就在虛實遞變中邁進孳生的規律,乃利用「物我合一」、「物我交媾」的技巧,在平穩固定的形式下,變化內在詩思,追求詩的奧妙,創生了《岩上八行詩》。他說:

> 九〇年代開始,因為我深受易學與老莊哲學的影響,尤其易理的陰陽虛實變易美學,融入我的詩想,因此以太極生陰陽,陰陽生四象,四象生八卦契合我的八行詩結構,以單一字的事物參悟人生的哲思,而有了《岩上八行詩》的詩集。[3]

　　「一字題」導源於太極,「兩行成節」取法陰陽相反相成,四節符合四象,八行仿效八卦,《岩上八行詩》正是《易》學理念的整體展現,尤

---

[2]岩上語。見王宗仁,〈「笠詩社與臺灣現代詩發展」專訪岩上〉,《笠》第 241 期(2004 年 6 月),頁 56。
[3]岩上語。見莫渝,〈十問岩上──專訪岩上〉,《岩上的文學旅途》(臺北:榮後文化基金會,2002 年),頁 28。

其「特別留意到陰陽的相生相剋、對比與平衡的問題。」[4]首先，表現在「對稱詞語」的大量使用。所謂對稱並非指絕對的對立，而是相對應的互生共存關係，例如：天空對大地、春夏對秋冬、蒼綠對枯白、山壑對海洋、屋內對屋外、進來對出去、過去對未來、快樂對悲哀、生對死、哭對笑等等，恰恰契合《易經》64卦每卦莫不有「對」的原理。例如詩集中的第一首〈樹〉，就有上下、天地的對比，藉簡單對稱的語詞，蘊藏複雜的生機。〈鏡〉則每一節皆兩兩相對之詞，〈屋〉、〈門〉、〈窗〉、〈眼〉等，莫不是在進出、開闔的正反對比相生中運行詩思，這自然是〈繫辭上〉：「闔戶謂之坤，闢戶謂之乾，一闔一闢謂之變，往來不窮謂之通。」的啟迪與應用。

當然，陰陽相對、相生的道理，不只運用在行節形式的變化上，更表現在內容精神的汲取鎔鑄。名作〈舞〉詩，可以作為範例：

一節一節把自己的筋骨拆散
重新綰結編練成為一條繩

摔出繩變成蛇，而柔成水
水中的魚，躍出為鷹

飛翔盤旋，旋出飄忽的雲
嘩啦如雨，下凡又蓮花化身回歸成洶濤

舞就變，變肢體成意象語言
舞出自己，變易幻滅

——《岩上八行詩》，頁54

---

[4]岩上語。見潘煊，〈訪岩上〉，《普門》第233期（1999年2月），頁64。

　　「變」實即詩思動向秩序,「變易幻滅」則是舞的永恆本質。翻騰變換的舞姿,淋漓鮮活的肢體語言,各種湧動的意象,展現天地事物生生流轉的變易與幻滅。再如〈觀音山〉結尾四句:「凝望／乃風雲變數中不變的寧靜／不在畫面裡／而在心境中」(《針孔世界》,頁 51),同樣關涉變易與不易的哲理,且證諸人生唯一的「不變」就是「變」。

　　岩上深究《易》學,進而對命理產生濃厚興趣,尤獨鍾掌紋之鑽研,相關詩作形成一大系列。《臺灣瓦》有〈掌握〉,《岩上八行詩》有〈手〉,《愛染篇》有〈反掌〉、〈手印〉、〈斷掌〉、〈掌紋〉,《針孔世界》有〈掌紋〉等,主題圍繞易變命運,以及生死消長、愛恨對峙的人生哲思。茲摘錄部分詩句,藉見其一斑:

> 手掌像罟網
> 一握
> 盡散失
> 時光的
> 流水
>
> ——〈掌握〉,《臺灣瓦》,頁 5～6

> 要知道,必須攤開才能掌握
> 手,這個世界更需要施捨
>
> 手掌的開合之間,瞬如一生
> 撒手而去,又能掌握什麼
>
> ——〈手〉,《岩上八行詩》,頁 48

> 握緊與張開之間
> 短如掌紋

長如一生

曲折歧路之間

沒有定數

———〈掌紋〉,《針孔世界》,頁 93

　　人生或長或短,風雨霜雪誰也無法預料,在擁有和失去之間,自以為掌握了一切,其實遺漏的更多。寥寥數語,說盡曲折一生。至於〈斷掌〉結尾三行:「夜　星爛／花　紅遍／那一瓣是英雄顫抖的斷掌?」(《愛染篇》,頁 51),星夜斑爛燦如紅花開遍,而哪一瓣才是屬於我的呢?我的位置在哪裡呢?如同〈星的位置〉一樣,再次扣問生命的意義,探索「存在」的位置。

　　太極拳源於《易經》哲理及道家精神,講究虛實變化、剛柔並濟、相剋相生相盪。岩上以之修練、調適自己,平靜心緒,更從中領悟到:「詩蘊層漸的張力與詩思動向脈絡以及縱收不失厥中的道理和拳術中的虛實分明而求中定,有異曲同工之妙。」[5]以拳喻詩,以詩喻拳,認為拳、詩相通,皆講究柔中內蘊的力點:「一招一式都要結構完整、氣勢連綿,在安定中求變化,陰陽互動,內在方剛而外相圓柔。」[6]強調剛柔、虛實的交融遞變,運用在詩藝上,如〈夢〉一詩之前四行:

生活像斷層的谷底

夢讓我們走進了森林

---

[5]柳宗元〈漁翁〉:「漁翁夜傍西巖宿,曉汲清湘燃楚竹。煙消日出不見人,欸乃一聲山水綠。回看天際下中流,巖上無心雲相逐。」丁敏〈試論佛家「空」義在中國詩歌中的表現〉說:「全詩藉漁父生活的寫意,而喻禪者契會真空妙有之境。……全詩顯示不住不捨,攝動攝靜,蕩蕩心無著之境。」又說:「『巖上無心雲相逐』總括真空妙有化之境,不住而相逐的雲,是妙有之動;然雲飄之天卻如如不動亦不捨雲,是真空之靜。」《中華學苑》第 45 期(1995 年 3 月),頁 259～287。
[6]岩上語。見潘煊〈訪岩上〉,《普門》第 233 期,頁 64。

森林的廣闊深邃而迷人

驚喜如夜鶯的眼神向遠方

——《岩上八行詩》，頁 34

　　在虛實相映相濟、相拉相盪的變化中，搖曳詩情，孳生美感。岩上自己詮釋說：「『生活』一詞是空洞的，以斷層的谷底來詮釋；夢是虛幻的，以森林的具體來呈現；驚喜以夜鶯的眼神來比喻才有實感。」[7]此外，如〈冬日無雪〉開頭云：「冬日無雪／雪降在夢裡的山巔／繽紛又淒美」（《臺灣瓦》，頁 11），現實中冬日而無雪，夢裡則一切都好。不過，無雪的大地上，布滿了冬陽的照射，以及母貓、小貓互偎的閒散溫馨。夢中聞見：「依稀還聽到／皚皚的細語」，純然是超現實想像，屬於「虛」境；第二節，視角、聽覺皆轉向現實，而有誇張的描寫：「靜靜的巷弄／還可聽到牠們的鼾聲」，重在「實」景；第三節：「北風在遠方呼叫／冬日無雪」，上句的空間出現在夢中，是「虛」，下句是眼下立足之地，為「實」。全詩也是虛實交融，相激相斥，既無純粹寫實之沾帶弊病，亦無不著邊際玄虛幻想之空洞。至於〈黑白〉、〈更換的年代〉二詩，語言冷澈清明，結尾逆轉反常[8]，既是《易》學變與不變的應用，也是老子「反者道之動」及蘇軾「反常合道為趣」的充分體現。

　　「水」是文化、文明的淵源，也是智慧的象徵，故謂：「智者樂水」（《論語‧雍也》）。水始終扮演著人類啟蒙者的角色，偉大的哲學家更常藉水諭示真理，《老子》謂：「上善若水，水善利萬物而不爭，處眾人之所惡，故幾於道。」（第八章）水「善利萬物」，只會變化形態，不會增減，隨方抑圓，「不爭」、「處眾之所惡」，「不爭」就是柔、圓柔，乃「上善」的本質，接近神聖的「道」。《岩上八行詩》中有〈水〉一詩，符合

---

[7] 岩上，〈詩的創作與技巧經營〉，《詩的存在：現代詩評論集》（高雄：派色文化出版社，1996年），頁 129。

[8] 〈黑白〉結尾三句：「紛呈而目炫的年代／人們懷念黑白的／寫真」；〈更換的年代〉結尾：「孩子壞了／不能更換／任／其／作／惡」，分見《更換的年代》頁 1、7。

老子「水柔」精神：

> 無所謂生，無所謂死
> 不斷易變是千古不變的命數
>
> 不必問什麼流派
> 溫柔的體態，兇狠的性格
>
> 潛伏才是真功夫，滲透每個部位
> 讓你虛胖浮腫
>
> 使你無法消瘦，我是體貼的
> 永不溜走

——《岩上八行詩》，頁 32

　　表面柔弱、內在剛強的水，具有非常強的滲透張力，它給了我們人生無窮的啟示。本詩既闡釋了《易》之變與不變，強調萬流歸宗，萬變不離其中之道理，同時也是「上善若水」的最佳詮解衍釋。

三、佛理禪意的滋味

　　道家貴自然、法原始，天真、天然、任性，強調縱身大化、與物浮沉；佛禪重遁世，追求閒靜自適、凝神自視。岩上悠遊老莊，也親近佛法，對於《壇經》別有契應，《詩脈》季刊創刊號〈編輯手記〉謂：「岩上的詩在投射外物的晶瑩意象中，呈露自我凝鍊的禪思。」[9]可見得岩上甚早接觸佛法，相關詩句俯拾皆是，如：「**佛無意／唯海是我神／在晶瑩的**

---

[9]〈編輯手記〉，《詩脈》第 1 期（1976 年 7 月），頁 52。

螺旋中迴光照映／金光無際／在海的彼岸」(〈海螺〉)、「指撲太陽焚化一
烟落塵／也是一劫心願」(〈海鷗〉)、「佛之千手／斷臂無招」(〈竹竿
叉〉);且經常在字裡行間穿插釋家語彙、用物、事理,如:比丘尼、袈
裟、菩提、青燈、佛祖、萬丈紅塵、菩薩、涅槃、空無、輪迴、因果、極
樂世界、不知覺的眾生……。1980 年出版的詩集《冬盡》,壓卷作〈問〉
一詩,隱約流露淡淡禪思:

　　天空　空閒不了
　　浮雲
　　雲　雲捲不了
　　飛鳥
　　鳥　鳥囀不了
　　天問

　　句句問我
　　問我口口的聾牙
　　什麼時候可以不問?
　　天空
　　什麼時候可以不答?
　　雲
　　鳥

　　　　　　　　　　　　　　　　　　　　　——《冬盡》,頁 189～190

　　「問」是天問、問天、問我,「不問」也是「問」,「答」了等於「不
答」,不問不答即是天空、雲浮、鳥飛,萬般自在流行,一切隨緣來去。
絕妙的是,〈重登碧山岩〉結尾云:「出家的姪女／已不知雲遊何方／我
欲言又止／不再提問」(《臺灣瓦》,頁 56～57),宛如〈問〉的續篇。「不

再提問」若灌頂醍醐、似當頭棒喝，多問多說無濟於事，佛曰緣起緣滅，強求不得，此乃圓滿究竟。

岩上經常拜謁佛寺、訪僧參禪，寫下了〈法雲寺〉、〈重遊法雲寺〉、〈碧山岩〉、〈重登碧山岩〉、〈碧山岩眺望〉等作。登臨佛跡淨地，默印梵唄清音，沉靜凝思而生無塵之想，如〈重遊法雲寺〉開頭即是「鳥鳴山更幽」的悠然意遠。《岩上八行詩》裡也有少數指涉佛家義理的，如〈雲〉的「變無為有」、「聚散無常」（頁 66）；〈燭〉的「堅持，存有之中的空無」（頁 88）；〈瓶〉的「千面佛是我，沒有臉」（頁 92）；以及〈杯〉之言「空」，〈鏡〉之說「無」等。到了《更換的年代》及《針孔世界》，言說佛理，探究人生因緣的詩作增多，直接以佛家語入題的如〈因緣〉：「今天的海岸／決裂昨日波浪的笑臉／走在瑰琦的幻境裡／開始　誰會有預感／美麗的海景／總是伴著短暫的黃昏」（《針孔世界》，頁 125），凡事有果必有因，無常生命，因緣早有定數。

僅是鋪陳禪佛名物、話語，雖然有莊嚴、靜定的氛圍，尚不足以產生禪意趣味，而有賴於詩人的體悟、詩境的創造。岩上經常在泛泛的寫景、詠物詩裡，有意無意地流洩梵意禪思，如於遠眺千姿萬態的山巒之後，頗有自得之樂地喃喃：「靜觀／比入境更富禪意」（〈遠眺九九峰〉），這不正是蘇軾〈題西林寺壁〉的知音響應！題詠陶作的〈陶之曲〉三首，寫其形神，摹其律動，靜觀冥想而生活潑機趣。如之一：

　　虛無來自塑造的千手

　　千手來自泥土

　　泥土來自大地

　　大地來自靜止的存在

　　存在來自靜止中的旋動

　　旋動來自脈搏

　　脈搏來自心中的顫律

顫律來自你的我的他的

四面八方的圓圓圈住的

漩渦的注視

注視中的寧寂

請勿撥動

那是一泓深潭的水

——《針孔世界》，頁 77～78

　　透過連綿頂真技巧，環結串接種種意象，捨離形似而扣其精神，觸及「真正的寧靜」。圓潤、渾然的陶藝品，靜寂虛無的存在裡，包孕著如雷的旋動，蘊藏蓬勃的生機，所以有之二：「澈悟之後的寧靜／實體渦旋之後的空無／定然於變化中的／渾圓」，及之三：「它原本是空寂的／無／只能禪悟／會心的傾聽／在那圓肚裡的一陣／顫動」。「空」是寂靜而本真的存在，「無」是原始蒙昧的本初；佛家以「離煩惱曰寂，絕苦患云靜」，去除執著和妄想，切斷煩惱痛苦的根源，則能寂能靜。寂靜空無，心靈純淨澄明，會心自在不遠處。

　　最精彩的當屬〈睡蓮〉、〈菩提樹〉、〈落盡〉、〈涼意〉等作（分見《更換的年代》，頁 253、255、259、260），皆有超塵脫俗、妙悟天機的趣味。蓮花、菩提為釋門象徵，也都歷經「熱風」、「火球」的煎熬試煉，從中生起「涼意」。節錄部分詩句於下：

一株睡蓮緩緩張開手指

輕輕拈住一粒水珠

美麗的景象

世界如繪製的圖案

隨風吹來

蓮葉晃動
跌破了水珠的幻境
一株睡蓮
堅守在污泥水中
閉目睡去

—— 〈睡蓮〉

炙熱的火球滾來
樹們紛紛撐起綠傘擋住

感受那熱浪的襲擊
只有菩提樹
卸下承受煎熬的外衣

落髮的
菩提樹
走出夏日的煉獄

—— 〈菩提樹〉

我在眾相之中
沒察覺
我從色相裡
走出
你竟一眼望見

我的存在
乃百花中的

落盡

——〈落盡〉

一朵蓮花
迎著
六月的熱風微笑

心中有涼意

——〈涼意〉

　　從睡蓮「堅守污泥／閉目睡去」的素淨絕俗，持守虛靜，到「走出色
相／百花落盡」的滌除塵慮，了悟色相；從菩提樹「落髮／走出夏日的
煉獄」的犧牲，到蓮花迎熱風、「心中有涼意」的激悟，意味必須通過灼
熱的艱苦考驗，才能遇見禪的微笑。此處暗用佛學典實：「僧問睦州，如
何是禪？州云：猛火著油煎。」[10]從入世到出世，以心轉境，所以能苦中
作樂，熱中生涼。透過睡蓮「閉目」、菩提「落髮」、百花「落盡」，參悟
蓮花「微笑」旨趣，詩人也能洗盡塵埃喧囂，消除名利濁熱，放下世俗糾
葛，忘機而生雲外心。這不禁讓人聯想到與「岩上」一詞有關之詩句：
「回看天際下中流，岩上無心雲相逐。」[11]山巖之上白雲繚繞，飄然塵
外，悠閒自在地追逐，一派禪悅人生之灑脫。詩心如梵心一片潔淨，故能
「執簡馭繁，創圓融之境，不黏不滯，而妙趣自成。」[12]

---

[10] 〈睦州錄〉，《大明高僧傳》第七卷。

[11] 柳宗元〈漁翁〉：「漁翁夜傍西岩宿，曉汲清湘燃楚竹。煙消日出不見人，欸乃一聲山水綠。
回看天際下中流，岩上無心雲相逐。」丁敏〈試論佛家「空」義在中國詩歌中的表現〉說：
「全詩藉漁父生活的寫意，而喻禪者契會真空妙有之境。……全詩顯示不住不捨，攝動攝
靜，蕩蕩心無著之境。」又說：「『岩上無心雲相逐』總括真空妙有化之境，不住而相逐的
雲，是妙有之動；然雲飄之天卻如如不動亦不捨雲，是真空之靜。」《中華學苑》第 45 期，
頁 259～287。

[12] 謝輝煌〈闌珊燈火裡的真趣——賞析岩上的〈蟬聲〉、〈落盡〉、〈涼意〉〉，《普門》第 233 期
（1999 年 2 月），頁 62～63。

　　詩與禪一樣講求悟性，禪直指人心，非語言文字所能傳達，但我們可以感悟它真實的存在，存在於精神世界。詩境的「核心」也是只能感受，而無法藉助文字形容的，如同房子的牆壁、屋頂等硬體結構，它所圍砌起來的內部空間，才是房子的真正意義，而文字就像是那些建材，架構了一個空間世界，「它不是空，是有，在佛法中，稱之為真空妙有。」[13]詩中禪趣就存在那文字所「鏤空」的地方，試讀玄妙的〈柳條天書〉，其言外意、絃外音耐人尋味：

　　　　柳條飄盪
　　　　寫著無字的天書
　　　　風
　　　　抓不住揮灑的筆

　　　　一字一字
　　　　鬆　沉　圓　整
　　　　一字一字
　　　　寫盡
　　　　人間滄桑

　　　　　　　　　　　　　　　　　——《更換的年代》，頁 256

　　這不正是「不著一字，盡得風流」？至於「人間滄桑」就是那飄渺模糊、若有似無的「著」了！
　　〈不盲的世界〉一詩，可以作為岩上跨渡世紀、迎接新時代的宣言，詩人已歷波瀾漸歸平靜、由衝突而趨於和諧：

---

[13]岩上語。見潘煊〈訪岩上〉，《普門》第 233 期，頁 64。

我的心
是否也有一個世界
遼闊
讓我思維可以自由馳騁

如果我心的世界
是一個深邃的世界
讓我繼續探險

要了解我的人
也可以進來

那麼我就可以
和進來的人溝通
而後了解我看不到的世界
光的溫暖
花的美麗

——《更換的年代》，頁 272～273

　　打開心靈與外在世界交通，才明白陽光的斑斕溫馨與繁花的燦爛芬芳；處於黑暗之中，便無法理解光明，此即《聖經》所言：「光在暗中照耀，而暗卻不明白。」[14]唯有走出黑暗，才能看見真實。我的心遼闊而不荒涼、深邃而不幽暗，不是枯寂死滅，而是溫馨亮麗；敞開澄澈的心房，迎納天地萬物，和天地自然冥合為一，和諧而圓滿。

---

[14]轉引自鈴木大拙，《心理分析與禪》（臺北：幼獅文化公司，1979 年），頁 167。

四、結語

　　《易》理思想滲入生活，映現在詩中，有著一貫生命哲理的思索，而淋漓體現在《岩上八行詩》；另有透過簡單的意象詮釋易數變化的〈黑白數位交點〉詩組，藉黑白的對比而生、正反辯證，探究萬物根源，沉思人生本質。這些詩作理思飽滿，且是抒情的哲理，或觸景生情，由情入理；或直抒胸臆，蘊含智慧；或無意為之，卻自然流露。總之，是感情的噴發與哲理的啟迪互為作用，兼情攝理，融合無間無痕。

　　道的超越脫俗及佛的靜定智慧，改變了岩上對人生的觀點與探求，同時孕育詩的出塵之思、空靈韻味。〈睡蓮〉、〈菩提樹〉、〈柳條天書〉、〈落盡〉、〈涼意〉等，皆若天籟自鳴，清音潺潺，又如老僧入定，通體透脫舒暢。此外，像〈天空的眼〉之澄明清澈，〈大地的臉〉之無私慈悲，〈茶〉、〈茶道〉之機趣橫生，以至於〈不盲的世界〉之寧靜和諧，幾已臻於覺性圓滿的境界，別有一番滋味。

參考文獻：

・岩上，《激流》，臺北：笠詩刊社，1972 年。

・岩上，《冬盡》，臺中：明光出版社，1980 年。

・岩上，《臺灣瓦》，臺北：笠詩刊社，1990 年。

・岩上，《愛染篇》，臺北：臺笠出版社，1991 年。

・岩上，《岩上八行詩》，高雄：派色文化出版社，1997 年。

・岩上，《更換的年代》，高雄：春暉出版社，2000 年。

・岩上，《針孔世界》，南投：南投縣文化局，2003 年。

・岩上，《詩的存在：現代詩評論集》，高雄：派色文化出版社，1996 年。

・岩上主編，《詩脈》1～9 期，1976 年 7 月～1979 年 3 月。

・王宗仁，〈「笠詩社與臺灣現代詩發展」專訪岩上〉，《笠》第 241 期，2004 年 6

月。

- 莫渝等，《岩上的文學旅途》，臺北：榮後文化基金會，2002 年。

- 鈴木大拙，《心理分析與禪》，臺北：幼獅文化公司，1979 年。

- 劉綱紀編，《中國美學史》，臺北：谷風出版社，1987 年。

- 潘煊，〈訪岩上〉，《普門》第 233 期，1999 年 2 月。

- 錢鍾書，《談藝錄》，北京：中華書局，1984 年。

- 謝輝煌，〈闌珊燈火裡的真趣──賞析岩上的〈蟬聲〉、〈落盡〉、〈涼意〉〉，《普門》第 233 期，1999 年 2 月。

──選自陳明台等著《岩上作品論述第二集》

南投：南投縣文化局，2015 年 11 月

論岩上詩裡「血」意象的
象徵意涵

◎丁威仁[*]

一、前言

　　「血」的意象及其象徵意涵，是岩上作品裡時常出現的命題。李瑞騰在〈爬行在灰白牆壁上的影子——為岩上詩集《冬盡》的出版而寫〉一文中對於「血」意象的使用，說到「不管岩上是刻意或是在無意中自然流露，此意象既頻頻出現，依常理判斷，它有可能是一個具有象徵作用的意象」[1]；王灝在〈點亮慰藉的星芒——小論岩上情詩中的詩情〉裡認為「血」既象徵激情，又表徵傷痛，故觀察岩上情詩裡「血」意象的象徵意涵，便可以思考岩上如何在情詩中鏈結生命與情愛的苦痛關係[2]；筆者則在〈岩上《冬盡》詩集裡「血」的意象研究——兼論此詩集的位置與價值〉一文中，也試圖處理岩上作品內「血」意象的「總體性象徵意涵」與「具體性象徵語境」。[3]從以上學者的觀察，可知岩上作品內頻繁出現「血」這個駭人的意象，而他似乎也藉此來傳遞某些概念或主旨，我們如果進一步處理分析岩上已出版詩集中所有「血」意象的象徵意涵，便可以深入思維岩上詩裡傳達的各種命題，也可明白詩人生命關懷的軌跡與價值，進一步

---

[*]發表文章時為逢甲大學中國文學系講師，現為清華大學華文文學研究所副教授。

[1]引文收錄於岩上詩集《冬盡》內（臺中：明光出版社，1980 年），頁 231。李氏認為岩上以「血」意象象徵：A.血緣的系流，B.生命的泉源與全然付出，C.情愛之專一。

[2]此文收錄於岩上情詩集《愛染篇》內（臺北：臺笠出版社，1991 年），頁 113～129。他認為岩上以「血」意象象徵：A.漂失的情感，B.純潔且鮮紅的愛情宣洩，C.愛的濃縮與生命的悲絕。

[3]拙作此文收錄於《笠》第 220 期（2000 年 12 月），頁 87～96。

了解詩人作品在文學史上的位置與價值。以下筆者先列出在岩上已出版詩
集內有關於「血」的句子，再加以分析說明：

《激流》（笠詩刊社出版，1972 年 12 月）

題目	詩句	備註
蔓草	涉過與自己同類激戰的**血河**	頁 27
葬列	哭聲，僅是一滴**帶血**的／音符	頁 43
激流	歌聲，是由**血淚**譜成	頁 53
林中之樹	傷口**迸血**　春	頁 59
樹枝	葉子們也焚燒自己化為鬚根中的**血球**	頁 67
青蛙	**鮮血**從指縫間淬淋下來⋯⋯／滿手**鮮血**淋漓的兇手，就是他，就是他！	頁 75
無邊的曳程	惟冬眠的**冷血**裡／燃燒一把不遜的火焰	頁 79
總計《激流》共收錄 41 首詩。其中有 7 首詩，8 句出現血的意象。		

《冬盡》（明光出版社，1980 年 5 月）

題目	詩句	備註
水牛	原來我體內也有這樣鮮紅的**血**	輯一，頁 24
戀情	那是**流血**一般鮮紅的純潔	輯一，頁 27
	流血如果也能注之於專一	輯一，頁 27
跌倒	孩子跌倒／哭了／傷口流出了**血**	輯一，頁 34
愛	啊的**一滴血**／滴在我白色的襯衫上	輯一，頁 36
命運	我流出**一滴血**／命運擲給我一塊石頭	輯一，頁 38
	我流出**兩滴血**	輯一，頁 39
昨夜	我流盡，我的**血液**	輯一，頁 46

凌晨三時	撈起的水／絲絲扣入**血槽**的濺聲	輯二，頁 63
伐木	**血管**／流出大地的乳汁	輯二，頁 66
我是我在	在你**紅透了的**／泥漿裡沉淪？	輯二，頁 68
失題	我看到自身的體內氾濫著一股恆古的**血河**	輯二，頁 72
清明	我觸到**血緣**的系流	輯二，頁 74
	一灘**血**／模糊了我的目擊	輯二，頁 75
松鼠與風鼓	我是**貧血**的傢伙／沒有半點施捨	輯三，頁 80
溫暖的蕃薯	土砂粉仔也沒辦法**止血**呀	輯三，頁 84
日出日落	田畝參拌了**血汗**	輯三，頁 98
冬盡	**貧血**的四肢在八方垂落	輯三，頁 101
髮白	竟是為妳日夜吐露芬芳的／絡絡**血絲**	輯四，頁 124
無屬性的人	流出我的**血**／掀開我的皮	輯七，頁 166
木屐	撞斷了臍帶的／**血崩**	輯七，頁 185
	血使硜音軟化	輯七，頁 185
	夜令**血跡**模糊	輯七，頁 186

輯一：陋屋詩抄。共 19 首詩。其中有 6 首詩，共 8 句出現血的意象。

輯二：伐木。共 6 首詩。其中有 5 首詩，共 6 句出現血的意象。

輯三：冬盡。共 7 首詩。其中有 4 首詩，共 4 句出現血的意象。

輯四：海岸極限。共 8 首詩。其中有 1 首詩，共 1 句出現血的意象。

輯五：蚯蚓。共 4 首詩。沒有出現任何血的意象。

輯六：山與海。共 6 首詩。沒有出現任何血的意象。

輯七：竹竿叉。共 10 首詩。其中有 2 首詩，共 4 句出現血的意象。

總計《冬盡》共收錄 60 首詩，其中有 18 首詩，23 句出現血的意象。

《愛染篇》（臺笠出版社，1991 年 5 月）

題目	詩句	備註

夜宴翡翠灣	是海的**血流**／抑或夜的呼吸	卷一，頁 32
髮白	竟是為妳日夜吐露芬芳的／絡絡**血絲**	卷二，頁 48
昨夜	我流盡，我的**血液**	卷二，頁 56
愛	啊的**一滴血**／滴在我白色的襯衫上	卷二，頁 58
戀情	那是**流血**一般鮮紅的純潔	卷二，頁 60
	流血如果也能注之於專一	卷二，頁 61
手印	且染紅了滴滴的**脈血**	卷四，頁 85
傷口	千言萬語企求地**流出**／流出滴滴的訥默	卷四，頁 101
漂鳥	淒惋飄搖的風笛繽紛／一滴**紅血**	卷四，頁 105
夕暮之海	我是妳肌膚上的**一滴血**	卷四，頁 107
生命的箭頭	箭頭沾染了**血跡**／我說是相愛的結晶	卷四，頁 109

卷一：任性的春天。共 11 首詩。其中有 1 首詩，共 1 句出現血的意象。

卷二：海岸極限。共 11 首詩。其中有 4 首詩，共 5 句出現血的意象。

卷三：凝視。共 9 首詩。其中沒有出現血的意象。

卷四：愛染篇。共 14 首詩。其中有 5 首詩，共 5 句出現血的意象。

總計《愛染篇》共收錄 45 首詩，其中有 10 首詩，11 句出現血的意象。

《臺灣瓦》（笠詩刊社出版，1990 年 7 月）

題目	詩句	備註
奔跑的雨	那把時間的匕首所流下的／滴滴**血濺**	卷二，頁 21
龍洞岩場看海	海的唾液／攪和著流淌在我們**血液**裡同樣的腥味	卷二，頁 34
笠	只有陀螺般地旋轉而站立起來／流我們的**血汗**	卷三，頁 40
遷墳	這一甕屍骨／是我全部的**血緣**／我的**血緣**為何如此清寒？	卷三，頁 75

算命	以及**血**從丈夫的頭顱淋流下來	卷四，頁 85
	臉頭顱**血**流的色迷的	卷四，頁 86
接大哥的信	一步一滴**血**淚	卷五，頁 99
老兵的刺青	**血書**只換得一張／從中正紀念堂鬧到立法院的／授田證，……	卷五，頁 101
孔子氣死	第一天**血壓**高升／第二天**吐血**	卷六，頁 120

卷一：冬日無雪。共 10 首詩。沒有出現血的意象。

卷二：午時海洋。共 7 首詩。其中有 2 首詩，共 2 句出現血的意象。

卷三：臺灣瓦。共 14 首詩。其中有 2 首詩，共 3 句出現血的意象。

卷四：貓聲。共 7 首詩。其中有 1 首詩，共 2 句出現血的意象。

卷五：接大哥的信。共 7 首詩。其中有 2 首詩，共 2 句出現血的意象。

卷六：根之蛙──國中放牛班導師傷痛詩。共 14 首詩。其中有 1 首詩，共 2 句出現血的意象。

總計《臺灣瓦》共收錄 59 首詩，其中有 8 首詩，11 句出現血的意象。

《岩上八行詩》（派色文化出版社，1997 年 8 月）

題目	詩句	備註
血	除了**熱血**滔滔，它的奔流 革命的刀槍，**一滴血**一陣高調 寸寸江山，**滴滴血** **血**，成了變色的龍	頁 30
楓	匯集多少心語凝結為**一滴血**	頁 64
疤	既已成疤，就不要再去／挖傷，否則再度**流血**	頁 72
鹽	因為人類的**血液**裡有太多的淚水	頁 78
刀	刀刀流淌**血淋淋**的痛	頁 86
燭	燃燒的傷口，決洩精髓的**油膏**	頁 88

| 秤 | 心房裡的**血液**竄流不止 | 頁 114 |

總計《岩上八行詩》共收錄 61 首詩。
其中有 7 首詩，10 句出現血的意象。

《更換的年代》（春暉出版社，2000 年 12 月）

題目	詩句	備註
城市影子	瓦解**血脈**和筋骨	卷一，頁 22
整形手術	在他**血淋淋**的刀光下	卷一，頁 45
午時槍聲	一陣槍聲／濺出了一灘一灘的**血憤**	卷三，買 64
白色的噩夢	**熱血**流盡	卷三，頁 65
	血淋的屍體	卷三，頁 66
	遺腹子陣痛的**血**	卷三，頁 66
那是一口白煙	**血**使夜色更為濃烈地伸延	卷三，頁 71
黑夜裡一朵曇花濺血	鋼盔，頓時濺出一灘**血**	卷三，頁 74
九頭公案	爆開**血**的火燄	卷三，頁 80
	第一顆頭顱的**血**，含著幹你娘	卷三，頁 80
	第二顆頭顱的**血**，含著一口痰	卷三，頁 80
	第三顆頭顱的**血**，含著檳榔汁	卷三，頁 80
	第四顆頭顱的**血**，含著煙蒂	卷三，頁 80
	血脈崩潰氾淋而下	卷三，頁 81
十七歲悲恨的死	**淤血**凝固，思維氾濫竄流	卷三，頁 90
土石流	眼淚　繼之擰乾**血汗**	卷四，頁 118
	檳榔樹節節噴出口嚼的／**血汁**	卷四，頁 119
壁虎	看不到人類的／一滴**血**	卷五，頁 148
大雅路	漲滿**血絲**的眼球泡浸酒精之後	卷六，頁 172
石像記	**血**在河中流	卷六，頁 206

卷一：更換的年代。共 25 首詩。其中有 2 首詩，共 2 句出現血的意象。

卷二：國旗。共 13 首詩。沒有出現任何血的意象。

卷三：玩命終結者。共 11 首詩。其中有 6 首詩，共 13 句出現血的意象。

卷四：地震與土石流。共 17 首詩。其中有 1 首詩，共 2 句出現血的意象。

卷五：獅子與麻雀。共 27 首詩。其中有 1 首詩，共 1 句出現血的意象。

卷六：建築與重疊。共 33 首詩。其中有 2 首詩，共 2 句出現血的意象。

卷七：隔海的信箋。共 7 首詩。沒有出現任何血的意象。

卷八：無人島。共 5 首詩。沒有出現任何血的意象。

卷九：無盡的路。共 5 首詩。沒有出現任何血的意象。

卷十：菩提樹。共 15 首詩。沒有出現任何血的意象。

總計《更換的年代》共收錄 158 首詩，其中有 12 首詩，20 句出現血的意象。

　　由上述表列可知，相對於其他意象的出現情況而言，「血」意象的出現是較為頻繁，並帶有深度的象徵意涵，而筆者認為「血」在岩上的詩作裡，的確被賦予了多重的指涉，約可分成四類：感情、哲思、鄉土關懷與現實批判，本文以下便作深入的分析與討論。

二、「愛」的多向告解與宣洩

　　「血」作為詩中的主要意象，必然伴隨著關聯於「血」的附屬思維，例如：痛苦、暴力、詭譎等等。然而在岩上的情詩中，這樣的思維卻透過複雜而多向的生命告白，宣洩出詩人內在對於「愛」的熾烈與執著，並且他也透過另一種逆向的思考，賦予「血」溫暖與純潔的意涵。岩上在〈愛〉一詩裡，透過妻子在縫補襯衫中，不小心劃破手指，所留下的一滴血，傳達出細膩而深刻的「溫情」，這種非暴力式的「溫情」讓詩裡的敘述者不僅是感受到彼此之間的愛情，更傳遞著相依為命的「親情」思維：

冷氣在屋外下降
夜以孤獨的眼睛窺視著我的家

伊以纖瘦的手
縫補我劃破的襯衫

啊的一滴血
滴在我白色的襯衫上

伊以怡然的表情注視我
我感到愛的溫暖從體內上昇

　　　　　　　　　——《冬盡》，頁 36；《愛染篇》，頁 58

　　詩中值得注意的是「屋外的寒冷 vs. 體內愛的溫暖」之間的對照過程，
這過程是因為伊手指溫熱的血而達成，亦即是隱喻了一個訊息，所謂的親情
與愛情的交融，的確可以使溫暖從心底發出抵禦寒冷的力量。如果我們從漢
字的結構來觀察「愛」字，更可以發覺此字的結構體是用「心」去「受」，
伊對詩裡敘述者的愛，正符合了用心去受的「愛」字，岩上也藉此詩傳達了
一個關於愛的豐富的訊息，讓讀者在閱讀此詩之後感覺到「愛的溫暖從體內
上昇」。〈夜宴翡翠灣〉裡：

酥軟的沙灘
我們赤足
一步一步去拍應它的脈搏
是海的血流
抑或夜的呼吸

　　　　　　　　　　　　　　　——《愛染篇》，頁 31～32

　　詩人心靈所預想訴求的愛情，既是如「海」一般包容，又如「夜」一般撲朔迷離的，夜晚的寒冷在海浪的拍打之下，更令人感到需要依賴與包容，兩人牽手漫步在沙灘上，彼此享受抵禦寒冷的愛情，順著天地間自然造化的聲響，感覺到彼此的相依為命，這樣的一個訊息已然從抵禦寒冷的情感超越，「血」在此處傳遞正是愛情與自然呼應的訊息，生命也在此處透過與自然的互動得到昇華與調整。

　　當然，岩上也觀察到血液的凝固性質，可以把原本是液體的血液轉化為固態，所以他利用血的轉化性格，把血用來象徵彼此相愛奉獻的結晶，這種原本是概念與行動的表徵，卻透過血作為轉化的媒介，使奉獻本身有了實質的形態意義：

> 我是妳肌膚上的一滴血
>
> 鮮紅而渾圓
>
> 那是全部心願的凝結
>
> 妳將從那一粒焦軸之珠
>
> 驚見自己以及纏輾不去的
>
> 影子

──〈夕暮之海〉，《愛染篇》，頁 107～108

　　詩裡的這「一滴血」被用來象徵成對情人的「全部心願」，故這一滴血不僅是液態的；因為它是情感凝結的「焦軸之珠」，所以它必須是「固態」的，在這固態的血滴中，蘊藏著所有自己對情人的纏綿愛意，甚至作為被愛主體的女性，連影子都與這一滴血（奉獻者──我）都纏輾不清，無法分離。〈生命的箭頭〉裡：「透過妳的肉體／不是鳥，亦非雲／而是從我生命的律弦中射發的一支箭／箭頭沾染了血跡／我說是相愛的結晶／妳說是情孽履臨的徵候」（《愛染篇》，頁 109），那一支愛神之箭，帶來的竟不只是相依為命的愛情，居然是「情孽」雜揉的結晶，「血」的確成為「妳全部愛的濃

縮」，它是愛神之箭上凝結固化的血滴，它是敘述主體用盡氣力發射出來的「生命之箭」，這一滴血不僅是愛人（女性）所奉獻給予的愛情結晶，更是男性情愛昇華的來由，「血是愛的濃縮，沾蝕著生命」[4]，縱使是透過肉體傳遞，但愛的價值與超越性也由此透顯。

〈髮白〉則利用「血」告白辛苦與真情，再次強調了愛的訊息：「而使我瓣瓣髮白的／竟是為妳日夜吐露芬芳的／絡絡血絲」（《冬盡》，頁 124；《愛染篇》，頁 48），咳血的痛苦與執著，在此詩中透過與白髮的對照，傳遞了敘述者對於愛與生命的執著與付出，紅色的血所「織染的一朵白花」正是咳血後漂染的「絲絲的髮」，當對照的呈現被筆者抽離時，似乎更能感受到敘述者對於愛的執著，或許我們可以把此詩理解成敘述者對於母親的熱切想望，或是對於妻子的生命告白，但均不妨害「血」在此詩裡呈現的鮮明意象。

但在〈戀情〉一詩裡，岩上則一方面以「鮮紅的純潔」去形容「血」，另一方面卻弔詭的以較為爆烈的「殉情」來象徵「血」的「專一」，我們在此詩中看到的「血」不但出現了直覺性的痛苦象徵，也被賦予了救贖的純淨意義：

　　不知從什麼時候起
　　我發現自己的戀情
　　繫在遙遠的天國

　　那不是我的初戀
　　絕對不是
　　否則我為何著魔一樣的痛苦

---

[4] 引自王灝，〈點亮慰藉的星芒——小論岩上情詩中的詩情〉，收錄於岩上情詩集《愛染篇》內，頁 125。

對著我的戀

沒有任何企求

那是流血一般鮮紅的純潔

流血如果也能注之於專一

我的殉情

也只好用一滴一滴的聲響去鋪陳

——《冬盡》，頁 26；《愛染篇》，頁 60

我們觀察此詩圍繞的「血」所用的相關性詞組：天國、著魔、鮮紅的純潔、注之於專一、殉情、一滴一滴……不難發現此詩裡的「血」已經象徵著敘述者放盡氣力的生命本質，也傳遞出敘述者對於感情的專一是無可取代的，所以敘述者為了這「沒有企求」的戀情，也願意「注之以專一」，而敘述者也向藉著自己「純潔的鮮血」完成帶有宗教性「救贖」意義的完全奉獻，奉獻在他自己所堅持「著魔」的戀情之上，用一滴一滴的「血」與戀情一同殉葬。這一種殉情的儀式展示，也出現在〈昨夜〉一詩裡：

昨夜

把昨夜的那件事

削成一把刀

刺戮了我的心房

我倒下，我的軀體

我流盡，我的血液

這是我的愛

也是我的恨

那已死去了的

昨夜

那已消逝了的影子，啊，昨夜

死去了的蒼白

愛與恨

以及我的孤獨

——《愛染篇》，頁 56～57

　　軀體、愛、恨、昨夜、蒼白與孤獨，都隨著一把刀的刺戮而消亡死去，敘述者在愛到無路可退時，便透過死亡作為一種儀式，把愛情當作宗教一般，殉情便在此成為了殉道，愛情便成為了敘述者生命價值的根源與信仰。敘述者對於愛情的執著與專一也透過殉情、死亡而超越，所有肉體與精神上的生命匱缺，也在流血的救贖後，成為一種生命價值的超越，原本爆裂式象徵殉情的「血」，在敘述者死亡後成為宗教性「純潔」的「血」，「愛」也在此轉化成了神聖的「道」。

　　由此可知，在第一個「愛」的群組中，岩上利用「血」塑造的象徵語境有四：相愛奉獻的生命結晶（固態的血）、抵禦寒冷的溫情（愛情與自然的呼應）、愛的執著與專一（殉情與死亡）、純潔的宗教性救贖（死亡後的超越）。這四者初步地構築了岩上情詩的主題意涵。

三、生存（命）的多角習題

　　〈跌倒〉：「孩子跌倒／哭了／傷口流出了血／／爬起來／不要哭／／你看血裡有什麼？／爸爸的影子／還有／爺爺的影子／還有／……／／孩子看了這麼多的影子／笑了」（《冬盡》，頁 34～35），觀察此詩，岩上藉著「血」將孩子與其父親與祖父做了生命的鏈結（LINK），「父親的影像模糊／這一甕屍骨／是我全部的血緣？」（〈遷墳〉，《臺灣瓦》，頁 75），而自身透過父親的死亡去思考「血緣」的意義，而此意義仍是承接著「親情」的命題，孩子

的生命過程其實包含著父親與祖父的影子，父親與祖父也將孩子視為自己生命的分身，這種倫理的聯繫只能透過三人體內相同的「血緣」關係，而愛與親情便建築在這種親密的關係之上，孩子的笑容正代表著對於關係的認同與感受，愛在體內的運行與流動便是透過血液的環行而完成的，這種內在的感動是誰也無法抹滅，孩子的跌倒在詩裡反而讓孩子獲得認識愛的成長契機，透過跌倒孩子知道了成長的痛苦與生命的打擊，這也是親情經驗的傳承。而讀者也因此而感動不已。雖然如此，岩上不僅把「血」放在家庭關係的思考領域中，岩上更利用「血」的意象去處理人類生命歷程的悲苦，〈鹽〉：

只有鹽最能體認悲苦
因為人類的血液裡有太多的淚水

潸潸不絕的淚之河
泳過浩瀚的海域而乾涸了岩層

鹽成了坎坷歷程的結晶
只有流汗流淚才能品嚐它的滋味

淚與汗是鹽的流刑
浸濕了人生的鹹澀

——《岩上八行詩》，頁 78

　　「鹽」雖然是此詩的主題，然而岩上對於「血」的哲學思索也在此方能透顯。「鹽」雖然被岩上譬喻成「坎坷歷程的結晶」，但人作為主體，也就是經歷生命歷程坎坷的行動者，才是最有資格品嚐這結晶物，所以岩上以流汗流淚來說明坎坷所帶來的生命悲苦，人類的生命歷程本來就是悲苦多於快樂的，人生的鹹澀也是構成生命風情的基本色調，「血」則是充滿淚水的調色

劑，因為生命中充滿著流動的血，所以不論人生多麼悲苦，人類都有源源不絕的動力去承擔和背負任何苦痛，面對各種挑戰，這是必須透過「生命的斲喪才體驗存在的／堅持」（〈燭〉，《岩上八行詩》，頁88），而我們的生命也就在如此的悲苦下繼續傳承，也因為傳承的痛苦，我們便更珍惜生命，更能夠忍痛去面對生命的殘酷：

> 狠狠地總要下那麼一刀
> 才能驚聞生命誕生的啼叫
>
> 如果只是一陣痛，我們都能忍受
> 刀刃含著肉裂的聲音，而傷口木訥
>
> 這世界太腐朽，須要一刀刀的砍伐
> 這世界已遍體鱗傷，還須一刀刀的凌遲？
>
> 刀刀流淌血淋淋的痛
> 希望刀刀更是忍痛的愛
>
> ——〈刀〉，《岩上八行詩》，頁86

　　岩上在此詩裡不免得對於這個世界的腐朽與傷口作一番同情的批判，然而不斷來到這世界上的新生命似乎依舊無奈地需要面對這個世界，與自身未來生活的痛苦，令人弔詭而莞爾的正是生命誕生的啼叫是透過刀刃的解剖切割而完成，每一刀正代表著每一個生命即將面對的生活，每一滴「血」正是新生命成長過程中必須承擔的所有苦痛，然而岩上也告訴我們，這每一刀所帶來的痛，其實蘊藏著是親情與愛情交織而成的「忍痛的愛」，正因為「愛」，所以「痛」也必須以「血」作為動力去忍受。畢竟面對死亡的哭聲，僅是「一滴帶血的音符」，生命的終結或許只剩下虛脫與無力。正因為

如此，每個新生命必須積極地面對這個世界，創造自己生命的價值。而岩上
則繼續以詩鋪寫人與世界的關係，〈凌晨三時〉：

> 流動的歲月如鏗鏘的硬幣
>
> 撈起的水
>
> 絲絲扣入血槽的滅聲
>
> 又落滑
>
> 一弦琴的撥弄

——《冬盡》，頁 63～64

　　水在此被譬喻成時間無情的流動，而血則是水的凝固化，是可以被撈
起的事物，人與世界的關係在凌晨三時的思維氾濫的狀態下，被固化的血
水象徵出一種無奈的意義，難道人面對世界這無聲的大地是如此的無力
嗎？岩上說「天空是該殺的／然而天空高高在上」（〈水牛〉），雖然如此，
一但天空垂下來的時候，被譬喻成水牛的我們，仍然必須硬撐著角，狠狠
地去抵禦衝刺這個令人感到無奈的世界，因為「我體內也有這樣鮮紅的
血」，縱使世界是如此的令人在生活中感到無助，我們也必須在抵拒中過
活，因為我們流的是相同的血，縱使「我的血液流乾了／且染紅了眼前的
世界」。所以，「血」便是漂染這個世界的調色劑，而這個世界縱使悲苦、
苦痛，也因為人類體內流淌著相同的血液而有了互助的精神，與生存的動
力，讓我們在面對哀愁時仍然能夠伸出水牛般的角，去抗拒所有的雜質與
阻擋，「涉過自己與同類激戰的血河」（〈蔓草〉，《激流》，頁 27），在生命
的過程中開闢出一條血路，在「冬眠的冷血裡／燃燒一把不遜的火焰」
（〈無邊的曳程〉，《激流》，頁 79）。

　　岩上認為我們的生存就是如此的規律與無奈，生命的傳承就是如此的
痛苦但溫暖，種種的矛盾與困境不斷地在生活中誕生，而我們與世界的血
緣一如與家庭成員般密切，所以在天地間我們無所遁逃，只能「在你紅透

了的／泥漿裡沉淪？」，我們只能像水牛般與這個世界拉扯距離與感情，直到生命的最終。所以岩上在生命思維的群組中，以「血」為主要意象，亦塑造了四個象徵語境：家庭血緣的鏈結、生命歷程與生命傳承的痛苦（淚水與鹽）、固化的血水（抵拒世界的武器）、紅色泥漿（生存的困境與無奈）。《激流》裡的主題表現，多與此處的思維模式相關，而《冬盡》則把此主題加以深化。

四、鄉土的回歸與關懷

> 海的唾液
> 攪和著流淌在我們血液裡同樣的腥味
> 而我們的鹽是上下迴流的
> 海呀
> 你也要站立起來？
>
> ──〈龍洞岩場看海〉，《臺灣瓦》，頁 34

　　島嶼四面環海，海就是滋養島嶼的血脈，而所有在島嶼裡生長的人們，身上流竄的血液也就是海所提供的屬於鹽的腥味，所以人與人之間在這座島嶼上的關係是糾纏、無可逃脫的，這是一種命運共同體，我們「只有陀螺般地旋轉而站立起來／流我們的血汗」（〈笠〉，《臺灣瓦》，頁 40），為著鄉土而奮鬥努力。然而，在這座島嶼上因為歷史的作弄，存在著種種屬於親情的遺憾，〈接大哥的來信〉：

> 海閘雖然未開
> 消息曲折從另一個島嶼
> 裂縫般的涉流出來
> 四十年的歲月
> 不是一覺南柯夢，翻棉被一樣

一腳就可踢開

橫寫的簡體字
蟹一般爬滿了細薄的信箋，
一步一滴血淚

——《臺灣瓦》，頁 99

　　接到對岸大哥的親身來信，那種因為分裂而產生的「斷層的親情」，又湧上心頭，然而這種親情的斷裂又應該如何縫接？分裂與親情的矛盾讓岩上跳出民族主義的限制，走向人道主義的關懷，對於大哥在對岸一步一血淚的生存，寄予無限的同情，過去的離恨傷痛，也都在數十年後成為「浪濤中的泡沫」，所有的親情也在彼此的通信往返中被不斷書寫（輸血）。

　　其實《冬盡》的輯三、輯七可以說是岩上對於鄉土的詠嘆調，岩上在此兩輯中運用了血的意象，傳達自身對於鄉土的血緣意識，那種對於鄉土的血脈思維。〈溫暖的蕃薯〉：「我的腳趾頭被竹刺兒刺傷了／土砂粉仔也沒辦法止血呀」；〈日出日落〉：「田畝參拌了血汗」，都可以看出岩上認為土地與自身都流著先人的血液，如此血緣的系譜便不僅限於家庭與世界，更聚焦在生活的鄉土之上，〈木屐〉一詩是如此說的：

沒有彈性的木屐
如何學會躡足的沉默？
穿在笨拙的腳踝上
如鼓槌擊擊
撞斷了臍帶的
血崩
沒入啞然的陋巷
血使跫音軟化

　　夜令血跡模糊

　　我們不需將此詩當作是「和祖國大陸母體的連接便如是的撞斷了」（參李瑞騰〈爬行在灰白牆壁上的影子〉一文，見岩上《冬盡》詩集，頁237）這樣來思考，岩上是一個關懷臺灣本土的詩人，在此詩裡他所談及的「血崩」實際上是指與鄉土的聯繫在時空的變化中愈加薄弱，岩上感嘆的是歷史與鄉土意識的淡薄與斷裂，在這塊土地上居住的與自己有血緣關係的祖先，他們過往辛勤奮鬥所留下的斑駁血跡，是否會在未來的歷史中繼續傳遞血緣呢？或許這才是此詩所關心的命題，而「血」的意象便在此詩中進一步地與歷史和土地繫聯，於是相對於家庭與世界的共時性（Synchronic Dimension）空間性格而言，岩上再次利用「血」做了歷時性（Diachronic Dimension）時間性格的反省，這才是岩上此詩集重要的價值意義。

　　所以，一旦對於自身與鄉土的關係有了困境與無力時，岩上便以「貧血」作為「血」意象的複合性詞組來象徵之：

　　我是貧血的傢伙
　　沒有半點施捨

　　　　　　　　　　　──〈松鼠與風鼓〉，《冬盡》，頁81

　　大地軀體
　　流產了一個太陽
　　在遠遠的西山昏黯死去
　　貧血的四肢在八方垂落
　　臨終的眼睛
　　投續存的微光於側身的顏面

　　　　　　　　　　　　　──〈冬盡〉，《冬盡》，頁101

都利用「貧血」表達對於鄉土與歷史澱積的無力，但這種無力往往來自於回歸時的困境。雖然，這種困境在強烈的鄉土意識裡仍會被克服，但岩上仍將此困境抒寫，以提醒讀者對於鄉土的關愛是一刻也不能懈怠。於是在這個鄉土的群組裡，岩上仍以「血」的意象塑造了四個象徵語境：親情的遺憾、歷史血緣的系譜、鄉土意識的斷裂、回歸的困境。

五、現實與政治的嚴厲批判

岩上不僅從歷史與血緣的角度關心鄉土，更進入臺灣的都市叢林裡，反省都市生活的種種荒謬與困境，批判都市人生活的無力與悲哀：

> 影子隱形成為
> 洶湧的幽靈
> 瓦解血脈和筋骨
> 侵蝕人性思維的結構
> 從身體的心靈崩潰
>
> ——〈城市影子〉，《更換的年代》，頁21～22

城市不再是一座固體的城堡，它已經變種異化成為隨時流動的影子，無時無刻地依託在人類的身旁，與人類形成共生的狀態，這種如「頑癬」般的狀態，使得人們的精神與軀體都受它所控制，所有屬於人性的思維都會從內在崩潰，正確的價值體系也會因而混亂，城市的恐怖力量，是「來自於文明結構病態的磁場核心」，我們則是一群「任人捕殺的魚蝦」（〈白色的噩夢〉，《更換的年代》，頁 65），所有的熱血都即將流盡。岩上以「血脈」與「熱血」，來象徵我們被城市結構腐蝕的精神與思維，這種腐蝕表面上看來是一種整形手術，能夠讓你展示美好並適應都市的體內殖民，但實際上它卻使得人們的價值體系與精神思維被物化控制：

看看人家變臉的魔術

在他血淋淋的刀光下

一切凹凸醜陋的

經過腐蝕馬上變成美麗的

這個世界

誰不喜歡美的呢

即使表面的也好

——〈整形手術〉,《更換的年代》,頁 45～46

在都市生活中,人類需要的是表面的假象,所有實際上的空虛與腐朽都被都市霓虹的表層遮掩修飾,真正「血淋淋」的殘酷也被一張美麗的「面具」所遮蓋,令人感覺莞爾的卻是這個世界居然藉此來維持所有爭端的平衡,於是在這個都市與國度中,所有真實的語言與批判,都會被暴力消磨殆盡:

別人的死

乃自我的生

血淋的屍體

乃存活最佳的掩護

——〈白色的噩夢〉,《更換的年代》,頁 66

剛剛還盛著頭顱的那頂

鋼盔,頓時濺出一灘血

不久就冷卻了

擱置在黑夜的一端

——〈黑夜裡一朵曇花濺血〉,《更換的年代》,頁 73

　　暴力的來源是由於政治與暴徒，岩上透過批判式的語調，告訴讀者在殘酷的政權底下，人類的正義被折磨得體無完膚，「我們是一群／任人捕殺的魚蝦」（〈白色的噩夢〉，《更換的年代》，頁 65），在歷史折頁的記載中，全部充斥著血淋淋的屍體，人民的生命在政權當中是微不足道的，所有的熱血都會流盡，因為一個殘酷的政權，可笑的是在嚴厲的政權底下，卻容許著暴徒對於人民的蹂躪，以及對於軍警的挑戰，所有的青春與愛都在這樣的國度當中被踐踏，世界的光明淪陷在黑暗的洞孔中，所有的祝福在這個社會中是何其虛假，死亡是何其的失去尊嚴：

> 重擊的內傷
> 淤血凝固，思維氾濫竄流
> 不知方向，所有的愛
> 在人間是一盆潑濺哭牆的污水
> 淋濕我全身赤裸的冷顫
>
> 　　　　　　——〈十七歲悲恨的死〉，《更換的年代》，頁 90

> 脹滿血絲的眼球泡浸酒精之後
> 口袋裡的鈔票
> 就隨手飛舞
> 不同的舞姿中
> 都印著同一款式的笑臉
>
> 　　　　　　——〈大雅路〉，《更換的年代》，頁 172

　　在岩上的眼中，這個社會的確產生許多病態的現象，「血」不僅象徵人類的被都市腐蝕的內在精神思維，更是孩子對此無言的抗議，也代表著人們在都市中的生命揮霍，人類的良心在這個社會當中浮腫潰爛，孩子在被剝奪純潔之後，才能深刻了解到這個世界是欺凌者，而其中存活而成長的

為了自身的生存也將成為欺凌者的共犯，這樣的悲哀使得 17 歲悲恨的死無法承載救贖的意義。我們不得不承認，岩上此處使用「血」的象徵語境是批判、悲觀的，但其中卻蘊含著對於人們的強烈同情，與對體制的不滿：

> 四十多年的歲月蒼老
> 巖石已斑剝
> 血書只換得一張
> 從中正紀念堂鬧到立法院的
> 授田證，一張永遠沒有土地的地圖
> 價碼仍在空中飄浮
>
> ──〈老兵的刺青〉，《臺灣瓦》，頁 101～102

> 如果至聖先師孔子復活
> 來現在國中「放牛」
> 第一天血壓高升
> 第二天吐血
> 第三天倒在講臺上氣絕而亡
>
> ──〈孔子氣死〉，《臺灣瓦》，頁 120

　　無論是對外省老兵的同情，還是國中放牛班孩子的批判，其實岩上所指涉的對象，都是這個荒謬的體制與政治，岩上從關懷本土的人道主義立場，涉及臺灣各個角落的人群與事件，以詩人的身分代替他們發言、吶喊，就是希望他們的「血」沒有白流，所有的教育投資不再堆積成垃圾，所有人民的尊嚴都被重視，然後在反省與時間流逝後，一切屬於臺灣的傷痛都可以劃下休止符，結疤癒合，「既已成疤，就不要再去／挖傷，否則再度流血」（〈疤〉，《岩上八行詩》，頁 72），那種屬於歷史的傷痛本來就應該走出，現實政治的不堪本來就應該轉變，所以岩上透過「血」來批判現實

與社會，是有它深刻且豐富的意涵。

六、結論

先總結筆者對於岩上《冬盡》裡「血」意象的象徵意涵之分析：

總體性象徵意涵	具體性象徵語境
「愛」的多向告解與宣洩	相愛奉獻的生命結晶（固態的血）
	抵禦寒冷的溫情（愛情與自然的呼應）
	愛的執著與專一（殉情與死亡）
	純潔的宗教性救贖（死亡後的超越）
生存（命）的多角習題	家庭血緣的鍵結
	生命歷程與生命傳承的痛苦（淚水與鹽）
	抵拒世界的武器（固化的血水）
	生存的困境與無奈（紅色泥漿）
鄉土的回歸與關懷	親情的遺憾
	歷史血緣的系譜
	鄉土意識的斷裂
	回歸的困境
現實與政治的嚴厲批判	被城市物化腐蝕的精神思維
	被暴力踐踏折磨的正義與愛
	人類的生命揮霍與良心潰爛
	歷史折頁裡百姓的生存傷痛

從上表可知岩上在作品中利用「血」的意象創造了情感、哲學、鄉土、政治現實四種類型的象徵意涵，對應出共 16 種象徵語境。筆者透過此論述的分析也的確發現，岩上運用「血」意象架構出其詩歌的基礎主題架

構，《激流》將生命與生存的價值思維作初步的探勘，《冬盡》開啟了岩上詩歌主題的宏觀格局，這樣的宏觀格局在岩上此後的詩集均有深入而細緻的寫作誕生，《愛染篇》則建構出岩上情詩的架構，《臺灣瓦》則把岩上對於鄉土的關懷與政治現實的批判展示出來，而《岩上八行詩》正是以成熟的語言系統中去反省《冬盡》所開創的哲學性命題，新作《更換的年代》更表現出岩上對於都市主題的優秀經營與深刻反省。所以，在新舊世紀的交會，我們再來觀察岩上作品的位置與意義，便不難發現其存在的必要與合理性，而其開創的現代詩主題格局，更是臺灣現代詩史上不可磨滅的痕跡，筆者也透過此文來進入岩上豐富而多元的詩藝世界，展開對於岩上作品一系列的分析與討論。

——選自中國修辭學會、銘傳大學應用中文系所主編《修辭論叢・第三輯》
臺北：洪葉文化公司，2001 年 6 月

在「有」「無」之間流動

試論岩上詩作從本體論到美學的實踐

◎嚴敏菁[*]

一、前言

在 1973 年〈詩的來龍去脈〉[1]中，岩上對於詩的理論展開系統性的探討。他以「有」、「無」作為詩生成與存在的場所，將之分為四類：從有到有、從有到無、從無到有，以及從無到無。前述三種關係被詩人視為詩生成的可能，而「從無到無」則被詩人所否定。此文若與 1976 年〈論詩的存在〉[2]一文參照，可對岩上詩觀的一致性，有一清楚認識。而岩上〈詩的來龍去脈〉對於「有」、「無」的主張，一方面為自我詩觀立論，一方面也回應詩壇兩大詩刊：一是主張現實精神、本土書寫的《笠》，以及主張現代主義、超現實手法的《創世紀》。曾進豐曾對〈詩的來龍去脈〉與〈論詩的存在〉二文進行深入分析，將之置於「本體論」與「創作論」的角度觀察。[3]筆者試著進一步追問岩上所謂的「有」、「無」究竟何指？其間關係如何？在其後數十年的創作中，又以何種形式呈現？在作品中如何實踐觀點？本文先試著分析岩上在〈詩的

[*]岩上么女。暨南國際大學中國語文學系博士生。

[1]岩上，〈詩的來龍去脈〉，《主流》第 9 期（1973 年 6 月）。後收入岩上，《冬盡》（臺中：明光出版社，1980 年），頁 9；岩上，《詩的存在：現代詩評論集》（高雄：派色文化出版社，1996年），頁 63～69。本文所引文章，首次註解時皆說明文章出處與其後收錄之書，第二次註解後，僅註明收錄之書。

[2]岩上，〈論詩的存在〉，《詩脈》第 1 期（1976 年 7 月）。後收入岩上，《詩的存在：現代詩評論集》，頁 31～44。

[3]曾進豐，《經驗與超驗的詩性言說——岩上論》（臺北：秀威資訊科技公司，2008 年），頁 39～55。

來龍去脈〉中對於「有」、「無」之間的關係與定義，再者探討其如何在
作品中轉化為矛盾、衝突、辯證的寫作策略，展現出懷舊、批判、物我
感悟的美學面向。本文也試著整合前人研究，對照岩上作品與詩論，試
圖論證「有」與「無」之間的關係，實為貫串岩上詩學的一個重要主
張。

二、在「有」、「無」之間：創作本體論

「有」、「無」觀點的出現，源自岩上詩論〈詩的來龍去脈〉，他將詩
的存在方式分為四類：從有到有、從有到無、從無到有、從無到無。[4]曾
進豐對此分析：

> 「有」為現實，包括小我和大我，「無」為超現實，意指超脫本我
> 的想像。……詩在於有無虛實擺盪間，「實」是眼所見，屬「有」；
> 「虛」是心所感、所思維，屬「無」，唯有虛實相濟、有無相間，
> 才能構成完足的意象。[5]

對岩上「有」、「無」之分析，曾進豐點出岩上的詩學本體，分析入理。
其後岩上在〈詩是語言的創發——關於語言的思考〉一文也提到「30 年
前在〈詩的來龍去脈〉裡，闡述詩在虛實有無之間，正如西脇順三郎所
提的『新的關係』。」[6]筆者發現〈詩的來龍去脈〉只提到「有」、「無」
的關聯，而「有」、「無」與「虛」、「實」的對照，是在第二本詩論《詩
的創發》才出現。本節討論〈詩的來龍去脈〉中「有」、「無」的詩學論
點，並對照岩上作品，結合前人研究，先釐清岩上「詩在有、無之間」
的詩觀與實踐。

---

[4]岩上，〈詩的來龍去脈〉，《詩的存在：現代詩評論集》，頁 63〜69。
[5]曾進豐，《經驗與超驗的詩性言說——岩上論》，頁 47。
[6]岩上，〈詩是語言的創發——關於語言的思考〉，《詩的創發：現代詩評論》（南投：南投縣文化
　局，2007 年），頁 48。

（一）從「有」到「有」

> 詩是現實中的拋物體。……日常的現實生活雖然不等於詩，但是詩卻隱藏於現實生活中，詩可從生活中的現實去挖掘、提煉。[7]

「詩隱藏於現實生活中」（從「有」），並從「生活的現實去挖掘、提煉」（到「有」），因此詩是與現實保持若即若離的關係，是詩人透過對現象界的觀察、捕捉、裁煉，以詩語言呈現出的第二自然，呈現的是詩人的內在風景。這種「從有到有」的「提煉」，也是岩上創作精神的主體，簡政珍曾以「發現」來說明：

> 由於岩上的詩，並不醞釀「裝飾」的抒情，意象的輪廓反而更加明晰。這些意象大都來自於「發現」的慧眼，而非想像曲折的刻意「發明」。……表象中性的報導，實際上是有機的安排。[8]

透過「有機的安排」，岩上作品展現出簡政珍所謂的「詩眼的聚焦點」。從創作角度來看，就是以白描的技法，對現實進行剪裁，展現了從「有」到「有」的特徵。這個特徵從《激流》開始，一直到《變體螢火蟲》，皆與岩上對現實性的關注有關。而這個從「有」到「有」，指的則是從現實（有）取材，經詩人捕捉、裁煉後的第二「現實」（有），而成為詩。

（二）從「有」到「無」

詩人論證詩生成的第二種可能是從「有」到「無」的過程，應可作三種解釋：一是指詩產生的過程，二為詩存在的方式，三則為寫作手法。他以「風箏」為例，說明「我們只見拋棄了現實的手而飄逸在空中

---

[7]岩上，〈詩的來龍去脈〉，《詩的存在：現代詩評論集》，頁 63～64。
[8]簡政珍，〈去除裝飾性的抒情——評岩上的詩集《針孔世界》〉，《文訊》第 226 期（2004 年 8月）。後收入趙天儀等著，《岩上作品論述第一集》（南投：南投縣文化局，2015 年），頁 323～324。

的風箏，對於在現實（手）與超現實（風箏）之間的一條細線，卻因
『距離』的關係而被『隱』著了。」[9]這種從「有」到「無」的過程，指
的是語言與詩的關係，透過語言（有）產生詩意（無）。

　　從「有」到「無」的第二種解釋，則是從外在世界到詩人內心的感
觸。這個觀點在〈論詩的存在〉更明顯：「詩存在於人類的心中可分成兩
個不同方向的層次：一是向萬物萬象的投射所產生的心靈頓悟；一是人
類自身性靈的煥發所作自由馳騁與自掘。」[10]筆者以為，文中所言即是
從「有」到「無」與從「無」到「有」的過程。〈詩的語言與形式〉中也
提到：「詩的構成意圖從自我出發到外在社會存在的現象；或從外在現實
的現象刺激詩人內心的感受經驗，兩者之間，存在的對抗矛盾。」[11]

　　從「有」到「無」的第三種解釋，指的是具有超現實意象的詩作。
蕭蕭曾以林煥彰和岩上作一比較，提出兩人最大的共同點在於「由日常
事物中發現特殊意義」。他說：

　　　岩上與林煥彰等人「由日常事物中發現特殊意義」的詩作，不免時
　　　時游移於晦澀的詩意與淺白的語言之間，力求新路向的開拓。……
　　　因此，在岩上等人的開拓下，發展出極為可觀的一條新路向，這是
　　　承先啟後的一個重要特徵。[12]

蕭蕭認為兩人是詩壇上兩個世代間的「過渡時期」的關鍵人物，作品
「共同具有轉變期的多種特徵。」[13]岩上說：「詩是從現實出發而拋棄現

---

[9]岩上，〈詩的來龍去脈〉，《詩的存在：現代詩評論集》，頁66。
[10]岩上，〈論詩的存在〉，《詩的存在：現代詩評論集》，頁34。
[11]岩上，〈詩的語言與形式〉，《笠》第200期（1997年8月）。後收入岩上，《詩的創發：現代詩
　　評論》，頁21；《岩上八行詩》（高雄：派色文化出版社，1997年），頁2。
[12]蕭蕭，〈岩上的位置〉，《冬盡》，頁203。後收入蕭蕭，《現代詩縱橫觀》（臺北：文史哲出版
　　社，2000年），頁202～203。以及趙天儀等著，《岩上作品論述第一集》，頁43。
[13]蕭蕭，〈岩上的位置〉，《冬盡》，頁203。

實。」[14]「拋棄現實」可視為超現實手法的使用，因此語言可在寫實與超現實之間穿梭，而岩上第一本詩集《激流》，呈現了這樣的特點。[15]呈現岩上早期作品中，寫實與超現實主義手法相互疊用的特徵。

　　岩上對超現實手法的使用，與 1960 年代詩壇盛行超現實主義有關，但岩上的作品與當時的超現實主義仍有很大的區別。所謂「自動書寫」，在岩上看來，是一種從「無」到「無」的過程。因此，雖同樣致力於語言陳規的超越，岩上在詩作的主題與內容上，對現實的關注則更多。他說：「詩不能完全脫離現實性，現實是詩的生命。」[16]使用超現實技巧，是語言嘗試陌生化的效果，但現實性依然是其依歸。「詩不能完全脫離現實性，現實是詩的生命」[17]，因此寫實與超現實手法的交互運用，成為岩上對 1960 年代詩壇超現實主義的回應，他在這場盛宴中，加入了自己的主張。

（三）從「無」到「有」

　　詩人認為「詩是無中生有」，但是「『無』並非等於零。『無』本是道的一種潛藏力，也就是詩人原始內在精神的內涵」[18]，「無中生有」，是指詩人從自身的精神內涵（主觀）出發，捕捉現實的材料（客觀），以詩的語言技巧再現。詩人的想像與內涵是看不見的，因此稱為「無」，看得見的現實是「有」，詩語言的表現是「從無到有」的過程。以〈激流〉為例，從語言來看，〈激流〉中超現實的手法，符合前述從「有」到「無」的主張。從主題來看，〈激流〉是詩人自喻，將內心的情感投射到外界，則是從「無」到「有」的過程。

---

[14]岩上，〈詩的來龍去脈〉，《詩的存在：現代詩評論集》，頁 65。
[15]岩上《激流》中以寫實和超現實手法相互運用的作品，計有〈正午〉、〈一九六四年四月六日〉、〈不是垂釣〉、〈髮〉、〈憶〉、〈蔓草〉、〈夏天〉、〈七月之舌〉、〈三月〉、〈語言的傷害〉、〈葬列〉、〈劈柴〉、〈星的位置〉、〈激流〉、〈風箏〉、〈林中之樹〉、〈窗外〉、〈樹枝〉、〈鉛球〉、〈教室的斷想〉、〈無邊的曳程〉、〈我的朋友〉。
[16]岩上，〈詩的來龍去脈〉，《詩的存在：現代詩評論集》，頁 66。
[17]岩上，〈詩的來龍去脈〉，《詩的存在：現代詩評論集》，頁 66。
[18]岩上，〈詩的來龍去脈〉，《詩的存在：現代詩評論集》，頁 67。

　　透過詩論與作品的對照，我們可以發現岩上對於從「無」到「有」的說法，很接近〈詩大序〉所言「詩者，志之所以也，在心為志，發言為詩。情動於中而形於言」，可視為其對古典詩的觀念接受與轉化，將之置於本體論層面。岩上不斷強調「詩從『無』中來，必須在『有』的現實裡有所著落」[19]，而岩上所關注的「現實性」，從自身出發，擴展到臺灣人、社會、國族認同的生存處境。

（四）從「無」到「無」

　　岩上說：「詩雖是想像，但不能僅為個人的幻覺，它必須涉及客觀的存在事實，否則無法使人接受。」[20]想像是「無」，適度的表達是「有」，若語言無法產生適度的意向性，那麼可能造成「由來隱晦」、「撲朔迷離」的結果，這應是岩上與詩壇曾經流行的「純粹經驗」、「自動書寫」的對話。〈詩的河流〉疏理詩與語言之間的關係，認為應以「可辨認的語言去做指示」，才不致變成「無根的語言」。[21]

　　綜上述，筆者整理岩上論述：（1）詩是從此現實到彼現實的結果，後者是前者熔裁後的第二現實。（2）詩可以從現實到超現實，因為超現實的寫作手法亦未曾拋棄現實，反而更具陌生化效果。（3）詩可以從詩人的精神內涵出發，投射到外象與外物上。（4）詩不能從無（純粹經驗）到無（自動書寫）。這四個論點，都架構在「詩要具有現實性」的基礎上。〈論詩的存在〉中他提到：「詩的行動是從現實進入非現實；從非現實落入現實；與現實與非現實交錯的存在，這是詩存在的真正領域。」[22]

三、「有」與「無」的對立：創作方法論

　　從《冬盡》到《臺灣瓦》相隔十年，岩上的詩作風格轉向從「有」到「有」的層次，加強「現實性」的特徵；題材部分，則從農村擴大到工商

---

[19]岩上，〈詩的來龍去脈〉，《詩的存在：現代詩評論集》，頁67。
[20]岩上，〈詩的來龍去脈〉，《詩的存在：現代詩評論集》，頁68。
[21]岩上，〈詩的河流〉，《詩的創發：現代詩評論》，頁18。
[22]岩上，〈論詩的存在〉，《詩的存在：現代詩評論集》，頁35。

社會。從《岩上八行詩》開始，詩中的語言開始呈現對立，展開某種辯證式、對話的手法。這應與岩上接觸太極拳與道家有關。黃明峰曾提到《岩上八行詩》使用許多「對稱詞語」：

> 例如天空對大地、春夏的蒼綠對秋冬的枯白、高山對海底、山巒對海洋、屋內對屋外、進來對出去、生對死、哭對笑、過去對未來、快樂對悲哀等等。利用對比的技巧，容易顯示事物的特色，也增加了詩的力量。[23]

筆者以為黃明峰所提「對稱」、「對比」的手法，是「有」與「無」觀念的延伸。《更換的年代》與《針孔世界》延續此一特徵，在內容上製造衝突，導致矛盾產生，產生解構的力量。另外，岩上在這個階段，開始將「有」、「無」觀點，結合「虛」、「實」，呈現與《易》、道家、太極拳結合的現象。本節試著以創作手法作為進路，並以《岩上八行詩》、《更換的年代》與《針孔世界》中的作品為例，探討岩上詩論與作品中，對於「有」與「無」之說，從流動到對立，從本體論到創作手法的轉變。

（一）「有」與「無」的辯證

《岩上八行詩》61 首作品，大多完成於 1991～1995 年間（55～60歲），於 1997 年集結出版，可說是最初「詩存在於有、無之間」的轉化。他將先前「有」、「無」之說，進一步延伸至詩作內容、結構、創作方法上。岩上提到：

> 我的人生哲學內，受道家很多影響，而我對道家和中國易理有很濃厚興趣。我喜歡道家理論，差不多經過三個階段。第一個階段是不知道，第二個階段覺得很消極，第三個階段由消極變積極。這個轉變跟

---

[23]黃明峰，〈觀物取象的智慧——論《岩上八行詩》〉，《岩上作品論述第一集》，頁229。

我打太極拳打了二十多年有關係。[24]

《岩上八行詩》中的辯證性與岩上習練太極拳與道家美學啟發的結果，他在原本的「有」、「無」詩論中，加入「虛」、「實」二字[25]；趙天儀曾說岩上的詩每一首「雖然用八行，但很靈活，等於有一套打太極的形式，柔軟中有變化。」[26]古繼堂說：「就詩的特點來說，它要求形式的有限性和內容的無限性。即以最凝煉的、最精省的形式，容納盡可能多的內涵。」[27]岩上則說他故意用四平八穩來顛覆四平八穩[28]，亦即用每首八行的形式，在作品中對主題進行質問、對話，進而顛覆人們習以為常的想法，筆者以為這是「有」、「無」之間從本體論到創作論的轉化。

《岩上八行詩》中有不少「有」與「無」辯證手法的運用，以〈門〉為例：

為了要通過，才造門
用來推開和關閉

為了要關閉，才造門
用鎖把自己和別人鎖起來

如果沒有門就不用開關

---

[24]陳千武、趙天儀等著，〈《岩上八行詩》作品研討會紀錄〉，《笠》第 203 期（1998 年 12 月）。後收入趙天儀等著，《岩上作品論述第一集》，頁 203。

[25]岩上在〈詩是語言的創發——關於語言的思考〉一文曾提到「三十年前在〈詩的來龍去脈〉裡，闡述詩在虛實有無之間」（見註 6），回溯〈詩的來龍去脈〉，文中只見「有」、「無」，不見「虛」、「實」之說。筆者以為，「虛」、「實」是岩上在研習太極拳二十多年之中，逐漸體會，並與詩觀結合的結果。因此「虛實有無」之說，應在 1990 年代《岩上八行詩》中開始出現，並在〈詩是語言的創發——關於語言的思考〉（2003 年）中提出。

[26]陳千武、趙天儀等著，〈《岩上八行詩》作品研討會紀錄〉，《岩上作品論述第一集》，頁 168。

[27]古繼堂，〈充滿生活哲理的詩篇——評岩上詩集《岩上八行詩》〉，《笠》第 204 期（1998 年 4 月）。後收入趙天儀等著，《岩上作品論述第一集》，頁 230。

[28]陳千武、趙天儀等著，〈《岩上八行詩》作品研討會紀錄〉，《岩上作品論述第一集》，頁 202。

如果不用開關，就不必鎖起來

為了要通過，才造門
偏偏門禁森嚴不能通過[29]

古繼堂認為《岩上八行詩》的特色之一，就是「從生活中抽象出來的活的哲理，自身就具有很強的辯證性」。[30]〈門〉是對通過與關閉展開一連串的辯證，詩作在肯定的邏輯中出現否定，又在否定中肯定，是「有」、「無」之間的手法應用。辯證的過程，衝突與矛盾的現象，有時也會同時出現在同一作品中，既是對物的本質進行探討，也是詩人進行換位思考的結果，作品中的哲學性也呈現出詩人由世間萬象（有）引發詩人感觸（無），又將之投射到外界（有）的結果，形成岩上 1990 年代詩學最重要的表徵。

（二）「有」、「無」的衝突

《更換的年代》與《針孔世界》，在詩語言中仍以「現實性」為主，持續「有」（肯定）、「無」（否定）的辯證、衝突、矛盾的創作手法，關注的對象從「物自身」的哲理性轉向社會現象的批判反思。

「衝突」是岩上《更換的年代》中最具代表性的手法，李魁賢在《更換的年代》序〈詩的衝突〉一文，提到詩集諸多特色，並運用小說中的衝突手法，將詩集中各種衝突加以分類：

詩的衝突可以分成三個面向：主體與客體的衝突、主體與主體的衝突、客體與客體的衝突，主體常常以意識表現，而客體則以物象表達。但岩上在一首詩中不止是處理單一面向的衝突，而往往是或隱或顯地兼揉並蓄了二種或三種面向的衝突。[31]

---

[29]岩上，〈門〉，《岩上八行詩》，頁 80。
[30]古繼堂，〈充滿生活哲理的詩篇——評岩上詩集《岩上八行詩》〉，《岩上作品論述第一集》，頁 244。
[31]李魁賢，〈詩的衝突〉，《笠》第 220 期（2000 年 12 月）。同時收入岩上，《更換的年代》（高

李魁賢以主、客體之間的三種衝突來分析《更換的年代》中的寫作方式，立論清晰，深具啟發。筆者在其架構下，繼續分析其特徵：（一）詩中的衝突常以「說反話」的方式產生，形成強烈的諷刺效果。（二）詩作經在前、中段製造「騙局」，將衝突置放在詩末，形成顛覆的力量。（三）衝突手法的運用，使作品具解構性，對後現代的現象進行回應與批判。總地來說，我們能從《更換的年代》裡看見「兩」個臺灣之間的對立與衝突：舊與新、好與壞、傳統與現代、珍惜與浪費、善與惡，岩上用衝突的手法將它展現出來，也投射出對舊時代的緬懷。

林政華〈詩衝突的相對面──讀岩上《更換的年代》詩集〉一文，認為李魁賢點出的「衝突」背後，目的在強調「和諧」：

> 詩的衝突表現法，固然是主要的創作技巧，但它的目的，仍在表現或者說是強調衝突背後的「和諧」──完全的和諧，所以，岩上自己在〈後記〉中說李序：「『詩的衝突』切入了我詩的眾『妙』之門；而老子說：『天下皆知美之為美，斯惡已』，一切都是相對的。」[32]

另一文〈對土地的摯愛──岩上詩集《針孔世界》的重要主題〉中，又視「土地」為岩上關懷的對象。[33]結合二文來看，林政華點出岩上詩作衝突手法的背後，蘊藏對「和諧」的追求，筆者以為這個和諧的觀點來自道家。岩上作品中的「本土性」，則具有「歷史中的鄉土」以及「世俗的現代」兩種對比，兩者與道家思想有關：書寫「歷史的鄉土」，結合「道本自然」觀點，形成自我的內省與對傳統的緬懷；書寫「世俗的現代」，則採道家正言若反的手法，塑造衝突與矛盾，形成岩上 1990 年代作品中

雄：春暉出版社，2000 年），頁 1～2。

[32]林政華，〈詩衝突的相對面──讀岩上《更換的年代》詩集〉，《笠》第 223 期（2001 年 6 月）。後收入趙天儀等著，《岩上作品論述第一集》，頁 280。

[33]林政華，〈對土地的摯愛──岩上詩集《針孔世界》的重要主題〉，《笠》第 245 期（2005 年 2 月）。後收入趙天儀等著，《岩上作品論述第一集》，頁 315。

「本土性」的特殊之處。[34]

（三）「有」、「無」的矛盾

　　王灝在評論《岩上八行詩》時曾舉〈屋〉、〈椅〉、〈墓〉、〈橋〉為例，說明詩作手法：「諸種相異互背的現象或態勢並置同列，彼此間矛盾頡頏，讓詩意多了一份轉折，也讓詩的意義多了一份空間。」[35]說明岩上以「並列」的方式，讓描述的現象彼此「矛盾頡頏」的效果。再如李魁賢〈詩的衝突〉所述：「我在岩上詩中特別注意到他所處理材料的衝突面向，蘊藏著許多社會的矛盾律，岩上以冷嘲熱諷及逆向思考的手法，展現詩的魅力。」[36]王灝的「並列」與李魁賢所說的「逆向思考」，筆者認為可視為「正言若反」的寫作策略。對照《岩上八行詩》中的作品：

生的倒下

死的豎起

──〈墓〉，《岩上八行詩》

有多少人能走出自己的路

路令人迷路

──〈路〉，《岩上八行詩》

而真相的布幕愈演愈遠

一再加厚的眼鏡片

終於跌破

---

[34]筆者以為，「歷史的鄉土」一類，在《更換的年代》中，大致以「卷八·無人島」、「卷九·無盡的路」、「卷十·菩提樹」為代表；「世俗的現代」則以「卷一·更換的年代」、「卷三·玩命終結者」、「卷四·地震與土石流」、「卷六·建築與重疊」較具代表性。

[35]王灝，〈試說岩上八行詩中的形式意義〉，《笠》第 220 期（2000 年 12 月）。後收入趙天儀等著，《岩上作品論述第一集》，頁 220～221。

[36]李魁賢，〈詩的衝突〉，《更換的年代》，頁 1。

世界摔在碎片裡

真理模糊一片

　　　　　　——〈模糊一片〉,《更換的年代》,頁 58

　　如前述岩上受道家影響,但不同的是,他形塑一種悲劇美學,因此這些
詩句都出現一種感傷的矛盾。這種矛盾的出現,是因為岩上「掩飾」其
中的關鍵。這種「掩飾」是以「不說出」(無)的部分,來突顯「說出」
(有)的部分,製造出對立與矛盾的話語。

　　岩上同時也講求一種回返的哲學,他認為要「向傳統學習」,這個想
法其實從《冬盡》時期就已開始,因此他筆下的鄉土事物,是對即將沒
落的農村,一種不捨的挽留。「回返」指的是那些消失的靈光與年代。岩
上的失落感,經常在作品中呈現。

　　本節探討了岩上「有」、「無」詩觀的應用,關於這個部分,岩上很
少在詩論中提及,但我們能從他的創作中看見,這是結合道家思想以
後,進行的轉化。這樣轉化可從他所書寫的「歷史的鄉土」與「世俗的
現代」兩個對照時代中呈現。以「世俗的現代」而言,他用正言若反的
方式,對現代性或者後現代進行諷刺與批判;從「歷史的鄉土」一面來
看,則具有回返的意義、懷舊的象徵。

四、「有」與「無」的極限:創作美學觀

　　岩上的創作歷程,有一從抒情性到理性,從超現實到寫實的轉向。蕭
蕭曾在〈岩上的位置〉一文中,提到岩上作品的早期特徵:(一)浪漫的
心懷,(二)超現實的奇想,(三)悲苦的人生,(四)簡單的句式。[37]從岩
上出版的十本詩集中,筆者歸納出幾個特色。抒情性:在抒情中具有懷舊
與甜美的特徵;批判性:描繪現代(或後現代)的社會亂象;哲理性:以

---

[37]蕭蕭,〈岩上的位置〉,《冬盡》,頁 202〜220。後收入蕭蕭,《現代詩縱橫觀》,頁 201〜220;
　趙天儀等著,《岩上作品論述第一集》,頁 42〜57。

道家思想深入作品，深具哲理性，思索物、人與自然之間的關係。本節擬
將岩上作品美學分為：（一）懷舊：失落的美感，（二）批判：現實中的臺
灣社會，（三）悟境：物、我的反思。對岩上的詩美學，作一觀察。

（一）懷舊：失落的美感

　　岩上《激流》時期的作品具有強烈、自我抒情的特徵，關注自我，同
時涉及鄉土事物。王灝曾點出岩上創作的兩個來源：

> 我們就《激流》集中的作品來看，岩上創作的根有二個，一個是生
> 活，一個是鄉土，也就是說岩上創作的基礎是建立在生活及鄉土這兩
> 個舉點上。[38]

如王灝所言，岩上《激流》的作品中具有「生活」與「鄉土」兩個根。
《激流》、《冬盡》關注自我與生存、農村轉型兩大議題，這與岩上加入
《笠》，及鄉土文學的勃興有關。〈那些手臂〉[39]持續《激流》時期的超現
實手法，關注的卻是農村現實。詩中極力書寫「手臂」的種種樣態，但到
結尾，無數的手臂卻「枯槁在空中」，形成從極限之「有」瞬間變成
「無」的結束。這種從趨向極致的描寫與詩末瞬間的空無感，也是岩上作
品的重要特徵，是詩作形成悲劇感的重要因素。

　　這些農村事物在《冬盡》以後的詩集仍然持續出現，保留了傳統與舊
時代的影子。例如《臺灣瓦》「卷三・臺灣瓦」中的〈笠〉、〈籬笆〉、〈破
窯〉、〈叫門聲〉、〈土牆〉[40]；《岩上八行詩》中〈磚〉、〈燭〉、〈秤〉；《更換
的年代》中〈古早厝巡禮〉、〈曬穀場〉、〈平安戲〉；《針孔世界》「卷二・
陶與鄉野」中〈打鐵店〉、〈土角厝〉、〈農村〉、〈檳榔村〉、〈鄉野〉、〈磚仔
窯〉；《另一面詩集》中〈父親的畫像〉、〈北回歸線——嘉義即詩之一〉、

---

[38]王灝，〈流變的聲音——讀《激流》集談岩上的詩〉，《笠》第66期（1975年4月）。後收入趙
　天儀等著，《岩上作品論述第一集》，頁38。
[39]岩上，〈那些手臂〉，《冬盡》，頁88～91。
[40]見岩上，《臺灣瓦》，頁38～75。

〈野薑花粽〉；以及《變體螢火蟲》中〈鐵軌砭〉、〈神木存在〉、〈草屯菸樓〉、〈雙冬吊橋記懷〉等。每一本詩集中，或多或少保留了舊時代的事物，顯現岩上對傳統與時代的緬懷與依戀。另外，情詩集《愛染篇》一樣具有類似的情感，以精美的語言和抒情的語調呈現，呈現從擁有到失去，從確定到不確定的氛圍，造成一種淒美的感覺，呈現另一種懷舊的特徵。

從上述，我們可以從岩上關於鄉土與懷舊的作品中找到幾個特徵：（一）以抒情的語調，呈現鄉土的純樸淡雅。（二）懷舊的美學，懷舊中還有淡淡的哀愁。（三）情愛的影射，以《愛染篇》中失落的愛情為代表。（四）以傳統時代對比現代，對現實進行批判。

（二）批判：現實中的臺灣社會

透過對舊時代的不捨與緬懷，岩上對現代生活大多採取批判的態度。關於岩上詩作的批判性，筆者因篇幅之故，以前人研究為主，列舉說明。丁旭輝〈試論岩上詩作的語言風格及其變化〉曾提到：「岩上的現實關懷在《冬盡》中已有明顯的表露，在《臺灣瓦》中，則有大量而精彩的展現，而這種展現透過平易簡潔的語言，加上逐漸成形的寫實流暢而消融技巧，張力內蘊的風格，構成了成熟的岩上式的獨特詩風。」[41]除了早期詩作，丁旭輝認為《更換的年代》也具備著「大我的關懷與批判」，而「這些批判，主要針對現實社會種種不合理、不應該的存在，批判層面深寬而深入。」[42]

曾進豐《經驗與超驗的詩性言說》是岩上創作與詩學的研究專書，在〈第五章 風景，世界：岩上詩的題材展現（下）〉中「現實社會的觀照」一節，深入提到岩上作品題材包含「悲憫邊緣人物」、「批判社會亂象」、「痛感治安惡化」、「挑戰政治禁忌」、「關心教育現象」五大特質[43]，

---

[41] 丁旭輝，〈試論岩上詩作的語言風格及其變化〉，《國立中央圖書館臺灣分館館刊》第 8 卷第 3 期（2002 年 9 月），後收入趙天儀等著，《岩上作品論述第一集》，頁 219。

[42] 丁旭輝，〈試論岩上詩作的語言風格及其變化〉，收入趙天儀等著，《岩上作品論述第一集》，頁 219。

[43] 曾進豐，《經驗與超驗的詩性言說——岩上論》，頁 141～167。

點出了岩上批判背後的原點——「冷眼熱心」。簡政珍曾以「去除裝飾性的抒情」形容岩上《針孔世界》中的作品。筆者以為，岩上的「冷眼」，可視為「去除裝飾性」的方式，而「熱心」則為書寫的背後，真正道出對臺灣的感情。葉衽傑在〈諷刺的詩史——評岩上的《漂流木》〉則提到「岩上的詩風寫實中帶有諷刺，諷刺裡又有一股關懷」，這個諷刺中的關懷，也可視為「冷眼熱心」的另一種說法。

《變體螢火蟲》（2015 年）依舊留有鮮明的批判色彩，丁威仁在其序中說道：

> 雖然岩上每一輯各自發展不同的題材與書寫概念，……以臺灣這片母土直接作為書寫主體的詩作，卻是這本詩集的根本關懷，主要分為兩大部分：地誌詩以及社會政治詩，……前者屬社會反諷，後者則關懷島嶼政治上錯亂的思維，在在可見岩上回溯自我根源的母土意識與價值。[44]

岩上對現代社會的觀照，以批判的美學行之，在每一本詩集中從不同面向加以表現，其背後有著對土地強力的依戀。

（三）悟境：物、我的反思

關於岩上的哲理詩，《岩上八行詩》中展現最多，表達對「物」、「我」的思考，也是對人的存在進行探問。蕭蕭曾在〈岩上的位置〉中提到詩作「浪漫的心懷」的特色（前述）：「詩是廣義的抒情文學，所有的詩人必定從自我情感的抒發中走出他的第一步。」[45]蕭蕭舉《激流》中〈荷花〉為例，說明這是詩人自喻。因此這個藉物自喻的「自我情感的抒發」，也使詩作具有自傳的性質。

王灝也曾在《激流》的評論中，提到岩上書寫的兩大動向：自我心靈

---

[44]丁威仁，〈洗滌自我的生命行旅〉，《變體螢火蟲》（臺北：遠景出版公司，2015 年），頁 19。
[45]蕭蕭，〈岩上的位置〉，《冬盡》，頁 204。

的剖視，與對人類命運或外在世界的展現及批判。[46]王灝指出《激流》詩
集也是呈現這兩種動向，而「詩集中大部分的詩作的目的是企圖透過詩來
挖掘自我，探究生命，或是抒發自己對世界的看法，這是岩上的詩質之
一。」[47]李瑞騰對《冬盡》，提出幾個觀察：長廊的寂寞、自我的省思、血
緣的系流、血的震撼、鄉土的擁抱。[48]在「自我的省思」中，提到作品的
自傳性：

> 岩上自我擇定了一條固定的路徑，以為其生命指標（〈同樣的路〉），抱
> 定「走自己的路」的決心，縱使歷盡滄桑，恆不改變（〈走路〉），面對
> 著難以抗拒的命運，他一方面表現逆來順受的堅忍，一方面卻勇於流
> 血、犧牲（〈命運〉）。[49]

李瑞騰剖析了岩上詩作自我書寫的抒情美學，回應了岩上在《激流》〈後
記〉中所言「我量我自己的尺寸，製作自己適身的衣裳，且舞我自己的姿
式。」[50]

　　綜上述，我們發現，岩上的詩作美學，呈現兩個極端：抒情的與批判
的。而兩者，岩上在每一本風格各異的詩集中不斷探索。同時，岩上也透
過自身的省思、「物」「我」的觀照，寫下哲理的詩篇，對於道家美學的吸
收，岩上取用了「正言若反」、「簡約」與「變」的精神，呈現在作品中，
則充滿禪意與哲理。

---

[46]王灝，〈流變的聲音——讀《激流》集談岩上的詩〉，《岩上作品論述第一集》，頁 16。
[47]王灝，〈流變的聲音——讀《激流》集談岩上的詩〉，《岩上作品論述第一集》，頁 17。
[48]李瑞騰，〈爬行在灰白牆壁上的影子——為岩上詩集《冬盡》的出版而寫〉，《冬盡》，頁 221～
　　240。後收入趙天儀等著，《岩上作品論述第一集》，頁 58～75。
[49]李瑞騰，〈爬行在灰白牆壁上的影子——為岩上詩集《冬盡》的出版而寫〉，《冬盡》，頁 225～
　　226。
[50]岩上，〈後記〉，《激流》，頁 94。

五、結語

　　岩上曾言：「詩的可恨在於無法完全掙脫現實的枷鎖，數十年來持重而不變的看法，並非固執於現實主義的路線，而是我眷戀於臺灣這塊土地的熱愛和它走過的歷史悲情的感切。」他所熱愛的「現實性」一直是貫穿詩學的重要特徵。如何以詩呈現他所關注的現實，以及詩作的現實性特徵？筆者以為重點在於「在有、無之間流動」的詩觀。從上述的研究中，大致將岩上詩學對「有」、「無」關係劃分為本體論、創作論與美學觀三個面向探討。而岩上詩學中，對「有」、「無」的觀點，是從最初的「有」、「無」之間，到「有」、「無」的對立，而後又朝向「有」、「無」的和解，其間從流動到對立，再從對立回到和解。從作品來觀察，從《激流》關於自我的探問，《冬盡》呈現對土地的關懷，《臺灣瓦》展開社會現象的觀察，《岩上八行詩》對物本質的探索，《更換的年代》探討時代轉變、社會怪象與兩岸問題，《針孔世界》持續對社會的批判，試著以更極致簡練的意象語言呈現。《漂流木》集中思索國族與社會問題，《另一面詩集》對萬物具有再度化繁去簡的特徵，《變體螢火蟲》則是作品由過去的對立思考，走向和解的過程。岩上在十本詩集與三本詩論中，「現實性」是他的摯愛，但與完全寫實不同，兩者存在著一定的距離；批判曾是他常用的手法，但背後更深層的是對土地的關懷。而「詩存在於有、無之間」的詩觀，則落實於作品之中，並以不同形式展現。

——選自「在現實的裂縫萌芽：岩上學術研討會」大會手冊

國立臺灣文學館、南投縣政府主辦，2018 年 9 月 1 日

——於 2019 年 4 月 2 日修訂

流變的聲音

讀《激流》集談岩上的詩

◎王灝[*]

一

我總想知道／自己的宿命星在甚麼位置／有否閃爍燦然的光輝

這是岩上在其〈星的位置〉一詩中開頭的一段問話，我們與其將此一問語視為作者的命定觀，倒不如說是作者的詩觀或創作觀。對於自我心靈的剖視，以及對人類命運或外在世界的展現及批判，乃是一個詩人或藝術家矢志追求的兩大課題，前者是趨於內省性的，後者是屬於外觀型的，雖然二者間一個是內斂的，一個是外爍的，但事實上二者卻是互為表裡，互為依附。雖然二者所賴以「省」與「觀」之方法手段及對象有所不同，一是證悟一是剖入，但捨外觀將無以把握住自我的本質，雖然俗謂人心不同各如其面，但一個人之心態、個性氣質卻是多少根源於普通的人性，與其所處的外在世界。換言之，一個詩作者採取外觀態度時，其所表現之外在世界，也無法排除自我的主觀成分，因為他是透過自我的眼光去觀察外界，故而所觀之外界皆染有我之色彩。相同的，當你採取內省態度時，想透入自我的內裡，把握自我的本質，則勢不能不把外在因素也考慮在內，因此評詩者在評斷詩作時，也務必循著這二個動向，方易於接觸及詩趣的要眇，故此二者則非兼顧不可。當岩上訊及

---

[*]王灝（1946～2016），本名王萬富，南投人。詩人、畫家、書法家、文史工作者。發表文章時為南投縣大成國中國文教師。

「自己的宿命星在甚麼位置／有否閃爍燦然的光輝」時，我們可以將之視為這兩個問題的披露，所謂「有否閃爍燦然的光輝」是比較內省性的，是一種想肯定自我的企圖，而「自己的宿命星在甚麼位置」則是屬於外爍型的肯定，當我們訊及或思及自我在整個人類歷史中所扮演的角色時，多少是想把自己推置於整個外在世界，然後探討自己在其中所處的位置，所負的責任。寫詩是對自己或人類生命的一種訊問，它的動向或是先挖掘自我然後推及於外物，或是由外物的剖視然後內斂成對自己生命本質的探究。我們縱觀岩上《激流》詩集中，詩性也是呈現著這兩種動向，但是二者間自我剖析的分量占較大部分，也就是說如果寫詩有目的的話，則岩上《激流》詩集中大部分詩作的目的是企圖透過詩來挖掘自我，探究生命，或是抒發自己對世界的看法，這是岩上詩質之一，而這種挖掘探究卻與對詩之執著透入結合在一起，以下將根據此點來印證鑑賞其詩。

　　明知呼吸已夠沉重

　　仍要唱完生命最後的樂章

　　〈蟬〉一詩裡，作者藉著蟬的鳴叫，來暗示自己對詩的執著與肯定。「面對秋空的無雲／預知寂靜後即將來臨的屠殺」，面對著生命的危機與無奈，一個詩人所能做的抵抗只是不斷的以血淚譜成的歌聲，唱完生命最後的樂章，而且他所引以為傲的也是這點，雖然詩一再給予詩作者的是很大的痛苦，像癮毒一樣時時在體內流蕩發作的痛苦，但它卻是根源於生命深處，已成為生活及生命的一部分，所以作者在詩中如果宣稱著「明知是全然倒蓋的象杯」但「一支香總要焚成灰燼的」，故而詩人才「劈自己為一塊塊柴薪／並以那斧頭迸濺的火星／點燃」表現出一種殉道的精神，及自焚的狂熱。

終究要結成粒粒的果實

我的守望，在風雨中

堅貞是笑開的理由

——〈梨花〉

　　梨花的開放，並不只是展現自我的風姿，而是蘊生著另一種生命的果實。寫詩並不全然是為了說明自己表現自己，而應該是為了完成人生的另一種意義，而其動機誠如詩中所寫「堅貞是笑開的理由」，是為了堅持一種堅貞。如此說來，這種對堅貞的堅持與其說是不切實際而虛幻的，毋寧說是崇高的，則梨花的開放不也具有高一層的生命意義，寫詩也是不斷完成自我的方法之一吧！

長久以來就有一種投擲的衝動：

投一塊石頭於水中讓它發出戰慄的聲響；

或者把自己投入飄渺的凌虛的時間裡……

——〈鉛球〉

　　投擲是一種動作，在投擲的瞬間，作者不只感覺到鉛球或石頭的投出，也意識到自己的投出，而其所預期的是戰慄的聲響，或是一個美的弧及起碼的距離，寫詩亦可作如是觀吧！給出詩作的同時也給出自己，把自己投入飄渺的凌虛的時空裡或不斷延展的歷史流光裡，由於這是帶著殉道意味的行為，故而不得不使一個詩作者思及或懷疑寫詩這一作業的價值性，「這是緊貼在周身的警語，／於是我猶豫了」這該是作者對於寫詩這一行為之價值的訊問吧！一方面在「堅貞是笑開的理由」的執著中肯定，另一方面則在猶豫的徬徨中反省，那麼我們可以說作者是不時的處在肯定與懷疑之中，情不由己的寫著詩。

　　相同的，我們在〈激流〉一詩中也可以看出這種既悲哀又傲然的心理

趨向與對詩的執著。

　　遂以自己的
　　軀體立在橫心的弦上衝射出去
　　讓那些圍剿而來的
　　巖石與山壁
　　濺出嚎啕的顫慄

　　不管流失的
　　歌聲，是用血淚譜成
　　既已撕碎的願望
　　也要堅守一股
　　初貞的潔白

——〈激流〉

　　這是最足以道出藝術創作心理的一首詩，一個藝術家或許他所持以表現的工具容有不同，但其基本的精神本質卻是相同的，而其所追求者無非是一個非現實的自我，一個真我或超我，一種價值或是絕對的完美，以致迫使他否定現實的自我，尋求心理的昇華，因此在這種迫向無休止的追求中，一個藝術家是永遠不能安定於感情的激流之中，而有的人能在此種無休止的追求中成就了震古爍今的作品，得到心理的昇華，但有些人卻一再的面臨著心靈追求的幻滅，終而以身殉道，以此而觀，則梵谷的狂熱、芥川龍之介、川端康成的自絕是可知的。然則「**以自己的軀體立在橫心的弦上衝射出去**」不也是一種生死以之的追求精神嗎？在此詩中有三個轉折，作者先把自己投身為激流，然後以流失喻激流，再以激流的流動，箭矢的衝射暗指寫詩一事，借此托出自己的創作心理及寫詩的心理基礎，我想這大概是作者將此詩的詩題作為書名的原因之一吧！

　　在〈激流〉詩中，首段詩裡，作者先處身於客體的地位，面對著詩的征服力迫擊力，去承受那伸延而來的無奈。作者在後記裡曾如是寫著「詩給予他莫大的痛苦」，但這種痛苦並不只是焦思苦慮行吟之苦，而應該含有體認生命的悲哀之成分在內，因為他是有感於伸延而來的，是難以承受的無奈才寫詩吧！而詩是無法捻息的生命火花，因此才會「**以自己的軀體立在橫心的弦上衝射出去**」，才會為了堅守一股初貞的潔白，而無視於那圍剿而來的巖石與山壁所濺出的嚎啕顫慄，無視於流失的歌聲是用血淚譜成的。

　　作者是懷著如此的心情在寫著詩，但前面曾言及，他是在時而肯定時而否定中反省著寫詩這一作業，從〈星的位置〉一詩及《激流》集後記中我們也可以取得印證。

　　　　因此每晚仰望天空
　　　　希冀找尋熟悉的臉龐
　　　　但是回答我的
　　　　都是陌生的眼光

　　　　直到有一天
　　　　我從流浪的路途回來
　　　　把一切的願望都丟棄
　　　　只剩一顆乾癟的頭顱
　　　　沒入深邃的古井
　　　　突然發現在那靜謐且清冷的水底
　　　　一顆孤獨的明星
　　　　輕輕地呼喚我的名字

　　每晚仰望天空去找尋熟悉的臉龐是一種追求，「但是回答我的都是陌

生的眼光」則是一種幻滅，一種懷疑甚或是一種否定，但作者終有所悟，他悟及寫詩所處的是一種孤獨的位置，那務須忍受住「**把一切的願望都丟棄，只剩一顆乾癟的頭顱，沒入深邃的古井**」那種無奈與痛苦，雖然那是一種孤獨的位置，但作者透過詩終究找到自己的位置，肯定了自己，則寫詩是作者肯定自己的方法之一。《激流》集後記云：「回顧那已逝去的顛頓狼狽的歷程，我當然也想占有一個位置，但我的方位像寒星那樣淒冷，因為那不是熱鬧的星座，而是孤單的一顆」正足以說明此點，所謂想占有一個位置，我們切勿視為一種功利觀，不可將之詮釋為對功利的追求，那該是前面所云的肯定自己。

　　而這種精神在〈無邊的曳程〉一詩中表達得最為淋漓盡致，我們可以說〈無邊的曳程〉詩是作者整個詩精神的總展現總披露。

　　　　深沉的黑夜
　　　　我投入
　　　　如一塊燒紅的石頭

　　　　　　　　　　　　　　——〈無邊的曳程・一步〉

　　　　一切的招喚在內燃中延續

　　　　　　　　　　　　　　——〈無邊的曳程・五步〉

　　　　驚喜總是在不定中翻飛，如同飄泊的雪花
　　　　在我臂彎裡，永想捕捉的是那封凍的大地嗎

　　　　　　　　　　　　　　——〈無邊的曳程・八步〉

　　　　無邊的黑夜
　　　　將因一顆顱的固執而變白

　　　　　　　　　　　　　　——〈無邊的曳程・十三步〉

　　以上所列詩句，無外乎是作者對詩所展現的一種想望，對詩的投入與執著。

懸繫著，緩緩地垂下

一口一口的白煙是鎮痛的紗布嗎

——〈無邊的曳程‧一步〉

我沉淪在冰河的底流

所有的風貌都成為異種的壓力

——〈無邊的曳程‧二步〉

眼睛或者軀體都在僵死中回魂

麕集的是一場屠殺的睹注

——〈無邊的曳程‧五步〉

能張口的都已塞滿即將呼出的氣體

只須等待

一顆頭顱的斷栽

——〈無邊的曳程‧十一步〉

　　則為面對詩所受到的一種煎熬一種傷痛。對於整首詩我們都可以採取如是的觀點去欣賞，在〈無邊的曳程〉詩中，作者共分為 13 段，從第一段到 13 段分別以一步、兩步以迄 13 步作為一種推展的歷程，而這種無邊的曳程我們可以視之為作者生命歷程的象徵，更可以詮釋為寫詩歷程的一種象徵，因此從詩句的破視，我們可以把握住作者的詩質動向。在此只略舉上述諸段加以說明。

　　由上述的分析，我們可以得知岩上詩作的第一種特質，那就是以詩來

說明表現自己的詩觀，以詩來挖掘自我肯定自我。

　　以上是採取以詩解詩以詩論詩的觀點去論述，以作者的詩去探索作者的詩精神與詩本質，不過在此要加以聲明的是，作者在處理時，已和對其他事象或美的追求融合在一起，所以就詩本身而言是頗富於歧義性的，故而上面所論述的，或許已犯了一些以經解經者過於一廂情願，穿鑿附會之謬，因此所論者莫非是出於一己之臆測的妄論偏見，但寫詩固然是一種主觀的行為，而論詩解詩又何嘗能排除主觀的成分呢？

二

　　首節筆者論及岩上的詩精神時，我們歸結出一個重點，那就是岩上在寫詩時，有時是採取「以詩印證生命」的立場，也就是寫詩這一行為來剖析自己的生命，這類的作品是屬於內省型的詩。但是他有些詩卻是採取「以生命印證詩」立場，把自己對人類的感情，對生命的觀點用詩表達出來，也就是所謂的外觀型的詩性。本節將論及《激流》集中這一類型的詩，也許這種內省外觀的分法是不必要的，因為任何一個詩作者寫詩時，有誰能摒除這兩種可能，而且二者根本上是互為依附，未可截然二分，但我們在析論詩時，這種分法未嘗不是一種可行的方法。

　　在我們論及外觀時，有一個前提是不能不考慮的，那就是一個詩人或藝術家他採取外觀立場來創作其作品時，其所持以觀的觀點或是悲憫的，或是嘲謔的，由於各人性格的不同，容或有許多不同的觀點，這將因人而異，即使是同一個人，由於時間的不同，則觀點亦將隨之不同。

　　當然岩上在外觀的態度上，並不是定於一，也是不斷的在遞變，本節所論只是《激流》集中之作品為對象，就《激流》集中之詩歸結起來，我們可以看出岩上在外在世界的反映上，其所持態度有二種趨向，一是悲憫，二是無奈，而無奈是略帶點自傷傾向，這或是根源於作者的性格，但根源於其生活的成分則大些。「十幾年的山居生活，表面看來，平靜無波，但事實上受著現實風雨的鞭打，內心所激起的感觸，卻有著激流般的

撞盪」，作者在後記裡如是寫著是有理由的。

森植
一道拒絕生活的藩籬

　　　　　　　　　　　　——〈我的朋友·藩籬〉

　　這種對生活中所面臨的尷尬及無奈之展露，一再的出現於「我的朋友」一組詩中，也可以說這種無奈性是岩上詩的另一種底色，我們很少能在其詩中找到諸如〈荷花〉或後期所寫的〈暮色的平原〉、〈日出日落〉等詩中那種較歡愉，較積極或較肯定的詩性。即使在《激流》集之後所寫的「陋屋詩抄」一系列的詩作，也可說是這種無奈感情的延續，至於如前面提及的「堅守一股初貞的潔白」之類的肯定，也是多少帶有自焚的悲劇意味。

然後插植在整個庭院裡
並且在枝椏上繫結了無數的假花

你逢人就說
我家那棵梨樹
曾經開了滿庭院的璀璨花朵

　　　　　　　　　　　　——〈我的朋友·璀璨花朵〉

　　〈璀璨花朵〉一詩在說明或戲謔人類的自欺心理，但也可以說是人類對生活所採取所做出的一些無奈舉動，對於生活上的某些欠缺，任何人都想辦法要去加以補足，但所能做的只是自欺欺人的偽飾，而這種偽飾必定經不起生活中現實壓力的沖激，經不起「那晚遽然風雨交加」的摧打，終必表露出「枝椏與假花均被摧毀盪盡」的事實真相，所以人類只好生活於

自欺之中，這是〈璀璨花朵〉詩為我們所提示出來的生活真相。

> 你埋怨從來就沒有人發現你的存在
> 就如同從來就沒有人察覺
> 這部機器震動太厲害
>
> 震動著　震動著
> 於是你就這樣無聲無息地被震掉了
>
> ——〈我的朋友‧被震掉了〉

　　此詩以機器喻生活、社會或生存的結構，以螺絲釘喻個人的生存，個人的生存是不受重視的，只能卑微的生存於生活的一角，忍受著生活的震動，但終究還是要經不住生活的震動而無聲無息的被震掉了，被淘汰掉了。作者在「我的朋友」這一輯詩裡有篇附記，記云：「我並非真有這樣的朋友，但所表現者，在你我之間，必能感到他真實的存在」，我們可以說這一輯詩裡那些朋友的諸相，皆為生活下的產物，也可以說是作者借此來展現圍繞在我們週遭諸多生活的體貌，這是作者對於生活所發出的心聲。

> 然而我們總得上床
> 　　我們總得把軀體癱瘓
>
> ——〈儘管〉

　　〈儘管〉一詩裡也充分在表現這種生活中掙扎的心情，「儘管夕陽在西方製造繁花／我們仍要拖著疲憊踏入夜」我仍要生活，我們總得把軀體癱瘓，這是生活的無奈，由於生活的無奈，演化成詩的無奈，這種無奈之感就構成岩上詩作的另一個基本特調，在《激流》集中，大部分的生活

詩，都是在表現這種生活感情。

　　但作者在正視自己的生活之餘，偶而也發為對外物的悲憫。

　　　面對著黃浪的世界
　　　誰能填飽無底的腹

　　　　　　　　　　　　　　　　　　　　——〈風鼓〉

借著風鼓來諷喻人的慾壑難填，慾深似海。

　　　時間擺布一張網
　　　誰敢在此中逍遙

　　　　　　　　　　　　　　　　　　　　——〈不是垂釣〉

　　借此詩來暗喻人類之無法擺脫時間的無情控制與凌虐，而往往成為時間之網的獵物。

　　　涉過自己與同類激戰的血河
　　　糾纏著的軀體仍要扭曲脖子
　　　匍匐前進以荊棘的手投刺
　　　盲視的太陽

　　　　　　　　　　　　　　　　　　　　——〈蔓草〉

假借著蔓草來象徵人類在生存競爭情形下的掙扎與悲哀。

　　　昨夜
　　　沒有雨傘
　　　惟柏油路面依然閃爍

　　一條身影

　　　　　　　　　　　　　　　　——〈談判之後〉

　　用此詩來表達人類的孤苦無依，並進而襯出人們奔波於人生道上那種
孤寂感蒼涼感。

　　我的臉

　　已長滿了見不得

　　熟人的雜草

　　借那蔓蕪的陰影

　　躲藏自己

　　　　　　　　　　　　　　　　——〈語言的傷害〉

　　以語言的傷害暗指人類面對某些故意迴避的真相，被揭穿道破時，那
種尷尬。間接表達出了人類不敢面對現實，以及善於自欺的心理，以及懦
弱的根性。

　　但爬起來的相互扶持

　　是膠一樣的緊密

　　就像這個疤痕緊緊地

　　粘在肌膚

　　　　　　　　　　　　　　　　——〈創傷〉

　　〈創傷〉一詩則在闡揚人類互相憐憫、互相扶持的人性善良面，這是
比較帶有積極性意義的一面。

　　希望像一個香爐

不管有無嬝娜的

香火

總要展露

遼闊的心胸

——〈香爐〉

這是對生命的肯定，對信仰的寬容，以及承認希望的必要性，雖然明知某些信仰是一種無知愚昧的迷信，但作者卻不願採取嘲笑的態度在處理，因為有些迷信是某些低階層人物生命及生活的支持力，或者可以說是他們所賴以生存下去的憑靠，所以作者透過詩去肯定信仰，而且寄予悲憫，甚而把信仰歸結於內心良知的一種自省。

內省就是

一盞夜黯中的

明燈

——〈香爐〉

這種內心良知的自省，正足以說明「神是無形的，它存在於任何人的心中」此一說法，而且是帶有道德意識的。

這種悲憫推展到極點，往往多少含有一種自憫意味，因為面對太多人類的缺失，往往會思及整個人類的命運，終而回觀自身的生存形態及生命意義，如此一來就難免會由憫人而自憫，由觀外而內斂為自省，表現為詩，則在內外人己之間就難有一明確的分域，如以〈樹枝〉一詩為例：

所有的花無不痛切擁抱果實

果實終究要跌碎地撞擊地心

葉子們也焚燒自己化為鬚根中的血球

> 樹枝哦！
>
> 唯你舞亂的手
>
> 向低沉的天空披示了什麼？

此詩裡，在表達了花開葉落的生命積極意義之餘，進而對樹枝寄予悲憫同情，這只是詩的外象意義，在詩的底層依稀對人類存在的意義發出了詢問，間接的隱含著對自己生存的無奈寄予自憫。再如〈青蛙〉一詩裡，由於看到自己晾曬的襯衫在牆上之投影，在暗夜中飄盪而驚駭，由此再連引到青蛙的遭受殘殺，歸結表現出「人類之殘酷面」這一主題來，這種控訴不正充分說明人之殘虐物類，是人之令人悲憫處。

> 明明知道那是誰穿的，但總是被驚駭得全身戰慄咬
> 牙切齒。

明知某些事物只是幻相，但人類往往不自覺的生活於自己所引起的幻相中，而受其左右，這一點似乎也透露出了人類根性的一面。

綜結以上所論述的，我們可以得知岩上詩的第二個特質是無奈與悲憫，這種無奈與悲憫事實上與其寫詩之動機是連成一體的，由於無奈所以才寫詩，由於悲憫所以才寫詩，由於想挖掘肯定自我而只能靠著寫詩這種無能的方法，所以牽引出無奈之感及悲憫之感，因此我們可以說他這種無奈與悲憫是生活的無奈與悲憫，也是詩的無奈與悲憫。

三

在本文第一節所提及的岩上詩之第一特質，是就其寫詩之動機或目的而探究出來的。第二節則就其詩性或詩感情而探究出其詩的第二種特質，本節將根據其技巧或方法來做一番析論。

岩上曾在其詩論裡將詩與河流並列互比，這大概是其以《激流》為集

名的原因之二吧，就如詩集後記所云：「如果詩的生命像一股河流，其不斷地擊打出來的聲響，總不會永遠同一個音調吧！」這段話足以說明兩件事實，第一件事實是岩上在寫詩的基本態度上是要求讓詩自然的呈現出來，就如江河的奔流自適，不做刻意的強求。第二件事實就是岩上寫詩時，在題材上或技巧上不願意停留於某一定點。第一個態度發之於詩，則可能產生兩種不同的結果，就好的方面來講，由於要求自然，可能其詩將呈現一種樸素真摯的詩性。但就其欠缺的方面來講，也可能由於過分的要求自然呈現，而使詩流於平白甚而沒有詩味，或是對於詩不要求刻意經營，故而可能使所寫之詩流於如繪畫中水彩畫的小品意味，而欠缺油畫那種堅實的質感或龐沛的氣勢，換言之，如果要求詩的寫作務必如河流之自然流動，則其詩或許可能像大江激流一般洶湧奔騰，也可能成為一道奔流不已的源遠長流，但更可能成為一道涓涓細流，岩上也是有見於此，在後記亦曾做過說明，他認為《激流》集中之詩，或許缺乏匠心獨運的美音或雄大的氣派，但那是出自易變命運的推演，是用他生命的點滴匯集成流的，就這種創作立場來講，可以使其作品免於作偽，可以做到真摯的起碼要求，但謹防其流於詩質貧乏的弊病，則不得不嚴加注意。如果是為了讓詩自然的呈現出來，因此在寫詩的一剎間，赤裸裸的讓其原始的思考方式呈現出來，由於這種惰性而促使詩流於平日乏味，則是不足為訓的。

　　至於第二個態度，岩上不希望其詩停留於一定點之上，也就是說他在寫詩時，希望其技巧、題材甚或是詩精神能呈現多樣性，則我們希望他這種態度純料是基於一種實驗的精神，那麼這是值得鼓勵的。

　　事實上這兩種態度在《激流》集中體現得並不多，因為我們詳細分析該詩集中的詩，我們發現作者對詩語言、詩意象的經營還是頗為費心的，而且整集詩的性格技巧也是極為連貫極為統一的。反而在作者《激流》集之後的一些詩作，依稀可以看出這種企圖，我們看他在一些刊物上陸續發表的詩作，呈現許多不同的樣態，但是我想指出的是他這種企圖體現為詩，有的極其成功，但有的則似乎不太成功，以登在《笠》詩刊第 54 期

的〈溫暖的蕃薯〉一詩為例吧！在這首詩中作者充分挖掘出事實的真相，充分把握住了窮苦人家生活的痛苦面，就這個觀點來看，作者是成功的。但我們將〈溫暖的蕃薯〉詩與余光中的〈車過枋寮〉（見余光中詩集《白玉苦瓜》）一詩做個比較，這兩首詩處理的題材也許有其共通性，而〈車過枋寮〉詩是採取歌頌的積極的肯定的態度，也許有人會認為〈車過枋寮〉詩所表達的事實，是虛飾的矯情的作偽的，但對〈車過枋寮〉詩我能有所感，對〈溫暖的蕃薯〉詩也能有所感，雖然對二詩我均能有所感，但其感我的媒介卻不一樣，〈車過枋寮〉詩是以它的語言意象及歌謠的形式節奏來感動我，而〈溫暖的蕃薯〉詩卻是以其內容或所描寫之事實真相來感動我，但一首詩之以內容感動人，務必讀者與作者有相同的經驗，方易起共鳴。因此當一首詩之內容無法使欣賞者起共感時，它欲打動讀者則惟有賴其語言意象，以讓詩自然的呈現，對於語言也須加以注意，最起碼語言中要維持詩感的存在。也許在〈溫暖的蕃薯〉詩中作者所用的語言太乾了些，因此給人的感覺只是幾根銳利的線條交錯而成罷了。至於在此詩中以臺語入詩的企圖，似乎也不怎麼成功，而且題目以溫暖作為反諷也是沒有什麼必要。

在《激流》集出版之後，作者曾寫了一些比較積極性肯定性的作品，如〈暮色的平原〉及〈日出日落〉二首即是，也許作者因為有鑒於現代詩壇悲性詩的氾濫，所以才有這種嘗試，不過就一般情形而言，所謂的肯定性歡樂性的詩，比較難處理得深沉，如果處理得不好很可能流於浮泛，或淪為口號，我們看作者這一類型的詩，雖然並沒有什麼失敗的地方，不過倒也少有建樹。

以上是就作者《激流》集之後作品抽樣的論述，筆者之所以只指出其缺失，主要是指陳出作者在創作時，偶而有這種動向及樣態，以作為創作上的參考。

西脇順三郎〈詩學〉中曾云：「所謂詩是想像亦即意味發現新的關係。」這種新的關係也可以說是新的結合，亦即把自然中相異的事物做個

聯結，而產生新的意義，或是把舊的關係拆離，而重新結合成新的秩序，造成新的關係。詩的目的就是從事這種新的結合，或是發現這種新的秩序新的關係，因此詩才能予人一種驚訝或是異質的感動。譬如〈拉鏈〉一詩中，以拉鏈的攤開連繫於人的別離，這種新的關係是很不平凡的，這種新的感受或經驗，是我們日常生活中所不曾有過的，因此當你面對著如是的關係時，而引生一種感動，則該詩對你就具有極大的征服力。反之，我們以〈風箏〉一詩來申述，這首詩在新關係的經營上有所不足，因此欣賞此詩時也就缺乏新的感動。

> 從孩子的手中飛起來的
> 一張臉
> 在無遮攔的
> 時空裡
> 飄逸著一隻可愛的
> 風箏

　　這是〈風箏〉一詩的首節，以風箏連繫著臉，這是新的關係，再以無遮攔的天空連繫著時空，這也是一層新的關係，由於有這兩組新的關係，所以本節詩的詩感是盈實的。

> 緊緊拉住
> 怎樣也不肯放鬆的
> 意念　總要使它
> 高昇

　　以風箏的高昇連繫著高升的意念，這也是一種新的關係，因此在本詩的第一、二節裡，整首詩是處於一種緊湊的局面，給人一種感覺與期待，

覺得這首詩再發展下去，應該逼向更尖銳的一個高峰，而期待這種高峰的
出現，但當我們看到第三節時，卻十分失望，因為發展到第三節時卻整個
淪入舊的關係之中。

> 孩子
> 在這平坦的草地上
> 我也曾經瀟灑過的

　　風箏與童年的關係是極其陳腐的，猶如花之與美女，牡丹之與富貴，
美男子之與潘安的關係一樣，是絲毫引不起異樣的感動，也就是說缺乏新
鮮感缺乏新的關係。因此〈風箏〉一詩在局部新關係的連結上是有其建樹
的，但整首詩推展到最後的結局是失敗的，那麼在前二節中所經營的詩感
到末節就整個渙然消洩了，這是〈風箏〉一詩失敗之所在。

　　如果一個讀者在欣賞詩作品時，企圖在作品中尋求固定反應，則應歸
罪於讀者的惰性，如果作者在創作作品時，淪於約定俗成的舊關係中，則
應歸咎於作者，因此〈風箏〉一詩的失敗，岩上是難辭其咎的。

　　再如〈七月之舌〉一詩中，暑夏之與火傘、梵谷、赤道、紅球之間，
作為媒介與連繫的也是靠著舊有的關係，因此不能造成新的感動與聯想。
又〈埋葬〉一詩的末段也是犯了此種瑕疵。

> 所謂榮耀
> 所謂羞辱
> 在黑且冷的夜裡
> 猥瑣成草葉尖端的一滴
> 露
> 無聲地滑落

　　由死亡連引到「是非成敗轉頭空」、「聖賢盜跖皆歸塵」及「人生如朝露」的感慨，也是缺乏創意的，想必也是惰性下的產物及舊關係的重複。〈林中之樹〉詩中的第三段，以蟬聲淒淒連繫著夏，落英繽紛連繫著秋，白骨崢嶸連繫著冬也只是舊關係的複現，以春夏秋冬來暗示時光的流轉，季節的變換更是極其粗俗的構想。〈荷花〉詩的首段：

　　從污泥中
　　生長出來的荷花
　　竟然也以鮮紅的笑靨
　　凝視

　　以上對荷花的描寫，不也是流入「出汙泥而不染」的陳舊窠臼嗎？這種陳舊的荷花觀，正好阻礙了新關係的發現與建立。這種瑕疵的產生，如果我們把它全歸罪於詩作的惰性，那是不公平的，或者歸罪於作者寫詩時要求自然這一態度，也是不公平的，但作者在持這種態度寫詩時，我們希望他的動機是在追求一種樸素真摯的詩素，而不希望是舊關係的重現。

　　至於要求作品的多樣性多變性，應該是建立於詩精神的精進上，如果詩精神未能向前推展，而光只是技巧語言手法的翻奇出新，那是毫無意義的。

四

　　當我們欣賞一個詩作者的作品時，如能探尋出其作品的根，則比較容易進入其作品的內裡，掌握住其作品的本質。當然我們探尋的方法有很多種，但詩的語言及題材是兩個重點，而我們要探尋岩上創作的根時，從題材去著手是最可行的方法，因為當我們檢視岩上作品的詩語言語形式，比較富於多樣性，這點彷彿說明了他的語言形式是比較不穩定而多少受到別人的影響。所以我們如透過語言形式而想去探求其創作的根，是比較難於

抓住他原始的心性，因此我們把探尋的重點放在題材上。

　　我們就《激流》集中的作品看來，岩上創作的根有二個，一個是生活，一個是鄉土，也就是說岩上創作的基礎是建立在生活及鄉土這兩個舉點上，有關於生活所展現為詩這一點筆者在本文第二段裡已論之甚詳，不偶贅述，而鄉土這一題材在詩中所呈現的形態，是值得提出來討論的。通常鄉土題材表現為文學作品，多少要經過一番溶解，或者經過作者的再創造，而表現出一種新意義，這樣所謂鄉土文學才有其價值，也才有普遍性。在目前臺灣文學作品中，鄉土題材的處理有兩種形態，一個是以大陸的一些風土人情為根源，一個是以臺灣鄉土為根源，前者如司馬中原及朱西甯先生的一些作品為代表，後者以黃春明、王禎和等人為代表，由這點看來鄉土題材的處理，在小說上已有其不可忽視的成就，反觀詩，則在這方面的努力似乎尚不夠，當然在目前屬於「笠」詩社的一些詩人們有過一番嘗試，而有一些新起的年輕詩作者們也曾作著如是的嘗試，譬如「主流」詩社的莊金國先生似乎是這一方面的有心人，不過至今似乎還未曾引起別人的注意，也許是他們的努力不夠，也許是他們沒有尋求到正確的方向，也可能鄉土詩本身有它的先天上之限制，不過它該是詩題材上，極其廣闊待開墾的一塊領域。

　　而岩上在處理鄉土題材時，只是把它當作一種媒體代品，譬如〈星的位置〉一詩中宿命星這一種說法，原本是鄉土的，在原始的意義中，它只是在說明古老人們對命運的看法，不過表現在岩上的詩中，卻變而為表達人類對生命意義的追求，或是對自我的剖析，已經脫離了原有的鄉土意味，再如〈風鼓〉詩中，風鼓這一東西本身，只是鄉間農村風物人情的一樣東西，但在岩上的詩中，卻成為了譏諷人類不知滿足的象徵。又如〈青蛙〉詩為例，捕食青蛙本來也只是舊日村民生活中的一件事情，但岩上借之來控訴人類的殘酷。像這種對鄉土的處理態度，我們不知是否還能稱之為富有鄉土意味的作品？但這似乎也是一種新的嘗試，可能為文學帶來另一種新的風貌。

　　不過對鄉土題材的處理，事實上也有其先天上的限制，那就是對於鄉土這種題材全然無經驗的讀者來講，當他欣賞時是否會造成一種隔閡，以筆者為例吧！由於筆者童年時，曾在夜空下的曬穀場上，聽老一輩的人敘說一些古老的傳聞，並不時的指點著暗夜長空中那閃爍的星群說，天上的每一顆星都代表著地上的某一個人，為貴為賤均是冥冥中已註定了，這就是古老傳聞中的宿命星，因此當筆者欣賞〈星的位置〉一詩時，很自然的毫無阻礙的就進入詩境之中。再如筆者由於出身於農家，對於農人生活及農村風物多少有所接觸，因此當看到〈風鼓〉詩時，自然的就有一種親切感，而且風鼓這一種農具的樣子形象很快的就在腦海中閃現。又因我小時也曾跟隨著大人們，手持煤燈及網子於暗夜裡穿行於田畝阡陌之間，捉捕青蛙，並且也有殺之炒食的經驗，因此看到〈青蛙〉一詩中「**從肚皮的兩邊用力壓下，使它膨脹起來，然後用刀子把它割開，狠狠地挖空所有的肝腸內臟，血從指縫間淬淋下來……**」等詩句時，幼時的記憶很快的又回到腦中。但是換上一個沒有類似經驗的人，欣賞這些詩時，其感悟就不會如此深，因此我說鄉土題材的處理有其先天上的限制，但我想岩上處理的態度是值得嘗試，而且是正確的方向。

　　事實上岩上創作的很大根源還是生活，而生活是無盡止的悲憫無奈，也是無盡止的詩的歷程。

　　同憶是甘美的

　　甘美的同憶

　　在已逝去了的日子裡並彎而行的

　　是未曾乾涸的流水

　　我的探求

　　在無可知的天地裡

　　是為了聽取那悅耳的水聲嗎

如今，優美的水聲

漸漸渺茫了

因為溝通那甘美同憶的耳朵

已經淤塞

——〈回憶〉

　　岩上呀！詩的歷程是無盡止的哀愁，是無盡止的生命的刻痕，但願那
優美的水聲永不渺茫，而溝通那甘美回憶的耳朵，永不淤塞，而在詩的無
可知的天地裡，但願我們的探求，能夠永遠聽取到那悅耳的水聲，則詩的
歷程也將是無盡止的喜悅。

附記：〈暮色的平原〉一詩刊於《中外文學》第 2 卷第 4 期。〈日出日落〉
刊於第 2 卷第 11 期。

——《笠》詩刊，第 66 期，民國 64 年 4 月 15 日

——選自趙天儀等著《岩上作品論述第一集》
南投：南投縣政府，2015 年 11 月

爬行在灰白牆壁上的影子

論岩上詩集《冬盡》

◎李瑞騰[*]

民國 61 年歲暮，岩上在他的第一本詩集《激流》的後記中說：「回顧那已逝去的顛頓狼狽的歷程，我當然也想占有一個位置，但我的方位像寒星那樣淒冷，因為那不是熱鬧的星座，而是孤單的一顆。」多少年來，這種孤單的感覺仍然盤據他逐漸中年的整個心境，每一次的對談，每一封遙遠鄉城來的信札，作為一個孤獨的歌者面對詩藝的悲涼心態，總是在有意無意間流露出來，最好的證言莫如本集中一首題為〈歌〉的詩：

而我是一首歌？
一首飛不去的
歌，迴踱在深沉的夜裡
俯視著一盞翻閱史冊的
孤燈

猛回首
驚見自己的影子爬行在灰白的牆壁上
流淌的汗珠
滴滴
響徹長廊的寂寞

---

[*]發表文章時為中國文化大學中國文學系碩士生，曾任國立臺灣文學館館長，現為中央大學中文系教授兼文學院院長。

　　「長廊」意象經由「深沉的夜」與「猛回首」一靜一動的意象暗
示、烘托，遂得以完成一個象徵：具有時間性、歷史性的詩之道路，輔
以「影子的爬行」和「滴滴流淌的汗珠」，適足以表徵如此一個伴著孤燈
的歌者是如何借著抑揚歌聲去宣洩他的寂寞。這是可以理解的，岩上近
二十年的詩生命便是在那苦寂的山城中痛苦的展現，「影子爬行在灰白的
牆壁上流淌的汗珠／滴滴／⋯⋯」的喻旨即在於此。如今他整編完畢
《激流》之後的詩 60 首，題曰《冬盡》，即將付梓，「感嘆無限」，知他
者應能瞭解其感嘆的根源。

　　近二十年的詩創作，他所留下來的詩包括已印行和將上梓的，合計
只不過百首而已。比起某些日寫數首的詩人來說，在量上真不能比擬，
然由此可看出岩上創作態度之嚴謹，縱使一些表面看來像是順手拈來的
即興之作，仔細探析都可見其匠心獨運，例如本集輯一「陋屋詩抄」中
有一首〈跌倒〉：

　　　　孩子跌倒
　　　　哭了
　　　　傷口流出了血

　　　　爬起來
　　　　不要哭

　　　　你看血裡有什麼？
　　　　爸爸的影子
　　　　還有
　　　　爺爺的影子
　　　　還有
　　　　⋯⋯

　　　孩子看了這麼多的影子
　　　笑了

　　前後二段僅用簡單的日用語句作現象陳述，然而純真無邪的孩子在一哭一笑之間，只經由敘述者（父親）的兩段慰語，即有了特殊且深刻的血緣意義與倫理關係，因為第三段血中逐次出現的影子意象有此象徵意涵，孩子的破涕為笑原因單純，而大人的說詞卻含意深遠，跌倒而流血喻指生命遭受打擊與失敗，其事父親有過，爺爺有過，甚至於祖先們皆曾有過如此經驗，但卻都勇敢的「爬起來」了，怎麼能哭呢？在結構上此詩首尾圓貫，無懈可擊：全詩由首段三行引發而出，第二段承一、二行，第三段由第三行的血而來，末段則是詩意發展的結果，又回映首段的情緒表現。

　　岩上就是如此細心的經營他的詩作，然而他未曾普遍被重視畢竟是一樁事實，這多少和他極少參與詩壇活動有關，卻也顯示我們詩評界的某些不良現象，關於這點我不願於此藉題發揮，大作文章。本文旨在探測岩上詩中的經驗世界，我不敢說我能夠將岩上的詩在現時空中定位，但至少能讓讀者經由我的解析而更能夠認識岩上「響徹長廊的寂寞」之音的音質。

自我的省思

　　從創作的基因而論，文學創作絕大部分來自作者的自我省思，這是一種必然，因為作品的題材取自作者的經驗世界，縱使是被視為超現實之作亦建築在白我經驗的基礎上。從這個角度以論作家的作品世界，使合理的成為一條有力的途徑。然而在探索實務的貫徹上，如此的一條途徑難免會踏上糾纏不清的地步，因為所謂的「自我」這個名詞概念容易造成混淆，於此不得不排除有關哲學或心理學上對於此名詞的義界和討論，而將它設定為一個人的自身，包括他的生命、性格、心理、行為以

及遭遇種種，當然不管是直接思考或間接思考（指透過其他對象之思考以呈顯自我的方式），基本上都屬於自我的省思。

　　岩上無疑是一個習於自我思考的詩人，他渴欲把自己擺在一個「位置」上將自我的形象與實體當作客體對象。但是，有一個「位置」並不難，問題是這個「位置」是自我擇定或是被命定的，兩者的生命形態不一樣，生命的意義也就迥然有別。從集中的〈同樣的路〉、〈命運〉、〈走路〉、〈我的位置〉、〈拋物體〉、〈我是我在〉、〈歌〉這些自傳性質的詩看來，他有一個不變的生活模式。然而不變的是外形，其內裡是激動澎湃的。這個從《激流》時期就持續下來的裡外不調和現象，一直支配著他的詩創作。

　　我們可以這麼說：岩上自我擇定了一條固定的路徑，以為其生命指標（〈同樣的路〉），抱定「走自己的路」的決心，縱使歷盡滄桑，恆不改變（〈走路〉），面對著難以抗拒的命運，他一方面表現逆來順受的堅忍，一方面卻勇於流血，犧牲（〈命運〉）。這是從岩上的自我省思的結果中抽繹出來的，他既已表現在詩中，我們披文以入情，當能認清作為一個詩人，岩上是如何解剖自己以呈顯生活的法則以及生命的意義。

血緣的系流

　　岩上在長期自我省思的過程中觸及了血緣的問題，然而詩人究竟不是科學家，他的思考無論如何都仍是觀念的，譬如上面引錄過的〈跌倒〉，由具體物「血」而及於抽象的「血緣」認定，只是強調一個觀念，但這個觀念很重要，因為由此出發可上溯生命之源，認清傳承的關係。這個傳承的關係具體而完整的表現在〈清明〉與〈失題〉二詩中，前者是表現自我生命的血緣系流，後者則幅度放寬，觸及歷史文化的傳承。〈清明〉一詩七段 37 行，處理清明節掃墓者面對墓碑時心靈的悸動，一開始便揭示出悸動的根源和題旨的核心：

手從冰冷的墓碑抓落
在青苔深鎖的
斑剝處
一個發響的名字
向我凝視的眸撞擊而來
我觸到血緣的系流（第一段）

動詞「抓」與「觸」之間，「凝視」與「撞擊」之間完成一個微妙的
牽繫，而以「我」與對象「墓碑」的關係為基礎。掃墓者必然是掃先人
之墓，他和先人之間有著同源的血流，這是一條緜延不絕的系流，整首
詩的詩意亦因此而流向掃墓者的思維空間：

在蓊鬱蕪亂的記憶的
森林裡
在無法辨認的迷途中
這是唯一漂浮我回歸的路（第三段）

紊亂的記憶有如「蓊鬱蕪亂」的「森林」，理不清的思緒唯有藉著碑
的顯示才能夠找到一個方向，所謂的「回歸」，無非是對生命之源的認同
意識的具體作為，而回歸何處呢？

在這淚泗熬乾了的餘爐裡
以顫抖的手撥拾得的
出現的臉
驚訝的是熟悉的
自己

　　顯然，回歸的所在便是自我生命本體，原因是自我生命和先人有著
共同的血液，回歸自我即認同生命之源，把自我交給先人，交給自我，
交給下一代，不辱祖先，對得起自己，斯系亦不至於斷絕。換句話說，
岩上願意把生命獻給這條綿延不絕的血緣系流。至於〈失題〉，上面說過
它觸及了歷史文化的傳承問題，但卻是自我生命血緣意義層次的提升。
詩四段 18 行，全錄於下：

　　　　眺望西方遙遠的視線
　　　　在朦朧的水霧中迷失
　　　　回折的視覺
　　　　我看到自身的體內氾濫著一股恆古的血河

　　　　剪斷了臍帶令人飢渴
　　　　童稚的我
　　　　在哭嗥裡
　　　　我的手就觸到烽火的溶岩
　　　　且灼傷了我的軀體
　　　　啊　母親
　　　　您的面目也是四分五裂的模糊

　　　　落日使我感悟變色的楚痛
　　　　晚風捲起了我
　　　　像一場惡夢
　　　　在空中飄浮

　　　　我切盼歷歷的跫聲
　　　　從古道走來

> 就是寒山的芒鞋也是令我矜惜

　　首段是現在的事實及其感知，二段是過去的追憶與肉體之痛，三段是今昔的混融和一種心靈的哀傷，末段則是對於往後的一種切盼。結構嚴謹，脈絡分明，其中寓意深遠：「西方」指中國大陸，「斷了臍帶」指脫離母體，「烽火的溶岩」指戰火燎原，「母親」既指生我之母亦指大陸母土，「變色」指中國大陸的被共黨赤化。詩中的敘述者一出生即面臨神州大陸淪於赤魔手掌，整個大好河山四分五裂，慘不忍睹。如今，那段日子便像是一場惡夢，只一輪「落日」便讓他「感悟變色的楚痛」，西望故園，視線遂迷失在海峽朦朧的水霧中，而

> 回折的視覺
> 我看到自身的體內氾濫著一股恆古的血河

　　「一股恆古的血河」來自彼岸母體大地的列祖列宗，見其流動正所以認清這個血緣關係，無奈一水分兩地，只能想望「歷歷的跫聲從古道走來」，空間的阻隔遂轉化成對於傳統的擁抱。由自我生命的血緣認定而至於此地與彼地、今與昔的時空牽繫，血緣的關係提升全民族文化的傳統層面了。

血的震撼

　　「血緣」的表徵在於具體物「血液」，在岩上的意象群中，這是一個相當重要而且突出的意象，於此有分析的必要。

　　我們都知道，血色是紅，血味是腥，它循環於體內的血管之中，肉眼看不見，是生命賴以生存之泉源，當眼一見血，流血者不是受傷便是死亡，所以血意象一在詩中出現，常教人觸目驚心，正如同見到殺傷，車禍現場中的血花四濺一樣，令人震撼。

　　經過統計，《冬盡》詩集中出現血意象的約有 15 首，在這 60 首中，差不多每四首就有一首詩有「血」，不管岩上是刻意使用或是在無意中自然流露，此意象既頻頻出現，依常理判斷，它有可能是一個具有象徵作用的意象。

　　〈切肉〉一詩有一種超乎現實的怪異，切肉者「由於取悅於敏捷的動作」，將自己的手掌切成肉醬，竟然毫無痛苦的感覺，逐漸的：

> 我的血液流乾了
> 且染紅了眼前的世界

　　切肉者幾近瘋狂的行徑，似暗喻投身於自己所喜愛的工作者的一種自虐作為，亦可指一個自虐者殘害自我肉體所達成的一種瘋狂快感。基本上這詩的題旨並不明朗，但血肉模糊的情境令人悸動，「血液流乾」喻示生命的全然付出，以是血液成了生命的象徵。

　　同樣象徵生命的血意象在幾首愛情詩中亦出現：〈昨夜〉中敘述者以昨夜之「事」當「刀」，刺戮自己的心房，於是軀體倒下，血液流盡，是愛亦是恨，愛恨交集，便把生命付予它；〈髮白〉中髮之所以白，「竟是為你日夜吐露芬芳的／絡絡血絲」；〈戀情〉中的戀，是「流血一般鮮紅的純潔」，這個體悟，使得「我」以「流血」去殉情，以示情之專一。凡此愛之執念，雖亦能引發同情共感，但我們實不願見之，究竟愛情與生命的混融，並非以流血殉情為真為美，真正愛之極致必如以下這首〈愛〉詩：

> 冷氣在屋外下降
> 夜以孤獨的眼睛窺視著我的家
>
> 伊以纖瘦的手

縫補我劃破的襯衫

啊的一滴血
滴在我白色的襯衫上
伊以怡然的表情注視我
我感到愛的溫暖從體內上昇

由「冷氣在屋外下降」轉變到「愛的溫暖從體內上昇」，前後形成一個強烈的對比，實有賴於伊所滴下的一滴血，血來自體內，是生命的泉源，當愛情與生命結為一體，血就成了愛之雙方心性交流的一種個人式的特殊象徵了。

鄉土的擁抱

由於每個人的主觀認定不一，「鄉土」一詞容易造成意義上的混淆，為免於爭論，這裡將它設定為所生活的鄉間，包括人、物等存有物以及彼等在其中活動的情況。

對於鄉土的種種，岩上表現了相當大的關心，緣由是多少年來他一直生活於鄉間，雖然成長之後的他並沒有實際參與農耕等勞動，但是做為一個市鎮小知識分子（岩上是個教師），作為一個詩人，他敏銳的觸鬚伸進鄉土的各角落，與勞動者共體生活的甘和苦，遂培養出他關懷鄉土人事物的熱情。

在《冬盡》集中，岩上頗有擁抱整個鄉土的企圖，寫人則有稻農、菸農、伐木者以及離鄉又返鄉的遊子；寫地則有山林、平原、稻田、海濱以及陋屋之中；寫時則有春有冬，有日出有日落；寫物則有動有靜，有飛禽有走獸；寫生活則有苦有樂；寫情緒則有悲有喜。每首詩是鄉土的一個切片，整本詩集則是鄉土各種面貌的總呈現，更可貴的是，對於鄉土諸現象的呈顯，他既能在形象上去刻畫描寫，又能準確掌握其精神

內涵。

這類的詩很多，於此無法逐一加以分析，以下的討論是就對象而類分的：

（一）鄉農生活的特質

鄉土生活的不變性在岩上的詩中著墨甚多，但此種不變性絕非都市上下班的打卡經驗所能比擬，在耕種與收成之間，他們一次又一次的重複相同的工作：日出而作，日落而息。〈日出日落〉一詩是這種生活最佳的寫照，但是基於任勞任怨的原始性格，他們強忍著炎陽的曝曬與風雨的吹襲，當他們拖著疲憊的步伐回轉家去，「蒸蒸的飯香」、「鴨鵝牛羊的叫聲」、「孩子們迎歸的笑語」，去除了一日的倦意（〈暮色的平原〉），但是長時期的勞動，手胼足胝，勞動不懈的原因是他們在大地中「埋下希望的種子」（〈日出日落〉），盼望著「那豐碩的／那樸樸悅耳的／啊　稻穗呢／啊　風皴聲呢」（〈冬盡〉），而當「嘎嘎割稻機／一割就是一個下午」的日子，他們笑了，「從這張笑臉到那張笑臉／都圓嘟嘟的」（〈割稻機的下午〉）。

收成是一種喜悅，但是〈溫暖的蕃薯〉中的敘述者——一個鄉下小孩，並不因此而快樂，因為他需要一大早便和娘出門去，因為這一冬的蕃薯長得特別細小，因為簸箕太重了，因為別人的土地種稻子而「我們天天都吃蕃薯」。這是鄉土的另一面貌，貧窮農家子弟的內心狀態，就這麼披露無遺。

小孩猶是心智未成熟，其不悅是單純的，但大人面對生活的困境卻得強忍病苦。當雨嘩啦嘩啦地落著，落在山巔，落在田野，落在溪底，落在道路，落在樹上，落在屋頂，也落在棉被，落在孩子的嘴巴了，〈陋屋〉一詩把一個屋不能禦雨的人家的境況輕易地展現出來，孩子喊了一聲「爸！這裡有水」，一語道破生活的艱困。全詩九個並列意象，由遠而近，再由近而推向無邊的黑夜，而九個「雨落」並列，象雨落之形，復言其雨落之聲，「落」字又緊扣詩題〈陋屋〉之「陋」，此詩表現成功，

堪稱傑作。

（二）鄉間用物的關注

　　岩上擁抱鄉土的情懷一部分表現在人用物的關注上。所謂「人用物」係指生活或工作上需要使用的物體，譬如「割稻機」、「風鼓」、「竹竿叉」、「木屐」、「鼎」等，但是岩上並未出之以詠物的作法，而是把它們納入人們的活動空間去表明一種物我之間的關係，或者以人的立場說話，或者將物生命化以物的觀點來寫。

　　屬於前者的有「割稻機」、「風鼓」、「木屐」。

　　割稻機是機器文明對於農業生產的一大貢獻，不但可以節省勞力，而且又可以達到高度的收割效率。岩上並沒有在此物的形象上用下心思，只以「嘎嘎」狀其所發之聲，以「一割就是一個下午」喻示它的效用，但是環繞割稻機的整個空間氣氛，有著相當精緻的經營，呈顯出一幅相當具有動態感的新式農村畫面。

　　相反的，風鼓則存在於傳統的農村社會中，當稻穀曬乾時即以此作為去除稻穀堆中廢物（含空稻穀和其他雜物）的工具，在〈冬盡〉一詩中它曾出現，〈松鼠和風鼓〉中亦有這麼一段：

> 曬穀場的風鼓
> 從早轉到晚，從夜間轉到天亮
> 拚命地轉，轉呀轉的，也轉不過阿三的四輪仔那麼快，
> 六塊、八塊半、十一塊……

　　它之所以不快，主要是因為它必須用手搖，這種東西現今已逐漸消失了，記憶中搖時必須頻頻換手，否則就難以持續的轉，但不管轉得多快多久，「也轉不過阿三的四輪仔那麼快」，這裡不是比速度，而是比收入，四輪仔是指計程車，種稻一年到頭皆辛苦，好不容易收成了，卻比不上一個計程車司機阿三，早期臺灣農村的社會情況就是這樣，岩上的

關心即在於此。

　　至於岩上詩中的木屐，應是日本據領臺灣所遺留下來的東西，如今已幾近絕跡，但臺灣光復後很長的一段時間，鄉村的人們普遍還穿著，他們沒有意識到這木屐就像是日人的鐵蹄曾踐踏過我們的土地與人民，但敏感的詩人知道，那是一段暗無天日的歲月。

　　詩從鄉人看完歌仔戲，腳著木屐，踩在柏油路上發出咔咔聲響開始，回家的路上邊走邊談戲中劇情，那哭調，那烏鴉不吉利的叫聲，轉入第二段，今昔的兩種時空便交錯在一起：

　　　喋喋
　　　喋喋夜黯了城鎮的夢境
　　　踩踏
　　　踩踏星芒斑斕的傷痕
　　　路短
　　　走來漫長
　　　夜黑
　　　摸不出方向

　　敵人進入城鎮之後的慘狀，便彷彿是一場惡夢，如今猶有「斑斕的傷痕」以為無言的見證，他們就曾穿著這木屐踩踏著臺灣同胞：

　　　如鼓槌擊擊
　　　撞斷了臍帶的
　　　血崩

　　和祖國大陸母體的聯接便如是的「撞斷了」，其結果正如血之崩一般的苦楚悲慘，讀詩至此，我們宛如便看到昔日的臺灣同胞備受壓迫，因

反抗而血流滿地的慘狀。只是，如今那惡夢般的日子已然遠去，成為「一段古老的故事」了。岩上就是這樣細心的透過木屐給出了他對於歷史的省思，對於整個大鄉土的關愛。

屬於後者的有「竹竿叉」和「鼎」。

在岩上的筆下，它們有骨架有生命，詩人先將物生命化以後，再以物為敘述者。這種筆法最重要的是觀點，究竟詩人是借物以申己論？或是由某一個特定的觀點而言？因為物為人所用，以物為敘述者必牽涉到物與人之間的關係，但實在物畢竟沒有知覺。依我看，岩上於此是從物看人而隱含批判，竹竿叉是鄉下人架起於地面的兩根竹竿，以為晾曬衣物之用，關於那些「晨起的藍衣」，在竹竿叉的眼中有如下的情況發生：

在陽光的透視下
褻污的斑點
暴露無遺

其批判觀點不言而喻。而鼎呢？它是放在寺廟前面廣場以焚燒紙錢，如果它有知覺，日日當可感知形形色色前來膜拜神像的善男信女的行動，於是詩人便賦予它生命與知覺，然後透過它傳達某些信息以及一個宗教信仰的問題。和竹竿叉一樣，「鼎」也自描了其形狀，對於各類人的心性與意圖有頗細微的觀察，但詩人最主要的旨趣毋寧是「把你們的煩惱拋開／把你們的願望昇華」所表示的真誠祈望。

（三）鄉土動物的歌詠

岩上對於鄉土動物的興趣遠甚於植物（他寫過荷花和菊），他曾有計畫的寫過蟋蟀、蟹、蚯蚓、蜻蜓、海螺、海鷗，除了〈蟋蟀〉寫作時間較早，餘皆為近期作品，另外有一首寓言式的〈水牛〉，是「陋屋詩抄」中的系列作品之一。

這些詩，除了海螺和水牛，他都採取動物本身的自白方式來處理。

一般說來，他嚮往動物生活的率性逍遙，例如對於未被捕獲的蟋蟀，說牠們吱吱叫「消遙消遙／最消遙」，「要來就來／願去就去」的蟹，「只要／一塊草地／只要／一泓水澤／就可任意翱遊」的蜻蜓，都是他所欣羨的，以致於當蟋蟀被捕捉被玩弄於手掌之中，他表現了悲憫情懷。這種悲憫很可能就是因於同病相憐，因為「我的生活如掌的封閉」（〈紅豆〉），因為「把一日一日疊積成線／我就是線中的拋物體」（〈拋物體〉），能率性以遊於天地之中，縱使需如海鷗的在「天蒼海茫」中「漂蕩無涯」，他亦情願，因為只要有翅膀有眼睛，就能「掙開了唯一前行的路徑」；如若不能，也應像步履匐匐「在夕暮的沙灘上」的海螺一般，雖然有漫長的黯夜要度過，但是在聆聽「千古的海韻」中，最後「終能定神遠眺夜盡的岑寂」的。

歌詠這些鄉土動物，正足以顯示岩上體物寫物、感物詠志的寫物技巧以及豐富的聯想能力，另一方面我們也可從其中感知岩上的性格和他投向鄉土自然的意願。鄉土絕非盡善盡美，生活於其中很可能要面對大自然的挑戰，但只要平心靜氣，排開一些人為的桎梏，所生活的鄉土應更能和諧，萬物可並行而不悖，但最重要的莫過於自我認知，認清己性，而後率性而遊，別像那隻水牛，「總是埋怨自己灰黑的顏色／非常嫉妒天空的藍」，認知錯誤，向天空「狠狠的衝刺上去」，血流出來了，才赫然發現「原來我體內也有這樣鮮紅的血」，悔之晚矣！

也許岩上所要傳達的便是這樣的一個意旨：萬物之生，自有其適順環境的法則，破壞這些法則，無疑便是走向死亡或者促成死亡。

冬盡春來

岩上以《冬盡》名其詩集，應是寓意深遠。季節的變化本是自然律則，但冬盡春即來，春來時大地將是一片朝氣，所以冬盡象徵由死亡而復甦的一個轉機，岩上抓住這個時序轉變的樞機，讓他的生命自由的展現在詩中，是否我們也該走向春天？在泥土中埋下希望的種子，以期待

收成的喜悅。

　　　　　　　　——選自李瑞騰《詩的詮釋》
　　　　　　　　臺北：時報文化出版公司，1982 年 6 月

岩上《更換的年代》所呈顯的時代焦慮

◎黃敬欽[*]

一、前言

　　「帶著遊覽的心情來觀賞」岩上詩，卻看到沉重的一面，翻閱《更換的年代》詩集中的〈風動石〉，立刻被滾動的巨石，撞成內傷。詩中「幾乎將滾落溪谷的巨石／哽在崖邊」[1]，透發危如累卵的不安定感，將動將落，將定將移，風強風弱，風去風來，構築成堅韌的張力，石在岩上，誠如其名。作者精準的將臺灣命運，安置於多風的崖上，不只是現象的呈現，喻依背後蘊藏的使命感，才是感動的原因。

　　詩是心靈最忠誠的代言者，也是發聲者與接受者聯繫感通的媒介，接受者可以透過詩作情境，覽視與發聲者共同走過的時代轍痕。同時代有同時代的語言，同時代的關懷，同時代的哀痛，同時代的歡樂，同時代的迷惘。看跨越語言的一代，桓夫在〈鼓手之歌〉散發的堅忍不拔的氣骨，是經歷戰亂，經歷民族災難的大時代，所迸出的聲音。[2]對於戰後出生的後輩，是一種典範，一種難以撼拔的堅強典範。戰後面對的是社會秩序的重整，與空虛心靈之補隙，大來大去的恢宏氣勢與頑強的意志力，消失不見。代之而起的是冷靜客觀態度的介入，從細微的變移，觀察時代的裂

---

[*]發表文章時為逢甲大學中國文學系教授，現已退休。
[1]岩上，《更換的年代》（高雄：春暉出版社，2000 年），頁 57。
[2]不僅〈鼓手之歌〉散發堅忍不拔的氣骨，〈雨中行〉、〈銅鑼〉亦皆可以聽到詩人抵拒的吶喊聲。見陳千武，《安全島》（臺北：笠詩刊社，1986 年），頁 7、8、42。

痕。肩挑國家民族興亡的使命感，轉化為關懷社會環境的責任感。岩上所經歷的時代是面對企圖深層挖掘自我的現代主義流行時代，以及不斷撕裂自己走向零散化的後現代主義時代思潮，詩作中不時強烈帶著不同思潮彼此互相衝擊的痕跡。

李魁賢以主體與客體、主體與主體、客體與客體三種衝突面向，切入探討岩上詩，正是觀察到衝突背後所造成的不安。[3]此種不安毋寧說是來自對鄉土的熱愛，以及對民族社會所背負的使命感與責任感，導致的焦慮。戰後的青年接受國民政府教育，在有意泯除在地意識下，迷醉於虛無主義的玄想，迷醉於西方現代主義思潮，期望從深度的自我探索中，建立自我風格，帶著強烈的本位色彩，有自我本位卻失去在地性，變成假性的不實在的自性，造成內心隱性的不安的根源。岩上詩所揭示的簡單平易的現象，背後其實皆有這種深沉的不安。

以〈大雅路〉為例[4]，此詩有幾項值得注意的地方：

（一）隱示文化傳統主體性的不安

大雅路的「大雅」二字，只是單純的路名而已，原無深層大義，然而單純中正可以看文化中毒之深。北平路、天津路、甘肅路、寧夏路、迪化街、塔城街以中國地理為路名，走入臺北、臺中，與走入縮版的中國又有何異？此正賴聲川《暗戀桃花源》的暗戀情結[5]，如果說以中國地理為路名，是對中國的地理依戀，大雅路以《詩經》之「大雅」為路名，則是長期國民政府教育出來的文化依戀。「詩很寂寞／歌起來，很流浪／每一句歌誦，都記不起／家鄉的村名／只有大雅頌／最國風／漂泊的男子漢拼命酒」，面對強力的文化入侵，作者將「大雅頌」、「國風」與拚命酒的男子漢並列，無疑的暗示強力的主體文化的昂然存在。而家鄉的村名，退縮為被遺忘的腳色，在地性當然的消失。

---

[3]李魁賢，〈詩的衝突〉，《更換的年代》，頁 1～2。
[4]岩上，〈大雅路〉，《更換的年代》，頁 171～173。
[5]參見劉紀惠，〈斷裂與延續：臺灣文化記憶在舞臺上的展演〉，《孤兒‧女神‧負面書寫》（臺北：立緒文化出版公司，2000 年），頁 84～85。

（二）隱藏深沉的歷史悲劇

此詩看似以輕佻態度描寫的情色之作，卻無處不流露深沉的民族悲劇。大雅路緊臨水湳機場，早期因美軍駐紮之故，色情業十分蓬勃，數十年來社會雖已幾度變遷，色情文化仍到處可以目及，對自稱文化城的臺中而言，是極大的諷刺。作者緊緊扣住此等失衡現象，以《詩經‧大雅》為聯想，道出走過大雅路不安的感受，更透過大雅路，深層的挖掘殖民地長期依賴性格之不幸。美軍引動色情，只是殖民文化某一時代階段的冰山一角，卻永遠烙在臺中市的肌膚上，成為深沉的歷史之痛。

（三）文化與情色的雙重批判

《詩經》是中國文學中最具經典性的文學作品，解讀者向有鄭箋、朱注之不同解讀，鄭玄以道德教化與政治作前提，為《詩經》開闢一條美教化的道路。朱熹以情愛為主軸，發掘人間至情至性。古老的《詩經》本體，存在著詭譎的兩性體質。作者巧妙的借用此種特質，將文化與情色交叉呈現。一方面悲憫文化力量之不振，一方面曝現現代社會情色之猖獗。情色滿街，在篇章之間吟哦。無疑的以情色為刀，剖開文化城有名無實的虛假本質。同時以情色為喻，亦是文化遭逢輕蔑的反應。而那些賣笑逢迎，在社會中載浮載沉的正是殖民時代不幸的產物。

作者選擇家鄉一條小路為題材，既表現家鄉親切的關懷，希望藉由文化萎縮與情色猖獗，自我反省檢討，由問題之曝現，正視問題之存在。更由小小的路名，觸動時代的傷痛，認清歷史的刻痕，這也是作者尋求自我定位的手段之一。路名只是表層裝飾，路名之後的沉痛歷史與文化陰影，才是作者用心所在。

再進一步觀察，作者心中拂之不去的陰影，在〈說與不說〉詩，說得更為直接：「在不可說的年代裡／我們苦悶／如一堆河邊的石頭／看著芒草／舉著白旗搖晃／在可以說的年代裡／我們仍然苦悶／像一群無人理會的烏鴉／晨昏聒叫／惹人討厭／說與不說／銅像們的英姿／仍然穩穩地站在廣場上／閃爍／太陽反射的亮光」，此詩明顯的區隔出兩個年代，不可說的

年代一句，有強烈的政治意涵，「不可說」勢必有一股高壓的力量，這股力量壓抑下，大家都變成石頭，搖晃著空白的虛無的思想，政治的壓力下導致思想泛白，茫然無所歸趣。一如〈冬天的面譜〉所言，「*冬天的面譜　漆白的／可通往的道路／都已被掩埋／躲在恐怖裡／所有思想都已凍裂*」。[6]作者不甘於自己變成石頭，不甘於只是搖晃空白頭顱的芒草。努力的想突破困境，在掩埋的通路中為自我尋找出路。然而作者在竭力為自我尋找出路的同時，又面臨另一個可以說的年代的來臨，高壓的政治力量隨解嚴消失不見，代之而起的是語言暴力，媒體暴力。後現代思潮隨之揚揚沸沸，疏離化零散化的文化特質盛行，並不因「可說」而尋覓到出路。如果說不可說的年代，是想為自我尋找定位，尋找出路。可說的年代是想為妾身未明的國家，以及混亂的社會尋找出路。不可說的年代自我掩埋在深處，猶是可以挖掘。可說的年代，是非觀念以及社會價值觀，都已被徹底瓦解，解構於無形，又是另一種失去自我的深沉之痛。

　　不管是不可說的年代，還是可說的年代，都有一個共同的特點，銅像穩穩的站在廣場上。銅像不只是獨裁的政治人物，更像是歷史的陰影，文化的陰影，殖民地揮之不去的陰影。被統治者也許可以忘卻統治者的存在，卻無法消除奴性。魯迅《阿Q正傳》中的阿Q，黃春明〈我愛瑪莉〉中的大衛，都是在陰影中成長的。銅像造成的心理陰影，是極為頑強的存在，難以抹滅，即使「*被烈日蒸蒸的熱氣／烤得發燙／也不放手*」。

　　經歷可說的年代與不可說的年代，岩上詩處處透露這種不同時代的不同焦慮，有的來自於外在的生存空間的焦慮，有的來自於內在的人性扭曲的焦慮與失去自我的焦慮，這些焦慮在在顯示變遷的大時代中自我力量之微渺。

---

[6]岩上，〈冬天的面譜〉，《更換的年代》，頁4～5。

二、生存空間的焦慮

　　外在生存空間的變異是作者最直接的感受，整個時代因快速的轉型，生存空間隨之產生巨大的變異，人造物質快速增加，改變自然生態從而壓迫到原有的生存空間，自然環境逐漸惡化，這是作者目視人與外在環境抗衡的敗象中所產生的第一層焦慮。以國家立場而言，正如自然環境之孤島一般，臺灣面臨強敵，不斷壓縮國際生存空間，身處踏不出去的窘境，國家出路問題是作者的第二層焦慮。因民主所產生的人性大解放，正如法國大革命之後的暴民政治一般，連帶也帶來社會無序的傷痛，這是作者第三層的焦慮。

（一）物質世界壓縮生存空間的焦慮

　　物質是慾望的象徵，慾望無止盡的擴充，使物質隨之膨脹擴充，甚至轉而壓縮到生存空間，至不勝負荷的地步。岩上以房屋與汽車兩點切入，從最貼近生活的住與行，感受生存空間的被壓迫感。〈臺北的節奏〉詩「聳立的大樓一直往上爬起的窗／找不到呼吸的口／只是想和雲的摩登比高低／不在乎踏在真實土地的生活／已扭曲了仰望的脖子」[7]；〈屋的異形〉詩「房屋交尾房屋／你推我擠／互相纏綣／窗的眼睛／打造成不眨眼的鐵格方眼／靈魂啊／已囚死」[8]；〈窗口〉詩「窗口對著窗口／一開一闔」、「有的打開／如啞巴／望著／天空的浮雲發呆／有的緊閉著／用空調的管子呼吸／窗口對著窗口／吞吐／人類的口臭」[9]；〈臺北一〇一大樓〉詩「摩天大樓／駐進一群／看不到屋腳下的人們」[10]，以上諸詩呈現濃濃的窒息感，「找不到呼吸的口」、「用空調的管子呼吸」以困難的呼吸，努力尋找可以生存的空間。房屋無止盡的攀高，房屋交尾房屋無止盡的繁殖，使生存空間越形狹隘。作者語帶批判的指出攀高，只不過為了與雲比摩登，越是攀

---

[7]岩上，〈臺北的節奏〉，《更換的年代》，頁 188～189。
[8]岩上，〈屋的異形〉，《更換的年代》，頁 176。
[9]岩上，〈窗口〉，《更換的年代》，頁 56。
[10]岩上，〈臺北一〇一大樓〉，《臺灣現代詩》第 6 期（2006 年 6 月），頁 5。

高越遠離人性,越是遠離屋腳下生存的人們,以房屋高低落差反思現代生活之不正常現象,指責追逐物質滿足,漠視他人生存的自私心態。希望窗口不是發呆不眨眼,失去靈性的窗口,而是能夠充分發揮房屋舒適的住居功能,不排擠他人生存空間的大眾利益考量的效能,不要因住屋而反為房屋所囚所噬。另一方面以汽車為題材的作品如:〈廢氣戰爭〉「人們在逃避汽車攻城的威脅下/戴起空氣濾清器/汽車裡應外合/以排氣管一排一排圍堵城市/日以繼夜/不斷地噴氣掃射/有能力逃走的/藉著汽車作為掩護/疏散到山頂或海邊/沒有能力逃走的/以反毒面具的表情/躲在陰溝裡喘息」[11];〈汽車世界〉「汽車的前面 汽車擋路/汽車的後面 汽車擋路不能偏左/不能偏右/也不能倒退/只能向前奔跑的汽車/結成鎖鏈 鎖鏈向四面八方爬行/像蔓藤/綑綁著地球」[12];〈無人道路〉「路/是汽車的輸送帶/通往汽油燃料的火葬場/是一條沒有人道的帶子/在引路」[13];〈爭奪地盤〉「房屋把人群釋放出來/汽車又把人群衝推回去」、「人們和狗一樣/在道路與房屋爭奪的地帶/逃避/流浪」[14],同樣的凸顯過量生產所造成的傷害,詩中汽車與人處於對立狀態,汽車的無限擴充,變成綑綁自己的鎖鏈,人無法擺脫來自四面八方的汽車壓力,只得無止盡的竄逃,原先為方便行走而設計的汽車,反成行走的阻礙。而汽車的傷害並不只是交通的問題,排氣管所排放之廢氣,更是對人體造成直接之傷害。〈爭奪地盤〉詩則結合房屋與汽車,交叉攻擊,攻擊對象仍是自以為操控物質世界的人類。物質世界的兩面刃效應,於斯可見。而作者偏重於負面表述,以警醒漫無節制生產產品的企業家急踩煞車,以免捨本逐末,與主體人性越拉越遠。

(二)環境惡化的生存焦慮

　　前面提到〈廢氣戰爭〉詩,由汽車排氣管所製造出的空氣汙染,已造成

---

[11]岩上,〈廢氣戰爭〉,《更換的年代》,頁18。
[12]岩上,〈汽車世界〉,《更換的年代》,頁14。
[13]岩上,〈無人道路〉,《更換的年代》,頁15。
[14]岩上,〈爭奪地盤〉,《更換的年代》,頁16～17。

環境的惡化，此一環境惡化問題，因九二一大地震而更受到重視，作者以一系列的地震詩如〈大樓倒塌〉、〈大地翻臉〉、〈孤煙火葬場〉、〈大地震，世紀末生死悲情〉等，表達對本土土地的關懷。作者沉痛之筆正如其〈怪手〉詩般，「挖開了大地的胸膛／挖開了我們心中的悲痛」。經過大地的反撲之後，可以更冷靜的從大地對人類所造成的傷害，反思人類對自然環境所造成的傷害。〈垃圾的目屎〉「溪水　濁的／雨水　垃圾的／空氣　污染的／目屎那有可能清的／溪底無魚／雨水不凍飲用／空氣必須用清淨機過濾」[15]，透過水質與空氣品質之惡化現象，為臺灣這塊土地之將來感到憂心。而少數急功近利者，猶不能從天災中記取教訓，廣植檳榔樹，棄水土保持於不顧。〈土石流〉「東倒／西歪的／檳榔樹節節噴出口嚼的／血汁。」[16]檳榔汁不但髒化都市，連帶而起的檳榔色情文化，更成為現代臺灣都市特色，寧不可悲？臺灣經濟、土石流的天災人禍，隱約透發天譴的意旨。天災的不幸潛藏著人禍的因子，怪手、清淨機都是解決環境殘破髒亂的救星，其實名之為救星的，經常是真正的迫害者，環境破壞的最大元凶，正是背負拯救使命的這些文明。相對的地震、土石流最嚴重的災害區，都是人類涉入最深的地區，大地向人類的貪婪反撲。過度的開發，逼使我們必須面對巨大災厄的焦慮，逼使我們遠離自然。作者巧妙的將寫作題材退回自然，利用蜜蜂、松鼠、鷺鷥、老鼠等自然界的生物，控訴層出不窮的環境汙染問題。〈蜜蜂〉詩「臺灣經濟的奇蹟／只是一個蜂巢式的結構體／怕火燒」[17]，臺灣經濟養就的孱弱體質，令人感到無比的焦慮，看似穩固的結構體，其實是經不起考驗的。〈松鼠〉詩「一座一座隆起的／垃圾山／一樣物產豐富／可以生活」，〈鷺鷥〉詩「我的同伴已陸續／在田野中／被毒死」，〈老鼠〉詩「如果我們還有生存的／空間／只有一個區域／陰溝／其餘的／不見天日／我們幸運地／以內臟的病毒存在著」[18]，〈松鼠〉詩用垃圾山的環境汙染問題，反諷物質豐饒的生

---

[15] 岩上，〈垃圾的目屎〉，《更換的年代》，頁122。
[16] 岩上，〈土石流〉，《更換的年代》，頁118。
[17] 岩上，〈蜜蜂〉，《更換的年代》，頁136。
[18] 〈松鼠〉、〈鷺鷥〉、〈老鼠〉分見岩上，《更換的年代》，頁136、139、144。

活。〈鷺鷥〉詩則淒慘的陳列，慘死在自己家園的畫面，環境的惡化已經到了無可躲逃的地步。〈老鼠〉詩更痛切的指出，僅有的空間是暗無天日的陰溝，在汙染的環境中，我們以內在的病毒存在著。輕鬆詼諧的筆法中，作者沉痛的控訴，有幾人能深切的體悟？

（三）國家民族生存的焦慮

物質世界壓縮生存空間與環境惡化，固然造成生存焦慮，但只是生活層次的焦慮，遠不如深入內心深層的國家民族生存來得深切沉痛。如〈風動石〉詩所言，臺灣長久以來一直處於危墜不安的困境。臺灣是由流淌不完的哭聲，堆砌而成的。

〈臺灣瓦〉「雨是臺灣海島／三百多年流淌不完的哭聲／我們在雨中／靠片片薄薄的屋瓦／擋住風雨／臺灣的瓦是泥土做的／吸水虛胖／踩踏易碎」[19]，岩上正視國家民族的內裡，臺灣是虛胖脆弱的體質，與重男輕女時代的女性一般，是不受重視的瓦片，結婚典禮儀式中必須踩碎。扮演隨時吞忍流淌不完淚水的腳色。

〈白色的噩夢〉「政治的魚鉤／扣住無言的嘴唇／把你提得兩腳離地／喘息穿透日與夜的連線加以電擊／我們是一群／任人捕殺的魚蝦／海洋變成島嶼的漁網／困住成為波浪的繩索」、「被撕毀／模糊的史冊，不忍卒讀的／頁頁，我們／屏息，不敢出聲／用顫抖的白旗／躲過漫長黑夜的噩夢」[20]，被玩弄政治的人當成籌碼，交換利益。被國際社會提吊成兩腳離地的窘境，我們無言的嘴唇，始終殘餘著魚鉤。臺灣這塊殖民地的運命是被踩踏被捕殺，史冊被撕毀。臺灣一直是在統治者高壓空氣中，吞忍過日子。千年來以蠻夷的地位生存著，百年來以奴的地位生存著，不同的時代，臺灣人要嘗試著迎合不同的霸權。而臺灣地位一直是妾身未明的模糊存在，這是有識之士感到最為焦慮的。岩上〈國旗〉「終於／我們可以靠近一點瞻望／才看清楚／我們高掛的國旗／只是一條／意象模糊的／布匹」

---

[19] 岩上，〈臺灣瓦〉，《更換的年代》，頁 48。
[20] 岩上，〈白色的噩夢〉，《更換的年代》，頁 65。

[21]，看清楚模糊就是看不到國家的定位，生存的依託。

　　國家處境堪慮是所有臺灣人民的共識，只是長久養成的迎合個性，漠視了問題之存在，得過且過，喪失自主的勇氣。臺灣只不過是一把「**被遺忘的傘**」[22]，需要時被撐起，高高捧舉，不需要時擱在門後一隅。[23]隨按隨用，隨丟隨棄的衛生碗筷一般，只有即時性的存在價值，生存於此一地域的臺灣人民，隨時等待應付不測的風雨。而不同時代有不同的霸權，以目前而言彼岸中國，是最大的生存威脅。〈飛彈試射〉「**爆破激起浪潮／震裂岸邊／傷及族群生存的空間／只為印證自己的威力／大男人主義操之在我的霸氣／說我是你的一部分／想兼併斷層百年的土地／指我如軟弱的胴體，任人抱爽／未縫合的歷史傷痕／傷口陣痛／我不是你肋骨的化身／更不是一張棄婦的賣契**」[24]，說明彼岸之強權心態。馬關條約棄如敝屣，不顧人民生存者，竟然有臉索求主權。因為不重視臺灣的存在，所以割讓，造成歷史傷口的人，從來不為傷痛內疚自責，反而在傷口灑鹽，鹽灑在一向漠視的臺灣身上，何痛之有？〈鴿子〉「**海峽兩岸對峙的時代／籠子關得緊緊的／誰是誰的／不會含混／籠子打開之後／大家飛來飛去／混淆不清／這邊說：你是我的／那邊也說：你是我的／為什麼／我不能說：／我是我的**」[25]，這首詩說明強權貪婪的本質，臺灣近年來的經濟成果，引來強權搶奪的動機，懷璧其罪。而「**為什麼／我不能說：／我是我的**」才是問題所在，自主權的爭取才是最迫切的解困之道，同時我們也迫切的「**希望那陰影不再伸長**」。

（四）社會腐蝕的焦慮

　　當社會開始腐蝕，敏感的詩人觸鬚立刻察覺，並且立刻發聲，詩人也許無法提出振救之策，卻能指出病癥，發出警示的訊息。徐志摩對於民國

---

[21]岩上，〈國旗〉，《更換的年代》，頁51。
[22]岩上，〈被遺忘的傘〉，《更換的年代》，頁202。
[23]岩上，〈被遺忘的傘〉，《更換的年代》，頁202。
[24]岩上，〈飛彈試射〉，《更換的年代》，頁75～76。
[25]岩上，〈鴿子〉，《更換的年代》，頁142～143。

初建所造成的擾攘不安，寫出〈生活〉詩「這魂魄，在恐怖的壓迫下／除了消減更有什麼願望」。[26]同時代的聞家驊也寫出〈死水〉詩：「這是一溝絕望的死水／這裡斷不是美的所在／不如讓給醜惡來開墾／看他造出個什麼世界」，站在絕望的邊緣，詩人共同以毀滅來顯示對社會環境的焦慮。相同的語言形式，相同的心境。岩上的〈世紀末流星雨〉：「面對醜陋的人間／只有把自己毀滅／才能還給世界本來的面目」[27]，〈整形手術〉：「一切凹凸醜陋的／經過腐蝕馬上變成美麗的／這個世界」[28]，徐志摩與聞家驊用疑問的口吻，呈顯對焦慮產生的絕望感，岩上則以「還給世界本來的面目」、「變成美麗的這個世界」肯定的提出批判的態度。「本來的面目」是什麼？既然與「醜陋的人間」相對應自然是「美麗的世界」。二元對應中，不只是「醜陋」與「美麗」的對應，其實也是「現實」與「理想」的對應。現實社會的千瘡百孔，引人進入絕望的焦慮中。理想的憧憬過程，卻必須經歷不斷的腐蝕。每一個殖民者都是一劑腐蝕劑，有的用高壓暴力當腐蝕劑，有的用教育媒體當腐蝕劑，被腐蝕至根部的臺灣人，要找回本來面目，必須清洗一層一層的腐蝕，必須不斷的碰觸歷史的悲劇。找回本來面目的過程，自然就會找回主體意識，這才是作者心中的想望。而詭譎的是〈整形手術〉詩中，所謂的美麗世界，其實是一個虛假的世界，正好是掩蓋本來面目的世界，這種既渴望又擔心的心情，正是作者呈顯焦慮不安的隱性表現方式。

　　為凸顯問題的存在，必須以更具象的方式表達，因此岩上以諸多腐蝕的社會現象為題材入詩，反映社會環境腐蝕所造成的內心不安。例如〈看板〉詩：「看板擋住我們遠望的／視線／閃爍的文字如霓虹燈／像阻街的女郎／伸出攔腰的手／我們只看到化妝品的笑容／看板誘人的版面／把指示的路標／擠到路旁」[29]，腐蝕人心的看板像阻街女郎，大剌剌的進行負面教育，正

[26]徐志摩，〈生活〉，《徐志摩詩選》（臺北：洪範書店，1987年），頁247。
[27]岩上，〈世紀末流星雨〉，《更換的年代》，頁35。
[28]岩上，〈整形手術〉，《更換的年代》，頁45～46。
[29]岩上，〈看板〉，《更換的年代》，頁130～131。

如便利商店櫃臺最醒目的位置所擺的雜誌一般，每個顧客結帳時都要接受一次腐蝕社會的負面教育。指示的路標在何處？這是有社會責任的詩人最引以為憂的。我們必須生存在不斷抗拒誘惑的社會環境中，更可悲的是正在成長中的學子，在腐蝕中長大，必須提早在幼年時就要面對色情、暴力與詐騙。

　　社會還有一股巨大的腐蝕力量是黑暗勢力，作者在詩作中以社會案件：白曉燕案、劉邦友案為素材，呈顯其對黑暗滋長之焦慮。〈十七歲悲恨的死〉「母親呀母親／您生我育我，在這樣的社會／無緣由的，獻給了魔鬼」[30]，〈九頭公案〉「怎麼辦？／總有一隻主導戲場的手／被利慾燻黑／找不到人性笨拙的指紋／九個頭顱的槍孔／只好一齊喊／冤死」[31]，生存於腐蝕的社會環境中，最可怕的是，善良的人無緣無故遇害。一、二十年辛苦養育兒女，彈指之間，化為烏有，生存於黑暗勢力籠罩下的小民，有身處恐懼之中的焦慮。〈九頭公案〉已經漸漸呈顯黑暗勢力下，執法者的疲軟無力感。〈黑夜裡一朵曇花濺血〉「黑夜／把莊嚴的塑像掩埋／歹徒像激怒的浪潮／攻陷沙灘／沙堆的／城堡隨即崩潰」、「數百名憲警和狗／連夜捲席緝捕／衝向更黑暗的另一端」，〈貓〉「現在的鼠輩很狡猾／他們會利用白天的光明／作為掩護／包括國會殿堂的威權／讓人分不清／黑道或白道」[32]，〈黑夜裡一朵曇花濺血〉與〈貓〉詩更透露另一層更為憂心的社會腐蝕現象，我們一向仰仗用以對抗黑暗勢力的法律正義，不只是疲軟無力而已；甚且白道黑道勾結，相攜衝向更黑暗的另一端。詩人以犀利的文字，痛陳社會聯成整體腐蝕系統的現象。

三、人性扭曲的焦慮

（一）假象充斥的焦慮

　　社會表象的混亂，蒙蔽真理的訴求，隨丟隨棄的文化，養成淺薄的存

---

[30]岩上，〈十七歲悲恨的死〉，《更換的年代》，頁 90。
[31]岩上，〈九頭公案〉，《更換的年代》，頁 82。
[32]〈黑夜裡一朵曇花濺血〉、〈貓〉分見岩上，《更換的年代》，頁 72～74、147。

在方式，所謂爭千秋的志氣，被爭一時的時尚文明所泯滅，屬於潮流的一時的存在，即使是短暫的假象，卻是真實的存在。追求假象比追求真理來得容易與真實。〈模糊一片〉詩指出「學童為了求真／眼睛愈看愈近／而真相的布幕愈演愈遠／一再加厚的眼鏡片／終於跌破／世界摔在破片裡／真理模糊一片」[33]，學生愈看愈近，貪圖近利的結果，是將真理推離，真理在何處？世界給予我們的是模糊一片。學童是未來的希望，教育是推向希望的推手，當真理模糊一片時，未來希望又在何處？詩人對於未來感到焦慮的是學童觀念的體質上的改變，失去求真精神的下一代，滿足於生活在假象之中，還需要什麼深層的文化作支柱，「警察如果來問案／汪汪汪／虛應幾聲／也就沒事」的敷衍態度，變成生活的主要方式，豈不可悲？

假象的充斥，造成人與人間的不信任感，像〈九官鳥〉所言「人客來坐／其實要口袋裡的錢」，語言的表意功能發生扭曲。作為現代文化先鋒的語言，拆開來看，內容竟是充滿虛假的腐爛內容。語言在知識分子玩弄下，一再發生質變，轉而為利用謀取近利之工具，語言本身的意義不斷的被推離，連帶的母語文化也被推離，代之以具有歷史隔閡的語言，悖離真實的聱牙難懂的語言。混雜多元的社會，各說各話，互相之間沒有交集，零散、疏離、冷漠、撕裂的後現代精神，其實是自語言意義被推離，假象充斥之後開始的，岩上的〈語言〉詩就是在表現「口水／溺斃了真理」的焦慮。

（二）悖理現象的焦慮

傳統社會所依循的是秩序，是理則，一切以法律為依歸。不幸的是民主時代的來臨，混雜的聲音，連帶攪亂了原有的秩序。法律解體，而且是從自身開始腐爛，賴以維繫的社會秩序崩潰，人心也隨著社會的腐爛惡質化，荒謬悖理的現象層出不窮。岩上的〈在一個連續被強姦的都市〉刻寫此一現象極為深刻。「警察追捕歹徒的／急速腳步聲追逐自己的同僚／法院

---

[33] 岩上，〈模糊一片〉，《更換的年代》，頁58。

控告的按鈴／不勝負荷而燒毀」、「立法院／為強姦罪犯是否去勢／爭論不休／有的擲茶杯／有的摔椅子／有的搶麥克風／更有的／扭打在一起」[34]，作者內視整個社會的法律結構，執法者、訂法者都有問題，法律結構的鬆弛，實為亂源。執法的警察追逐自己的同僚，執法者的不足以信任感，與立法者立法態度的輕率，在在顯示法律結構基礎之薄弱。執法與立法兩皆不可信，人民對法律的信心喪失。執法之無力，自然犯罪案件更加猖獗，掩沒整個社會。而尤可悲者是，「一群被強姦的婦女／上街頭抗議／在電視記者的訪問中／大聲喊叫：／我們都是自願的」，殖民地一再遭統治者踐踏，有如被強姦的婦女一般，可悲的是已長期被教成，根深柢固的奴性。正如霧社事件中被殘害的原住民，子女被教育成效忠日皇的高砂義勇軍。竟然荒謬的將施虐／被虐作非理性的拼貼。詩人目視各種社會現象，已然脫離理性的邏輯的規範，而正以悖理的荒謬的方式存在，從內部徹底崩解，這是最令人憂心，也令人無從防範的。

（三）觀念扭曲的焦慮

〈是與不是〉詩點出社會價值觀改變，是非不分的隱憂。多元的混亂，打亂了生活秩序。面臨不同時代的衝擊，作者感觸良多，「彩色電影／彩色電視／彩色電腦／紛呈而目炫的年代／人們懷念黑白的／寫真」。

詹明信認為：

> 彩色電影從某種意義上說也是後現代主義的。彩色電影與黑白電影的不同，在於後者仍然是為敘事服務的，仍然有一個中心的情節，甚至影片中的每一個細節、道具都可以幫助故事的發展。在彩色電影裡，畫面一下子燦爛起來，很美麗很吸引人，各種眼花瞭亂的顏色，同時出現在畫面上，觀眾的感官同時被吸引住，但注意力也就分散了。[35]

---

[34] 岩上，〈在一個連續被強姦的都市〉，《更換的年代》，頁 23。
[35] 參見詹明信，《後現代主義與文化理論》（臺北：合志文化公司，1994 年），頁 240。

　　彩色電影給人的感覺是不真實的，沒有歷史感的。詩人清楚的從彩色電影中，看到多元的混亂現象，這種失去歷史，失去價值，失去是非，失去秩序，失去情節意義，失去生活中心，失去自我的彩色世界才是最值得憂心的。社會進步，生活水準提高，生活內容五彩繽紛，但是價值觀卻改變了，舊社會中有價值的「唯一」不見了，剩下無止盡的複製。舊社會珍惜的物品，在生產過剩的時代裡，隨時可以替換。〈更換的年代〉[36]從物質的水龍頭、電燈、電視機壞了，換一個，到衣服、汽車、房子舊了，換，層層逼視現代社會的浪費，即使沒有壞，舊了也要換。進而到人的自身，妻子、丈夫舊了，換，犀利的點出由物質價值觀念的淡薄，習慣性的造成人心的浮盪。最後以「孩子壞了／不能更換／任其作惡」，對現代社會換的價值觀念的偏差，進行批判。

（四）文化褪色的焦慮

　　前面提到〈大雅路〉詩，作者語帶嘲諷的將《詩經》與情色穿插比喻，其實是對文化已退縮到無所容身的地步，感到焦慮。〈我的詩，黏死在街道的牆壁上〉以自己的詩出現在充滿時尚流行的精明一街，檢討文化的處境。[37]詩孤獨的存在於少數文化人的心中，然而一旦置身於現代時尚文化潮流中，變成為可笑而荒謬的存在。「誰有耐心尋覓詩意的手指／被釘斃的字詞／風吹雨打日曬，我的詩／乃生命歷經風霜的絕句／卻脫落如不串聯的鈕扣，誰能讀懂曾經精心的針線」，後現代社會成長的青年，思慮模式已經遠離深度模式，轉而為快速的，淺層的，即興的，零散的表達方式。有深度的有生命的詩作，只是釘斃在牆壁的字詞，充其量只是文化城文化街的裝飾，文化意義遠遠弱於裝飾意義。這還是較為客氣的說法，「詩只是口水／和垃圾同類／潰爛在詩人嘴裡／吐出變成蒼蠅」[38]，作者放大文化之窘困處境，與卑弱之地位，用憤世嫉俗的語調，陳述文化之不受重視久矣。

---

[36]岩上，〈更換的年代〉，《更換的年代》，頁 6～7。
[37]岩上，〈我的詩，黏死在街道的牆壁上〉，《更換的年代》，頁 168～170。
[38]岩上，〈詩的垃圾〉，《更換的年代》，頁 164。

媒體焦點放在政治人物，全民生活被玩弄群眾、玩弄權勢、玩弄假象、玩弄語言的政治人物拖著走，文化人釘死在街道牆壁上，文化人垃圾般的存在。只有文化人可以從內在改變社會的體質，建立主體意識，當文化淪滅至如是不堪的地步，振聾啟瞶之道安在，怎不令人焦慮？

（五）後殖民的焦慮

殖民地時代，被統治者感受到統治者高壓的政治壓力，面對諸多禁忌，仍然努力抵制，表現出反抗的姿勢。解嚴之後，統治者的壓力消失，被統治者既養成的奴性仍未消失，轉型為崇拜名牌明星的後殖民文化，西洋、東洋、中國的力量，透過不同形式宣示繼續殖民的現象。岩上的〈黃昏麥當勞〉描寫麥當勞高聳矗立的 M 字，特別搶眼，成為都市的核心。[39]相形之下，「街頭原有的景象為之褪色／呈現一些自卑／民族文化的蒼涼」，經濟強權的文化入侵，從最貼近生活的飲食著手，改變本地年輕人的飲食習慣。殖民地面臨高壓的政治，猶有抵制的企圖，但是現代年輕人，對於生活習慣被徹底的同化，了無警覺，尚以跟得上時代潮流而沾沾自喜。這正是李歐塔所指出的「人們聽牙買加音樂，看西部片，吃麥當勞作午餐，而晚餐則吃地道美食，在東京塗巴黎香水，在香港穿『復古』時裝……」，第一世界以文化與意識形態的滲透，一浪接一浪的侵略第三世界，重新塑造西方中心神話。[40]本土文化在西方化神話的影響下，從內部被徹底的摧毀，此等摧毀力量從民族的幼苗下手，讓第三世界毫無招架之力，此為作者最為焦慮之所在。他在〈胖與瘦〉明白的指出「其實／六十年代的瘦／已經有了西風東吹的／雛型只是臺灣人的奴隸性格／很多人已經遺忘／五十年代束緊的腰圍有多少」[41]，奴性使人容易遺忘過去的不幸，不知從歷史中汲取教訓，盲目的跟隨時尚跑，沒有歷史感的人自然不知自我的主體性究在何處。〈兩極半世紀〉他採用自體／他體，過去／現代並列

---

[39] 岩上，〈黃昏麥當勞〉，《更換的年代》，頁 25～26。
[40] 參見朱耀偉，《後東方主義》（臺北：駱駝出版社，1994 年），頁 24～25。
[41] 岩上，〈胖與瘦〉，《更換的年代》，頁 28。

的對比方式，凸顯時代快速變遷下，觀念的變異。[42]一方面批判經濟成長導致的物資浪費，一方面批判人性因物資增加所引起的浮動。藉兩極的衝突深入反省當代文化走向。

四、失去自我的焦慮

（一）流失本有的焦慮

　　人之所以生存，必有其賴以依恃生存之條件。諸如適合生存之宇宙自然環境，護持生命成長之國與家，提供成長空間之土地，以及因之培養起來的與國家民族土地環境的認同感，這些都成為生命中不可或缺的一部分。然而隨著時代之變遷，地理環境，國家社會情勢，家族民族的走向，也不斷的在改變，個人的適應能力必須作快速的調整，當調整速度不如改變速度時，便有失去本有的焦慮。作者之〈回聲壁〉詩：「站在回聲壁的中央／想找回自己失落的原音／越喊越發狂／終被複雜的聲音震聾」[43]，痛切的寫出此等失落的焦慮，越喊越發狂的同時，越顯心中之焦慮，微弱的原音，被快速變異的環境中複雜聲音所掩蓋。本有在空空蕩蕩的回聲壁中，被混亂的外在環境吞噬。

　　對於失去本有的焦慮，作者最為關注的是生存環境的變異。〈失去海岸的島嶼〉：「我們期盼等待／那美麗的海岸可以散步／徜徉／現在我們已經年老／仍然看不到海岸／海岸已經沉淪／地層下陷／海水倒灌／只有垃圾只有污油／只有高高圍堵的波堤／我們還是只能遠遠地／眺望／海洋／天空」；〈日月潭斷想〉：「那個年代裡／山中靜謐的潭水／只發出一種／歡呼聲／拍岸拍岸的應和／刺青的圖騰／早已變臉／失去原音的杵歌和舞步／統一和聲／如軍歌趕上征程的隊伍／消逝於水光瀲灩中」；〈回不去的故鄉〉：「我們已無法回去／望鄉的路已斷絕／故鄉已組合製造成為／一個城市／忙亂喧騰的／佇立在連鎖店和道路如網的／交錯中／找不到可辨認的

---

[42]岩上，〈兩極半世紀〉，《更換的年代》，頁36～37。
[43]岩上，〈回聲壁〉，《更換的年代》，頁61。

店仔頭可以問路」、「我們讀不懂／故鄉的面目，面目更以／不理不睬遺忘的神態，漠視昔日存在的／塵埃，和陌生人的造訪」[44]，三詩均著眼於生存環境本有的舊印象之不再，海岸幾經摧殘，地貌已易，易之以「沉淪」。日月潭原住民文化，刺青圖騰早已變臉，文化樣貌，變成歡呼的應合。故鄉的陌生源自地貌的變異，故鄉地貌、人情、文化之失去，是本有的失去，換來的是陌生與內裡遼闊的空洞。

（二）自我毀滅的焦慮

面對醜惡的世界，詩人興起「只有把自己毀滅／才能還給世界本來的面目」的念頭。歸真返璞是終極的理想，但是對於遙不可及的目標，似乎只有毀滅自己才能快速完成，此一消極念頭其實對應混亂的世界，因混亂而導致的焦慮所產生。詩人冷冷的觀視生命，在時光巨輪中逐漸磨損。〈齒輪〉詩：「互相咬住的齒輪／依靠時間的潤滑油推動／滾動的齒輪／不斷地回到原點／卻看不到／春綠秋白的生機／只有歷史的災難／重覆成為黑油／污染碰觸的手指／沒有知覺的齒輪／沒有自覺的人類／相磨在長遠的時間裡／不斷發出齗齒的呻吟」[45]，齒輪相咬，使生命不斷磨損，齒輪靠相咬產生動力，是極為可悲的推動模式，寓之政治，長時間自我相咬，摧殘生命，是國家民族最大的絆腳石。時間是潤滑油，也是檢驗劑，可以觀測自我生命的成長過程，作者以「齗齒的呻吟」寫出自我毀滅的磨難現象。

（三）盲目麻痺的焦慮

蓬勃的經濟，帶來富裕的生活。富裕的生活遠離了臺灣傷痛的歷史，已然癒合的傷口，使人忘卻自我的本來面目。〈剖腹生產〉詩：「母親的叫痛／被麻醉無聲／通過無感不覺的手術刀／嬰兒／看不見／人間的傷痛」[46]，以母親生產提醒在無痛不覺麻醉狀態下生下的嬰兒，不能以無感不覺，看不見人間傷痛的方式生活。富裕的社會，教育太多的貪婪，養成一堆漢惠帝

---

[44]〈失去海岸的島嶼〉、〈日月潭斷想〉、〈回不去的故鄉〉分見岩上，《更換的年代》，頁 125、69、247～248。

[45]岩上，〈齒輪〉，《更換的年代》，頁 53。

[46]岩上，〈剖腹生產〉，《更換的年代》，頁 44。

生活方式的年輕人，忘卻自我，忘卻最基本的人性，整天過著隨波逐流的生活，被淺層的時尚文化牽著鼻子走。看不見傷痛，便無法自省，永遠沉溺於貪婪之中，無法自省的人，面對錯誤，一錯再錯，至於犯錯所造成對他人的傷害也視而不見。與舊傳統社會身體髮膚受之父母不敢毀傷的戒慎態度，不可同日而語。無感不覺、盲目麻痺的生活態度，已經遠離了自我，已經斲喪人心，從根本上悖離人之所以為人的本質。作者憂心的是這一群喪失自我，已經斲喪人心，從根本上悖離人之所以為人的本質。作者憂心的是這一群喪失自我的人，仍然了無知覺，麻痺的生活著，彷彿是剖腹生產中與生俱來的天性般，寧不可悲？

五、結語

　　時代的快速變遷，生活的快速變異，使堅持在時代中敲響木鐸的詩人，難以為急流立心。隨波逐流之人，日益增多，有如水草一般，不願靜下心來，立地扎根，導致忘卻泥土的滋味。岩上《更換的年代》出版於西元 2000 年，正值世紀交替之際，透露出層層的世紀焦慮，以諸般變異的現象，作為題材，警醒沉溺其中的現代人，指引他們如何及早中止環境的惡化？如何抵拒層出不窮的貪婪？如何尋覓臺灣的主體意識？如何尋回逐漸遠離的人性？

臺灣現代鄉土的詩眼與詩心
試論《岩上八行詩》與《更換的年代》的書寫意義

◎陳康芬*

> 風吹雨打日曬，我的詩
>
> 乃生命歷經風霜的絕句
>
> ——岩上，〈我的詩，黏死在街道的牆壁上〉

一、前言

　　岩上，本名嚴振興，是《笠》詩刊重要的中堅詩人，1976 年與詩友籌組詩脈詩社，著有詩集《激流》（1972）、《冬盡》（1980）、《臺灣瓦》（1990）、《愛染篇》（1991）、《岩上詩選》（1993）、《岩上八行詩》（1997）與詩論集《詩的存在：現代詩評論集》（1996），就其詩作的發展歷程來看，從《激流》殘存無幾的現代主義氣息、《冬盡》對生命深沉內在的自我省視、《愛染篇》刻畫各種情愛意念的細緻心靈，到《岩上八行詩》以八行、兩節結構對應「物」之本質，透過單純律整的形式，試圖體現詩與物之間太初共存的永恆性；而另外一本傑著——《更換的年代》，則呈現不同於八行詩的哲理思考，全書貫徹以其獨特寫實的冷眼熱心，大規模地觀照我們這個生於斯長於斯的臺灣，包括時代轉換、社會變遷、兩岸政治、自然保育、南投九二一省思……等多面向的議題，完整記錄了 1990 年代十年間變化甚鉅的臺灣社會

*發表文章時為東華大學中國語文學系博士生，現為中原大學通識教育中心助理教授。

人事物各種內外狀態，正如岩上在〈後記〉中自陳：「《更換的年代》是這本詩集的一首詩，詩的本身和作為詩集的名字，均有意顯露現 1990 年代進 21 世紀之前關照和感觸。」[1]而從岩上一路走來的詩路歷程來看，作為一個優秀的詩人，岩上除敏銳的詩才與詩覺外，《岩上八行詩》與《更換的年代》這兩本 1990 年代詩集，亦在在散發出岩上對其詩論實踐的圓熟訊息，對於這樣一位以生命體現詩、思考詩的詩人來說，無疑地，這是一個境界的完成，蕭蕭在《冬盡》中的跋文之中曾提點到，岩上與林煥彰都致力於尋求「詩的真正位置——我的位置」，其主要特徵在於兩人「由日常事物中發現特殊事義」，並認為可以開出一條承先啟後的新路向[2]，就詩的表現來說，《岩上八行詩》的成就，在於開發有限形式中的無限詩想，既具體又抽象地詮釋出「詩——我」輝映的無所不在哲理；而《更換的年代》則是將「詩——我」落實於現實社會生活與大千世界中，在客觀描述與批判文字之中，暗自演繹真理的存在，本文擬就這兩個形式意義與內涵意義部分，嘗試勾勒出岩上在臺灣現代詩史中的書寫意義與位置。

二、《岩上八行詩》中的形式典律與詩論之自覺

從現代詩自由創作幅員愈加廣大的角度觀看，岩上的「八行」確實意味著反其道而行，王灝首先觀察到這個現象，並提出個人解釋：

> 在形式自由的現代詩創作世界，卻出現形式回歸的現象，以固定行數，定格詩型實驗創作，比較有系統而完整的代表詩人應該推向陽的十行詩與岩上的八行詩，他們的詩形式不但行數固定，甚至於詩組成的格式也

---

[1] 岩上，〈後記〉，《更換的年代》（高雄：春暉出版社，2000 年），頁 276。

[2] 蕭蕭在〈岩上的位置〉一文中指出：「日常事物的摹寫是笠詩社同仁所專擅的，特殊事義的挖掘則為創世紀諸君子所津津樂道，因而，岩上與林煥彰等人『由日常事物中發現特殊事義』的詩作，不免時時游移於晦澀的詩意與淺白的語言之間，力求新路向的開拓。基本上，因為它是日常事物，所以不至於晦澀而無路可尋，也因為它具有特殊事義，更不會淺白而俗不可耐，而且，這種寫法可以感物吟志，可以即物窮理，可以轉生無數情趣，可以提昇心靈。」《冬盡》（臺中：明光出版社，1980 年），頁 203。

固定，向陽的十行詩以五行兩節方式組成詩，岩上的八行詩則以二行四節方式成詩，現代人經過革命及顛覆，好不容易往形式及格律中掙脫跳離出來，為何又跳回形式及格律的桎梏之中呢？詩人這種從形式格律的跳離，到重新面對形式選擇形式，既離又即的動作本身，想必不是純粹只用實驗兩個字就能解釋得盡的，其中必然還有更深沉的屬於詩的本質，詩結構肌理的思考課題在。尤其從制式的傳統形式中釋放出來之後，再重新選擇形式時，其選擇是擁有可以主宰性的，是擁有比較大的彈性空間的，但是向陽之所以選擇十行，岩上之所以選擇八行，向陽之所以選擇五行成節，兩節成篇，岩上之所以選擇二行成節，四節成篇，這其中都有他們所要呈現的詩生命之考量與思考在。[3]

而岩上本人對於八行詩的出現，也曾提出創作者最原初的解釋與看法：

八行詩不是一個固定表達詩的形式，它僅是以這樣的形式呈現了這樣的內容。我採取較平易而穩定的形式來捕捉日常身邊事物，以新即物的手法表現了物項的特質及我的觀照。我的詩想較接近於對人生哲思的感悟。

我與物的對流或換位，在詩中處處有我的存在，但不做太多個人性的殊相奇想，而盡量還原物項的本體共相特質。在物我交媾之間尋求詩的要妙。[4]

就岩上的個人解釋，其八行詩的出現，是在一種關於詩形式與物內容思考下的自然產物，非刻意為之，純然關乎「詩的存在」問題，然而有趣的是，為什麼岩上選擇了最近於傳統詩律結構的「八行、兩行四節」形式？王灝引古繼堂的話來說明：「這種結構的特點，不僅僅是詩的行數與語

---

[3]王灝，〈試說《岩上八行詩》中的形式意義〉，《笠》第 220 期（2000 年 12 月），頁 130。
[4]岩上，〈後記〉，《岩上八行詩》（高雄：派色文化出版社，1997 年），頁 124。

言的限制,而是一種固定的形式裝載一種活的,可以膨脹可以收縮的內容。就詩的特點來說,它要求形式的有限性和內容的無限性,即以最凝煉、最精省的形式,容納盡可能多的內涵」[5],並更進一步經由古典詩的詩想秩序來解釋其中原因:

> 傳統絕句、律詩或是四行,剛好容納詩想由起到承,然後轉而復合,很
> 完整的一個組織體及過程,而律詩八句中間三、四對句,五、六對句,
> 整個詩的架構嚴整又能容許豐富意象的完整呈現,也能夠提供詩脈絡運
> 行的完整空間,因此八行世界,可以說是十分完整的內在空間,詩想在
> 八行的結構中,既能完整而有機的交錯運行,又不至於影響到詩意的複
> 雜呈現,所以八行的選擇是很周全的形式選擇。[6]

因此,就八行詩本身的形上意涵而言,一首詩就象徵一個完整的物世界,物之本質在語言形式秩序中自足自生,運繞無限生機,素樸之中饒富存在無限意義,八行詩的創作,充分展示出岩上對「詩的存在」的實踐過程。[7]

然而就形式意義來說,現代詩本身突破中國古典詩律系統的工整,從打破形式與格律的束縛,追求更自由的形式空間,這個革命是值得肯定的,但從中國古典詩的發展歷程來看,從漢魏樂府到唐律,樂府詩源自民間,形式比唐律自由許多,有五言、七言、雜言體,而韻腳可自由換韻,不限偶句數,要求一種內在聲音的節奏律動,唐律則更向前發展,在人為音律演練與開發上追求完美,而終形成一個外在形式的嚴密格律結構,從樂府強調自然聲韻到唐律人為音韻的過程,可以發現,聲音律感與文字形式的如何結合一

---

[5] 岩上,〈後記〉,《岩上八行詩》,頁 124。

[6] 岩上,〈後記〉,《岩上八行詩》,頁 131。

[7] 岩上在其著名詩論〈論詩的存在〉中,認為詩存於宇宙物象的現實中,宇宙萬物蘊含生機各具詩生命的存在,詩的存在是現實的存在,只有依附萬物萬象確實存在的現實,才能駕取詩存在的個性,因宇宙無限,詩亦無限,萬物雖有其個體存在圍限,但自盈自限,自身既足存在。參閱岩上,〈論詩的存在〉,《詩的存在:現代詩評論集》(高雄:派色文化出版社,1996 年),頁 32~33。

直是詩史發展的重要課題，但這兩者間也一直都有所反動，在唐律日漸發展的過程中，李白以復反樂府精神異軍突起，成就當時古今樂府之最，尤其讀其不限長短雜句的歌行體，最能動人心魄、淋漓暢快；反觀李白開創樂府創作高峰後，接者既起的偉大詩人杜甫，卻以一生追求律詩體制內的各種可能發展成就，所以韓愈可以得其拗怒、白居易可以得其平淺、杜牧和李商隱可以於格律完整與藝術技巧上愈加瞻麗，李白與杜甫反應詩人對詩語言開展的兩個進路：以外在形式解放純然內在無限精神與在既有外在形式之中開創所有無限可能，兩者並無高下，李白以天才，杜甫以功力，完全適性而已，桓夫（陳千武先生）在岩上《激流》序中，論及岩上在詩的修行過程中，並不是屬於天才兒童式的詩人，而是經過許多的苦悶與掙扎痕跡[8]，就詩人質性來說，岩上是更近於杜甫，而非李白。

　　回到現代詩的語言革命，雖然在語言比樂府詩形式更加自由，但在本質上，與樂府強調民間語言的自然渾成與天籟之音，卻是頗得異曲同工之趣，但岩上卻選擇最近於古典詩律「八行」的回復形式之舉，透過形式解決語言的僵化，岩上其實相當清楚詩人對詩語言中以外在形式之中開創無限可能的進路問題：

> 自詩進入文學範疇以後，詩人對詩的成就，就成為有意的追求，可是對待詩語言的要求總要退回到語言創發的階段才有力量，這卻是非常困難的。於是，有創造性而聰敏的詩人，就把詩推入另一種全新的國度，用格律來束縛日常已陳腐了的語言，使它經由約束、捶打而產生等於創發的新的效果。
>
> 因為語言陳腐了之後，就失去點燃詩火把的力量，格律的產生、遞變，無疑是對陳腐的語言一種反動。[9]

---

[8] 桓夫，〈序〉，《激流》（臺北：笠詩刊社，1972年），頁7。
[9] 岩上，〈詩與孩童的語言〉，《詩的存在：現代詩評論集》，頁16。

　　而岩上的「八行詩」，除了王灝所提出的古典八行所自身體現的形式內涵外與詩人對詩語言開創進路外，在臺灣現代詩史發展，亦具有對 1950 年代中期至 1960 年代以來現代主義詩潮與其餘風的反動意義，從 1956 年以紀弦為首，在《現代詩》發起現代派信條，「創世紀」、「藍星」隨之既起，共為臺灣現代詩三大主流詩社，其詩作，在文字語言上晦澀怪誕，在文化精神上，突顯失語病癥與精神偏執，岩上一路走來，「瀏覽了許多詩的百貨公司；觀賞了許多詩的舞臺表演之後，我發現那麼多美麗的外衣都不適合我穿；那些舞步我都拙於傚倣。我量我自己的尺寸，製作自己適身的衣裳，且舞我自己的姿式。雖然土氣、笨鈍、醜態百出，但值得安慰的是那都是我自己的面貌。」[10]以至於岩上對現代主義詩潮以及後來後現代主義潮流影響下，所形成支離破碎夢囈式的詩語，顯得憂心忡忡[11]，除「八行詩」從詩語言形式入手，提出一種關於抽象詩想秩序的具體實踐外，岩上也同步大規模透過吾人所處的外在現象為觀察點，嘗試通過詩語言的真理檢驗，對臺灣社會光怪陸離現象，提出更深層的思考與反省，因此，與《岩上八行詩》同步的 20 世紀 90 年代作品《更換的年代》，則又更向前推進，徹底融貫於「詩是現實中的拋物線」，但卻「從現實出發而拋棄現實」[12]，成就詩作上另一個實踐性的指標意義。

三、岩上《更換的年代》中的臺灣現代鄉土寫實書寫

　　岩上加入笠詩社由來已久，《笠》與《臺灣文藝》相繼於 1964 年成立，以重建臺灣詩文學為使命，而這兩者的創刊，顯示了臺灣走出二二八強迫失

---

[10]岩上，〈後記〉，《激流》，頁 94～95。而桓夫也指出岩上：「追求詩的行為，早在紀弦主編的《現代詩》時期即已開始。他吸收了《現代詩》的新詩精神，觸及余光中主唱的《藍星》詩刊的唯美形式，並嘗試過張默主持的《創世紀》詩刊所推行的超現實主義技巧的運行。」桓夫，〈序〉，《激流》，頁 5。

[11]岩上在《岩上八行詩》序文〈詩的語言與形式〉中，指出：「在後現代主義潮流的影響下，詩的寫作模式如果是語言的破碎和無體裁的寫作，則詩將再度墜入夢囈的迷霧中，而回歸於無意識本能的活動中。詩的寫作將再度像超現實主義的自動語言一樣，拒絕傳達和拒絕接受，而遠離社會。」岩上，〈詩的語言與形式〉，《岩上八行詩》，頁 5。

[12]岩上，〈代序·詩的來龍去脈〉，《冬盡》，頁 9、11。

語的歷史情境，開始擁有發聲的能力與企圖，並力創象徵臺灣人精神的文藝與詩刊，建立臺灣人的文學位置[13]，而就臺灣現代詩的發展歷程來看，相對於洛夫與《創世紀》於 1960 年代所提倡的「超現實主義」，《笠》的臺灣鄉土寫實路線與本土意識，歷經 1970 年代鄉土文學論戰，主導臺灣現實主義詩潮的勃興，而《笠》所橫跨三個世代的詩人，從超越語言的巫永福、桓夫、林亨泰等；中間一代的白萩、李魁賢、趙天儀、岩上；以至戰後出生年輕一代鄭烱明、陳明台、拾虹等，《笠》詩人更強調「寫什麼」，與《創世紀》的「怎麼寫」反向而行，更側重於詩寫的意義內涵，「以暗喻或諷刺的高度技巧，表現民族性的提升向上，表現純粹傳統的本土意識，冀求精神的革新」[14]，岩上可以說是其中的佼佼者，但不侷限於本土，一秉其誠實的態度，超越純然感性，以追求詩真理的積極理性與現實客觀進行批判性對話，岩上在《更換的年代》的表現，不僅單就詩寫 1990 年代十年間的臺灣現代鄉土風貌與點滴，其中客觀寫實與主觀意識之間對立衝突下所展現的思想性，實潛藏一條對臺灣鄉土寫實詩的書寫新脈絡，再從岩上詩作特質來看，其〈詩脈的流數〉一文，探討詩社主要成員的詩創作，有段相當公允的批評：「岩上的詩在著與不著之中捻出詩思，從縝密的結構秩序裡脈注生命的悲情與激越的精神，語言縱收峻切而淵沛……」[15]，這段精闢的見解，不僅標示出其詩藝日益圓熟的里程碑，也同時提顯出岩上本人對自己詩作在語言文字與精神內涵之間密合的高度自覺與要求，岩上的《更換的年代》，可說是以這種詩想秩序具體實踐社會關懷，使之能在各種社會怪現況的衝突下，始終保有詩人感性熱血與理性批判的雙重特質。

---

[13]陳鴻森在〈臺灣精神的回歸！《《笠》詩刊 120 期景印本》後記〉曾談到：「《臺灣文藝》與《笠》的創刊，顯示了幾個意義：一、臺灣文學工作者逐漸克服二二八的驚悸，重新聚合，再度發聲。二、所謂『臺灣本土文藝』、『臺灣人自己的詩刊』，這意味戰後臺灣文學『本土意識』的萌生，它是 1970 年代鄉土文學思潮的根源。三、經過約莫二十年的時間，戰前世代逐漸跨越了語言障礙的困境；而戰後成長的世代，此時亦能自如地運用中文寫作。他們開始有能利用新的表現工具建構屬於自己的文學。」笠詩刊編輯委員會，《時代的眼‧現實之花──《笠》詩刊 1～120 期景印本》（臺北：臺灣學生書局，2000 年），頁 26。
[14]陳千武，〈臺灣新詩的演變〉，《臺灣新詩論集》（高雄：春暉出版社，1997 年），頁 32。
[15]岩上，〈詩脈的流數──詩脈社簡介〉，《詩的存在：現代詩評論集》，頁 153。

　　李魁賢在《更換的年代》序文〈詩的衝突〉中，就特別注意岩上詩對
於處理社會題材的衝突面向，以岩上對衝突面向分析為開展，以此提出岩
上詩內關於各種社會矛盾與逆向思考的精闢見解，衝突的面向，反應岩上
對於詩與現實之間距離的思考，岩上的詩向來精采於「著與不著」之間，
正如岩上在〈詩的來龍去脈〉中所陳述：

　　詩的風箏從小孩的手中飛去，飄揚在空中，成為美麗生動的個體，但它
　　的生命是由於小孩手中的一條細線把它適度的拉住而形成的。我們只見
　　拋棄了現實的手而飄逸在空中的風箏，對於在現實（手）與超現實（風
　　箏）之間的一條細線，卻因「距離」的關係而被「隱」著了。詩的可貴
　　乃在於它拋棄了現實的枷鎖，卻留下一條不被人注意的細線又把它繫
　　住，使它不致飄去無蹤，而它看來是不被牽連而自身既足的生命的個
　　體。[16]

　　岩上詩語言意象中所呈現的衝突面向，正是那牽連住現實與意識的細
線，從《更換的年代》中大幅廣涉的十個主題：更換的年代、國旗、玩命
終結者、地震與土石流、獅子與麻雀、建築與重疊、隔海的信箋、無人
島、無盡的路、菩提樹，或以反諷，或以嘲弄，或以直陳，將其觀察到臺
灣現實社會與政治歷史中，所呈現的各種荒謬、無奈、衝擊……等現象，
以表象的語言，一層層剝落事件背後的本質意義，岩上這樣的詩寫方式，
使得他的詩不再僅僅只停留在寫實層面，而是得以通過一種對歷史性的思
維辯證，除突顯物象與物象矛盾之中的詩人獨慧心象秩序外，使得埋藏在
平淺詩語後的潑辣反諷，得以超越語言陷阱的強辯奪辭與憤世嫉俗危機，
更因而直指吾人對於自身存在與詩的存在問題的迫切，相對於八行詩以形
式體物追求詩無限的形上意義，《更換的年代》更能突顯岩上回歸到創作者

---

[16]岩上，〈詩的來龍去脈〉，《詩的存在：現代詩評論集》，頁66。

的主體本位，置身於現實環境之中，密麻地逐一以詩的語言，追蹤自己的心路歷程，同時也不斷透過我的自身存在辯證詩的存在，當然，這只是一個境界的完成，正如岩上所說，「有幸就要跨上 21 新世紀，未來的詩是否隨著時代起伏？或另闢蹊徑探索內心的風景？現在自己也無法預測。」[17]但對於《更換的年代》所開出這樣一條對臺灣現代鄉土詮釋的路徑，岩上苦心經營的內外在詩想秩序，其實突顯了一個出發於寫實、完成於抽象的書寫意義，對於岩上詩中的寫實層面，是不能單單只觀照其表現於外的現實性格，仍有必要從詩理脈絡，去追蹤其更深層的內在詩想結構。

四、結論

對於目前只出版六本詩集與一本評論的岩上來說，雖然在量上並不能說是太多，但是就質上來說，每一本詩集都誠實展現出岩上在生命各個階段與詩的存在的內外在對話，而《岩上八行詩》與《更換的年代》能在1990 年代同步推出，絕不僅只單純標榜出一個詩人詩藝的圓熟，這兩者不同風貌的詩集，都貫穿了「詩的存在」與「我的存在」的思考，前者透過物我的對位，以形式典律之有限辯證詩之無限；後者以詩人我為主體，置身於現實客觀中，以詩的語言深層反省矛盾衝突現象背後的真理與本質，重新以詩的秩序，在混亂的世界中揭示存在的真相，《岩上八行詩》所開出的詩寫形上意涵，與《更換的年代》所另闢的現代鄉土寫實的內外詩想路徑，對於臺灣現代詩史的發展，實具有相當重要的書寫位置與啟發意義，我們欣見岩上詩的成就，更期待未來岩上橫跨21 世紀後的詩生命實踐。

五、參考書目

· 岩上，《激流》，臺北：笠詩刊社，1972 年。
· 岩上，《冬盡》，臺中：明光出版社，1980 年。

---

[17]岩上，〈後記〉，《更換的年代》，頁 276。

・岩上，《愛染篇》，臺北：臺笠出版社，1991 年。

・岩上，《詩的存在：現代詩評論集》，高雄：派色文化出版社，1996 年。

・岩上，《岩上八行詩》，高雄：派色文化出版社，1997 年。

・岩上，《更換的年代》，高雄：春暉出版社，2000 年。

・陳千武，《臺灣新詩論集》，高雄：春暉出版社，1997 年。

・笠詩刊編輯委員會，《時代的眼・現實之花——《笠》詩刊 1～120 期景印本》，
臺北：臺灣學生書局，2000 年。

・洪子誠，《中國當代新詩史》，北京：人民文學出版社，1994 年。

・王灝，〈試說《岩上八行詩》中的形式意義〉，《笠》第 220 期，2000 年 12 月，頁
129～132。

・王常新，〈現實主義的大眾化詩學——評岩上的《詩的存在》〉，《笠》第 198 期，
1997 年 4 月，頁 123～128。

・趙天儀，〈現實與超現實的結合——論岩上的詩與詩論〉，《靜宜人文學報》第 8
期，1996 年 7 月，頁 65～73。

・蔡秀菊，〈八○年代的臺灣社會縮影——論岩上現代詩中的現實性格〉，《笠》第
220 期，2000 年 12 月，頁 107～128。

——選自《臺灣詩學季刊》第 39 期，2002 年 6 月

岩上現代詩的色彩意象

◎李桂媚[*]

一、前言

　　1955 年至 1958 年岩上就讀臺中師範學校時，選修了美術課程，雖然他當時喜歡美術更勝於文學，但考量繪畫材料所費不貲，小學老師的薪水可能無法負荷，因此曾獲臺灣省學生美展第三名的岩上，忍痛放棄了繪畫，在理想與現實之間選擇了文學。[1]儘管岩上沒有成為畫家，但藝術的薰陶成為他創作的養分，對繪畫的喜愛也表現在他的創作上，蔡秀菊便曾指出「岩上的抒情詩頗有圖畫之美」[2]，岩上也自言，對繪畫的喜好讓他對詩的繪畫性特別關注。[3]

　　岩上認為繪畫與寫作其實是相通的，「詩的繪畫是詩的內在風景，也是心象，這是詩本質上所賦有的，是詩與畫交融自然的呈現。」[4]他在〈論詩的繪畫性〉一文也談到：

> 詩人與畫家對於自然的觀照態度是根本相同的；就是在進行寫詩或作
>
> 畫的心路歷程也是相同的，所異者只是畫家用形狀色彩線條描寫；詩

---

[*]《臺灣詩學吹鼓吹詩論壇》主編、大葉大學公關事務中心職員。

[1]陳瀅州記錄整理，〈孤吟岩上與獨行郭楓的另類交響〉，《遠方的歌詩：十二場臺灣當代詩、散文與兒童文學的心靈饗宴》（臺南：國立臺灣文學館，2008 年），頁 23。

[2]蔡秀菊，〈八○年代的臺灣社會縮影──論岩上現代詩中的現實性格〉，《岩上作品論述第二集》（南投：南投縣文化局，2015 年），頁 177。

[3]王宗仁，〈「笠詩社與臺灣現代詩發展」專訪岩上〉，《岩上作品論述第一集》（南投：南投縣文化局，2015 年），頁 453。

[4]岩上，〈淺論詩與畫的語言交集與分歧〉，《詩的創發：現代詩評論》（南投：南投縣文化局，2007 年），頁 74。

人則用語言文字來描寫，其表現的工具與技術不同而已。[5]

　　展讀岩上詩作集可以發現，色彩詞在岩上筆下頻頻出現（詳參表1），詩人藉由色彩的經營，或烘托情境，或象徵情感，閱讀文字雖然不會直接看見顏色，卻能喚起讀者記憶裡的色彩印象與內在聯想，開展出立體的想像。從首部詩集《激流》到最新的《變體螢火蟲》，岩上在臺出版的13冊個人現代詩詩集裡，白色出現的次數總計高達476次，與使用470次的黑色不相上下，顯見白與黑都是詩人偏好使用的色彩意象。

　　此外，排名第三的紅色雖然僅有144次，但李瑞騰、王灝、曾進豐、黃明峰等研究者都觀察到岩上詩作的血意象特徵，李瑞騰點出在《冬盡》詩集裡，幾乎「每四首就有一首詩有『血』」[6]，王灝也肯定血是岩上「詩中十分明顯而常出現的意象」[7]，曾進豐則說「岩上喜歡以『血』傳達情感思維」。[8]黃明峰除了血，更進一步論及岩上詩作不乏烈火、豔陽等劇烈燃燒的詞彙[9]，丁威仁亦曾論及，岩上詩作常見燃燒類意象，其中以太陽與火最常使用[10]，而血、火、太陽都是紅色意象的形體化，因此紅色意象同樣是探討岩上詩作色彩美學不可忽視的關鍵。黑與白是無彩度的世界，紅色則是暖色調的色彩，本文將聚焦於岩上詩作的黑、白、紅三大色彩意象，期能一探岩上以詩作畫的特色。

---

[5]岩上，〈論詩的繪畫性〉，《詩的存在：現代詩評論集》（高雄：派色文化出版社，1996年），頁93～118。

[6]李瑞騰，〈爬行在灰白牆壁上的影子──為岩上詩集《冬盡》的出版而寫〉，《冬盡》（臺中：明光出版社，1980年），頁231。

[7]王灝，〈點亮慰藉的星芒──小論岩上情詩中的詩情〉，《愛染篇》（臺北：臺笠出版社，1991年），頁119。

[8]曾進豐，《經驗與超驗的詩性言說──岩上論》（臺北：秀威資訊科技公司，2008年），頁206。

[9]黃明峰，〈嶢岩之上的劍客──論岩上詩藝的變化〉，《岩上作品論述第二集》，頁184。

[10]丁威仁，〈初論岩上詩裡「燃燒」類意象傳達的生命思維──以「太陽」與「火」為例〉，《臺灣詩學季刊》第38期（2002年3月），頁159。

表1 岩上詩集色彩字出現次數統計

顏色＼詩集	激流	冬盡	臺灣瓦	愛染篇	岩上詩選	岩上八行詩	更換的年代	針孔世界	岩上詩集	岩上集	漂流木	另一面詩集	變體螢火蟲	總計
白	11	11	16	12	14	7	50	95	101	91	21	25	22	**476**
黑	11	9	7	3	9	9	38	104	110	100	19	22	29	**470**
紅	7	18	5	10	13	4	16	9	9	2	14	12	25	**144**
黃	5	7	5	4	9	1	14	7	5	4	9	5	9	**84**
青	3	3	14	7	7	1	17	4	1	2	3	4	12	**78**
綠	2	3	3	1	4	4	7	5	3	0	10	13	11	**65**
灰	3	7	8	2	9	1	9	1	1	1	2	1	7	**52**
金	1	3	2	0	3	1	6	2	3	2	8	7	10	**48**
藍	1	4	3	3	4	0	5	3	1	1	6	9	8	**48**
銅	1	3	1	0	2	0	4	0	1	2	3	0	2	**19**
銀	0	0	2	0	0	0	4	1	1	3	3	1	0	**15**
紫	2	1	0	0	2	0	0	2	2	0	1	1	2	**13**
橘	0	0	0	1	1	0	0	1	0	1	0	0	1	**5**
粉紅	0	0	1	0	0	0	0	0	0	0	0	0	1	**2**
靛	0	0	0	0	0	0	0	1	1	0	0	0	0	**2**
卡其	0	0	0	0	0	0	1	0	0	0	0	0	0	**1**
褐	0	0	0	0	0	0	0	0	0	0	0	0	1	**1**

二、交相辯證的黑白意象

　　自然界在黑夜與白晝間不斷交替，黑與白是人們最早認知到的色彩，黑色在古代也被用來形容天空的顏色，但並非泛指整個夜空，而是「群星

永不下沉的天空極北處」。[11]白與黑不只是日夜的象徵，也代表著天地乾坤等關係，看似相對其實相連，形成了始與終的循環，一如黃仁達所指陳的：「日光的白色在《易經》中與晚上的黑色分別代表陽極和陰極，表示宇宙世界日夜運行，循環不息的自然天文現象」。[12]

　　在色彩意涵上（詳參表 2）[13]，黑色的負面聯想多於正面，白色則正面多過負面，兩者的意涵都相當豐富，值得注意的是，黑與白在某些象徵意義上呈顯出對應的關係，例如：錯誤／正確、髒汙／乾淨、邪惡／純潔、夜晚／白天、墨／白紙……另一方面，黑與白的抽象聯想也有所重疊，兩者都有無、無限、恐怖等意涵。

表 2　黑色、白色的色彩聯想

顏色	具象聯想	抽象聯想
黑	夜晚、炭、墨、煤、喪禮、烏鴉、黑貓、影子、頭髮、輪胎、鋼琴	錯誤、罪惡、骯髒、汙點、死亡、凶兆、惡魔、恐怖、黑暗、邪惡、閉鎖、絕望、冷酷、壓迫、重壓、陰鬱、孤獨、悲哀、畏懼、不安、陰氣、不幸、苦、後悔、病、犯罪、不安全、沉默、深沉、嚴肅、嚴格、莊嚴、優雅、穩重、高級、高貴、科技、力、神祕、祕密、異次元、地獄、深淵、無、無限、靜、結束、北方

[11]21 世紀研究會原著、張明敏譯，《色彩的世界地圖》（臺北：時報文化出版公司，2005 年），頁 15～16。

[12]黃仁達，《中國顏色》（臺北：聯經出版公司，2011 年），頁 210。

[13]大智浩著、陳曉岡譯，《設計的色彩計劃》（臺北：大陸書店，1982 年），頁 36；何耀宗，《色彩基礎》（臺北：東大圖書公司，1984 年），頁 71；李銘龍編著，《應用色彩學》（臺北：藝風堂出版社，1994 年），頁 32～35；谷欣伍編，《色彩理論與設計表現》（臺北：武陵出版社，1992 年），頁 184；林昆範，《色彩原論》（臺北：全華圖書公司，2005 年），頁 103～104；林書堯，《色彩認識論》（臺北：三民書局，1986 年），頁 169～171；林磐聳、鄭國裕編著，《色彩計劃》（臺北：藝風堂出版社，1999 年），頁 66；賴瓊琦，《設計的色彩心理：色彩的意象與色彩文化》（臺北：視傳文化公司，1997 年），頁 222～229。

白	白天、雪、雲、霧、冰凍、牛奶、白紙、白牆、棉花、護士、兔子、鴿子、襯衫、新娘、鹽	正確、純潔、樸素、清潔、乾淨、清爽、寂靜、真誠、善良、單純、新鮮、率直、信仰、虔誠、神聖、空靈、虛無、空白、空洞、透明、光明、明亮、刺眼、完全、未來、幸福、天真、自由、可能性、無、無限、和平、正義、原點、永遠、空間、冷淡、柔弱、寒冷、投降、背叛、恐怖、冷峻、西方

　　對黑暗的害怕讓黑色自古就被視為「凶惡之色」[14]，就像貝蒂・愛德華所言：「黑色代表著死亡、喪事，以及邪惡。濃濃的黑色帶來濃濃的負面意涵，象徵著惡兆、地獄、天譴。」[15]岩上筆下的黑色經常承載著負面意涵（詳參附表 2），〈夜乘貨車〉選用「無情」來形容黑夜[16]；〈孤煙火葬場〉最末寫道：「一列列進洞的人生列車／末站乃無底的黑／只有悶燒／不見光亮」[17]，將被推進火化爐的遺體比擬為列車，伸手不見五指的黑暗則隱喻著生命的終止；〈水牛〉一詩開頭便是：「水牛總是埋怨自己灰黑的顏色／非常嫉妒天空的藍」[18]，透過水牛對天空藍色澤的羨慕，突顯黑色的不討喜；〈木屐〉裡「那烏鴉總是預告不吉利」、「夜黑／摸不出方向」[19]，則藉由黑色來強化不幸與不安。

　　同時運用了「黑」與黑色意象「夜」的詩作〈夜〉，更是透過黑色的塗布，揭示人性的黑暗：

---

[14]陳魯南，《織色人史箋：中國顏色的理性與感性》（臺北：漫遊者文化公司，2015 年），頁241。

[15]貝蒂・愛德華（Betty Edwards）作、朱民譯，《像藝術家一樣彩色思考》（臺北：時報文化出版社，2006 年），頁174。

[16]岩上，〈夜乘貨車〉，《臺灣瓦》（臺北：笠詩刊社，1990 年），頁51。

[17]岩上，〈孤煙火葬場〉，《更換的年代》（高雄：春暉出版社，2000 年），頁167。

[18]岩上，〈水牛〉，《岩上詩選》（南投：南投縣立文化中心，1993 年），頁49。

[19]岩上，〈木屐〉，《冬盡》，頁184～185。

用黑色來包裝萬物

夜透明成了水晶體

你將窺見到陽光之下

無法捕捉的清醒如精靈的跳躍

邁入夜的深沉隧道

所有潛伏的意識都曝現成蠢動的菌類

不斷探索夜的漏洞

人類以同樣黑的面目尋找出路[20]

　　「水晶體」有兩層意涵，一是在黑夜的籠罩下，萬物都像覆蓋著一層
半透明的黑色，被黑夜包裝起色彩，二是借「水晶體」來象徵眼睛，夜提
供了寧靜與清醒的時刻，帶著黑色的眼睛看夜世界，可能會發掘不同於白
日的風景，但也可能隨著慾望與私心的繁殖，人性面的陰暗就此顯現。

　　黑色的黑暗讓人心生恐懼，而白色雖然是純潔的形象，但大量的白色
仍會產生壓迫感，岩上詩中的白色，同樣常與負面意涵相連結（詳參附表
2），時而是「蒼白」，時而是「空白」，時而是「灰白」，比如：〈路沖〉裡
「牛肉攤豎白旗」[21]，向現實認輸；〈思婦〉聽信「夢裡一位白髮的神仙說
的」，最後「死在梳妝臺上」[22]，本該象徵智慧的白髮，在此成了死亡的召
喚；〈昨夜〉有「死去的蒼白／愛與恨／以及我的孤獨」[23]，當情感消失殆
盡，剩下的空白怎不讓人感到唏噓；〈冬天的面譜〉以「漆白」[24]寫冬天，

---

[20]岩上，〈夜〉，《岩上八行詩》（高雄：派色文化出版社，1997 年），頁 42。
[21]岩上，〈路沖〉，《臺灣瓦》，頁 72。
[22]岩上，〈思婦〉，《臺灣瓦》，頁 78。
[23]岩上，〈昨夜〉，《冬盡》，頁 47。
[24]岩上，〈冬天的面譜〉，《更換的年代》，頁 4～5。

〈樹〉一詩用「枯白」[25]形容秋冬，到了〈林中之樹〉，更是以「白骨崢嶸」[26]來描摹冬色的蕭瑟，「崢嶸」有山勢高聳的意思，也用來比喻突出，但「崢嶸」的卻是枯骨，更顯淒涼；再看詩作〈窗外〉，「一片白雲」看似美麗，卻「剪斷了伸延的視線」[27]，開闊的情景因而戛然而止。

　　林淇瀁指出岩上「深受《易》理影響，用之於詩、用之於生活，因此觸及到人生的變易哲理」[28]，岩上亦自言太極拳的虛實變化、剛柔並濟、相剋相生讓他「領悟了詩蘊層漸的張力與詩思動向脈絡以及縱收不失厥中的道理和拳術中的虛實分明而求中定，有異曲同工之妙。」[29]陰陽、虛實、有無等二元思維，在岩上詩中也以黑與白的形式出現，反覆辯證生命與現實。

　　由 30 首短詩組成的〈眼睛與地球的凝視〉[30]，巧妙並置了同樣屬於圓形的地球和眼睛，辯證大小、生死、明暗、美醜、冷熱、虛實的課題，「美與醜／一半亮在陽光裡／一半墜入黑暗中」、「生死分辨／黑白兩面的球體」、「一半白一半黑的地球」等詩句，都運用了黑白對比來表現二元關係。

　　詩作〈髮〉以「烏黑亮麗的髮／都想結繫綺麗的夢」對比上「夢醒髮幡白」[31]，由黑轉白的髮絲代表青春年華及夢想的逝去；〈慾望的煙囪〉裡，「帶著口沫的白和灰燼的黑／嘔吐，從煙囪的出口射出」[32]，同時出現的白與黑，代表著利與弊，白是機械化生產的快速便利，黑是工業造成的環境汙染及破壞，可惜在利益的誘惑下，慾望的心早已無視廢氣對健康的

---

[25]岩上，〈樹〉，《岩上八行詩》，頁 2。
[26]岩上，〈林中之樹〉，《激流》（臺北：笠詩刊社，1972 年），頁 59。
[27]岩上，〈窗外〉，《激流》，頁 65。
[28]林淇瀁，〈不離人生，不離人間：冷凝沉鬱論岩上詩作風格〉，《當代詩學》第 3 期（2007 年 12 月），頁 150。
[29]岩上，〈從生活裂縫中綻開的花朵〉，《冬盡》，頁 197。
[30]岩上，〈眼睛與地球的凝視〉，《另一面詩集》（南投：南投縣文化局，2014 年），頁 108～123。
[31]岩上，〈髮〉，《岩上八行詩》，頁 52。
[32]岩上，〈慾望的煙囪〉，《變體螢火蟲》（新北：遠景出版公司，2015 年），頁 34。

危害。〈黑白〉一詩則是並置「黑白」與「彩色」，提出文明的反思：

> 黑白分明的年代
> 我們
> 期待
> 彩色世界的來臨
>
> 彩色電影
> 彩色電視
> 彩色電腦
> 紛呈而目炫的年代
> 人們懷念黑白的
> 寫真[33]

「黑白」與「彩色」不單是視覺圖像的變異，背後更隱含了工業發展、物質慾望、貧富差距等課題，在單純的黑白年代，滿心期待未來能充滿色彩，沒想到當彩色年代來臨，大家才猛然驚覺「黑白」的美好，誠如林廣所言：「從顏色到人心的矛盾，讓我們見證純樸世代的消逝，也了解彩色世界，原來不如想像中美好。」[34]

然而，黑白並非永遠分明，而是會互相滲透、渲染，〈混濁〉進一步探討黑與白的交相影響：

> 黑白　對立
> 黑白　分明

---

[33]岩上，〈黑白〉，《更換的年代》，頁 1。
[34]林廣，《探測詩與心的距離：品賞岩上的 100 首詩》（南投：南投縣文化局，2013 年），頁 61。

原本　清楚
當黑走向白
當白走向黑
成為交錯時
黑已不成黑
白已不成白

互染混濁

人們無感不覺地
陷入混濁中
比行走在黑夜
更辨不出方向[35]

　　當黑與白放在一起，在色彩的對比下，黑將顯得更黑，白也會顯得更白，如果黑白象徵是非，那麼因為惡的存在，正義更為重要，但當黑白混濁為一體，天下恐怕就沒有是非了。首段從黑白原本涇渭分明寫起，次段則是黑與白的互相靠攏、失去本色，第三段單獨一行的「互染混濁」，傳達混濁的過程，同時強調混色的發生，末段揭示在灰色地帶裡盲從，恐怕比在黑夜行走更摸不著方向。

　　對黑與白的深層觀察，以及對兩者疆界曖昧的憂心，也表現在詩作〈黑白數位交點〉[36]中，第一段「白白白白白白白／白看　黑」，第二段緊接著「黑黑黑黑黑黑黑／仍然黑」，兩段開頭都是連用七個相同的色彩字，但意義上卻有所不同，白是善，黑是惡，堅守本分的善終究敵不過誘惑，注意起了惡，而一路壞到底的惡，絲毫不受善感化，繼續橫行。全詩

---

[35]岩上，〈混濁〉，《岩上詩集》（高雄：春暉出版社，2007年），頁59。
[36]岩上，〈黑白數位交點〉，《針孔世界》（南投：南投縣文化局，2003年），頁200～212。

以大量運用黑白詞彙的特色，一方面感嘆單純不再，如今「黑白不分的時
代已形成／黑白不辨的面孔一具一具浮塑」，另一方面提出黑也可以「黑
得發亮」，白也可能是「白費心機」等反思。

三、觀照生命的紅色意象

美國人類學家深入研究不同語言的色彩詞彙後指出，最初的色彩語言
是白色與黑色，兩個色彩語言是同時存在的，而第三個出現的色彩表現語
為紅色[37]，岩上現代詩白、黑、紅的色彩特徵正與人們對色彩認知的順序
不謀而合。色彩詞通常同時擁有正面意涵與負面意涵，紅色自然不例外
（詳參表 3）[38]，林昆範認為：「紅色，在一般意象上有如紅毯般的華貴，
或是紅顏般的美麗，但是也有如血紅般的戰爭等負面印象。」[39]

表 3　紅色的色彩聯想

顏色	具象聯想	抽象聯想
紅	血液、心臟、太陽、夕陽、火、消防車、年節、廟宇、蘋果、番茄、草莓、花瓣	熱情、激情、熱烈、奔放、興奮、喜悅、狂熱、愛、感動、激烈、炎熱、勢力、革命、戰鬥、危險、警告、禁止、拒絕、緊張、忌妒、憤怒、生氣、爆發、燃燒、生命、活潑、積極、鮮豔、富貴、吉利、喜慶、女性、南方

岩上筆下的紅色也顯得意義豐富（詳參附表 3），〈紫藤〉中「開滿了

---

[37] 呂月玉譯，《色彩的發達》（臺北：漢藝色研文化公司，1986 年），頁 14～15。
[38] 大智浩著、陳曉冏譯，《設計的色彩計劃》，頁 36；何耀宗，《色彩基礎》，頁 69～71；李銘龍編著，《應用色彩學》，頁 18；谷欣伍編，《色彩理論與設計表現》，頁 182；林昆範，《色彩原論》，頁 95～96；林書堯，《色彩認識論》，頁 159～160；林磐聳、鄭國裕編著，《色彩計劃》，頁 66；賴瓊琦，《設計的色彩心理：色彩的意象與色彩文化》，頁 130～133。
[39] 林昆範，《色彩原論》，頁 95。

串串紫紅的花朵」[40]、〈花艷鳳凰木〉的「一陣火紅一陣歡騰」[41]、〈荷花〉裡「鮮紅的笑靨」[42]，都代表花朵的盛開，以及植物豐沛的生命力；〈夢境〉一詩寫道：「秋深／紅透了山巒」[43]，以滿山樹葉的紅色表現季節的轉換；〈過年〉中的「紅包」與「鮮紅的春聯」[44]，都是喜慶、吉利的象徵；〈埋葬〉中「紅色的棺木」[45]，選用喜慶常見的紅色，意味著感情的濃厚與喪事的隆重；在〈往日的戀情〉裡「妳問我紅頰的幾何」[46]，「紅頰」是害羞的臉龐，更是萌芽的愛情；〈鐵道列車〉的「鐵道指示訊號有時紅有時綠」[47]，紅色是危險的提醒。

　　誠如約瑟夫・亞伯斯在《色彩互動學》所言，當我們說出顏色詞「紅色」，如果現場有 50 個人，每個人腦中浮現的顏色將會是 50 種紅色，而且彼此心裡出現的色彩截然不同。[48]廣義上來看，紅、赤、朱、丹、絳、緋、赭、殷、茜、彤、緹、檀、赨、赮、騢等字都有紅色的意思[49]，岩上詩作亦可見到不同紅色字詞的運用，例如：〈意象畫〉開頭寫著：「眼睛流淌著藍色的顏料／骨骼架構著赭色的枝幹」[50]，透過藍與紅兩個對比色，突顯畫作寫意而非寫實的風格；〈盧山採藥記〉裡，「朱唇開著唇形朱色的花」[51]，以紅唇來呼應花的顏色與花名；〈秋意〉一詩，「山脈　當秋俯身而來／卻面紅耳赤」[52]，藉由紅與赤，刻畫秋葉轉為深深淺淺的紅。

　　再者，「赤」字本身代表火，赤色可用來形容血色的暗紅，赤日則是

---

[40]岩上，〈紫藤〉，《岩上詩選》，頁 29。

[41]岩上，〈花艷鳳凰木〉，《岩上詩集》，頁 79。

[42]岩上，〈荷花〉，《激流》，頁 24。

[43]岩上，〈夢境〉，《愛染篇》，頁 18。

[44]岩上，〈過年〉，《更換的年代》，頁 38。

[45]岩上，〈埋葬〉，《激流》，頁 44。

[46]岩上，〈往日的戀情〉，《愛染篇》，頁 12。

[47]岩上，〈鐵道列車〉，《漂流木》（臺北：秀威資訊科技公司，2009 年），頁 126。

[48]約瑟夫・亞伯斯（Josef Albers）著、劉怡玲譯，《色彩互動學》（臺北：積木文化公司，2015 年），頁 3。

[49]此 15 個紅色相關字為筆者參考教育部重編國語辭典修訂本（網址 http://dict.revised.moe.edu.tw /cgi-bin/cbdic/gsweb.cgi?ccd=KtA.LI&o=e0&sec=secl&index=1）字詞釋義整理出。

[50]岩上，〈意象畫〉，《更換的年代》，頁 211。

[51]岩上，〈盧山採藥記〉，《臺灣瓦》，頁 46。

[52]岩上，〈秋意〉，《針孔世界》，頁 19。

指橘紅的太陽[53]，火、血、太陽都是常見的紅色意象與聯想，在岩上現代詩中也頻頻出場，翻閱《岩上八行詩》，即可見到直接以〈火〉為詩題的詩作：

> 燃燒起來的憤怒，這世界
> 烽火連綿，無非不平的火在蔓延
>
> 其實人人心中都有一盞溫婉的火苗
> 溫慰自己，照亮別人
>
> 生命的延續，就靠那一點
> 不熄的火種來傳遞
>
> 火在水中滅，火從水中生
> 火，不滅的慾望[54]

　　第一段是憤怒點燃的烽火，第二段則是內心溫暖的火苗，一剛一柔之間，揭示火可以是殺人無情的戰火，也可以是照亮生命的燭光。三、四段闡明不管是惡火還是希望之火，只要火種尚未熄滅，就會延續下去，火雖然能被水撲滅，但很快又會再次燃起，因為火的源頭是慾望，只要人心的慾望無止息，火就會持續燃燒。此詩的紅色意象「火」，不只是代表燃燒與生命力，也同時象徵著愛和危險，正如丁威仁所指出，幾首運用火意象的作品，都傳達了「希望的火種、生命的延續、存在的堅持」。[55]類似的形象也出現在詩作〈燭〉，詩人寫道：「燃燒的傷口，決泄精髓的油膏／燦爛

---

[53]黃仁達，《中國顏色》（臺北：聯經出版公司，2011 年），頁 12。
[54]岩上，〈火〉，《岩上八行詩》，頁 58。
[55]丁威仁，〈初論岩上詩裡「燃燒」類意象傳達的生命思維——以「太陽」與「火」為例〉，《臺灣詩學季刊》第 38 期，頁 157。

的火花，美了夜空的流亡」[56]，被火點燃的蠟燭，燃燒自己來照亮別人，燭火的微光就是最美的煙花，在漆黑的夜裡閃耀。

另一個紅色意象「血」，在岩上詩作中同樣揉合了多元意涵，試看〈切肉〉：

> 肉塊在我的手掌邊緣
> 沒有任何哀號
> 沒有一滴血
> 刀子急切急切而下
> 爆出悅耳的聲音
>
> 敏捷的動作成為自悅的法則
> 刀子機械地上下揮動
> 突然我發現
> 自己的手掌也在肉堆裡
> 早已切成了肉醬
>
> 由於取悅於敏捷的動作
> 我毫無痛苦的感覺
> 漸漸的
> 我的血液流乾了
> 且染紅了眼前的世界[57]

下廚切菜時不小心被刀子劃到手是合理的，但將手掌切為肉醬而渾然

---

[56]岩上，〈燭〉，《岩上八行詩》，頁88。
[57]岩上，〈切肉〉，《冬盡》，頁20～21。

不知，就屬於「超現實的奇想」。[58]嚴敏菁認為，詩人「用『血液』象徵
『靈魂』」，「作者暗喻自己如肉塊一般，被生活生吞活剝地啃噬」[59]，
「血」在詩中一共出現兩次，第一次是「沒有一滴血」，第二次是「我的
血液流乾了」，兩句詩行都訴說著血已流失，沒有血液意味著生命的逝
去，正因為失去了生命，所以「毫無痛苦的感覺」。值得注意的是，詩中
我雖然用盡了血液與生命，但最後「染紅了眼前的世界」，這裡的紅並非
滿地鮮血，而是生命的能量感染了世界，因此「血」是傷口、是生命，更
是存在的肯定。流乾血液的還有〈昨夜〉一詩：「我流盡，我的血液／這
是我的愛／也是我的恨」[60]，被愛所傷因而領悟，感情其實是愛恨並存
的，血液是深切的感情，亦是傷痕與痛楚。

　　岩上筆下的太陽意象，也是正反意義並存的，曾進豐即曾指出：「太
陽既是重重的挫折、嚴酷的考驗，又代表抵抗與奮鬥的力量，突破困境的
喜悅。」[61]詩作〈笠〉高呼：「用我們銅色的背去灼傷太陽」[62]，傳達了正
面迎向挑戰的積極，太陽不只是考驗，更是前進的力量；〈仙人掌〉中，
太陽帶來高溫的試煉，卻也是植物生長的必要條件，「一手撐持太陽／一
手揮撒滾燙的狂沙」[63]就訴說著太陽是逆境也是順境的特質。

四、小結

　　獨具慧眼的詩人，在世界繽紛的色彩裡，看見外在環境與內在心靈激
盪出的火花，進而藉由書寫與現實對話。通過前文對岩上現代詩色彩特徵
的討論，可以發現，岩上對色彩意象的經營，一方面是他以藝術、《易
經》、太極拳為養分，開展出的成果，另一方面，是他觀照世界、探索生

---

[58]蕭蕭，〈岩上的位置〉，《冬盡》，頁206。
[59]嚴敏菁，〈岩上及其作品主題之研究〉（嘉義：南華大學文學所碩士論文，2008年），頁138。
[60]岩上，〈昨夜〉，《愛染篇》，頁56。
[61]曾進豐，《經驗與超驗的詩性言說——岩上論》，頁217。
[62]岩上，〈笠〉，《臺灣瓦》，頁39。
[63]岩上，〈仙人掌〉，《變體螢火蟲》，頁38。

命的感悟。

　　太極拳、易學哲理、道家精神有相融合處，啟發了岩上的詩觀，促使他探索「陰陽的相生相剋、對比與平衡」[64]，因此在岩上詩中，黑色和白色兩大意象常常同時出現，正反辯證著生與死、善與惡、利與弊等議題，〈黑白〉、〈混濁〉、〈黑白數位交點〉等詩作的文字看似簡單，意涵卻格外深刻，不只是在事物的變易中洞悉變及不變，岩上更透過黑與白的互相影響，揭示是非混淆的問題，提醒人們不要陷入灰色地帶而不自知。

　　在運用紅色意象的詩作裡，則可看見岩上從生活取材的創作特質，紅色是愛情的象徵，是日常生活觸目可及的紅綠燈、春聯，也是旅遊途中的花草樹木，因此岩上的詩作充滿人間性。詩中常見的紅色意象火、血、太陽，大部分是正反意涵同時並存的，這個特點其實與《易經》凡事都有正反的概念相呼應。

引用及參考書目

詩集

・岩上，《冬盡》，臺中：明光出版社，1980 年。

・岩上，《另一面詩集》，南投：南投縣文化局，2014 年。

・岩上，《更換的年代》，高雄：春暉出版社，2000 年。

・岩上，《岩上八行詩》，高雄：派色文化出版社，1997 年。

・岩上，《岩上詩集》，高雄：春暉出版社，2007 年。

・岩上，《岩上詩選》，南投：南投縣立文化中心，1993 年。

・岩上，《針孔世界》，南投：南投縣文化局，2003 年。

・岩上，《愛染篇》，臺北：臺笠出版社，1991 年。

・岩上，《漂流木》，臺北：秀威資訊科技公司，2009 年。

・岩上，《臺灣瓦》，臺北：笠詩刊社，1990 年。

---

[64] 王宗仁，〈「笠詩社與臺灣現代詩發展」專訪岩上〉，《岩上作品論述第一集》，頁 454。

- 岩上，《激流》，臺北：笠詩刊社，1972 年。
- 岩上，《變體螢火蟲》，新北：遠景出版公司，2015 年。
- 岩上作、向陽編，《岩上集》，臺南：國立臺灣文學館，2008 年。

專書

- 大智浩著、陳曉冏譯，《設計的色彩計畫》，臺北：大陸書店，1982 年。
- 21 世紀研究會原著、張明敏譯，《色彩的世界地圖》，臺北：時報文化出版公司，2005 年。
- 何耀宗，《色彩基礎》，臺北：東大圖書公司，1984 年。
- 呂月玉譯，《色彩的發達》，臺北：漢藝色研文化公司，1986 年。
- 李銘龍編著，《應用色彩學》，臺北：藝風堂出版社，1994 年。
- 谷欣伍編，《色彩理論與設計表現》，臺北：武陵出版社，1992 年。
- 貝蒂‧愛德華（Betty Edwards）作、朱民譯，《像藝術家一樣彩色思考》，臺北：時報文化出版公司，2006 年。
- 岩上，《詩的存在：現代詩評論集》，高雄：派色文化出版社，1996 年。
- 岩上，《詩的創發：現代詩評論》，南投：南投縣文化局，2007 年。
- 林昆範，《色彩原論》，臺北：全華圖書公司，2005 年。
- 林書堯，《色彩認識論》，臺北：三民書局，1986 年。
- 林廣，《探測詩與心的距離：品賞岩上的 100 首詩》，南投：南投縣文化局，2013 年。
- 林磐聳、鄭國裕編著，《色彩計劃》，臺北：藝風堂出版社，1999 年。
- 約瑟夫‧亞伯斯（Josef Albers）著、劉怡玲譯，《色彩互動學》，臺北：積木文化公司，2015 年。
- 郭楓等作，《遠方的歌詩：十二場臺灣當代詩、散文與兒童文學的心靈饗宴》，臺南：國立臺灣文學館，2008 年。
- 陳明台等著，《岩上作品論述第二集》，南投：南投縣文化局，2015 年。
- 陳魯南，《織色入史箋：中國顏色的理性與感性》，臺北：漫遊者文化公司，2015 年。

- 曾進豐，《經驗與超驗的詩性言說──岩上論》，臺北：秀威資訊科技公司，2008 年。
- 黃仁達，《中國顏色》，臺北：聯經出版公司，2011 年。
- 趙天儀等著，《岩上作品論述第一集》，南投：南投縣文化局，2015 年。
- 賴瓊琦，《設計的色彩心理：色彩的意象與色彩文化》，臺北：視傳文化公司，1997 年。

期刊論文

- 丁威仁，〈初論岩上詩裡「燃燒」類意象傳達的生命思維──以「太陽」與「火」為例〉，《臺灣詩學季刊》第 38 期（2002 年 3 月），頁 145～160。
- 林淇瀁，〈不離人生，不離人間：冷凝沉鬱論岩上詩作風格〉，《當代詩學》第 3 期（2007 年 12 月），頁 135～153。

學位論文

- 嚴敏菁，〈岩上及其作品主題之研究〉，嘉義：南華大學文學所碩士論文，2008 年。

網路

- 教育部重編國語辭典修訂本，網址http://dict.revised.moe.edu.tw/cgi-bin/cbdic/gsweb.cgi?ccd=KtA.LI&o=e0&sec=secl&index=1

附錄

附表 1 岩上詩作中運用「黑」之詩例

序號	詩名	詩句	詩集頁數
1	〈黃昏〉	黑貓的瞳孔斜視火雞的展威	《激流》P10
2	〈儘管〉	山巒沉沒了 大地潮黑了	《激流》P17
3	〈髮〉	亮晶而雲捲的黑，我的神	《激流》P22
4	〈憶〉	一種擺脫，無法沖破兩岸的烏水之逆流	《激流》P23
			《岩上詩選》P18
5	〈蔓草〉	黑狼嗅過夜夜冰涼的脊柱	《激流》P27
6	〈三月〉	水之臉，迎向的是山後不散的烏雲	《激流》P32
7	〈埋葬〉	在黑且冷的夜裡	《激流》P45
8	〈老鷹〉	今天早上雨停了，但是天邊仍然佈滿烏雲	《激流》P70
			《岩上詩選》P37
9	〈青蛙〉	映成在白灰牆壁上的黑影	《激流》P74
10	〈無邊的曳程〉	深沉的黑夜 無邊的黑夜	《激流》P78、84
11	〈水牛〉	水牛總是埋怨自己灰黑的顏色	《冬盡》P24
			《岩上詩選》P49
			《岩上集》P15
12	〈陋屋〉	雨落在黑夜	《冬盡》P51
			《岩上詩選》P56
13	〈凌晨三時〉	黑潮的邊陲	《冬盡》P64
14	〈伐木〉	黑夜捲蓆的時刻	《冬盡》P65
			《岩上詩選》P57

15	〈那些手臂〉	從黑暗中伸出來	《冬盡》P88
			《岩上詩選》P67
			《岩上集》P24
16	〈蟋蟀〉	有人叫我小黑龍	《冬盡》P134
17	〈鼎〉	我的大頭在烏煙瘴氣之中被薰得沒頭沒腦	《冬盡》P178
18	〈木屐〉	那烏鴉總是預告不吉利	《冬盡》P184、185
		夜黑	《岩上集》P27、28
19	〈燈〉	燈，把午夜披散的黑髮	《臺灣瓦》P2
20	〈奔跑的雨〉	才認清雨是在黑夜裡奔跑的	《臺灣瓦》P20
21	〈夜乘貨車〉	像黑夜一樣無情地拋下	《臺灣瓦》P51
22	〈破窯〉	黑墨的表情	《臺灣瓦》P52
		如烏賊逃竄時宣洩的內臟	《岩上詩選》P108
23	〈貓聲〉	一隻黑貓突然撞進房	《臺灣瓦》P82、
		她看到那隻黑貓在她的身邊	83
24	〈任性的春天〉	就是黑夜	《愛染篇》P15
25	〈夜宴翡翠灣〉	黑黑裡	《愛染篇》P32
26	〈海誓〉	撞擊著劫數的黑岩	《愛染篇》P97
			《岩上詩選》P146
27	〈燈〉	黑影也隨即伺候於旁	《岩上八行詩》P26
28	〈夜〉	用黑色來包裝萬物	《岩上八行詩》P42
		人類以同樣黑的面目尋找出路	
29	〈髮〉	每束烏黑亮麗的髮	《岩上八行詩》P52
30	〈疤〉	黑板上，清晰地劃下休止符	《岩上八行詩》P72

		偏偏疤痕由紅變黑	
31	〈燭〉	刺破黑夜，有了洞孔	《岩上八行詩》 P88
32	〈影之二〉	如果我的人生走入黑暗裡	《岩上八行詩》 P96
33	〈眼〉	燦爛的世界和黑沉的心海一樣模糊	《岩上八行詩》 P102
34	〈黑白〉	黑白分明的年代 人們懷念黑白的	《更換的年代》P1
35	〈鷺鷥的飛行〉	當面對黑夜的來臨	《更換的年代》P3
36	〈放煙火〉	天空的黑洞	《更換的年代》 P10
37	〈城市影子〉	以黑色的陰部策略	《更換的年代》 P20
38	〈黃昏麥當勞〉	邁進白天與黑夜交接不明的	《更換的年代》 P25 《岩上詩集》P25
39	〈世紀末流星雨〉	在黑暗的夜空	《更換的年代》 P34
40	〈兩極半世紀〉	藝人胸坦豐乳揭露黑色叢林地	《更換的年代》 P36
41	〈說與不說〉	像一群無人理會的烏鴉	《更換的年代》 P40
42	〈齒輪〉	重覆成為黑油	《更換的年代》 P53
43	〈模糊一片〉	透過黑板	《更換的年代》P58

44	〈白色的噩夢〉	躲過漫長黑夜的噩夢	《更換的年代》 P67
45	〈那是一口白煙〉	死亡跌落於無邊的深淵化為黑濁 夜以一紙黑色的追捕令	《更換的年代》 P71
46	〈黑夜裡一朵曇花濺血〉	黑夜 擱置在黑夜的一端 把黑夜的另一端 衝向更黑暗的另一端	《更換的年代》 P72、 74
47	〈九頭公案〉	被利慾燻黑	《更換的年代》 P82
48	〈玩命終結者〉	玩到天黑了，警政署長還蒙著眼睛	《更換的年代》 P84
49	〈十七歲悲恨的死〉	一切均在黑暗裡沉淪	《更換的年代》 P89
50	〈飛碟升天〉	終將毀滅　化為烏有之前	《更換的年代》 P93
51	〈大地震，世紀末生死悲情〉	黑著，酣沉中的睡夢	《更換的年代》 P99 《岩上詩集》P34
52	〈垃圾的目屎〉	一幢幢烏影的大樓 汽車的烏煙　一直噴 機車的烏煙　一直霧	《更換的年代》 P122、123
53	〈鶖鶖〉	黑中的一點	《更換的年代》 P139
54	〈貓〉	黑道或白道	《更換的年代》 P147

55	〈孤煙火葬場〉	幡旗總是白底黑字地翻飛	《更換的年代》
		末站乃無底的黑	P166、167
56	〈隔海的信箋〉	中國人民郵政的郵票不再被塗黑	《更換的年代》 P224
57	〈詩寫趙天儀〉	曾經烏雲	《更換的年代》
		曾經臺北很烏龍臺大很頭大	P235
58	〈西北雨〉	有時隨著烏雲來	《更換的年代》
		機車排出的黑煙	P241
59	〈碧山岩遠眺〉	黑白不分，尚且	《更換的年代》 P262
60	〈天空的眼〉	分辨黑與白的光影	《更換的年代》 P267
61	〈大地的臉〉	卻將慾望鑽入黑色的體內	《更換的年代》 P270
62	〈黃昏之惑〉	黑夜何其深長	《針孔世界》P27
			《岩上集》P31
63	〈遠眺九九峰〉	烏溪流連在山腳下	《針孔世界》P67
64	〈流失的村落〉	沒有天窗只有烏雲	《針孔世界》P112
			《岩上詩集》P40
65	〈東京都涉谷驛前〉	黑妞　獨撐著一把黑傘	《針孔世界》P145
		成為太陽熱度對焦的黑點	《岩上詩集》P43
		只是那麼黑的皮膚	
66	〈深沉的聲音〉	夜的烏油	《針孔世界》P158
		像黑騎士的鐵蹄塵捲了戰亂	
67	〈抗議的抗議〉	無法辨認黑白	《針孔世界》P172
			《岩上集》P96

68	〈冷氣機流出虛汗〉	愈高則曬得愈黑	《針孔世界》P176
		黑得成為太陽中的盲點	
69	〈天空的心〉	被烏雲擋住	《針孔世界》P195
			《岩上集》P102
70	〈黑白數位交點〉	白　　看黑	《針孔世界》P200～212
		黑黑黑黑黑黑黑	
		仍然黑	
		黑裡透白	
		黑黑黑黑黑黑黑	
		黑成　蒼白	
		黑得　發亮	
		黑黑黑　要更黑	
		不能沾一點黑	
		黑了一生	
		黑成英雄膜拜	
		黑裡能藏財富	
		黑　黑得肉林酒池	
		黑黑黑	
		黑成啤酒肚	
		黑　黑手過招各憑本事	
		黑　既沾手可得	
		黑　你不黑　白不黑	
		黑來黑去還是黑	
		不黑成白	《岩上詩集》P49～55
		黑　黑得好混	
		不要認為黑才難挨	

		黑得輕鬆	
		黑金閃閃	
		來去都是黑　那是高手	
		黑來黑去	
		你不黑	
		我來黑	
		好好　黑黑黑	
		黑啦	
		黑　就黑到底	
		黑黑到底黑黑黑	
		不能白不能黑	
		能白又能黑	
		黑不黑	
		白不能白　用黑的	
		黑不能黑　假借白的	
		黑白不分的時代已形成	
		黑白不辨的面孔一具一具浮塑	
		黑白模糊的世界	
		眼睛是兩粒混球，無黑白的心	《岩上集》P106
		黑與白一體二極的一元	～115
		盪裂為黑白二元	
		黑漸走漸黑	
		黑有多層的黑	
		黑與白之間層出歧異	
		黑白了紛擾的多元	
		黑　黑得不見黑	

		不見黑　仍黑	
		黑必有同伙	
		黑裡黑外無限深遠	
71	〈黑白〉	黑白分明的年代	《岩上詩集》P21
		人們懷念黑白的	《岩上集》P56
72	〈混濁〉	黑白　對立	《岩上詩集》P59
		黑白　分明	
		當黑走向白	
		當白走向黑	《漂流木》P48、49
		黑已不成黑	
		比行走在黑夜	
73	〈鋼管女郎的夜色〉	周遭的黑暗	《岩上詩集》P72
			《漂流木》P65
74	〈政治遊戲〉	一國一黨，黑白分明	《岩上詩集》P83
75	〈從割裂中再生〉	震斷的烏溪橋又傾聽溪水吟唱了	《岩上詩集》P92
			《漂流木》P88
76	〈几几峰靜觀〉	任由烏溪水長聒噪奔流	《漂流木》P141、142
		檳榔樹的採擷和黑牙的咀嚼	
77	〈柯郭別墅〉	臨靠烏溪畔的	《漂流木》P147
78	〈夜遊白帝城〉	黑夜，差一點	《漂流木》P176
79	〈乞者的陰影〉	跟著不放的黑瘦而斜長的陰影	《漂流木》P183
80	〈苦熬的民屋〉	皮膚黝黑的住民	《漂流木》P186
81	〈印度之光〉	活潑地在他們黝黑的皮膚上	《漂流木》P188
		未來黑色的金礦	
82	〈阿姆斯特丹紅燈區〉	白黃黑各種膚色的胴體	《漂流木》P210

83	〈草原上的羊群〉	抓著，白的黑的雜色的	《漂流木》P226
84	〈井中的青蛙〉	黑夜裡，在睡夢中	《另一面詩集》P23
85	〈夜，為你合好花〉	當黑夜來臨	《另一面詩集》P51
86	〈母親有病〉	看未清複雜世情的黑白	《另一面詩集》P101
87	〈眼睛與地球的凝視〉	光，一半墜入黑海	《另一面詩集》P109、110、116～118、122
		一半墜入黑暗中	
		黑白兩面的球體	
		黑靈太虛，刺穿	
		地球一半白一半黑	
		一半白一半黑的地球	
88	〈鐵窗歲月〉	黑夜深沉的嘆息	《另一面詩集》P127、131、133、144、145
		唯一的　黑	
		很多的眼睛在黑夜裡逃亡	
		黑夜裡	
		——墜入黑暗的深淵	
89	〈越南新娘〉	熱帶黑灰無妝飾的瞳體	《另一面詩集》P172
90	〈古芝地道〉	從黑暗的坑洞裡求光明	《另一面詩集》P178
91	〈西貢河畔遊輪餐廳〉	已堆滿烏油與垃圾	《另一面詩集》P183
92	〈蒙馬特山丘上的藝術村〉	筆觸的黑白與彩麗交錯的世界	《另一面詩集》P189

93	〈巴黎黑人小販〉	手持劣質小鐵塔模型販賣的黑人 比鐵塔的陰影還黝黑 現實生活的黑點像黑螞蟻	《另一面詩集》 P190、191
94	〈變體螢火蟲〉	空間的黑暗	《變體螢火蟲》 P32
95	〈慾望的煙囪〉	帶著口沫的白和灰燼的黑	《變體螢火蟲》 P34
96	〈月亮的臉〉	在黑夜裡才顯現 走出黑雲幕	《變體螢火蟲》 P36
97	〈螢火蟲〉	流竄了黑夜的	《變體螢火蟲》 P45
98	〈阿里山日出〉	黑暗不明乾坤的虛實 歷史的黑黯的森林	《變體螢火蟲》 P58、59
99	〈阿里山雲海〉	山越縮小越黛黑	《變體螢火蟲》 P84
100	〈貓的眼睛〉	早已趁黑黯的行徑	《變體螢火蟲》 P124
101	〈支點，在北風之下〉	邁向遙遠的黑夜裡	《變體螢火蟲》 P145
102	〈監視器幽靈〉	二十四小時繃緊的視覺神經，姿態陰黑	《變體螢火蟲》 P177
103	〈平林荔枝園〉	烏溪水流低吟的環繞	《變體螢火蟲》 P190
104	〈火炎山依然面對〉	烏溪橋每回大水不是斷腿就是截腰	《變體螢火蟲》 P194
105	〈我並沒有和草屯	是烏溪潺潺的流水和搖曳蘆葦的	《變體螢火蟲》

		做生死之約〉	對話	P197、198
			多的時後我面對著學生面對著黑板	
			秋天像中年後的肚皮，傾聽烏溪的流水聲	
			汽機車的烏煙	
106	〈烏溪菅芒花〉		黑	《變體螢火蟲》 P204、205
			烏溪切割了時空的斷層	
			烏溪牽掛著相思的	
			烏溪	
107	〈雙冬吊橋記懷〉		跨越悠悠的烏溪流水	《變體螢火蟲》 P211～213
			烏名的溪水潺潺	
			吊橋，已隨烏溪流水和滾動不定的	
108	〈大峽谷素描〉		枯樹上烏鴉棲息聒叫	《變體螢火蟲》 P233
			一個渺小的黑煙	
109	〈越戰陣亡官兵紀念碑〉		硬質的大理石黔黑一塊併接一塊	《變體螢火蟲》 P237、238
			黑與紅	
110	〈路橋上的乞丐〉		蹲下來撐起襤褸的黑大衣	《變體螢火蟲》 P243

附表 2 岩上詩作中運用「白」之詩例

序號	詩名	詩句	詩集頁數
1	〈荷花〉	雖然畫板依舊空白	《激流》P25
			《岩上詩選》P19
2	〈七月之舌〉	而後是白頭鳥的驚鳴	《激流》P30
3	〈激流〉	初貞的潔白	《激流》P53
			《岩上詩選》P34
			《岩上集》P14
4	〈林中之樹〉	白骨崢嶸　冬	《激流》P59
5	〈窗外〉	一片白雲	《激流》P65
6	〈青蛙〉	映成在白灰牆壁上的黑影	《激流》P74
7	〈教室的斷想〉	所有空白的面孔遽然蛻變碧綠	《激流》P76、77
		化成一隻悠然的白鶴消失在空茫的蒼穹	《岩上詩選》P40、41
8	〈無邊的曳程〉	一口一口的白煙是鎮痛的紗布嗎	《激流》P78、81、84
		翻白的肢體	
		將因一顆頭顱的固執而變白	
9	〈愛〉	滴在我白色的襯衫上	《冬盡》P36
			《愛染篇》P58
10	〈昨夜〉	死去了的蒼白	《冬盡》P47
			《愛染篇》P57
11	〈冬盡〉	凍結灰白的蔓延	《冬盡》P100、103
		隨著寒流從井口煙白地冉冉上昇	《岩上詩選》P70、73
12	〈髮白〉	而使我瓣瓣髮白的	《冬盡》P124、125
		源自生命告白的乳汁	《愛染篇》P48、49
		白花	《岩上詩選》P83

13	〈山頂上的木屋〉	漆白	《冬盡》P163
		白了四壁木質的橫紋	
		白天一隻眼睛藍一隻眼睛綠	
14	〈歌〉	驚見自己的影子爬行在灰白的牆壁上	《冬盡》P187
15	〈靜夜〉	是我白日煩瑣的事物	《臺灣瓦》P4
16	〈瓦浪上一朵小花〉	白了一陣	《臺灣瓦》P16
			《岩上詩選》P95
17	〈午時海洋〉	一匹匹白色的抹布	《臺灣瓦》P22
		疲睏如一群白羊	《岩上詩選》P97
18	〈觀畫〉	冷冷的床單乃灰白的牆壁	《臺灣瓦》P28、29
		突然翻白的髮鬢	
19	〈路沖〉	牛肉攤豎白旗	《臺灣瓦》P72
20	〈思婦〉	這是夢裡一位白髮的神仙說的	《臺灣瓦》P78
21	〈思鄉病〉	又是東方已發白	《臺灣瓦》P88
22	〈蹉跎〉	長而灰白的鬍鬚	《臺灣瓦》P92
			《岩上詩選》P120
23	〈油漆工人〉	其實我常陷入一間間蒼白的海底洞	《臺灣瓦》P97
			《岩上詩選》P123
24	〈嘔吐〉	白白的	《臺灣瓦》P118
		白白的	
25	〈孔子氣死〉	白眼	《臺灣瓦》P121
26	〈夢境〉	你白色的帽子飛起	《愛染篇》P18
27	〈鷺鷥夕色〉	一群白樺樺的鷺鷥	《愛染篇》P21
		逐漸蒼茫了的白	
28	〈往事〉	白	《愛染篇》P37

29	〈煙雨〉	在鑲白的碑石上	《愛染篇》P74
30	〈吊橋〉	俯地是千仞的澗水翻白洶湧	《愛染篇》P79
31	〈手絹〉	原是潔白的一方手絹	《愛染篇》P88
32	〈樹〉	秋冬的枯白	《岩上八行詩》P2
33	〈酒〉	屬於獨白，意不在酒	《岩上八行詩》P46
34	〈髮〉	夢醒髮幡白	《岩上八行詩》P52
35	〈霧〉	像灑上白胡椒須要忍住一時的莽撞	《岩上八行詩》P68
36	〈疤〉	曾被白色的紗布包紮過的	《岩上八行詩》P72
37	〈燭〉	我在這裡，握一撮清白	《岩上八行詩》P88
38	〈雪〉	冷冷的咬著牙，蒼白的	《岩上八行詩》P120
39	〈黑白〉	黑白分明的年代	《更換的年代》P1
		人們懷念黑白的	《岩上詩集》P21
			《岩上集》P56
40	〈冬天的面譜〉	冬天的面譜　漆白的	《更換的年代》P4、P5
		冬天的面譜　漆白的	
		冬天的面譜　漆白的	
		冬天的面譜　漆白的	
		漆白的面譜	
41	〈黃昏麥當勞〉	邁進白天與黑夜交接不明的	《更換的年代》P25
			《岩上詩集》P25
42	〈說與不說〉	舉著白旗搖晃	《更換的年代》P40
43	〈齒輪〉	春綠秋白的生機	《更換的年代》P53
44	〈窗口〉	擊碎了一季白色的雪崩	《更換的年代》P54
			《岩上詩集》P29
45	〈午時槍聲〉	太陽由蒼白再轉為灰暗	《更換的年代》P63
46	〈白色的噩夢〉	接著淌出白液	《更換的年代》P65、

		用顫抖的白旗	67
47	〈那是一口白煙〉	白米飯	《更換的年代》P70、
		白煙	71
48	〈黑夜裡一朵曇花濺血〉	眼睛白直	《更換的年代》P73
		白白的	
49	〈飛彈試射〉	以翻白的魚肚皮表示抗議	《更換的年代》P76
50	〈九頭公案〉	只能以紗布的白旗顫動著失語症的手勢	《更換的年代》P81
51	〈玩命終結者〉	白白猪肥了檢舉報報警的傢伙	《更換的年代》P85、
		白皙的皮膚	87、88
		白曉燕的影子已相當模糊	
52	〈十七歲悲恨的死〉	爆冰碎裂，十七歲的細白肌膚	《更換的年代》P89、
		赤裸裸的我，十七歲潔白的身體	91
53	〈飛碟升天〉	早已白髮蒼蒼　那有什麼關係	《更換的年代》P93
54	〈災變〉	至於被丟雞蛋和舉白布條抗議	《更換的年代》P116
55	〈失去海岸的島嶼〉	白雲	《更換的年代》P125
56	〈鷺鷥〉	獨白	《更換的年代》P139
57	〈貓〉	他們會利用白天的光明	《更換的年代》P147
		黑道或白道	
58	〈孤煙火葬場〉	一堆白骨由燙至冷	《更換的年代》P165、
		幡旗總是白底黑字地翻飛	166
59	〈大雅路〉	那條晰白如笈筒的	《更換的年代》P171
60	〈墓園隨想〉	右白虎	《更換的年代》P187
61	〈花東海岸〉	白天，看她的顏面	《更換的年代》P190
62	〈日本松島灣的海鷗〉	白色波浪與水珠	《更換的年代》P192

63	〈茶道〉	蒼白，不再綠也不再紅	《更換的年代》P198
64	〈被遺忘的傘〉	沒有存在的空白	《更換的年代》P202
65	〈一列小火車〉	蒼白，向遠離的小火車	《更換的年代》P204
66	〈春訊〉	偶爾有白雲飄過	《更換的年代》P205
67	〈石像記〉	有白色臉部的恐怖	《更換的年代》P207
68	〈意象畫〉	變調曲乃心敘的告白，用眼神	《更換的年代》P211
69	〈芒草〉	銀白雪亮的花浪 髮漸漸白了	《更換的年代》P237
70	〈碧山岩遠眺〉	白日光環下 黑白不分，尚且	《更換的年代》P262
71	〈天空的眼〉	分辨黑與白的光影	《更換的年代》P267
72	〈蘆葦〉	翻白，我們 是生命脈注的告白	《針孔世界》P21、22
73	〈被遺忘的角落〉	歲月乃最忠實的告白	《針孔世界》P35 《岩上集》P71
74	〈農村曲〉	白牆紅瓦的厝宅	《針孔世界》P44
75	〈磚仔窯〉	從此開始，窯洞裡白熱的煎熬	《針孔世界》P57
76	〈鯉魚潭〉	或一群白鵝	《針孔世界》P66
77	〈鶴岡八幡宮的祝福〉	只是她頭上披著的白色幡帽	《針孔世界》P141
78	〈抗議的抗議〉	無法辨認黑白	《針孔世界》P172 《岩上集》P96
79	〈冷氣機流出虛汗〉	潤白的皮膚們	《針孔世界》P174
80	〈黑白數位交點〉	白白白白白白白 白　　看黑	《針孔世界》P200～ 212

		黑裡透白	
		黑成　蒼白	
		空白了一輩子	
		可白成　善人	
		白成白癡	
		白誰敢	
		白露錢財	
		白白	
		白成白骨	
		白白白	
		白得流口水	
		白　白空手	
		白　白費心機	
		黑　你不黑　白不黑	
		白　你去白	
		白來白去不成白	
		不白不能白	
		不黑成白	
		嘆氣的白	
		白　白白過日	
		不要認為白得無事	《岩上詩集》P49～
		白才累死	55
		哈　白幹	
		來去都是白　白走一趟	
		白來白去	
		我不白	

		誰來[白]	
		不好不好　[白][白][白]	
		[白]了少年頭　空悲切	
		[白]　能到底？	
		[白][白]到底[白][白][白]	
		不能[白]不能黑	
		能[白]又能黑	
		[白]不[白]	《岩上集》P106～115
		[白]不能[白]　用黑的	
		黑不能黑　假借[白][白]的	
		黑[白]不分的時代已形成	
		黑[白]不辨的面孔一具一具浮塑	
		黑[白]模糊的世界	
		眼睛是兩粒混球，無黑[白]的心	
		黑與[白]一體二極的一元	
		盪裂為黑[白]二元	
		[白]漸走漸[白]	
		[白]有多層的[白]	
		黑與[白]之間層出歧異	
		黑[白]了紛擾的多元	
		[白]　[白]得不見[白]	
		不見[白]　[白]得可憐	
		[白]　只見孤獨	
		獨來獨往一場空[白]	
81	〈混濁〉	黑[白]　對立	《岩上詩集》P59
		黑[白]　分明	

		當黑走向白	
		當白走向黑	《漂流木》P48
		白已不成白	
82	〈傷口流液〉	同樣曝露著蒼白的軀體	《岩上詩集》P65、66
		暫白	《漂流木》P55、56
83	〈檳榔西施的對味〉	剖開是潤白的乳房	《岩上詩集》P74
			《漂流木》P68
84	〈政治遊戲〉	一國一黨，黑白分明	《岩上詩集》P83
85	〈從割裂中再生〉	斷手斷腳的已接肢行動　白幡的幽魂已超度	《岩上詩集》P91
			《漂流木》P86
86	〈鬆〉	從攬雀尾拍起白鶴亮翅飛落	《漂流木》P97
87	〈濁水溪傳奇〉	劃過不明不白的更替	《漂流木》P153
88	〈黃鶴樓〉	循著李白的詩句而來	《漂流木》P169
89	〈巴哈夷教蓮花寺〉	教義了如蓮花瓣瓣的純白	《漂流木》P194
90	〈泰姬瑪哈陵〉	潔白可呈露愛情的純一	《漂流木》P197
91	〈阿姆斯特丹紅燈區〉	白黃黑各種膚色的胴體	《漂流木》P210
92	〈七月來蒙古〉	蒼鷹俯視大地盤旋藍天白雲	《漂流木》P216
93	〈草原上的羊群〉	抓著，白的黑的雜色的	《漂流木》P226
94	〈額爾德召寺的梵唱〉	一百零八座小白塔構成的	《漂流木》P232
		一道白色石牆，圍繞寺廟	
95	〈飲蒙古馬奶〉	高濃度奶汁純乳白色的	《漂流木》P236
96	〈無肉生活〉	一碗白飯一人吃	《另一面詩集》P19
		一碗白飯一人吃	
97	〈井中的青蛙〉	白天有很多不知名的鳥類飛過	《另一面詩集》P22

		大多是麻雀和白頭翁	
98	〈夜，為你合好花〉	一身潔白的	《另一面詩集》P51
99	〈四季八行〉	雪降白色	《另一面詩集》P63
		無人在白色裡	
100	〈王功漁港看海〉	白鷺振翼回巢	《另一面詩集》P78
101	〈四物湯〉	大地臉色蒼白	《另一面詩集》P92
		白芍　　補血　　苦酸微寒	
102	〈母親有病〉	看未清複雜世情的黑白	《另一面詩集》P101
103	〈菅芒花望著〉	雪白飄逸的	《另一面詩集》P102
104	〈眼睛與地球的凝視〉	黑白兩面的球體	《另一面詩集》P116、118、122
		地球一半白一半黑	
		一半白一半黑的地球	
105	〈鐵窗歲月〉	冷白的牆壁面	《另一面詩集》P131
106	〈樹的生死學〉	紅面鴨鴛鴦白鵝應聲和淙淙	《另一面詩集》P158
107	〈天鵝湖遨遊〉	藍天白雲倒影湖中享受	《另一面詩集》P167
108	〈巴黎凱旋門〉	歷史的篩撿與漂白	《另一面詩集》P186
109	〈蒙馬特山丘上的藝術村〉	筆觸的黑白與彩麗交錯的世界	《另一面詩集》P189
110	〈巴黎黑人小販〉	流竄在白色磁盤上	《另一面詩集》P191
111	〈洛克岬〉	濺起白沫	《另一面詩集》P193
112	〈仙達皇宮〉	吞吐著清氣與藍天白雲共道	《另一面詩集》P195
113	〈街頭上的老人與狗〉	白髮老人倚靠道旁長椅逗弄著小狗	《另一面詩集》P204
114	〈唐吉訶德小酒館〉	白色屋外牆壁	《另一面詩集》P206

115	〈慾望的煙囪〉	帶著口沫的白和灰燼的黑	《變體螢火蟲》P34
116	〈月亮的臉〉	反映出白天裡所隱藏的	《變體螢火蟲》P36
117	〈冬樹〉	一切淨白	《變體螢火蟲》P60、
		雪白中的一滴血	61
118	〈合歡山雲海〉	純白的棉絮	205
119	〈阿里山雲海〉	雲越湧越淒白	《變體螢火蟲》P84
120	〈紅綠與白色的水舞〉	火車站前的槍擊，一片白熱	《變體螢火蟲》P156
121	〈憂國錯亂〉	全部凍僵，包圍的鐵絲網淌出喪膽的白色恐怖的流液	《變體螢火蟲》P160、162、163
		使一堆已白骨的老母爬起來相認	
		從太陽旗的陰影移到青天白日的飄揚	
122	〈平林荔枝園〉	軟體的白玉，如貴妃肌膚的誘惑	《變體螢火蟲》P191
123	〈火炎山依然面對〉	一夜頭顱突白	《變體螢火蟲》P195
124	〈烏溪菅芒花〉	白	《變體螢火蟲》P204、205
		思念成白芒芒的	
		搖不走等待的白髮	
125	〈草屯菸樓〉	黃如脫落壁灰的一撮蒼白的記憶	《變體螢火蟲》P206
126	〈參觀史丹巴克文學館〉	五十年後，竟然以白髮	《變體螢火蟲》P235
127	〈絕美金門大橋〉	白浪依然滾動，而白髮在冷風中幡飛	《變體螢火蟲》P256
128	〈海崖沙灘掇拾〉	浪花濺開白白朵朵	《變體螢火蟲》P264、265
		白色帆船遠遠駛來	

附表 3 岩上詩作中運用「紅」之詩例

序號	詩名	詩句	詩集頁數
1	〈荷花〉	竟然也以鮮紅的笑靨	《激流》P24
			《岩上詩選》P19
2	〈七月之舌〉	滾燙的紅球	《激流》P30
3	〈埋葬〉	當紅色的棺木	《激流》P44
4	〈紫藤〉	開滿了串串紫紅的花朵	《激流》P49
			《岩上詩選》P29
5	〈教室的斷想〉	瞬間蔚成滿山的花紅	《激流》P76
			《岩上詩選》P40
6	〈無邊的曳程〉	如一塊燒紅的石頭	《激流》P78
7	〈我的朋友〉	染紅了你的臉頰	《激流》P87
8	〈切肉〉	且染紅了眼前的世界	《冬盡》P21
			《岩上詩選》P48
9	〈水牛〉	原來我體內也有這樣鮮紅的血	《冬盡》P25
			《岩上詩選》P50
			《岩上集》P16
10	〈戀情〉	那是流血一般鮮紅的純潔	《冬盡》P27
11	〈伐木〉	吞吐著乾紅的火舌	《冬盡》P66
			《岩上詩選》P58
12	〈我是我在〉	在你紅透了的	《冬盡》P68
13	〈松鼠與風鼓〉	開了一點兒春的紅暈	《冬盡》P81
			《岩上詩選》P60
14	〈暮色的平原〉	轉換著紅的黃的紫的灰的……布幕	《冬盡》P92、94
		把那紅柿的夕陽切了一片一半而後	
15	〈冬盡〉	一縷青煙乘隙紅透了冷冽的眼眸	《冬盡》P105

			《岩上詩選》P74
16	〈斷掌〉	花　紅遍	《冬盡》P121
			《愛染篇》P51
17	〈法雲寺〉	一山道的豔紅	《冬盡》P159
18	〈山頂上的木屋〉	染紅的 紅了八方的遙曠的視野	《冬盡》P163
19	〈鼎〉	我超渡你們走過紅塵 以你擦紅的十指	《冬盡》P178
20	〈紅豆〉	曾撿拾滿袋的紅豆 一顆顆的紅豆 讓紅豆的晶瑩在掌中閃爍	《冬盡》P180
21	〈盧山採藥記〉	朱唇開著唇形朱色的花　漂亮	《臺灣瓦》P46
22	〈重登碧山寺〉	青燈不青而玻璃電燈紅燭依然	《臺灣瓦》P55
			《岩上詩選》P111
23	〈油漆工人〉	紅的藍的綠的牆壁	《臺灣瓦》P96
			《岩上詩選》P123
24	〈股票市場〉	紅色藍色委託書齊飛	《臺灣瓦》
25	〈蝴蝶蘭〉	我不欣賞燦爛花紅的眩虛	《愛染篇》P9
26	〈往日的戀情〉	妳問我紅頰的幾何	《愛染篇》P12
27	〈夢境〉	紅透了山巒	《愛染篇》P18
28	〈戀情〉	那是流血一般鮮紅的純潔	《愛染篇》P60
29	〈手印〉	且染紅了滴滴的脈血 如紅葉紛紛零落	《愛染篇》P85、86
30	〈漂鳥〉	一滴紅血 就僅剩那麼一簇殷紅竟然煞死不了 一山的	《愛染篇》P105、106 《岩上詩選》P154、 P155

31	〈夕暮之海〉	鮮紅而渾圓	《愛染篇》P107
			《岩上詩選》P156
32	〈楓〉	才現出本色，嫣紅的笑靨	《岩上八行詩》P64
		葉脈如掌紋絲絲的紅	《岩上詩集》P12
33	〈疤〉	偏偏疤痕由紅變黑	《岩上八行詩》P72
34	〈暮〉	回顧滾滾蒼茫的紅塵	《岩上八行詩》P116
35	〈冬天的面譜〉	紅的鮮血	《更換的年代》P5
36	〈黃昏麥當勞〉	麥當勞 M 紅色的字號	《更換的年代》P25
37	〈過年〉	收到幾塊錢紅包壓歲	《更換的年代》P38
		貼著鮮紅的春聯	
38	〈那是一口白煙〉	擴音器交感紅色閃燈交感	《更換的年代》P71
39	〈剃度之後〉	至於回頭是萬丈紅塵	《更換的年代》P78
40	〈畫眉鳥〉	才能分紅	《更換的年代》P146
41	〈我和鴿子的飛行〉	揮灑的旗幟，赤紅	《更換的年代》P157
42	〈孔廟裡的供桌〉	特別用紅筆勾烙加圈	《更換的年代》P179
43	〈古早厝巡禮〉	吹襲斑駁的紅磚牆	《更換的年代》P184
44	〈臺北的節奏〉	紅綠燈閃爍迅速的旗語	更換的年代》P188
45	〈茶道〉	蒼白，不再綠也不再紅	《更換的年代》P198
46	〈意象畫〉	骨骼架構著赭色的枝幹	《更換的年代》P211
47	〈隔海的信箋〉	透過紅十字會	《更換的年代》P224
48	〈祝福的小紅花〉	像墳頭上開著的紅色小花	《更換的年代》P227
49	〈賣麻糬的阿伯〉	紅豆餡的甜膩	《更換的年代》P230
50	〈秋意〉	卻面紅耳赤	《針孔世界》P19
51	〈鐵骨冰心〉	只隸屬紅塵人間	《針孔世界》P34
52	〈土角厝〉	從來沒有光亮和燦紅	《針孔世界》P41
53	〈農村曲〉	白牆紅瓦的厝宅	《針孔世界》P44

54	〈秋風〉	胭脂紅了	《針孔世界》P88
55	〈木棉花的慾望〉	亮著豔紅的熱力	《針孔世界》P98
56	〈木棉花開〉	以紅色和橙色的笑靨交替	《針孔世界》P101
57	〈天空有一個海洋〉	吐出紅黃靛紫藍綠的彩霞	《針孔世界》P129
			《岩上詩集》P47
58	〈傷口流液〉	殘紅	《岩上詩集》P65
59	〈花艷鳳凰木〉	點胭脂搽紅粉迎接	《漂流木》P56
		豔紅燦	《岩上詩集》P79、80
		一陣火紅一陣歡騰	《漂流木》P74、75
		熱情的紅色浪濤由南而北	
60	〈阿富汗少女〉	綠光眼瞳和燒紅的	《岩上詩集》P88
			《漂流木》P83
61	〈松鼠與風鼓〉	開了一點兒春的紅暈	《岩上集》P18
62	〈愛河〉	他曾經臉紅	《漂流木》P109
63	〈鐵道列車〉	鐵道指示訊號有時紅有時綠	《漂流木》P126
64	〈火炎山容顏〉	日日燒紅的	《漂流木》P157
65	〈風櫃斗賞梅〉	胭脂紅	《漂流木》P162
66	〈苦熬的民屋〉	四方形紅磚堆砌起來的	《漂流木》P185
		骨架接榫的血紅	
67	〈泰姬瑪哈陵〉	阿格拉紅砂城堡的禁臠	《漂流木》P198
68	〈阿姆斯特丹紅燈區〉	入夜紅燈亮起	《漂流木》P210
69	〈楓仔葉飄落〉	因為紅透	《另一面詩集》P32
70	〈望聞問切〉	望你 消失了紅塵	《另一面詩集》P44
71	〈夜，為你合好花〉	萬紫千紅裡	《另一面詩集》P50

72	〈四季八行〉	熱湯裡跳出了太陽的紅點	《另一面詩集》P61
73	〈北回歸線〉	不要觸摸，那一條紅線	《另一面詩集》P70
		熱情燃燒鳳凰花的紅豔	
74	〈地平線〉	滾滾紅塵	《另一面詩集》P74
75	〈四物湯〉	紅光照亮大地	《另一面詩集》P93
76	〈樹的生死學〉	紅面鴨鴛鴦白鵝應聲和淙淙	《另一面詩集》P158
77	〈西貢河畔遊輪餐廳〉	紅橙藍綠絢爛色光	《另一面詩集》P182
78	〈唐吉訶德小酒館〉	夏日午時西班牙中部拉曼都紅褐色的大地	《另一面詩集》P206
		紅色波浪屋瓦	
79	〈品茶〉	茶紅	《變體螢火蟲》P55
80	〈阿里山日出〉	拋擲紅球，多少期待	《變體螢火蟲》P58
81	〈西子灣望海〉	紅柿子的蒼茫	《變體螢火蟲》P72
82	〈霧裡賞櫻〉	胭紅的春意	《變體螢火蟲》P75
83	〈鋸樹〉	染紅了雪地	《變體螢火蟲》P77
84	〈紅豆愛染〉	串聯晶瑩紅豔的	《變體螢火蟲》P119、120
		啊　殷紅的愛染歲月	
85	〈縱火者〉	煙與火交戰青赤的熱度	《變體螢火蟲》P139
		紅遍半天	
86	〈紅綠與白色的水舞〉	一九四七年，紅綠火焰	《變體螢火蟲》P156
87	〈另一顆子彈〉	一票一票都是紅色的戳印	《變體螢火蟲》P172
88	〈監視器幽靈〉	開車，不要闖紅燈？	《變體螢火蟲》P176
89	〈平林荔枝園〉	粒粒串聯，紅深暗赤	《變體螢火蟲》P191
90	〈草屯菸樓〉	青燄赤赤的	《變體螢火蟲》P207

91	〈詩人的足跡〉	紅豆的詩眼	《變體螢火蟲》P217
		為欣喜詩人的賞玩而燦紅	～219
		紅的更紅，睜亮眼睛	
92	〈詩人的鈕扣〉	盛開紅透	《變體螢火蟲》P220
93	〈櫻桃紅唇〉	亮麗淡紅透汁的	《變體螢火蟲》P224
94	〈驚見蜂鳥〉	只取一點紅	《變體螢火蟲》P230
95	〈越戰陣亡官兵紀念碑〉	黑與紅	《變體螢火蟲》P238
96	〈紫色藍莓〉	昨天紅紫／已熟識	《變體螢火蟲》P239
97	〈優勝美地瀑布〉	從紅衫原始林走出	《變體螢火蟲》P246

——選自蕭蕭、李桂媚主編《在現實的裂縫萌芽：岩上學術研討會論文集》
臺北：萬卷樓圖書公司，2019 年 9 月

輯五◎
研究評論資料目錄

作家生平、作品評論專書與學位論文

專書

1. 〔財團法人榮後文化基金會編〕　　岩上的文學旅途（第 11 屆榮後臺灣詩人
獎：得獎人岩上專輯）　臺南　財團法人榮後文化基金會　2002 年
2 月　64 頁

本書為岩上獲得第 11 屆榮後臺灣詩人獎，基金會為得獎人所編纂的得獎專輯。內容
包含：獎詞、莫渝〈人間的詩人──岩上小論〉、王灝〈從激流到更換的年代──
岩上的詩路小探〉、莫渝〈十問岩上──專訪岩上〉及岩上作品選。

2. 曾進豐　　經驗與超驗的詩性言說──岩上論　臺北　秀威資訊科技公司
2008 年 1 月　348 頁

本書從本體論、創作論、批評論切入，探討岩上詩論及其創作體系，以及從岩上寫
詩的進程與轉折樞紐，歸納其詩風特色。全書共 7 章：1.緒論；2.客子光陰：岩上的
詩路進程；3.存在，秩序：岩上的詩學體系；4.風景，世界：岩上詩的題材展現
（上）；5.風景，世界：岩上詩的題材展現（下）；6.凝定，通變：岩上詩的表現策
略與模式；7.結論。正文後附錄〈岩上文學簡歷〉、〈岩上未集結作品篇目編纂〉、
〈岩上答客十三問〉、〈岩上研究資料彙編〉。

3. 林　廣　　探測詩與心的距離──品賞岩上的 100 首詩　南投　南投縣文化局
2013 年 11 月　239 頁

本書選輯岩上 100 首小詩與短詩，以「讀詩札記」之形式撰寫詩評與賞析。全書共
三輯：1.《激流》、《冬盡》、《臺灣瓦》、《針孔世界》（選評 17 首）；2.《更
換的年代》、《漂流木》（選評 18 首）；3.《岩上八行詩》（選評 65 首）。正文前
有林廣〈自序〉。

4. 趙天儀等著　　岩上作品論述第一集　南投　南投縣文化局　2015 年 11 月
463 頁

本書收錄岩上詩集論述與訪談紀錄。全書共 2 輯：1.詩集論述：收錄趙天儀〈激流上
的音響──評岩上詩集《激流》〉、陳鴻森〈評岩上詩集《激流》〉、王灝〈流變
的聲音──讀《激流》集談岩上的詩〉、蕭蕭〈岩上的位置〉、李瑞騰〈爬行在灰
白牆壁上的影子──為岩上詩集《冬盡》的出版而寫〉、趙天儀〈冬盡春來的甘
苦──評岩上詩集《冬盡》〉、康原〈詩的時代精神──小論岩上詩集《臺灣

瓦〉〉、李敏勇〈《臺灣瓦》〉、丁旭輝〈岩上的情詩——《愛染篇》〉、王灝
〈點亮慰藉的星芒——小論岩上情詩中的詩情〉、康原〈《愛染篇》主題初探〉、
潘亞暾〈情滿青山意溢滄海——喜讀《岩上詩選》〉、陳去非〈站在草地上生活的
人——讀《岩上詩選》〉、蔡秀菊記錄〈《岩上八行詩》作品研討會紀錄〉、古遠
清〈對人生哲思的感悟——評《岩上八行詩》〉、謝輝煌〈疑問號裡醒眼——岩上
《岩上八行詩》讀後〉、王灝〈試說《岩上八行詩》中的形式意義〉、黃明峰〈觀
物取象的智慧——論《岩上八行詩》〉、古繼堂〈充滿生活哲理的詩篇——評岩上
詩集《岩上八行詩》〉、丁旭輝〈論《岩上八行詩》的內在結構〉、張香華〈一本
自我實踐的詩集〉、王常新〈現實主義的大眾化詩學——評岩上的《詩的存
在》〉、李魁賢〈詩的衝突〉、謝輝煌〈黏死在牆壁,活在世上的詩行——岩上
《更換的年代》讀後〉、林政華〈詩衝突的相對面——讀岩上《更換的年代》詩
集〉、黃敬欽〈岩上《更換的年代》所呈現的時代焦慮〉、蔡秀菊〈時代之聲・歷
史之眼——我讀岩上詩集《更換的年代》〉、林政華〈對土地的摯愛——岩上詩集
《針孔世界》的重要主題〉、簡政珍〈去除裝飾性的抒情——評岩上的詩集《針孔
世界》〉、林政華〈大器晚成的兒童少年詩人——岩上《忙碌的布袋嘴》裡的勝
景〉、謝輝煌〈來自臺灣地理中心的悲情——岩上《漂流木》讀後〉、曾進豐〈追
尋自己永恆的神——讀岩上詩集《漂流木》〉、郭楓〈風格韻味流布於散淡恍惚間
——序論岩上詩兼賞析《漂流木》詩集〉、葉衽榤〈諷刺的詩史——評岩上的《漂
流木》〉、李桂媚〈詩中有數,心裡有術——讀岩上《另一面詩集》〉、陳康芬
〈詩語言現象與詩之存有——評岩上《另一面》的詩語言藝術成就〉、丁威仁〈洗
滌自我的生命行旅——岩上《變體螢火蟲》序〉;2.訪問:收錄康原〈一條自逸而
沒的河流——訪詩人岩上〉、張香華主講;葉毓蘭博士賞析;王宗仁整理〈岩上:
移民、思鄉、笠〉、郁馥馨〈對整體生命的探問和思考——訪問岩上先生〉、王宗
仁〈「笠詩社與臺灣現代詩發展」專訪岩上〉、李長青〈春天午後,草屯談詩——
訪問詩人岩上〉。

5. **陳明台等　岩上作品論述第二集　南投　南投縣文化局　2015 年 11 月　505
頁**

本書為岩上詩作的單篇論述與整體論述論文集。全書共 2 輯:1.詩作單篇論述:收錄
陳明台〈宿命的自覺〉、王灝〈孤寂的歌——談岩上的兩首詩〉、蕭蕭〈岩上現代
詩導讀〉、菩提〈談岩上的〈切肉〉〉、向明〈也是一面鏡子——淺談岩上的〈割
稻機的下午〉〉、王灝〈我乃欲嘯的螺殼——岩上作品研究之一:初探〈海
螺〉〉、莫渝〈在手掌開合之間〉、康原〈詩人落難,為人說命〉、落蒂〈舞出變
易幻滅——析岩上〈舞〉〉、蔡榮勇〈我讀岩上〈臺北 101 大樓〉〉、蕭蕭〈岩上

現代詩〈蹉跎〉鑑賞〉、商禽〈岩上的詩〈詩寫陳千武〉賞析〉、陳千武〈岩上的詩〈椅子〉〉、林亨泰〈現代詩的光芒——岩上的〈舞〉〉、蕭蕭〈岩上詩〈建築〉品賞〉、楊鴻銘〈新詩改寫成散文的方法——以岩上詩〈夢〉為例〉、周華斌〈賞析岩上的〈寂滅的山坡〉〉、施玉容〈岩上詩作〈影子〉賞析〉、柳易冰〈晦澀迷宮讓人憂——讀岩上詩〈一夜不眠〉〉、謝輝煌〈彩色的期待與黑白的懷念——岩上〈黑白〉讀後〉、賴欣〈岩上的〈另一面〉〉、莫渝〈岩上的〈另一面〉賞讀〉、莫渝〈新世紀臺灣詩選讀——岩上〈鐘聲〉〉；2.整體論述：收錄寧可〈真實、良善、純美——這便是岩上的詩〉、林鷺〈我讀岩上的詩〉、康原〈草鞋墩的詩人〉、林仁德〈觸鬚伸進鄉土・培養關懷人事熱情〉、趙天儀〈現實與超現實的結合——論岩上的詩與詩論〉、落蒂〈立在嶢岩之上——岩上論〉、林政華〈以本土為起點與時俱進的詩人——岩上〉、蔡秀菊〈八○年代的臺灣社會縮影——論岩上現代詩中的現實性格〉、黃明峰〈嶢岩之上的劍客——論岩上詩藝的變化〉、丁旭輝〈試論岩上詩作的語言風格及其變化〉、丁威仁〈論岩上詩裡「血」意象的象徵意涵〉、王灝〈從激流到更換的年代——岩上的詩路小探〉、丁威仁〈初論岩上詩裡「燃燒」類意象傳達的生命思維——以「太陽」與「火」為例〉、陳康芬〈臺灣現代鄉土的詩眼與詩心——試論《岩上八行詩》與《更換的年代》的書寫意義〉、陳康芬〈詩的現實與超越——試從《笠》的文學精神與歷史軌跡評論岩上詩的實踐意義〉、向陽〈不離人生、不離人間——冷凝沉鬱論岩上詩作風格〉、康原〈岩上的臺語詩〉、康原〈岩上詩中的地景書寫——以岩上〈歐遊詩抄〉與〈南投即詩〉為例〉、葉斐娜〈內視・外擴與深耕——岩上詩中的「樹」意象研究〉、林明理〈岩上：將孤獨輾轉於命運的軌跡之中〉、古遠清〈篇幅短而詩意綿長——讀岩上的小詩〉、林秀蓉〈餘味美學——探岩上〈四物湯〉、〈黃昏麥當勞〉的飲食意象〉、余昭玟〈監獄文學的新創發——談岩上〈鐵窗歲月〉〉、曾進豐〈論岩上詩的理思與機趣〉。

6. **蕭蕭，李桂媚主編　　在現實的裂縫萌芽：岩上學術研討會論文集　臺北　萬卷樓圖書公司　2019 年 9 月　230 頁**

本書為「在現實的裂縫萌芽：岩上學術研討會」會議論文集，以追求跨世代、跨領域的研究路線，呈現岩上的峰嶺與風華，開創岩上詩研究的新範疇。全書收錄論文：徐培晃〈物的體系——岩上詩中物我關係象徵化的表現方式〉、嚴敏菁〈調解與跨越——論岩上詩學與武學的實踐〉、陳瀅州〈岩上早期詩論與一九七○年代現實詩學〉、李桂媚〈岩上現代詩的色彩意象〉、莫渝〈填補人生的裂縫——取岩上的五首詩為例〉、謝三進〈岩上生態詩綜觀〉、葉衽榤〈岩上兒童詩自然論〉、陳徵蔚〈意在筆先——《岩上八行詩》與其英文翻譯之研究〉、陳鴻逸〈詩與散文的

遞延互涉——論岩上《綠意》的詩性語言造異〉，共 9 篇。

學位論文

7. 葉婉君　　岩上詩研究　中興大學中國文學系　碩士論文　陳器文教授指導
**　　　　　2008 年 1 月　164 頁**

本論文就岩上詩藝及內涵分成四大主題：抒情手法、鄉土書寫、社會寫實、生命體悟，著手研究其詩作的題材、意象、表現及哲思。全文共 7 章：1.緒論；2.岩上現代詩的創作歷程；3.岩上詩的抒情手法；4.岩上詩的鄉土書寫；5.岩上詩的社會寫實；6.岩上詩的生命體悟；7.結論。正文後附錄〈岩上作品繫年表〉。

8. 嚴敏菁　　岩上及其作品主題之研究　南華大學文學研究所　碩士論文　陳明
**　　　　　柔教授指導　2008 年 6 月　191 頁**

本論文以探討岩上本人以及其作品主題為主。生平部分敘述其童年、成長過程以及工作、家庭四個階段。而文學歷程則以其創作過程以及各詩集特色為主。最後將其創作主題歸納出人生探討、對時代的關懷以及批判的視野，分而述之。全文共 7 章：1.緒論；2.岩上生平及創作歷程；3.岩上詩作的主題意識（上）；4.岩上詩作的主題意識（中）；5.岩上詩作的主題意識（下）；6.岩上作品的表現技巧；7.結論。正文後附錄〈岩上文學生涯及年表〉。

9. 蔡孟真　　岩上現實主義詩風研究——以《臺灣瓦》、《更換的年代》、《針
**　　　　　孔世界》、《漂流木》為例　高雄師範大學回流中文碩士班　碩士**
**　　　　　論文　曾進豐教授指導　2010 年　183 頁**

本論文以岩上作品現實主義為探究核心，以《臺灣瓦》、《更換的年代》、《針孔世界》和《漂流木》四本詩集為討論範疇。並另立專章，深入掘發岩上現實詩的題材擷取和藝術表現。此外，耙梳整理臺灣現實主義詩風的發端與流衍情形，客觀梳理岩上現實主義詩風的承續與脈動。全文共 6 章：1.緒論；2.臺灣當代現實主義詩風；3.岩上現實詩主題面面觀；4.岩上現實詩題材類型及藝術表現；5.岩上現實主義詩風的呈展；6.結論——永恆的現境追尋。

10. 簡沛進　　岩上詩分期研究　彰化師範大學國文學系　碩士論文　黃文吉教授
**　　　　　指導　2014 年　202 頁**

本論文針對岩上新詩在不同時期的的風骨及面貌進行爬梳，並透過政治、經濟、社會環境對新詩發展的影響，了解當時社會、詩人的現實生活態度。全文共 8 章：1.緒論；2.岩上經歷及作品整體介紹；3.岩上六〇年代的新詩；4.岩上七〇年代的新

詩；5.岩上八〇年代的新詩；6.岩上九〇年代的新詩；7.岩上二〇〇〇年代的新詩；8.結論。

11. 蔡佩娟　　現代小詩研究——以瓦歷斯・諾幹、白靈、岩上為例　高雄師範大學國文學系　碩士論文　曾進豐教授指導　2016 年　284 頁

本論文針對瓦歷斯・諾幹二行詩、白靈五行詩、岩上八行詩為例，藉文獻、文本分析，探究小詩的藝術特色與價值。全文共 6 章：1.緒論；2.小詩的興起及其發展；3.陰陽相錯：瓦歷斯・諾幹二行詩；4.天下布「五」：白靈五行詩；5.「易」以貫之：岩上八行詩；6.結論。正文後附錄〈固定行數小詩詩集出版概況〉、〈個別作家小詩詩集出版概況〉、〈小詩選集出版概況〉、〈五行詩類疊字詞的使用〉、〈五行詩句末押韻、疊韻與雙聲現象〉、〈五行詩數量詞語的使用〉。

作家生平資料篇目

自述

12. 岩　上　　詩的問答——岩上　笠　第 21 期　1967 年 10 月　頁 36

13. 岩　上　　後記　激流　臺北　笠詩刊社　1972 年 12 月　頁 93—95

14. 岩　上　　一枚貝殼[1]　臺灣文藝　第 38 期　1973 年 1 月　頁 28

15. 岩　上　　詩・感覺與經驗　主流　第 10 期　1974 年 3 月　頁 39—47

16. 岩　上　　論詩的繪畫性　創世紀　第 37 期　1974 年 7 月　頁 54—67

17. 岩　上　　岩上詩觀　八十年代詩選　臺北　濂美出版社　1976 年 6 月　頁 156

18. 岩　上　　詩的存在觀　幼獅文藝　第 275 期　1976 年 11 月　頁 85—86

19. 岩　上　　代序・詩的來龍去脈　冬盡　臺中　明光出版社　1980 年 5 月　頁 9—15

20. 岩　上　　詩的來龍去脈（代序）　岩上詩選　南投　南投縣立文化中心　1993 年 10 月　頁 7—13

21. 岩　上　　後記——從生活裂縫中綻開的花朵　冬盡　臺中　明光出版社　1980 年 5 月　頁 196—199

---

[1]本文為岩上獲「吳濁流新詩獎」之得獎感言。

22. 岩　　上　　生活裂縫中綻開一些花朵　文訊雜誌　第 35 期　1988 年 4 月　頁 222—226

23. 岩　　上　　生活裂縫中綻開一些花朵　文學好因緣　臺北　文訊雜誌社　2008 年 7 月　頁 447—454

24. 岩　　上　　生活裂縫中綻開一些花朵——我的筆墨生涯　綠意——岩上散文集　南投　南投縣文化局　2015 年 11 月　頁 38—44

25. 岩　　上　　天窗下的汗痕　人生船　臺北　爾雅出版社　1985 年 7 月　頁 466—467

26. 岩　　上　　〈廬山採藥記〉後記　南投文選　南投　南投縣立文化中心　1989 年 5 月　頁 32

27. 岩　　上　　《臺灣瓦》詩集後記　臺灣瓦　臺北　笠詩刊社　1990 年 7 月　頁 149—150

28. 岩　　上　　半價新娘　文訊雜誌　第 63 期　1991 年 1 月　頁 9—10

29. 岩　　上　　半價新娘　結婚照（第二輯）　臺北　文訊雜誌社　1992 年 8 月　頁 133—138

30. 岩　　上　　有娘的孩子最幸福　文訊雜誌　第 72 期　1991 年 10 月　〔1〕頁

31. 岩　　上　　回憶漩渦：岩上　笠　第 181 期　1994 年 6 月　頁 91—92

32. 岩　　上　　《詩的存在》後記　詩的存在：現代詩評論集　高雄　派色文化出版社　1996 年 8 月　頁 347—350

33. 岩　　上　　赤腳與皮鞋　聯合報　1997 年 4 月 9 日　41 版

34. 岩　　上　　鬱卒年代　聯合文學　第 150 期　1997 年 4 月　頁 14—15

35. 岩　　上　　序文——詩的語言與形式　岩上八行詩　高雄　派色文化出版社　1997 年 8 月　頁 1—5

36. 岩　　上　　後記　岩上八行詩　高雄　派色文化出版社　1997 年 8 月　頁 124—125

37. 岩　　上　　後記（派色文化版）　岩上八行詩　臺北　釀出版　2012 年 10 月　頁 146—148

38. 岩　上　　後記　更換的年代　臺北　春暉出版社　2000 年 12 月　頁 275—277

39. 岩　上　　詩人近況　八十九年詩選　臺北　臺灣詩學季刊雜誌社　2001 年 4 月　頁 263

40. 岩　上　　得獎感言　山林與土地的詠讚：第三屆南投縣文學獎得獎作品集　南投　南投縣文化局　2001 年 10 月　頁 15—16

41. 岩　上　　詩人近況　九十年詩選　臺北　臺灣詩學季刊雜誌社　2002 年 5 月　頁 259

42. 岩　上　　詩是語言的創發——關於詩語言的思考　針孔世界　南投　南投縣文化局　2003 年 12 月　頁 6—16

43. 岩　上　　詩人近況　2003 臺灣詩選　臺北　二魚文化公司　2004 年 6 月　頁 296

44. 岩　上　　詩的塗鴉　文訊雜誌　第 225 期　2004 年 7 月　頁 109

45. 岩　上　　詩的塗鴉　當我們青春年少——作家影像故事展展覽專輯　臺南　國家臺灣文學館　2007 年 2 月　頁 38—39

46. 岩　上　　詩的塗鴉　綠意——岩上散文集　南投　南投縣文化局　2015 年 11 月　頁 114—115

47. 岩　上　　珍惜擁有　文訊雜誌　第 235 期　2005 年 5 月　頁 53

48. 岩　上　　兒童詩的原點與想像　忙碌的布袋嘴——岩上兒童詩集　臺北　富春文化公司　2006 年 1 月　頁 2—5

49. 岩　上　　後記　忙碌的布袋嘴——岩上兒童詩集　臺北　富春文化公司　2006 年 1 月　頁 152—153

50. 岩　上　　詩人近況　2005 臺灣詩選　臺北　二魚文化公司　2006 年 2 月　頁 239

51. 岩　上　　青春的瞬間——成長的標記——岩上　臺灣文學館通訊　第 12 期　2006 年 9 月　頁 24

52. 岩上口述；陳珈琪記錄　　面向生命的激流——岩上　東海大學圖書館館訊

第 65 期　2007 年 2 月　頁 46—60

53. 岩　上　岩上詩觀　岩上詩集　高雄　春暉出版社　2007 年 9 月　頁 5—6

54. 岩　上　自序　詩的創發：現代詩評論　南投　南投縣文化局　2007 年 12 月　頁 12—14

55. 岩　上　詩與太極拳　笠　第 265 期　2008 年 6 月　頁 43—45

56. 岩　上　詩與太極拳　綠意——岩上散文集　南投　南投縣文化局　2015 年 11 月　頁 132—135

57. 岩　上　成長中的側影　臺灣公論報　2008 年 10 月 24 日　8 版

58. 岩　上　成長中的側影　綠意——岩上散文集　南投　南投縣文化局　2015 年 11 月　頁 24—30

59. 岩　上　後記　漂流木　臺北　秀威資訊科技公司　2009 年 3 月　頁 259—263

60. 岩　上　一首災難詩的完成　臺灣現代詩　第 22 期　2010 年 6 月　頁 57—59

61. 岩　上　一首災難詩的完成　詩的特性——岩上現代詩評論集　南投　南投縣文化局　2015 年 11 月　頁 334—337

62. 岩　上　詩域的激流　文訊雜誌　第 312 期　2011 年 10 月　頁 84—86

63. 岩　上　詩域的激流　綠意——岩上散文集　南投　南投縣文化局　2015 年 11 月　頁 46—49

64. 岩　上　再版後記　岩上八行詩　臺北　釀出版　2012 年 10 月　頁 150—153

65. 岩　上　《岩上八行詩》再版後記　笠　第 295 期　2013 年 6 月　頁 162—164

66. 岩　上　《岩上八行詩》再版後記　詩的特性——岩上現代詩評論集　南投　南投縣文化局　2015 年 11 月　頁 342—345

67. 岩　上　自序　另一面詩集　南投　南投縣文化局　2014 年 12 月　頁 6—9

68. 岩　上　《另一面詩集》自序　笠　第 306 期　2015 年 4 月　頁 117—119

69. 岩　　上　　《變體螢火蟲》詩集　變體螢火蟲　臺北　遠景出版公司　2015 年
　　　　　　　　7 月　頁 22—23

70. 岩　　上　　自序　綠意——岩上散文集　南投　南投縣文化局　2015 年 11 月
　　　　　　　　頁 vi—vii

71. 岩　　上　　自序　走入童詩的世界　南投　南投縣文化局　2015 年 11 月　頁
　　　　　　　　vi—vii

72. 岩　　上　　自序　岩上作品論述第一集　南投　南投縣文化局　2015 年 11 月
　　　　　　　　頁 vi—vii

73. 岩　　上　　自序　岩上作品論述第二集　南投　南投縣文化局　2015 年 11 月
　　　　　　　　頁 vi—viii

74. 岩　　上　　自序　詩的特性——岩上現代詩評論集　南投　南投縣文化局
　　　　　　　　2015 年 11 月　頁 vi—vii

75. 岩　　上　　我的詩觀我的詩　詩的特性——岩上現代詩評論集　南投　南投縣
　　　　　　　　文化局　2015 年 11 月　頁 372—387

76. 岩　　上　　綠意　綠意——岩上散文集　南投　南投縣文化局　2015 年 11 月
　　　　　　　　頁 126—131

77. 岩　　上　　述論詩與太極拳美學　文訊雜誌　第 368 期　2016 年 6 月　頁 37
　　　　　　　　—41

78. 岩　　上　　一張「共匪傳單」的飄落　回眸凝望・開新頁——臺灣文學史料集
　　　　　　　　刊　第 7 輯　2017 年 8 月　頁 232—249

79. 岩　　上　　激越的流聲——岩上第一本詩集《激流》　我的初書時代——臺中
　　　　　　　　作家的第一本書（三）　臺中　臺中市政府文化局　2018 年 12 月
　　　　　　　　頁 58—61

他述

80. 〔笠〕　　　笠下影：岩上　笠　第 43 期　1971 年 6 月　頁 40—42

81. 嚴方珮　　　我的爸爸岩上　笠　第 139 期　1987 年 6 月　頁 86—87

82. 高惠琳　　　岩上接掌《笠》詩刊　文訊雜誌　第 112 期　1995 年 2 月　頁 100

83. 婷　　　岩上編輯詩刊・全家動員　民生報　1995 年 4 月 15 日　15 版

84.〔岩上主編〕　　岩上（1938—）　笠下影：1997 笠詩社同仁著譯書目集　臺北　笠詩社　1997 年 8 月　頁 68

85. 麥　穗　再接再厲——序《當代名詩人選 3》〔岩上部分〕　當代名詩人選 3　臺北　絲路出版社　1997 年 9 月　頁 6

86.〔姜耕玉選編〕　　岩上　20 世紀漢語詩選（三）　上海　上海教育出版社　1999 年 12 月　頁 504

87. 嚴　振　岩上命理課堂熱絡　文訊雜誌　第 193 期　2001 年 11 月　頁 82

88. 林政華　以本土為起點與時俱進的詩人岩上　臺灣新聞報　2002 年 12 月 6 日　9 版

89. 林政華　以本土為起點與時俱進的詩人——岩上　臺灣古今文學名家　桃園　開南管理學院通識教育中心　2003 年 3 月　頁 76

90. 林政華　以本土為起點與時俱進的詩人——岩上　岩上作品論述第二集　南投　南投縣文化局　2015 年 11 月　頁 156—157

91. 王景山　岩上　臺港澳暨海外華文作家辭典　北京　人民文學出版社　2003 年 7 月　頁 696—697

92. 陳秀義　局長序　針孔世界　南投　南投縣文化局　2003 年 12 月　頁 3—5

93. 嚴　振　詩人岩上擔任中正大學駐校作家　文訊雜誌　第 222 期　2004 年 4 月　頁 89

94.〔蕭蕭主編〕　　詩人簡介　優游意象世界　臺北　聯合文學出版社　2006 年 6 月　頁 117

95.〔編輯部〕　　岩上簡介　岩上詩集　高雄　春暉出版社　2007 年 9 月　頁 3 —4

96.〔編輯部〕　　作者簡歷　詩的創發：現代詩評論　南投　南投縣文化局　2007 年 12 月　頁 2

97.〔鹽分地帶文學〕　　前輩作家寫真簿——岩上：這個世界／是以什麼為中心呢——地球，斜著轉動　鹽分地帶文學　第 15 期　2008 年 4 月

頁 26

98.〔封德屏主編〕　岩上　2007 臺灣作家作品目錄　臺南　國立臺灣文學館
　　　2008 年 7 月　頁 400—401

99. 林　璁　岩上：搭出心靈的建築　文訊雜誌　第 276 期　2008 年 10 月　頁
　　　84—85

100.〔路寒袖編著〕　作者介紹／岩上　青少年臺灣文庫 2——散文讀本 2：狂
　　　歌正年少　臺北　國立編譯館　2008 年 12 月　頁 89

101. 岩上主編　岩上個人簡歷　詩繪草鞋墩　南投　南投縣草屯鎮公所圖書館
　　　2012 年 12 月　頁 1

102. 林少雯　岩上與茶　文訊雜誌　第 334 期　2013 年 8 月　頁 195

103. 李昌憲　岩上書房　笠　第 297 期　2013 年 10 月　頁 18—19

104. 游守中　局長序　另一面詩集　南投　南投縣文化局　2014 年 12 月　頁 4
　　　—5

105. 林榮森　局長序　岩上作品論述第二集　南投　南投縣文化局　2015 年 11
　　　月　頁 iv—v

106. 嚴敏菁　後記　岩上作品論述第二集　南投　南投縣文化局　2015 年 11 月
　　　頁 504—505

107. 林榮森　局長序　岩上作品論述第一集　南投　南投縣文化局　2015 年 11
　　　月　頁 iv—v

108. 林榮森　局長序　詩的特性——岩上現代詩評論集　南投　南投縣文化局
　　　2015 年 11 月　頁 iv—v

109. 林榮森　局長序　綠意——岩上散文集　南投　南投縣文化局　2015 年 11
　　　月　頁 iv—v

110. 林榮森　局長序　走入童詩的世界　南投　南投縣文化局　2015 年 11 月
　　　頁 iv—v

111. 嚴敏菁　後記　岩上作品論述第一集　南投　南投縣文化局　2015 年 11 月
　　　頁 462—463

112.　嚴敏菁　　後記　詩的特性——岩上現代詩評論集　南投　南投縣文化局
2015 年 11 月　頁 388—389

113.　嚴敏菁　　後記　綠意——岩上散文集　南投　南投縣文化局　2015 年 11 月
頁 214—215

114.　嚴敏菁　　後記　走入童詩的世界　南投　南投縣文化局　2015 年 11 月　頁
162—163

115.　楊　風　　笠影下的詩人群像——岩上　笠　第 315 期　2016 年 10 月　頁
95—104

116.　向　陽　　在裂縫中開花的詩人岩上　文訊雜誌　第 396 期　2018 年 10 月
頁 152—157

117.　陽　荷　　我與岩上老師的詩緣——岩上「在現實的裂縫萌芽」學術研討
會，「詩人談詩人」座談會分享　吹鼓吹詩論壇　第 36 期　2019
年 3 月　頁 168—171

訪談、對談

118.　岩上等[2]　　中國詩人的道路　現代名詩品賞集　臺北　聯亞出版社　1979 年
5 月　頁 3—26

119.　岩上等[3]　　「詩的饗宴」——在彰化（上、下）　臺灣時報　1984 年 7 月 14
—15 日　8 版

120.　岩上等[4]　　詩的饗宴（上、下）——南投座談實錄　臺灣日報　1984 年 10
月 12—13 日　8 版

121.　康　原　　一條自逸而自沒的河流——岩上‧草屯　作家的故鄉　臺北　前
衛出版社　1987 年 11 月　頁 95—104

122.　康　原　　一條自逸而自沒的河流——訪詩人岩上　岩上作品論述第一集
南投　南投縣文化局　2015 年 11 月　頁 418—423

---

[2] 主持人：羊令野；與會者：商禽、向明、張默、蓉子、高大鵬、蘇紹連、桓夫、管管、吳望堯、
羅行、羅門、辛鬱、岩上、碧果、陳家帶、梅新、向陽、彭邦楨；紀錄：蕭蕭。
[3] 主持人：康原；與會者：林亨泰、陳金連、桓夫、廖莫白、林雙不、宋澤萊、岩上、苦苓、李勤
岸、王灝、吳晟、陳篤弘；紀錄：劉美玲。
[4] 與會者：寧可、白萩、林亨泰、桓夫、岩上、王灝、陳篤弘；紀錄：劉美玲。

123. 岩上等[5]　　星火的對晤　臺灣精神的崛起──《笠》詩論選集　高雄　文學界雜誌　1989 年 12 月　頁 187─206

124. 岩上等[6]　　詩與現實　臺灣精神的崛起──《笠》詩論選集　高雄　文學界雜誌　1989 年 12 月　頁 294─314

125. 岩上等[7]　　二二八事件詩作品討論會記錄　笠　第 195 期　1996 年 10 月　頁 131─143

126. 岩上等[8]　　《岩上八行詩》作品研討會記錄　上智雜誌　第 203 期　1998 年 2 月　頁 151─180

127. 潘　煊　　訪岩上　普門　第 233 期　1999 年 2 月　頁 64

128. 岩上等[9]　　創作的靈山──高行健 VS.李喬暨中部作家座談錄（1─4）　臺灣日報　2001 年 10 月 11 日　23 版

129. 莫　渝　　十問岩上──專訪岩上　岩上的文學旅途（第十一屆榮後臺灣詩人獎：得獎人岩上專輯）　臺南　財團法人榮後文化基金會　2002 年 2 月　頁 18─30

130. 郁馥馨　　對整體生命的探問和思考──訪問岩上先生　文訊雜誌　第 215 期　2003 年 9 月　頁 75─78

131. 郁馥馨　　對整體生命的探問和思考──訪問岩上先生　岩上作品論述第一集　南投　南投縣文化局　2015 年 11 月　頁 440─448

132. 王宗仁　　「笠詩社與臺灣現代詩發展」──專訪岩上　笠　第 241 期　2004 年 6 月　頁 53─58

---

[5]主持人：梁景峰；與會者：桓夫、林亨泰、白萩、趙天儀、林宗源、陳鴻森、岩上、拾虹、李敏勇、陳明台、羅杏、衡榕、鄭烱明、陳秀喜、杜潘芳格、李魁賢、谷風；紀錄：李敏勇。

[6]主持人：桓夫；與會者：白萩、林亨泰、廖莫白、林華洲、吳麗櫻、錦連、岩上、陳明台、何淑鈞、何麗玲。

[7]主持人：岩上；與會者：趙天儀、蕭翔文、賴洝、陳千武、錦連、岩上、陳重光、康文祥、王逸石及來賓；紀錄：利玉芳。

[8]主持人：陳千武；引言人：趙天儀；與會者：王武昌、江自得、杜紫楓、吳訓儀、陳亮、蔡榮勇、滌雲、洪中周、楊照陽、林武憲、陳怡婷、李英如、黃瓊如、林欣燕、吳麗櫻、黃玉蘭、林耀堂、廖旻芳、賴欣、何蔡蓁、金尚浩、陳正遠、柯順發、賴洝、詹冰、林亨泰、岩上；書面意見：林亨泰、錦連；紀錄：蔡秀菊。

[9]主持人：路寒袖；與會者：高行健、李喬；列席：胡淑賢、康原、鄭邦鎮、陳憲仁、趙天儀、岩上；紀錄整理：陳顏、江敏甄。

133. 王宗仁　　「笠詩社與臺灣現代詩發展」專訪岩上　岩上作品論述第一集　南投　南投縣文化局　2015 年 11 月　頁 450—455

134. 蔡依伶　　家在草屯，岩上　印刻文學生活誌　第 23 期　2005 年 7 月　頁 138—144

135. 郭楓，岩上講；陳瀅州記　　孤吟岩上與獨行郭楓的另類交響　文訊雜誌　第 246 期　2006 年 4 月　頁 72—77

136. 郭楓，岩上講；陳瀅州記　　孤吟岩上與獨行郭楓的另類交響　遠方的歌詩：十二場臺灣當代詩、散文與兒童文學的心靈饗宴：國立臺灣文學館・第六季週末文學對談　臺南　國立臺灣文學館　2008 年 9 月　頁 18—51

137. 李斯尹　　結論——訪問資料——岩上　《滿天星》發展研究　靜宜大學中國文學系　碩士論文　趙天儀教授指導　2006 年 7 月　頁 160—163

138. 岩上，曾進豐　　岩上答客十三問　經驗與超驗的詩性言說：岩上論　臺北　秀威資訊科技公司　2008 年 1 月　頁 318—331

139. 林淑惠　　訪談詩人岩上　臺灣現代詩　第 20 期　2009 年 12 月　頁 58—62

140. 岩上等[10]　　「跨越世代的詩交流」座談會記錄　臺灣現代詩　第 33 期　2013 年 3 月　頁 62—65

141. 嚴敏菁採訪　　以太極佐詩的生活詩人——岩上　文學記遊・南投文藝作家散策　南投　南投縣文化局　2013 年 12 月　頁 13—18

142. 李長青　　岩上[11]　文訊雜誌　第 344 期　2014 年 6 月　頁 90—93

143. 李長青　　春天午後，草屯談詩——訪問詩人岩上　岩上作品論述第一集　南投　南投縣文化局　2015 年 11 月　頁 456—461

144. 喜　菡　　樹修堅毅・詩養太極——草屯詩人岩上　有荷文學雜誌　第 10 期　2014 年 10 月　頁 4—9

---

[10]主持人：蔡忠道、賴欣；與會者：蔡秀菊、岩上、利玉芳；紀錄：謝孟儒。
[11]本文後改篇名為〈春天午後，草屯談詩——訪問詩人岩上〉。

年表

145.〔編輯部〕　　　作品年表　冬盡　臺中　明光出版社　1980 年 5 月　頁
191—195

146. 岩　上　　　《臺灣瓦》詩集作品年表　臺灣瓦　臺北　笠詩刊社　1990 年 7
月　頁 144—148

147.〔編輯部〕　　岩上寫作年表　針孔世界　南投　南投縣文化局　2003 年 12
月　頁 213—242

148.〔編輯部〕　　岩上年表　岩上詩集　高雄　春暉出版社　2007 年 9 月　頁
118—130

149.〔編輯部〕　　岩上年表　詩的創發：現代詩評論　南投　南投縣文化局
2007 年 12 月　頁 361—371

150. 曾進豐　　岩上文學簡歷　經驗與超驗的詩性言說——岩上論　臺北　秀威
資訊科技公司　2008 年 1 月　頁 295—313

151. 葉婉君　　岩上作品繫年表　岩上詩研究　中興大學中國文學系　碩士論文
陳器文教授指導　2008 年 1 月　頁 159—164

152. 嚴敏菁　　岩上文學生涯及年表　岩上及其作品主題之研究　南華大學文學
研究所　碩士論文　陳明柔教授指導　2008 年 6 月　頁 163—171

153.〔向陽編〕　　岩上寫作生平簡表　岩上集　臺南　國立臺灣文學館　2008
年 12 月　頁 139—141

其他

154. 第三屆南投縣文學獎評審委員會　　文學貢獻獎評定書——得獎人岩上先生
山林與土地的詠讚：第三屆南投縣文學獎得獎作品集　南投　南
投縣文化局　2001 年 10 月　頁 13—14

155. 嚴　振　　大地詩脈——岩上文學展　文訊雜誌　第 280 期　2009 年 2 月
頁 103—104

156. 李展平　　岩上接任臺灣兒童文學學會理事長　文訊雜誌　第 317 期　2012
年 3 月　頁 136

157.〔編輯部〕　岩上「詩的旅行」　自由時報　2014 年 9 月 9 日　D7 版

作品評論篇目

綜論

158. 蕭　蕭　岩上的位置[12]　冬盡　臺中　明光出版社　1980 年 5 月　頁 202—220

159. 蕭　蕭　岩上的位置　臺灣日報　1980 年 6 月 5 日　12 版

160. 蕭　蕭　岩上的位置　現代詩縱橫觀　臺北　文史哲出版社　1991 年 6 月　頁 201—220

161. 蕭　蕭　岩上的位置　岩上作品論述第一集　南投　南投縣文化局　2015 年 11 月　頁 42—57

162. 白雲生　草鞋墩的詩人：岩上　中華文藝　第 124 期　1981 年 6 月　頁 44—48

163. 張超主編　岩上　臺港澳及海外華人作家辭典　江蘇　南京大學出版社　1994 年 12 月　頁 573

164. 趙天儀　現實與超現實的結合——論岩上的詩與詩論[13]　笠　第 190 期　1995 年 12 月　頁 91—104

165. 趙天儀　現實與超現實的結合——論岩上的詩與詩論　臺灣現代詩鑑賞　臺中　臺中市立文化中心　1998 年 5 月　頁 163—182

166. 趙天儀　現實與超現實的結合——論岩上的詩與詩論　岩上作品論述第二集　南投　南投縣文化局　2015 年 11 月　頁 134—149

167. 舒　蘭　七〇年代詩人詩作——岩上　中國新詩史話（四）　臺北　渤海堂文化公司　1998 年 10 月　頁 355—357

168. 陳明台　六、七十年代臺中市的主要作家——岩上　臺中市文學史初編　臺中　臺中市立文化中心　1999 年 6 月　頁 151—154

---

[12]本文分節論述岩上詩作之特色。全文共 4 小節：1.浪漫的心懷；2.超現實的奇想；3.悲苦的人生；4.單簡的句式。

[13]本文從岩上的詩與數篇詩論，探析詩人現實與超現實的結合。

169. 黃明峰　嶢岩之上的劍客：論岩上詩藝的變化　笠　第 220 期　2000 年 12
　　　月　頁 97—103

170. 黃明峰　嶢岩之上的劍客——論岩上詩藝的變化　岩上作品論述第二集
　　　南投　南投縣文化局　2015 年 11 月　頁 182—191

171. 丁威仁　論岩上詩裡「血」意象的象徵意涵[14]　第三屆中國修辭學學術研討
　　　會　臺北　中國修辭學會主辦　2001 年 6 月 1—2 日

172. 丁威仁　論岩上詩裡「血」意象的象徵意涵　修辭論叢・第三輯　臺北
　　　洪葉文化公司　2001 年 6 月　頁 623—648

173. 丁威仁　論岩上詩裡「血」意象的象徵意涵　岩上作品論述第二集　南投
　　　南投縣文化局　2015 年 11 月　頁 252—279

174. 莫　渝　人間的詩人——岩上小論　岩上的文學旅途（第十一屆榮後臺灣
　　　詩人獎：得獎人岩上專輯）　臺南　財團法人榮後文化基金會
　　　2002 年 2 月　頁 4—8

175. 莫　渝　人間的詩人——岩上小論　螢光與花束　臺北　臺北縣文化局
　　　2004 年 12 月　頁 117—122

176. 莫　渝　人間的詩人——岩上小論　臺灣詩人群像　臺北　秀威資訊科技
　　　公司　2007 年 5 月　頁 155—158

177. 王　灝　從激流到更換的年代——岩上的詩路小探　岩上的文學旅途（第
　　　十一屆榮後臺灣詩人獎：得獎人岩上專輯）　臺南　財團法人榮
　　　後文化基金會　2002 年 2 月　頁 9—17

178. 王　灝　從激流到更換的年代——岩上的詩路小探　臺灣詩學季刊　第 38
　　　期　2002 年 3 月　頁 140—144

179. 王　灝　從激流到更換的年代——岩上的詩路小探　岩上作品論述第二集
　　　南投　南投縣文化局　2015 年 11 月　頁 280—287

180. 丁威仁　初論岩上詩裡「燃燒」類意象傳達的生命思維——以「太陽」與

---

[14]本文分析岩上詩中「血」意象的使用與象徵，並將其分為感情、哲思、鄉土關懷與現實批判四
　類。

「火」為例[15]　臺灣詩學季刊　第 38 期　2002 年 3 月　頁 145—160

181. 丁威仁　　初論岩上詩裡「燃燒」類意象傳達的生命思維——以「太陽」與「火」為例　岩上作品論述第二集　南投　南投縣文化局　2015 年 11 月　頁 288—313

182. 丁旭輝　　試論岩上詩作的語言風格及其變化[16]（上、下）　國立中央圖書館臺灣分館館刊　第 8 卷第 2—3 期　2002 年 6，9 月　頁 87—97，108—123

183. 丁旭輝　　試論岩上詩作的語言風格及其變化　岩上作品論述第二集　南投　南投縣文化局　2015 年 11 月　頁 192—251

184. 向　陽　　冷凝沉鬱論岩上[17]　第一屆嘉義文學學術研討會　嘉義　中正大學　2004 年 12 月 17 日

185. 向　陽　　冷凝沉鬱論岩上　岩上詩集　高雄　春暉出版社　2007 年 9 月　頁 93—117

186. 林淇瀁〔向陽〕　　不離人生、不離人間：冷凝沉鬱論岩上詩作風格　當代詩學　第 3 期　2007 年 12 月　頁 135—153

187. 向　陽　　不離人生、不離人間——冷凝沉鬱論岩上詩作風格　岩上作品論述第二集　南投　南投縣文化局　2015 年 11 月　頁 350—367

188. 陳康芬　　詩的現實與超越——試從《笠》的文學精神與歷史軌跡評岩上詩的實踐意義　笠　第 245 期　2005 年 2 月　頁 94—111

189. 陳康芬　　詩的現實與超越——試從《笠》的文學精神與歷史軌跡評論岩上詩的實踐意義　岩上作品論述第二集　南投　南投縣文化局　2015 年 11 月　頁 326—349

190. 李斯尹　　《滿天星》學院期發展（31—57 期）——《滿天星》學院期作者

---

[15]本文梳理岩上「燃燒類」意象的作品中「太陽」、「火」的使用，並以其分析討論詩人的生命思維。

[16]本文綜論岩上六本詩集的創作風格及風格轉變。

[17]本文綜論岩上詩作的主題、語言和風格，如何相互辯證、相互生成地環繞人生這一主題。

群特色——岩上　《滿天星》發展研究　靜宜大學中國文學系
碩士論文　趙天儀教授指導　2006 年 7 月　頁 113—117

191. 古遠清　　從鄉土到本土的「笠集團」——《臺灣當代新詩史》之一節〔岩
上部分〕　笠　第 259 期　2007 年 6 月　頁 195

192. 曾進豐　　論岩上詩的理思與機趣　2008 南投文學學術研討會　南投　南投
縣政府文化局主辦；，靜宜大學臺灣研究中心承辦　2008 年 3 月
29 日

193. 曾進豐　　論岩上詩的理思與機趣　2008 南投文學學術研討會論文集　南投
南投縣文化局　2008 年 4 月　頁 111—124

194. 曾進豐　　岩上詩的理思與趣味　文學人　第 22 期　2010 年 12 月　頁 50—
58

195. 曾進豐　　論岩上詩的理思與機趣　岩上作品論述第二集　南投　南投縣文
化局　2015 年 11 月　頁 478—502

196. 〔向陽編〕　　解說　岩上集　臺南　國立臺灣文學館　2008 年 12 月　頁
116—138

197. 康　原　　岩上的臺語詩　海翁臺語文學　第 88 期　2009 年 4 月　頁 8—31

198. 康　原　　岩上的臺語詩　岩上作品論述第二集　南投　南投縣文化局
2015 年 11 月　頁 368—402

199. 丁旭輝　　簡潔而內斂、理性而深情：岩上詩作探勘[18]　現代詩的風景與路徑
高雄　春暉出版社　2009 年 7 月　頁 195—218

200. 葉斐娜　　觀物‧取象與表意——岩上詩中的「樹」意象研究　中興大學中
國文學系碩士在職專班第十屆研究生論文發表會　臺中　中興大
學中文系主辦　2010 年 11 月 27 日

201. 葉斐娜　　內視‧外擴與深耕——岩上詩中的「樹」意象研究[19]　笠　第 283

---

[18]本文探討岩上詩創作歷程與風格的形成。全文共 4 小節：1.從起點到奠基；2.成熟的展現；3.語言
與形式的最佳結合；4.簡潔深刻的風格。
[19]本文透過岩上詩中「樹」的意象研究，將樹的象徵意涵分為內視（自我的呈現）、外擴（人生哲
理的探索）與深耕（根植鄉土）三個部分。

期　2011 年 6 月　頁 74—89

202. 葉斐娜　　内視・外擴與深耕——岩上詩中的「樹」意象研究　岩上作品論
　　　　　　　述第二集　南投　南投縣文化局　2015 年 11 月　頁 430—449

203. 李瑞騰等[20]　七十至八十年代——詩——經驗與超驗的詩性言說：岩上　南
　　　　　　　投縣文學發展史・下卷　南投　南投縣文化局　2011 年 10 月　頁
　　　　　　　97—104

204. 李瑞騰等[21]　七十至八十年代——文學評論——岩上的現代詩評論　南投縣
　　　　　　　文學發展史・下卷　南投　南投縣文化局　2011 年 10 月　頁 143
　　　　　　　—144

205. 李瑞騰等[22]　九十年代迄今——詩——岩上與九〇年代南投新詩活動　南投
　　　　　　　縣文學發展史・下卷　南投　南投縣文化局　2011 年 10 月　頁
　　　　　　　200—202

206. 李瑞騰等[23]　九十年代迄今——詩——詩與畫的結合嘗試——岩上與嚴月秀
　　　　　　　南投縣文學發展史・下卷　南投　南投縣文化局　2011 年 10 月
　　　　　　　頁 219—220

207. 李瑞騰等[24]　九十年代迄今——兒童文學、劇本、傳記文學與神話傳說——
　　　　　　　岩上的童詩　南投縣文學發展史・下卷　南投　南投縣文化局
　　　　　　　2011 年 10 月　頁 308

208. 落　蒂　　立在嶢岩之上——岩上論　靜觀詩海拍天落　臺北　文史哲出版
　　　　　　　社　2012 年 9 月　頁 105—109

209. 落　蒂　　立在嶢岩之上——岩上論　岩上作品論述第二集　南投　南投縣
　　　　　　　文化局　2015 年 11 月　頁 150—154

210. 鍾文鳳　　《海翁臺語文學雜誌》前百期囝仔詩的作者與作品（下）〔岩上
　　　　　　　部分〕　海翁臺語文學　第 132 期　2012 年 12 月　頁 13，29

---

[20]著者：李瑞騰、林淑貞、顧敏耀、羅秀美、陳政彥。
[21]著者：李瑞騰、林淑貞、顧敏耀、羅秀美、陳政彥。
[22]著者：李瑞騰、林淑貞、顧敏耀、羅秀美、陳政彥。
[23]著者：李瑞騰、林淑貞、顧敏耀、羅秀美、陳政彥。
[24]著者：李瑞騰、林淑貞、顧敏耀、羅秀美、陳政彥。

211. 林　廣　　自序　探測詩與心的距離——品賞岩上的 100 首詩　南投　南投
　　　　　　　縣文化局　2013 年 11 月　頁 14—19

212. 李長青　　笠下影：《笠》詩刊 50 周年——主編／編輯特寫：岩上　文訊雜
　　　　　　　誌　第 344 期　2014 年 6 月　頁 90—93

213. 嚴敏菁　　論《笠》詩人作品中的時代面貌與創作精神——以趙天儀、白
　　　　　　　萩、李魁賢、岩上為例　笠　第 303 期　2014 年 10 月　頁 121—
　　　　　　　154

214. 古遠清　　篇幅短而詩意綿長——讀岩上的小詩　文訊雜誌　第 349 期
　　　　　　　2014 年 11 月　頁 35—36

215. 古遠清　　篇幅短而詩意綿長——讀岩上的小詩　耕耘在華文文學田野　臺
　　　　　　　北　獵海人　2015 年 9 月　頁 161—163

216. 古遠清　　篇幅短而詩意綿長——讀岩上的小詩　岩上作品論述第二集　南
　　　　　　　投　南投縣文化局　2015 年 11 月　頁 456—460

217. 落蒂　　岩上‧眾聲喧嘩的沉默靜觀　臺灣時報　2015 年 9 月 13 日　17 版

218. 陳明台　　濃郁的鄉土情——岩上的詩　逆光的系譜：笠詩社與詩人論　臺
　　　　　　　北　前衛出版社　2015 年 11 月　頁 371—380

219. 寧　可　　真實、良善、純美——這便是岩上的詩　岩上作品論述第二集
　　　　　　　南投　南投縣文化局　2015 年 11 月　頁 106—111

220. 林　鷺　　我讀岩上的詩[25]　岩上作品論述第二集　南投　南投縣文化局
　　　　　　　2015 年 11 月　頁 112—125

221. 康　原　　草鞋墩的詩人　岩上作品論述第二集　南投　南投縣文化局
　　　　　　　2015 年 11 月　頁 126—129

222. 林仁德　　觸鬚伸進鄉土‧培養關懷人事熱情　岩上作品論述第二集　南投
　　　　　　　南投縣文化局　2015 年 11 月　頁 130—133

223. 丁威仁　　岩上詩論初探　詩的交感存在——2016 岩上論壇　南投　南投縣
　　　　　　　政府文化局舉辦；真理大學臺灣文學資料展示中心協辦　2016 年

---

[25]本文綜論岩上詩作中的精神世界。

7 月 23 日

224. 丁威仁　岩上詩論研究　當代詩學　第 12 期　2017 年 12 月　頁 3—43

225. 張期達　寫真黑白——論岩上的詩性正義　詩的交感存在——2016 岩上論壇　南投　南投縣政府文化局舉辦；真理大學臺灣文學資料展示中心協辦　2016 年 7 月 23 日

226. 陳昭銘　以文字畫圖——岩上詩歌中的臺灣風物分析　詩的交感存在——2016 岩上論壇　南投　南投縣政府文化局主辦；真理大學臺灣文學資料展示中心協辦　2016 年 7 月 23 日

227. 柯惠馨　滴盡訥默的愛意——論岩上「抒情詩」的情感觀照與生命影像　詩的交感存在——2016 岩上論壇　南投　南投縣政府文化局舉辦；真理大學臺灣文學資料展示中心協辦　2016 年 7 月 23 日

228. 錢奕華　岩上詩的道家意識　詩的交感存在——2016 岩上論壇　南投　南投縣政府文化局主辦；真理大學臺灣文學資料展示中心協辦　2016 年 7 月 23 日

229. 李桂媚　以詩為鏡，用筆代劍——岩上的情與思[26]　詩人本事：李桂媚報導文學　彰化　彰化縣文化局　2016 年 10 月　頁 14—34

230. 吳　櫻　從詩的原點與想像・看岩上的生態童詩　走入童詩世界——岩上老師童詩學術研討會　臺中　臺灣兒童文學學會主辦　2018 年 8 月 18 日

231. 邱各容　從詩心到童心：探訪岩上的童詩天地　走入童詩世界——岩上老師童詩學術研討會　臺中　臺灣兒童文學學會主辦　2018 年 8 月 18 日

232. 紀志賢　語言學角度初探岩上童詩　走入童詩世界——岩上老師童詩學術研討會　臺中　臺灣兒童文學學會主辦　2018 年 8 月 18 日

233. 陳耿雄　岩上童詩中的植物意象　走入童詩世界——岩上老師童詩學術研討會　臺中　臺灣兒童文學學會主辦　2018 年 8 月 18 日

---

[26] 本文先簡介岩上生平，再綜論其各階段詩作，強調岩上詩之時代意義。

234. 陳敬介　　論岩上童詩理論及創作──兼以李贄〈童心說〉為論　走入童詩世界──岩上老師童詩學術研討會　臺中　臺灣兒童文學學會主辦　2018 年 8 月 18 日

235. 黃玉蘭，林佳靜　　「排比／對比」與「張力」──閱讀岩上童詩的幽默趣味　走入童詩世界──岩上老師童詩學術研討會　臺中　臺灣兒童文學學會主辦　2018 年 8 月 18 日

236. 徐培晃　　冷冷道出物的意義：岩上詩中物我關係象徵化的表現方式[27]　在現實的裂縫萌芽：岩上學術研討會　南投　國立臺灣文學館，南投縣政府主辦　2018 年 9 月 1 日

237. 徐培晃　　物的體系──岩上詩中物我關係象徵化的表現方式　在現實的裂縫萌芽：岩上學術研討會論文集　臺北　萬卷樓圖書公司　2019 年 9 月　頁 1─26

238. 嚴敏菁　　在「有」「無」之間流動：試論岩上詩作從本體論到美學的實踐[28]　在現實的裂縫萌芽：岩上學術研討會　南投　國立臺灣文學館，南投縣政府主辦　2018 年 9 月 1 日

239. 嚴敏菁　　調解與跨越──論岩上詩學與武學的實踐　在現實的裂縫萌芽：岩上學術研討會論文集　臺北　萬卷樓圖書公司　2019 年 9 月　頁 27─44

240. 陳瀅州　　岩上早期詩論與 1970 年代現實詩學[29]　在現實的裂縫萌芽：岩上學術研討會　南投　國立臺灣文學館，南投縣政府主辦　2018 年 9 月 1 日

241. 陳瀅州　　岩上早期詩論與一九七○年代現實詩學　在現實的裂縫萌芽：岩

---

[27] 本文以岩上詩作主題著手，探討詩意的象徵。全文共 5 小結：1.前言；2.以概念化認知的對象為物；3.物的象徵意義之聯結；4.物我的交涉關係：換位觀照；5.結語。

[28] 本文接續岩上「詩在有無之間流動」的詩論，討論其詩學與武學的融合觀點。全文共 5 小結：1.前言；2.轉化──從有入無，無中生有；3.鬆沈──流動於有、無之間；4.圓整──「有」與「無」的共生；5.結語。後改篇名為〈調解與跨越──論岩上詩學與武學的實踐〉，內容略有增刪。

[29] 本文鎖定岩上早期詩論，探討現代詩論戰中新興詩社與笠詩社的詩學差異。全文共 4 小結：1.前言；2.一九七○年代現實詩學；3.岩上早期詩論；4.結語。

上學術研討會論文集　臺北　萬卷樓圖書公司　2019 年 9 月　頁 45—58

242. 李桂媚　岩上現代詩的色彩美學[30]　在現實的裂縫萌芽：岩上學術研討會 南投　國立臺灣文學館，南投縣政府主辦　2018 年 9 月 1 日

243. 李桂媚　岩上現代詩的色彩意象　在現實的裂縫萌芽：岩上學術研討會論 文集　臺北　萬卷樓圖書公司　2019 年 9 月　頁 59—106

244. 謝三進　岩上生態詩綜觀[31]　在現實的裂縫萌芽：岩上學術研討會　南投 國立臺灣文學館，南投縣政府主辦　2018 年 9 月 1 日

245. 謝三進　岩上生態詩綜觀　在現實的裂縫萌芽：岩上學術研討會論文集 臺北　萬卷樓圖書公司　2019 年 9 月　頁 129—152

分論

◆單行本作品

論述

《詩的存在——現代詩評論集》

246. 陳千武　詩的存在——看岩上著《現代詩評論集》　臺灣日報　1996 年 10 月 2 日　23 版

247. 向　陽　為現代詩把脈——評岩上《詩的存在》　聯合文學　第 144 期 1996 年 10 月　頁 165

248. 王常新　現實主義的大眾化詩學——評岩上的《詩的存在》　笠　第 198 期　1997 年 4 月　頁 123—128

249. 王常新　現實主義的大眾化詩學——評岩上的《詩的存在》　岩上作品論 述第一集　南投　南投縣文化局　2015 年 11 月　頁 266—271

《詩的創發：現代詩評論》

---

[30]本文聚焦岩上詩作黑、白、紅三大色彩意象，發掘作家以詩作畫的特色。全文共 4 小結：1.前言；2.交相辯證的黑白意象；3.觀照生命的紅色意象；4.小結。

[31]本文從創作階段、意旨主題，剖析岩上生態詩的深度與廣度。全文共 5 小結：1.前言；2.臺灣生態詩發展與笠詩社；3.岩上生態詩創作階段分期；4.岩上生態詩的類型分析；5.結論。

250. 李瑞騰等[32]　　九十年代迄今——散文、文學評論與報導文學——岩上的新詩
　　　評論與兒童詩鑑賞　南投縣文學發展史・下卷　南投　南投縣文
　　　化局　2011 年 10 月　頁 245—246

詩

《激流》

251. 桓　夫　序　激流　臺北　笠詩刊社　1972 年 12 月　頁 5—7

252. 陳鴻森　評岩上詩集《激流》　青溪　第 70 期　1973 年 4 月　頁 70—77

253. 陳鴻森　評岩上詩集《激流》　岩上作品論述第一集　南投　南投縣文化
　　　局　2015 年 11 月　頁 6—15

254. 王　灝　流變的聲音——讀《激流》集談岩上的詩　笠　第 66 期　1975 年
　　　4 月　頁 67—77

255. 王　灝　流變的聲音——讀《激流》集談岩上的詩　韓國現代詩選　臺中
　　　光啟出版社　1975 年 4 月　頁 67—77

256. 王　灝　流變的聲音——讀《激流》集談岩上的詩　岩上作品論述第一集
　　　南投　南投縣文化局　2015 年 11 月　頁 16—41

257. 趙天儀　激流的音響——評岩上詩集《激流》　青年戰士報　1976 年 6 月
　　　28 日　8 版

258. 趙天儀　激流的音響——評岩上詩集《激流》　時間的對決：臺灣現代詩
　　　評論集　臺北　富春文化公司　2002 年 5 月　頁 211—217

259. 趙天儀　激流上的音響——評岩上詩集《激流》　岩上作品論述第一集
　　　南投　南投縣文化局　2015 年 11 月　頁 2—5

《冬盡》

260. 李瑞騰　爬行在灰白牆壁上的影子——為岩上詩集《冬盡》的出版而寫
　　　冬盡　臺中　明光出版社　1980 年 5 月　頁 221—240

261. 李瑞騰　爬行在灰白牆壁上的影子——為岩上詩集《冬盡》的出版而寫
　　　臺灣文藝　第 67 期　1980 年 6 月　頁 175—191

---

[32]著者：李瑞騰、林淑貞、顧敏耀、羅秀美、陳政彥。

262. 李瑞騰　爬行在灰白牆壁上的影子——論岩上詩集《冬盡》　詩的詮釋
　　　臺北　時報文化出版公司　1982 年 6 月　頁 262—283

263. 李瑞騰　爬行在灰白牆壁上的影子——為岩上詩集《冬盡》的出版而寫
　　　岩上作品論述第一集　南投　南投縣文化局　2015 年 11 月　頁
　　　58—75

264. 趙天儀　冬盡春來的甘苦：評岩上詩集《冬盡》　自立晚報　1981 年 11 月
　　　26 日　10 版

265. 趙天儀　冬盡春來的甘苦——評岩上詩集《冬盡》　時間的對決：臺灣現
　　　代詩評論集　臺北　富春文化公司　2002 年 5 月　頁 219—229

266. 趙天儀　冬盡春來的甘苦——評岩上詩集《冬盡》　岩上作品論述第一集
　　　南投　南投縣文化局　2015 年 11 月　頁 76—82

267. 丁威仁　岩上《冬盡》詩集裡「血」的意象研究　笠　第 220 期　2000 年
　　　12 月　頁 87—96

《臺灣瓦》

268. 康　原　詩的時代精神——小論岩上詩集《臺灣瓦》　明道文藝　第 182
　　　期　1991 年 5 月　頁 140—143

269. 康　原　詩的時代精神——小論岩上詩集《臺灣瓦》　岩上詩選　南投
　　　南投縣立文化中心　1993 年 10 月　頁 183—188

270. 康　原　詩的時代精神——小論岩上詩集《臺灣瓦》　岩上作品論述第一
　　　集　南投　南投縣文化局　2015 年 11 月　頁 84—88

《愛染篇》

271. 康　原　岩上詩集《愛染篇》主題初探　民聲日報　1979 年 6 月 18 日　7
　　　版

272. 康　原　《愛染篇》主題初探　愛染篇　臺北　臺笠出版社　1991 年 5 月
　　　頁 130—152

273. 康　原　《愛染篇》主題初探　岩上作品論述第一集　南投　南投縣文化
　　　局　2015 年 11 月　頁 110—126

274. 王　灝　　點亮慰藉的星芒──小論岩上情詩中的詩情　愛染篇　臺北　臺
　　　　笠出版社　1991 年 5 月　頁 113─129

275. 王　灝　　點亮慰藉的星芒──小論岩上情詩中的詩情　岩上詩選　南投
　　　　南投縣立文化中心　1993 年 10 月　頁 189─202

276. 王　灝　　點亮慰藉的星芒──小論岩上情詩中的詩情　探索集　南投　南
　　　　投縣文化局　2002 年 11 月　頁 42─57

277. 王　灝　　點亮慰藉的星芒──小論岩上情詩中的詩情　岩上作品論述第一
　　　　集　南投　南投縣文化局　2015 年 11 月　頁 96─108

278. 丁旭輝　　《愛染篇》與岩上的情詩　左岸詩話　臺北　爾雅出版社　2002
　　　　年 11 月　頁 51─57

279. 丁旭輝　　岩上的情詩──《愛染篇》　岩上作品論述第一集　南投　南投
　　　　縣文化局　2015 年 11 月　頁 92─95

《岩上詩選》

280. 潘亞暾　　情滿青山意溢滄海──喜讀《岩上詩選》　笠　第 186 期　1995
　　　　年 4 月　頁 112─114

281. 潘亞暾　　情滿青山意溢滄海──喜讀《岩上詩選》　岩上作品論述第一集
　　　　南投　南投縣文化局　2015 年 11 月　頁 128─131

282. 陳去非　　站在草地上生活的人──讀《岩上詩選》　笠　第 245 期　2005
　　　　年 2 月　頁 72─93

283. 陳去非　　站在草地上生活的人──讀《岩上詩選》　岩上作品論述第一集
　　　　南投　南投縣文化局　2015 年 11 月　頁 132─163

《岩上八行詩》

284. 錦　連　　岩上的《八行詩》　臺灣時報　2000 年 10 月 18 日　29 版

285. 蔡秀菊記錄　　《岩上八行詩》作品研討會紀錄　岩上作品論述第一集　南
　　　　投　南投縣文化局　2015 年 11 月　頁 164─205

286. 古繼堂　　充滿生活哲理的詩篇──評岩上詩集《岩上八行詩》　笠　第 204
　　　　期　1998 年 4 月　頁 90─95

287. 古繼堂　　充滿生活哲理的詩篇──評《岩上八行詩》　岩上八行詩　臺北　釀出版　2012 年 10 月　頁 198─176

288. 古繼堂　　充滿生活哲理的詩篇──評岩上詩集《岩上八行詩》　岩上作品論述第一集　南投　南投縣文化局　2015 年 11 月　頁 238─247

289. 古遠清　　對人生哲思的感悟──評《岩上八行詩》　笠　第 204 期　1998 年 4 月　頁 96─98

290. 古遠清　　對人生哲思的感悟──評《岩上八行詩》　文訊雜誌　第 151 期　1998 年 5 月　頁 18─19

291. 古遠清　　對人生哲思的感悟──評《岩上八行詩》　岩上八行詩　臺北　釀出版　2012 年 10 月　頁 178─181

292. 古遠清　　對人生哲思的感悟──評《岩上八行詩》　岩上作品論述第一集　南投　南投縣文化局　2015 年 11 月　頁 206─209

293. 謝輝煌　　疑問號裡醒眼──岩上《岩上八行詩》讀後　笠　第 212 期　1999 年 8 月　頁 131─133

294. 謝輝煌　　疑問號裡醒眼──岩上《岩上八行詩》讀後　岩上八行詩　臺北　釀出版　2012 年 10 月　頁 182─185

295. 謝輝煌　　疑問號裡醒眼──岩上《岩上八行詩》讀後　岩上作品論述第一集　南投　南投縣文化局　2015 年 11 月　頁 210─213

296. 黃明峰　　觀物取象的智慧──論《岩上八行詩》　笠　第 213 期　1999 年 10 月　頁 99─111

297. 黃明峰　　觀物取象的智慧──論《岩上八行詩》　岩上八行詩　臺北　釀出版　2012 年 10 月　頁 194─206

298. 黃明峰　　觀物取象的智慧──論《岩上八行詩》　岩上作品論述第一集　南投　南投縣文化局　2015 年 11 月　頁 224─237

299. 民　風　　從《易經》觀點來讀《岩上八行詩》　書評　第 47 期　2000 年 8 月　頁 12─19

300. 王　灝　　試說《岩上八行詩》中的形式意義　笠　第 220 期　2000 年 12 月

頁 126—132

301. 王　灝　試說岩上八行詩中的形式意義　岩上八行詩　臺北　釀出版　2012 年 10 月　頁 186—193

302. 王　灝　試說岩上八行詩中的形式意義　岩上作品論述第一集　南投　南投縣文化局　2015 年 11 月　頁 214—223

303. 丁旭輝　論《岩上八行詩》的內在結構　臺灣詩學季刊　第 39 期　2002 年 6 月　頁 153—159

304. 丁旭輝　論《岩上八行詩》的內在結構　岩上作品論述第一集　南投　南投縣文化局　2015 年 11 月　頁 248—259

305. 丁旭輝　論《岩上八行詩》的內在結構　岩上八行詩　臺北　釀出版　2012 年 10 月　頁 156—166

306. 古遠清　《岩上八行詩》　海外來風　南京　東南大學出版社　2004 年 8 月　頁 27—29

307. 張香華　一本自我實踐的詩集　偶然讀幾行好詩　臺北　遠流出版公司　2006 年 3 月　頁 84—90

308. 張香華　一本自我實踐的詩集　岩上作品論述第一集　南投　南投縣文化局　2015 年 11 月　頁 260—265

309. 林　廣　《岩上八行詩》讀詩札記　笠　第 272 期　2009 年 8 月　頁 61—79

310. 蔡榮勇　閱讀《岩上八行詩》隨手記　笠　第 299 期　2014 年 2 月　頁 116—122

311. 孫瑋騂　嗅出生活的詩味——論岩上《八行詩》的詩想與詩情　國文天地　第 353 期　2014 年 10 月　頁 83—87

312. 邢詒旺　切身之詩——略論《岩上八行詩》的身體意象及其悲憫意涵　笠　第 322 期　2017 年 12 月　頁 145—150

313. 陳徵蔚　意在筆先：《岩上八行詩》與其英文翻譯之研究　在現實的裂縫萌芽：岩上學術研討會　南投　國立臺灣文學館，南投縣政府主

辦　2018 年 9 月 1 日

314. 陳徵蔚　意在筆先──《岩上八行詩》與其英文翻譯之研究　在現實的裂縫萌芽：岩上學術研討會論文集　臺北　萬卷樓圖書公司　2019年 9 月　頁 177─194

《更換的年代》

315. 李魁賢　詩的衝突（1─2）　民眾日報　2000 年 11 月 1─2 日　17 版

316. 李魁賢　詩的衝突　笠　第 220 期　2000 年 12 月　頁 84─86

317. 李魁賢　詩的衝突　更換的年代　臺北　春暉出版社　2000 年 12 月　頁 1─3

318. 李魁賢　詩的衝突──岩上詩集《更換的年代》序　李魁賢文集 9　臺北　行政院文建會　2002 年 10 月　頁 187─189

319. 李魁賢　詩的衝突　岩上作品論述第一集　南投　南投縣文化局　2015 年 11 月　頁 272─274

320. 謝輝煌　黏死在牆壁，活在世上的詩行──岩上《更換的年代》讀後　文訊雜誌　第 186 期　2001 年 4 月　頁 26─27

321. 謝輝煌　黏死在牆壁，活在世上的詩行──岩上《更換的年代》讀後　岩上作品論述第一集　南投　南投縣文化局　2015 年 11 月　頁 276─279

322. 林政華　詩衝突的相對面──讀岩上《更換的年代》　笠　第 223 期　2001 年 6 月　頁 108─109

323. 林政華　詩衝突的相對面──讀岩上《更換的年代》詩集　岩上作品論述第一集　南投　南投縣文化局　2015 年 11 月　頁 280─283

324. 蔡秀菊　時代之聲，歷史之眼──我讀岩上詩集《更換的年代》　笠　第 223 期　2001 年 6 月　頁 110─111

325. 蔡秀菊　時代之聲・歷史之眼　詩的光與影　臺中　臺中市文化局　2007年 11 月　頁 66─68

326. 蔡秀菊　時代之聲・歷史之眼──我讀岩上詩集《更換的年代》　岩上作

品論述第一集　南投　南投縣文化局　2015 年 11 月　頁 310—312

327. 黃敬欽　岩上《更換的年代》所呈現的時代焦慮　臺灣現代詩　第 14 期 2008 年 6 月　頁 68—89

328. 黃敬欽　岩上《更換的年代》所呈現的時代焦慮　岩上作品論述第一集 南投　南投縣文化局　2015 年 11 月　頁 284—308

《針孔世界》

329. 簡政珍　去除裝飾性的抒情——評岩上的詩集《針孔世界》　文訊雜誌 第 226 期　2004 年 8 月　頁 24—26

330. 簡政珍　去除裝飾性的抒情——評岩上的詩集《針孔世界》　笠　第 245 期　2005 年 2 月　頁 68—71

331. 簡政珍　去除裝飾性的抒情——評岩上的詩集《針孔世界》　岩上作品論 述第一集　南投　南投縣文化局　2015 年 11 月　頁 322—326

332. 林政華　對土地的摯愛——岩上詩集《針孔世界》的重要主題　笠　第 245 期　2005 年 2 月　頁 63—67

333. 林政華　對土地的摯愛——岩上詩集《針孔世界》的重要主題　岩上作品 論述第一集　南投　南投縣文化局　2015 年 11 月　頁 314—321

《漂流木》

334. 曾進豐　追尋自己永恆的神——讀岩上詩集《漂流木》　鹽分地帶文學 第 20 期　2009 年 2 月　頁 198—208

335. 曾進豐　追尋自己永恆的神——讀岩上詩集《漂流木》　文學人　第 19 期 2009 年 8 月　頁 51—58

336. 曾進豐　追尋自己永恆的神——讀岩上詩集《漂流木》　岩上作品論述第 一集　南投　南投縣文化局　2015 年 11 月　頁 342—356

337. 江東雲　風格韻味流布於散淡恍惚之間——論岩上詩兼賞析《漂流木》詩 集　新地文學　第 7 期　2009 年 3 月　頁 52—70

338. 郭　楓　風格韻味流布於散淡恍惚間——序論岩上兼賞析《漂流木》詩集

漂流木　臺北　秀威資訊科技公司　2009 年 3 月　頁 3—30

339. 郭　楓　風格韻味流布於散淡恍惚間——序論岩上詩兼賞析《漂流木》詩
集　岩上作品論述第一集　南投　南投縣文化局　2015 年 11 月
頁 358—380

340. 謝輝煌　來自臺灣地理中心的悲情——岩上《漂流木》讀後　全國新書資
訊月刊　第 132 期　2009 年 12 月　頁 42—44

341. 謝輝煌　來自臺灣地理中心的悲情——岩上《漂流木》讀後　岩上作品論
述第一集　南投　南投縣文化局　2015 年 11 月　頁 336—340

342. 葉衽榤　諷刺的詩史——評岩上的《漂流木》　岩上作品論述第一集　南
投　南投縣文化局　2015 年 11 月　頁 382—386

《另一面詩集》

343. 嚴敏菁　關於父親的「另一面」　另一面詩集　南投　南投縣文化局
2014 年 12 月　頁 210—213

344. 李桂媚　詩中有數，心裡有術——讀岩上《另一面詩集》　人間福報
2015 年 5 月 18 日　15 版

345. 李桂媚　詩中有數，心裡有術——讀岩上《另一面詩集》　岩上作品論述
第一集　南投　南投縣文化局　2015 年 11 月　頁 388—390

346. 陳康芬　詩語言現象與詩之存有——岩上《另一面詩集》的詩語言藝術成
就　文訊雜誌　2015 年 9 月　頁 28—32

347. 陳康芬　詩語言現象與詩之存有——評岩上《另一面》的詩語言藝術成就
岩上作品論述第一集　南投　南投縣文化局　2015 年 11 月　頁
392—400

348. 林明理　哲思・情趣——評岩上《另一面詩集》　笠　第 317 期　2017 年
2 月　頁 89—94

《變體螢火蟲》

349. 丁威仁　洗滌自我的生命行旅　變體螢火蟲　臺北　遠景出版公司　2015
年 7 月　頁 6—21

350. 丁威仁　洗滌自我的生命之旅——岩上《變體螢火蟲》序　笠　第 308 期　2015 年 8 月　頁 135—145

351. 丁威仁　洗滌自我的生命行旅——岩上《變體螢火蟲》序　岩上作品論述第一集　南投　南投縣文化局　2015 年 11 月　頁 402—416

352. 陳鴻逸　螢閃語拭——讀岩上《變體螢火蟲》　臺灣現代詩　第 44 期　2015 年 12 月　頁 42—47

353. 嚴敏菁　岩上《變體螢火蟲》中的身體語言　詩的交感存在——2016 岩上論壇　南投　南投縣政府文化局舉辦；真理大學臺灣文學資料展示中心協辦　2016 年 7 月 23 日

354. 嚴敏菁　寫詩的身體・詩寫的身體——試論岩上《變體螢火蟲》中的身體語言　當代詩學　第 12 期　2017 年 12 月　頁 45—74

355. 林明理　評岩上《變體螢火蟲》　笠　第 314 期　2016 年 8 月　頁 127—131

356. 洪淑苓　從鄉情到「老」的書寫——岩上《變體螢火蟲》讀後　文訊雜誌　第 380 期　2017 年 6 月　頁 168—169

散文

《綠意——岩上散文集》

357. 陳鴻逸　詩與散文的遞延互涉：論岩上《綠意》的詩性語言造異　在現實的裂縫萌芽：岩上學術研討會　南投　國立臺灣文學館，南投縣政府主辦　2018 年 9 月 1 日

358. 陳鴻逸　詩與散文的遞延互涉——論岩上《綠意》的詩性語言造異　在現實的裂縫萌芽：岩上學術研討會論文集　臺北　萬卷樓圖書公司　2019 年 9 月　頁 195—211

兒童文學

《忙碌的布袋嘴——岩上兒童詩集》

359. 林政華　大器晚成的兒童少年詩人——岩上《忙碌的布袋嘴》裡的勝景　岩上作品論述第一集　南投　南投縣文化局　2015 年 11 月　頁

328—334

360. 葉衽榤　岩上兒童詩自然論　在現實的裂縫萌芽：岩上學術研討會　南投　國立臺灣文學館，南投縣政府主辦　2018 年 9 月 1 日

361. 葉衽榤　岩上兒童詩自然論　在現實的裂縫萌芽：岩上學術研討會論文集　臺北　萬卷樓圖書公司　2019 年 9 月　頁 153—176

362. 嚴敏菁　岩上《忙碌的布袋嘴》中的海洋意象　走入童詩世界——岩上老師童詩學術研討會　臺中　臺灣兒童文學學會主辦　2018 年 8 月 18 日

363. 康　原　岩上兒童詩中的慈愛與想像　鹽分地帶文學　第 76 期　2018 年 9 月　頁 207—212

◆多部作品

《臺灣瓦》、《愛染篇》

364. 蔡秀菊　八〇年代的臺灣社會縮影：論岩上現代詩中的現實性格　笠　第 220 期　2000 年 12 月　頁 104—125

365. 蔡秀菊　八〇年代的臺灣社會縮影——論岩上現代詩中的現實性格　岩上作品論述第二集　南投　南投縣文化局　2015 年 11 月　頁 158—181

《岩上八行詩》、《更換的年代》

366. 陳康芬　臺灣現代鄉土的詩眼與詩心——試論《岩上八行詩》與《更換的年代》的書寫意義　臺灣詩學季刊　第 39 期　2002 年 6 月　頁 144—152

367. 陳康芬　臺灣現代鄉土的詩眼與詩心——試論《岩上八行詩》與《更換的年代》的書寫意義　岩上作品論述第二集　南投　南投縣文化局　2015 年 11 月　頁 314—324

《針孔世界》、《漂流木》

368. 葉衽榤　岩上《針孔世界》與《漂流木》的旅遊詩　2009 南投文學學術研

討會論文集　南投　南投縣文化局　2009 年 12 月　頁 147—164

《另一面詩集》、《變形螢火蟲》

369. 薈　朵　　岩上詩中的旅行觀點──以《另一面詩集》及《變形螢火蟲》中
　　　　　　的旅行詩為例　濛濛詩意：薈朵論新詩　臺北　秀威經典　2017
　　　　　　年 12 月　頁 41—49

單篇作品

370. 陳千武　　作品的感想〔〈不是垂釣〉部分〕　笠　第 19 期　1967 年 6 月
　　　　　　頁 19

371. 郭亞夫　　《笠》37 期作品讀後感──岩上〈手，這個傢伙〉　笠　第 39 期
　　　　　　1970 年 10 月　頁 33

372. 陳鴻森等[33]　評岩上〈談判之後〉　笠　第 45 期　1971 年 10 月　頁 38—
　　　　　　41

373. 陳明台　　宿命的自覺〔〈星的位置〉〕　文化一周　第 278 期　1972 年 3
　　　　　　月 28 日　3 版

374. 陳明台　　宿命的自覺──岩上的詩〈星的位置〉　抒情的變貌：文學評論
　　　　　　集　臺中　臺中市文化局　2000 年 11 月　頁 77—79

375. 陳明台　　宿命的自覺〔〈星的位置〉〕　岩上作品論述第二集　南投　南
　　　　　　投縣文化局　2015 年 11 月　頁 2—3

376. 蕭　蕭　　〈星的位置〉導讀　現代詩導讀（導讀篇二）　臺北　故鄉出版
　　　　　　社　1979 年 11 月　頁 167—168

377. 李敏勇　　漂流，定置；瘖啞，發聲〔〈星的位置〉〕　浮標──漢英對照
　　　　　　臺灣詩選　臺北　玉山社出版公司　2011 年 3 月　頁 14—31

378. 李敏勇　　漂流，定置；瘖啞，發聲〔〈星的位置〉〕　告白與批評　高雄
　　　　　　春暉出版社　2017 年 10 月　頁 3—13

379. 李勇吉　　談〈松鼠與風鼓〉　臺灣文藝　第 38 期　1973 年 1 月　頁 20

380. 林　鷺　　從鄉土性作品談岩上的〈竹竿叉〉　詩脈季刊　第 3 期　1977 年

---

[33] 同著者：陳鴻森、傅敏、朱沙、拾虹、陳明台。

1 月　頁 40—43

381. 王　灝　論詩的鄉土性〔〈竹竿叉〉部分〕　市井圖　南投　南投縣立文化中心　1993 年 10 月 31 日　頁 228—232

382. 王　灝　我乃欲嘯的螺殼——岩上作品研究系列之一：初探〈海螺〉　詩脈季刊　第 9 期　1979 年 3 月　頁 34—38

383. 王　灝　我乃欲嘯的螺殼——岩上作品研究系列：初探〈海螺〉　探索集　南投　南投縣文化局　2002 年 11 月　頁 26—41

384. 王　灝　我乃欲嘯的螺殼——岩上作品研究系列之一：初探〈海螺〉　岩上作品論述第二集　南投　南投縣文化局　2015 年 11 月　頁 30—42

385. 蕭　蕭　〈伐木〉導讀　現代詩導讀（導讀篇二）　臺北　故鄉出版社　1979 年 11 月　頁 164—165

386. 〔文曉村編〕　〈香爐〉評析　寫給青少年的新詩評析一百首（下）　臺北　布穀出版社　1980 年 8 月　頁 381—382

387. 〔文曉村編〕　〈香爐〉評析　新詩評析一百首（下）　臺北　黎明文化公司　1981 年 3 月　頁 422—423

388. 岩　上　論詩的特性——創造性〔〈香爐〉部分〕　詩的特性——岩上現代詩評論集　南投　南投縣文化局　2015 年 12 月　頁 5—7

389. 菩　提　談岩上的〈切肉〉　中華文藝　第 118 期　1980 年 12 月　頁 162—165

390. 菩　提　談岩上的〈切肉〉　岩上詩選　南投　南投縣立文化中心　1993 年 10 月　頁 165—168

391. 菩　提　談岩上的〈切肉〉　岩上作品論述第二集　南投　南投縣文化局　2015 年 11 月　頁 20—23

392. 張　默　徐緩與急速——談現代詩的節奏〔〈海岸極限〉部分〕　無塵的鏡子　臺北　東大圖書公司　1981 年 9 月　頁 68—69

393. 蕭　蕭　〈割稻機的下午〉解析　現代詩入門　臺北　故鄉出版社　1982

年 2 月　頁 286—289

394. 向　明　也是一面鏡子：淺談岩上的〈割稻機的下午〉　中華文藝　第 149
期　1983 年 7 月　頁 168—171

395. 向　明　也是一面鏡子——淺談岩上的〈割稻機的下午〉　岩上詩選　南
投　南投縣立文化中心　1993 年 10 月　頁 169—174

396. 向　明　也是一面鏡子——淺談岩上的〈割稻機的下午〉　岩上作品論述
第二集　南投　南投縣文化局　2015 年 11 月　頁 24—28

397. 蔡忠修等[34]　新人對舊人激盪時間——合評岩上作品〈蹉跎〉　詩人坊　第
7 期　1984 年 1 月　頁 77—84

398. 蕭　蕭　〈蹉跎〉鑑賞與寫作指導　中學生現代詩手冊　臺南　翰林出版
公司　1999 年 9 月　頁 172—175

399. 蕭　蕭　岩上現代詩〈蹉跎〉鑑賞　岩上作品論述第二集　南投　南投縣
文化局　2015 年 11 月　頁 54—56

400. 張　默　〈午時海洋〉編者按語　七十一年詩選　臺北　爾雅出版社
1983 年 3 月　頁 293—294

401. 蕭　蕭　〈貓聲〉編者按語　七十二年詩選　臺北　爾雅出版社　1984 年
3 月　頁 163

402. 李瑞騰　〈冬日無雪〉編者按語　七十六年詩選　臺北　爾雅出版社
1988 年 3 月　頁 55

403. 李瑞騰　〈獅子〉編者按語　八十年詩選　臺北　爾雅出版社　1992 年 4
月　頁 167—168

404. 喬　林　岩上的〈獅子〉　人間福報　2012 年 4 月 2 日　15 版

405. 喬　林　岩上的〈獅子〉　笠　第 297 期　2013 年 10 月　頁 121—122

406. 張　默　〈夢〉編者按語　八十一年詩選　臺北　現代詩季刊社　1993 年
6 月　頁 173

407. 張　默　岩上的〈夢〉　臺灣現代詩概論　臺北　爾雅出版社　1997 年 5

---

[34]同著者：蔡忠修、方俊成、吳明興、鴻鴻、白樵、陳向、江灘、黎雪美等。

月　頁 326

408. 張　默　　從余光中到許悔之──《年度詩選》入選二十一家詩作小評──
　　　　　　岩上的〈夢〉　臺灣現代詩概論　臺北　爾雅出版社　1997 年 5
　　　　　　月　頁 326

409. 楊鴻銘　　新詩改寫成散文的方法──以岩上詩〈夢〉為例　岩上作品論述
　　　　　　第二集　南投　南投縣文化局　2015 年 11 月　頁 74—77

410. 韓升祥　　〈流浪者〉鑑賞　岩上詩選　南投　南投縣立文化中心　1993 年
　　　　　　10 月　頁 179—182

411. 尹曙晨　　〈讀妳的眼睛〉鑑賞　岩上詩選　南投　南投縣立文化中心
　　　　　　1993 年 10 月　頁 175—178

412. 蔡榮勇　　讀詩寫詩〔〈鸚鵡和我〉〕　笠　第 182 期　1994 年 8 月　頁
　　　　　　127

413. 〔張默，蕭蕭編〕　　〈那些手臂〉鑑評　新詩三百首（一九一七──一九九
　　　　　　五）（上）　臺北　九歌出版社　1995 年 9 月　頁 522—526

414. 張默，蕭蕭編　　〈那些手臂〉鑑評　新詩三百首百年新編（1917—
　　　　　　2017）‧臺灣編 1　臺北　九歌出版社　2017 年 2 月　頁 367

415. 李敏勇　　〈那些手臂〉作品導讀　青少年臺灣文庫 2──新詩讀本 4：我有
　　　　　　一個夢　臺北　國立編譯館　2008 年 12 月　頁 61

416. 池上貞子　　在日月潭的臺灣現代詩與人──參加第五屆亞洲詩人會議
　　　　　　〔〈老芋仔手中的鞋子〉部分〕　笠　第 190 期　1995 年 12 月
　　　　　　頁 111—112

417. 李魁賢　　詩人童年中的二二八經驗〔〈二二八事件紀念碑觀感〉部分〕
　　　　　　中外文學　第 25 卷第 7 期　1996 年 12 月　頁 104—105

418. 李魁賢　　詩人童年中的二二八經驗〔〈二二八事件紀念碑觀感〉部分〕
　　　　　　笠　第 198 期　1997 年 4 月　頁 115—117

419. 李魁賢　　詩人童年中的二二八經驗〔〈二二八事件紀念碑觀感〉部分〕
　　　　　　李魁賢文集 9　臺北　行政院文建會　2002 年 10 月　頁 21—23

420. 李魁賢　詩人童年中的二二八經驗——岩上（1938—）〔〈二二八事件紀念碑觀感〉〕　笠文論選 II：風格的建構　高雄　春暉出版社　2014 年 5 月　頁 234—236

421. 李瑞騰　梨樹・梨花・梨子——一組寫物作品的解讀法〔〈梨花〉部分〕　新詩學　臺北　駱駝出版社　1997 年 3 月　頁 56

422. 莫　渝　笠下的一群〔〈籬笆〉〕　笠　第 200 期　1997 年 8 月　頁 120—122

423. 莫　渝　岩上〈籬笆〉　笠下的一群：笠詩人作品選讀　臺北　河童出版社　1999 年 6 月　頁 185—187

424. 莫　渝　〈在手掌開合之間〉欣賞導讀[35]　國語日報　1998 年 3 月 12 日　5 版

425. 莫　渝　手〔〈在手掌開合之間〉〕　新詩隨筆　臺北　臺北縣文化局　2001 年 12 月　頁 156—158

426. 莫　渝　手〔〈在手掌開合之間〉〕　岩上作品論述第二集　南投　南投縣文化局　2015 年 11 月　頁 44—45

427. 陳千武　〈椅子〉——岩上的詩　上智雜誌　第 8 卷第 2 期　1998 年 4 月　頁 11

428. 陳千武　詩的啟示——岩上的詩〔〈椅子〉〕　笠　第 223 期　2001 年 6 月　頁 139—141

429. 陳千武　〈椅子〉——岩上的詩　陳千武詩走廊散步　臺中　臺中縣文化局　2003 年 8 月　頁 209—211

430. 陳千武　岩上的詩〈椅子〉　岩上作品論述第二集　南投　南投縣文化局　2015 年 11 月　頁 62—64

431. 莫　渝　笠下的一群〔〈手〉部分〕　笠　第 204 期　1998 年 4 月　頁 109—111

432. 商　禽　〈詩寫陳千武〉賞析　八十六年詩選　臺北　現代詩季刊社

---

[35]本文後改篇名為〈手〉。

1998 年 5 月　頁 143—144

433.　商　禽　岩上的詩〈詩寫陳千武〉賞析　岩上作品論述第二集　南投　南
投縣文化局　2015 年 11 月　頁 58—61

434.　林央敏　〈少年的夢〉導讀　臺語詩一甲子　臺北　前衛出版社　1998 年
10 月　頁 122

435.　周華斌　賞析岩上的〈寂滅的山坡〉　笠　第 209 期　1999 年 2 月　頁
128—130

436.　周華斌　賞析岩上的〈寂滅的山坡〉　岩上作品論述第二集　南投　南投
縣文化局　2015 年 11 月　頁 78—81

437.　蕭　蕭　〈建築〉解析　天下詩選 2：1923—1999 臺灣　臺北　天下遠見
出版公司　1999 年 9 月　頁 29—33

438.　蕭　蕭　岩上詩〈建築〉品賞　岩上作品論述第二集　南投　南投縣文化
局　2015 年 11 月　頁 70—72

439.　蕭　蕭　臺灣海洋詩的美學特質——以海為生活經驗之拓本〔〈岸〉部
分〕　臺灣詩學季刊　第 22 期　1999 年 12 月　頁 43

440.　蕭　蕭　唯一的裹覆：臺灣海洋詩研究——以海為宇宙生命之投影
〔〈岸〉部分〕　物質新詩學——新詩學三重奏之二　臺北　萬
卷樓圖書公司　2017 年 6 月　頁 92—93

441.　洪淑苓　寫實・抒情與形式——七月份「臺灣日日詩」讀後（上、下）
〔〈兩極半世紀〉部分〕　臺灣日報　2000 年 8 月 11—12 日　35
版，31 版

442.　秦　嶽　〈兩極半世紀〉點評　中國詩歌選 2001 年版　臺北　詩藝文出版
社　2001 年 6 月　頁 121

443.　李敏勇　〈臺灣瓦〉　臺灣詩閱讀——探觸五十位臺灣詩人的心　臺北
玉山社出版公司　2000 年 9 月　頁 95—99

444.　李敏勇　〈臺灣瓦〉　岩上作品論述第一集　南投　南投縣文化局　2015
年 11 月　頁 90—91

445. 林亨泰著；林巾力譯　　岩上的〈舞〉　笠　第 220 期　2000 年 12 月　頁 81—83

446. 林亨泰　　現代詩的光芒——岩上的〈舞〉　岩上作品論述第二集　南投　南投縣文化局　2015 年 11 月　頁 66—69

447. 落　蒂　　舞出變易幻滅——析岩上〈舞〉　詩的播種者　臺北　爾雅出版社　2003 年 2 月　頁 108—111

448. 落　蒂　　舞出變易幻滅——析岩上〈舞〉　岩上作品論述第二集　南投　南投縣文化局　2015 年 11 月　頁 50—51

449. 曾進豐　　岩上〈舞〉賞析　臺灣文學讀本　臺北　五南圖書公司　2005 年 2 月　頁 214—217

450. 柳易冰　　晦澀迷宮讓人憂——讀岩上詩〈一夜不眠〉　笠　第 222 期　2001 年 4 月　頁 134—136

451. 柳易冰　　晦澀迷宮讓人憂——讀岩上詩〈一夜不眠〉　岩上作品論述第二集　南投　南投縣文化局　2015 年 11 月　頁 86—88

452. 蕭　蕭　　〈整型手術〉編者按語　八十九年詩選　臺北　臺灣詩學季刊雜誌社　2001 年 4 月　頁 208

453. 焦　桐　　評〈流失的村落〉　九十年詩選　臺北　臺灣詩學季刊雜誌社　2002 年 5 月　頁 175

454. 土添源　　寓目寫心，因事而作——「臺灣日日詩」四月總評（中）〔〈混濁〉部分〕　臺灣日報　2003 年 5 月 27 日　25 版

455. 羅任玲　　暗夜裡的光澤——評五月「臺灣日日詩」（下）〔〈九九峰靜觀〉部分〕　臺灣日報　2003 年 6 月 24 日　25 版

456. 孫維民　　純真以及哀傷——評九月份「臺灣日日詩」（上）〔〈路過霧社〉部分〕　臺灣日報　2003 年 10 月 21 日　25 版

457. 陳仲義　　密度：「一滴酒精必須蘊藏著無限生活的總和」〔〈陋室〉部分〕　現代詩技藝透析　臺北　文史哲出版社　2003 年 12 月　頁 250

458. 李敏勇　　〈命運〉解說　啊，福爾摩沙！　臺北　本土文化公司　2004 年
　　　　　　　1 月　頁 60—63

459. 康　原　　〈秋別〉作品導讀　愛情〔竹敢〕仔店　臺中　晨星出版公司
　　　　　　　2004 年 3 月　頁 116

460. 李癸雲　　詩人之血——我讀四月份的「臺灣日日詩」〔〈決戰一顆子彈〉
　　　　　　　部分〕　臺灣日報　2004 年 5 月 17 日　19 版

461.〔向陽編〕　　岩上〈一切禍害都無罪〉賞析　2003 年臺灣詩選　臺北　二
　　　　　　　魚文化公司　2004 年 6 月　頁 78

462. 簡政珍　　詩既「是」也「不是」〔〈兩岸〉部分〕　臺灣現代詩美學　臺
　　　　　　　北　揚智出版社　2004 年 7 月　頁 291—292

463. 簡政珍　　似有似無的「技巧」〔〈窗口〉部分〕　臺灣現代詩美學　臺北
　　　　　　　揚智出版社　2004 年 7 月　頁 319—320

464. 向　陽　　〈更換的年代〉賞析　臺灣現代文選・新詩卷　臺北　三民書局
　　　　　　　2005 年 6 月　頁 137—139

465. 林　廣　　在凝練中找尋夢的微光〔〈臺灣咖啡〉部分〕　臺灣日報　2005
　　　　　　　年 8 月 19 日　19 版

466. 李若鶯　　導讀——岩上〈101 大樓的光與影〉　鹽分地帶文學　第 2 期
　　　　　　　2006 年 2 月　頁 202

467. 蕭　蕭　　〈漂流木〉賞析　2005 臺灣詩選　臺北　二魚文化公司　2006 年
　　　　　　　2 月　頁 60

468.〔蕭蕭主編〕　　〈大地震，世紀末生死悲情〉詩作賞析　優游意象世界
　　　　　　　臺北　聯合文學出版社　2006 年 6 月　頁 118

469. 蕭　蕭　　〈大地震，世紀末生死悲情〉作品賞析　閱讀文學地景・新詩卷
　　　　　　　臺北　行政院文建會　2008 年 4 月　頁 190

470. 林　鷺　　詩的所在〔〈一○一大樓〉部分〕　臺灣現代詩　第 6 期　2006
　　　　　　　年 6 月　頁 35

471. 蔡榮勇　　我讀岩上〈臺北 101 大樓〉　臺灣現代詩　第 9 期　2007 年 3 月

485. 賴　欣　　岩上的〈另一面〉　岩上作品論述第二集　南投　南投縣文化局　2015 年 11 月　頁 96—97

486. 莫　渝　　岩上的〈另一面〉賞讀　岩上作品論述第二集　南投　南投縣文化局　2015 年 11 月　頁 98—100

487. 利玉芳　　語言的舵──岩上／〈無肉生活〉　笠　第 262 期　2007 年 12 月　頁 147

488. 利玉芳　　詩的在場──263 期詩作賞析〔〈偏心表〉部分〕　笠　第 264 期　2008 年 4 月　頁 109

489. 葉　狼　　現代性與本土性──點評《笠》263 期詩創作〔〈偏心表〉部分〕　笠　第 264 期　2008 年 4 月　頁 117

490. 莫　渝　　〈日月潭之美〉作品賞析　閱讀文學地景・新詩卷　臺北　行政院文建會　2008 年 4 月　頁 184

491. 路寒袖　　〈成長中的側影〉作品導讀　青少年臺灣文庫 2──散文讀本 2：狂歌正年少　臺北　國立編譯館　2008 年 12 月　頁 99—100

492. 向　陽　　〈浣衣〉作品導讀　青少年臺灣文庫 2──新詩讀本 2：太平洋的風　臺北　國立編譯館　2008 年 12 月　頁 43

493. 李敏勇　　〈荷花〉作品導讀　青少年臺灣文庫 2──新詩讀本 4：我有一個夢　臺北　國立編譯館　2008 年 12 月　頁 90

494. 李敏勇　　〈跌倒〉作品導讀　青少年臺灣文庫 2──新詩讀本 3：天門開的時候　臺北　國立編譯館　2008 年 12 月　頁 12

495. 施玉容　　岩上詩作〈影子〉賞析　臺灣現代詩　第 19 期　2009 年 9 月　頁 36—38

496. 施玉容　　岩上詩作〈影子〉賞析　岩上作品論述第二集　南投　南投縣文化局　2015 年 11 月　頁 82—85

497. 許俊雅　　記憶與認同──臺灣小說的二戰經驗書寫〔〈隔海的信箋〉部分〕　足音集：文學記憶・紀行・電影　臺北　萬卷樓圖書公司　2011 年 12 月　頁 219—220

498. 利玉芳　〈掌紋〉　笠　第 290 期　2012 年 8 月　頁 9—11

499. 趙天儀　岩上的〈瀑布的聲音〉　海星詩刊　第 13 期　2014 年 9 月　頁 20—21

500. 李敏勇　岩上〈信〉解說　笠　第 307 期　2015 年 6 月　頁 18—20

501. 李桂媚　不滅的欲望——讀岩上〈欲望的煙囪〉有感　人間福報　2015 年 8 月 31 日　15 版

502. 康　原　詩人落難，為人說命〔〈死巷〉部分〕　岩上作品論述第二集　南投　南投縣文化局　2015 年 11 月　頁 46—48

503. 謝輝煌　彩色的期待與黑白的懷念——岩上〈黑白〉讀後　岩上作品論述第二集　南投　南投縣文化局　2015 年 11 月　頁 90—94

504. 莫　渝　新世紀臺灣詩選讀——岩上〈鐘聲〉　岩上作品論述第二集　南投　南投縣文化局　2015 年 11 月　頁 102—103

505. 康　原　岩上臺語詩〈白內障〉賞析　海翁臺語文學　第 185 期　2017 年 5 月　頁 74—76

506. 怀　鷹　岩上如何「渡河」——岩上的〈渡河〉　笠　第 323 期　2018 年 2 月　頁 126—128

507. 莫　渝　重現童年的場景——從〈詩的森林〉走進岩上的童詩世界　走入童詩世界——岩上老師童詩學術研討會　臺中　臺灣兒童文學學會主辦　2018 年 8 月 18 日

多篇作品

508. 雙　木　大家評〔〈臺北〉、〈蘇花公路〉〕　笠　第 14 期　1966 年 10 月　頁 51

509. 陳千武　〈暗房〉、〈蹉跎〉賞析　當代臺灣詩人選一九八三卷　臺北　金文圖書公司　1984 年 5 月　頁 73—74

510. 陳千武　詩短評〔〈杯〉、〈椅〉〕　笠　第 167 期　1992 年 2 月　頁 130

511. 段　華　〈清明〉、〈海岸極限〉賞析　世界華人詩歌鑑賞大辭典　太原

書海出版社　1993 年 3 月　頁 396—401

512. 張香華講；王宗仁記　　岩上：〈移民〉、〈思鄉〉、〈笠〉——葉毓蘭博
　　　士賞析　笠　第 199 期　1997 年 6 月　頁 87—96

513. 張香華主講；葉毓蘭博士賞析；王宗仁整理　　岩上：移民、思鄉、笠
　　　〔〈移民加拿大〉、〈思鄉病〉、〈笠〉〕　岩上作品論述第一
　　　集　南投　南投縣文化局　2015 年 11 月　頁 424—438

514. 謝輝煌　　闌珊燈火裡的真趣——賞析岩上的〈蟬聲〉、〈落盡〉、〈涼
　　　意〉　普門　第 233 期　1999 年 2 月　頁 63

515. 向　陽　　給流離以安慰，給冤屈以平反——「嘉義二二八美展」參展詩作
　　　的歷史圖像與集體記憶〔〈白色的噩夢〉、〈淒麗的聲音〉部
　　　分〕　自由時報　2000 年 2 月 27 日　39 版

516. 向　陽　　給流離以安慰，給冤屈以平反——「嘉義二二八美展」參展詩作
　　　的歷史圖像與集體記憶〔〈白色的噩夢〉、〈淒麗的聲音〉部
　　　分〕　浮世星空新故鄉：臺灣文學傳播議題析論　臺北　三民書
　　　局　2004 年 1 月　頁 166—167

517. 陳幸蕙　　〈愛〉、〈獅子〉芬多精小棧　小詩森林：現代小詩選 1　臺北
　　　幼獅文化公司　2003 年 11 月　頁 114

518. 林瑞明　　〈臺灣瓦〉、〈椅〉、〈屋〉、〈鹽〉賞析　國民文選・現代詩
　　　卷 2　臺北　玉山社出版公司　2005 年 2 月　頁 151

519. 李敏勇　　〈蟬〉、〈水牛〉、〈命運〉作品導讀　青少年臺灣文庫——新
　　　詩讀本 3：花與果實　臺北　五南圖書公司　2006 年 1 月
　　　頁 87

520. 康　原　　岩上詩中的地景書寫——以岩上〈歐遊詩抄〉與〈南投詩抄〉為
　　　例　2009 後浪詩社與臺灣現代詩學術研討會　臺中　臺中教育大
　　　學語文教育學系主辦　2009 年 10 月 23—24 日

521. 康　原　　岩上詩中的地景書寫——以岩上〈歐遊詩抄〉與〈南投即詩〉為
　　　例　岩上作品論述第二集　南投　南投縣文化局　2015 年 11 月

頁 404—429

522. 趙迺定　詮釋岩上《更換的年代》詩七首〔〈黑白〉、〈鬥鳥〉、〈汽車世界〉、〈整型手術〉、〈胖與瘦〉、〈內褲〉、〈兩極半世紀〉〕　笠　第 277 期　2010 年 6 月　頁 110—124

523. 林明理　岩上：將孤獨輾轉於命運的軌跡之中〔〈傷口流液〉、〈路過霧社〉、〈騎馬在大草原上〉〕　笠　第 289 期　2012 年 6 月　頁 87—91

524. 林明理　岩上：將孤獨輾轉於命運的軌跡之中〔〈傷口流液〉、〈路過霧社〉、〈騎馬在大草原上〉〕　用詩藝開拓美：林明理談詩　臺北　秀威資訊科技　2013 年 1 月　頁 245—250

525. 林明理　岩上：將孤獨輾轉於命運的軌跡之中〔〈傷口流液〉、〈路過霧社〉、〈騎馬在大草原上〉〕　岩上作品論述第二集　南投　南投縣文化局　2015 年 11 月　頁 450—455

526. 柳依依　詩人岩上──在地的鄉愁：讀〈大姐的話語〉與〈嘉義火雞〉兩詩　笠　第 306 期　2015 年 4 月　頁 100—104

527. 林秀蓉　餘味美學：探岩上〈四物湯〉、〈黃昏麥當勞〉的飲食意象　笠　第 309 期　2015 年 10 月　頁 106—108

528. 林秀蓉　餘味美學──探岩上〈四物湯〉、〈黃昏麥當勞〉的飲食意象　岩上作品論述第二集　南投　南投縣文化局　2015 年 11 月　頁 462—465

529. 王　灝　孤寂的歌──談岩上的兩首詩〔〈蟬〉、〈竹竿叉〉〕　岩上作品論述第二集　南投　南投縣文化局　2015 年 11 月　頁 4—10

530. 蕭　蕭　岩上現代詩導讀〔〈伐木〉、〈星的位置〉部分〕　岩上作品論述第二集　南投　南投縣文化局　2015 年 11 月　頁 12—18

531. 王宗仁　內在心靈的投射──讀岩上童詩有感〔〈臺北一〇一大樓〉、〈猴子〉〕　滿天星兒童文學雜誌　第 86 期　2016 年 5 月　頁 76—77

532. 李若鶯　　激流孤影——岩上五首〔〈黃浦江水悠悠〉、〈島之棲息與
　　　　　　　路〉、〈芒果季的冷熱〉、〈死亡的，招手〉、〈詩與詩人〉〕
　　　　　　　鹽分地帶文學　第 65 期　2016 年 8 月　頁 101—112

533. 施又文　　從世俗經驗到形上內涵——讀詩人岩上兩首茶詩〔〈茶〉、〈品
　　　　　　　茶〉〕　臺灣現代詩　第 48 期　2016 年 12 月　頁 84—87

534. 莫　渝　　填補人生的裂縫——取岩上的五首詩為例〔〈星的位置〉、〈松
　　　　　　　鼠與風鼓〉、〈臺灣瓦〉、〈舞〉、〈更換的年代〉〕　在現實
　　　　　　　的裂縫萌芽：岩上學術研討會　南投　國立臺灣文學館，南投縣
　　　　　　　政府主辦　2018 年 9 月 1 日

535. 莫　渝　　填補人生的裂縫——取岩上的五首詩為例〔〈星的位置〉、〈松
　　　　　　　鼠與風鼓〉、〈臺灣瓦〉、〈舞〉、〈更換的年代〉〕　在現實
　　　　　　　的裂縫萌芽：岩上學術研討會論文集　臺北　萬卷樓圖書公司
　　　　　　　2019 年 9 月　頁 107—128

作品評論目錄、索引

536. 〔張默編〕　　作品評論引得　現代百家詩選　臺北　爾雅出版社　2003 年
　　　　　　　6 月　頁 242

537. 〔向陽編〕　　閱讀進階指引　岩上集　臺南　國立臺灣文學館　2008 年 12
　　　　　　　月　頁 142—143

538. 〔封德屏主編〕　　岩上　臺灣現當代作家評論資料目錄（二）　臺南　國
　　　　　　　立臺灣文學館　2010 年 11 月　頁 1402—1416

539. 王為萱，陳姵穎，陳恬逸　　「《文訊》300 期資料庫」作家學者群像——岩
　　　　　　　上　文訊雜誌　第 334 期　2013 年 8 月　頁 93

國家圖書館出版品預行編目資料

臺灣現當代作家研究資料彙編. 113, 岩上/林淇瀁編選. --
- 初版. -- 臺南市：臺灣文學館, 2019.12
 面；　公分
 ISBN 978-986-5437-35-0 (平裝)

1.岩上 2.傳記 3.文學評論

863.4　　　　　　　　　　　　　　108018286

【臺灣現當代作家研究資料彙編】113

岩上

發 行 人　蘇碩斌
指導單位　文化部
出版單位　國立臺灣文學館
　　　　　地　　址／70041 臺南市中西區中正路 1 號
　　　　　電　　話／06-2217201　　　　　傳　　真／06-2218952
　　　　　網　　址／www.nmtl.gov.tw　　　電子信箱／pba@nmtl.gov.tw

總 策 畫　封德屏
顧　　問　林淇瀁、張恆豪、許俊雅、陳義芝、須文蔚、應鳳凰
工作小組　王譽潤、沈孟儒、李思源、林暄燁、陳玟希、蘇筱雯
編　　選　林淇瀁
責任編輯　蘇筱雯
校　　對　杜秀卿、蘇筱雯
計畫團隊　財團法人台灣文學發展基金會
美術設計　翁國鈞・不倒翁視覺創意
印　　刷　松霖彩色印刷事業有限公司

著作財產權人　國立臺灣文學館
　　　　本書保留所有權利。欲利用本書全部或部分內容者，須徵求著作財產權人
　　　　同意或書面授權。請洽國立臺灣文學館研究典藏組（電話：06-2217201）。

經銷展售　國立臺灣文學館藝文商店（06-2217201 ext.2960）
　　　　　國家書店松江門市（02-25180207）
　　　　　一德洋樓羅布森冊惦（04-22333739）
　　　　　三民書局（02-23617511、02-25006600）
　　　　　台灣的店（02-23625799）　　　　府城舊冊店（06-2763093）
　　　　　南天書局（02-23620190）　　　　唐山出版社（02-23633072）
　　　　　後驛冊店（04-22211900）　　　　五南文化廣場（04-22260330）
　　　　　蜂書有限公司（02-33653332）

初版一刷　2019 年 12 月
定　　價　新臺幣 440 元整
　　　　　第一階段 15 冊新臺幣 5500 元整　第二階段 12 冊新臺幣 4500 元整
　　　　　第三階段 23 冊新臺幣 8500 元整　第四階段 14 冊新臺幣 5000 元整
　　　　　第五階段 16 冊新臺幣 6000 元整　第六階段 10 冊新臺幣 3800 元整
　　　　　第七階段 10 冊新臺幣 4500 元整　第八階段 10 冊新臺幣 3600 元整
　　　　　第九階段 10 冊新臺幣 4000 元整　　全套 120 冊新臺幣 37000 元整

GPN　1010802249（單本）　　ISBN　978-986-5437-35-0（單本）
　　　1010000407（套）　　　　　　　978-986-02-7266-6（套）